紅雪
RED SNOW

麥嘉 著

目錄

皇帝

皇帝被噩夢驚醒，皇帝的心砰砰地跳著，皇帝的額頭濕了，頭髮濕濕的貼在額頭上。皇帝身上也是黏糊糊的，像貼了塊濕抹布。

皇帝身體竟然會貼著濕抹布，這想法令皇帝本人感到可笑。作為皇帝，他並沒有太多的機會看到濕抹布的，從古到今很少有人敢在皇帝面前亮出抹布。皇帝今天能想到「抹布」這種東西，還多虧他的乳娘。那時他還小，還沒當上皇帝，也沒想過能當上皇帝，後來發生的事情肯定超出了乳娘的想像，所以才敢當他的面用那又髒又濕的抹布擦著家裡那些古色古香的桌椅衣櫃。

想著剛剛做過的夢，皇帝沒有了笑的心情。夢中的情景早就成了碎片，皇帝極力想把它們拼湊在一起。一會兒他看見自己被人追殺，追殺他的人很多，一時是父皇，一時又變成了死在自己手裡的兄弟，後來又變成了滿身都是汗血張開雙手撲過來的女人……那女人披散著長髮，把整個臉都蓋住了，看上去像上吊死了的吳妃，過了一會兒，那臉面居然又變了，青面獠牙的張妃鬼魅般飄浮過來……後來他好像被他們抓住了，許多隻手攫住他的衣領，分不

清是誰的……他害怕，他閉上了眼睛，他覺得身體倒了過來，不停往下墜落著，後來便覺得臉部發熱，像被大火烤著……睜開眼睛，周圍竟是熊熊燃燒著的烈火，他感到害怕，心在絕望中蠕動，想叫又叫不出聲來，這時突然聽到陰森森的笑聲，從某個幽深的地方傳來的，他聽著渾身起了一層雞皮疙瘩，因此他知道自己還活著，於是他大口大口地喘息著，又很實在地摸了摸自己的臉，腦袋，然後是身體，濕乎乎的，可都還在！側過臉去，看到楊妃也還在躺在自己身邊睡得正香甜，還咂了幾下嘴，這才真正緩過氣來。

皇帝感到很沮喪，也很疲憊，他不明白自己為什麼會做這樣的夢。以前他總覺得，既然自己是皇帝，做夢也該跟人不一樣的。以前他也不是不做夢，那都是好夢，是春夢，與女人有關的。他喜歡女人，喜歡跟女人有關的夢，夢中的女人也總是很可愛。

皇帝害怕做夢，皇帝不想做夢。皇帝的權力是至高無上的，他可以把天下所有的生命，包括男人和女人都把握在自己手裡，可是他沒有辦法讓自己不做夢，尤其是噩夢。昨天晚上他特意叫宮裡的御醫王太醫來看過病，王太醫說他身體沒什麼大事。皇帝說這些天老做噩夢，能不能讓自己別做夢。王太醫說他沒有辦法，皇帝生了氣，說這種小事都辦不了，養著他在宮裡幹什麼吃的，於是王太醫戰戰兢兢地給他開了副安神的藥。王太醫寫藥方的時候手

在發抖，皇帝看著暗自發笑，笑過以後本來想告訴他自己不過是說著玩的，但又想皇帝說過的話是不能更改的，要是皇帝說過的話都不能算數，那還能叫皇帝？看那老頭誠惶誠恐地走了，他覺得這老頭很可憐，但又有些開心，覺得皇帝畢竟是皇帝，所有人都得看自己臉色。

皇帝心想如果皇帝說的每句話都要算數，今天他要做的第一件事就是叫王太醫的腦袋搬家。對於皇帝來說，殺個把人是很容易的事。皇帝從來不會懷疑自己手中的權力，可是他剛剛叫丞相修訂了本朝的律法，名義上這殺人的事得由刑部批准。但他畢竟是皇帝，皇帝是不應該受律法限制的。一般來說，皇帝是不想殺人的，殺人是劊子手的事。皇帝是仁慈的，一般也不會想到殺人的事。從內心來說，他也不想殺王太醫。老頭是醫學大師，國寶級的，能治包括癌症在內的疑難病症。去年楊妃得了怪病，臉上畫了地圖似的，皮一層層往下掉，這傾城傾國的美人兒轉眼間成了不忍目睹的醜八怪，想來令人噁心，還吃什麼藥都不靈，後來還是王太醫開了幾副藥，半個月就把病給治好了，從那以後就再沒犯過。再說作為皇帝，有著所有人的生殺大權，但不能每天都有心情想殺人的事，好不容易動了殺人的心思，卻就在了這行將就木的老人身上，未免太不划算。皇帝權衡半天，心想還是饒了他吧，反正也沒幾天好活了。

其實皇帝心裡也明白，做夢的事，既然由不得自己，

別人更是無能為力。天底之下皇帝的權力至高無上，皇帝管天管地管老子，就是管不了自己的夢。想到這個，皇帝很有些沮喪。

皇帝自己也想辦法逃避噩夢來著，逃避的方法就是做愛。是人總要做愛的，可是很少有人說得出他們為什麼要做愛。他曾經在某天的最高國務會議上提出這個問題，所有的大臣都傻了眼，他們都沒想到至高無上的皇帝會突然提出這樣庸俗不堪的問題，緊鎖住眉頭琢磨皇帝的心思。倒是皇帝看出了大臣們心思，暗自冷笑。見大臣們仍不開竅，皇帝只得耐著性子給他們解釋，皇帝說他之所以在最高國務會議上提出這個問題是因為這個問題非常非常的重要，甚至可以說這是關係到國計民生的大問題。以前我們講了很多的大道理，卻連這個最根本的問題都沒有解決。這也是非常高深的哲學問題，關係到對人和世界本性的認識。經過這番引導，大臣們紛紛擺出恍然大悟的樣子，說皇帝到底是皇帝，什麼事情都比別人看得深見得遠。會議因此改變了進程，這個關係到國計民生的問題也成為那次大會的首要議題。

皇帝對那次會議的情景記憶猶新，大臣們爭得面紅耳赤。首先發言的是文化大臣，這老頭平時以學者自居，號稱文壇泰斗，當官以前做過學問，專門研究人類性文明。平時在國務會議上只是個擺設，很少有發言的機會。今天好不容易得著這麼個賣弄學問的機會，豈能輕易放過，所

以皇帝話音剛落，他就跳了出來。他說話時的表情倒很溫和，故意放慢語速，嗯嗯啊啊的，而且不時地停頓一下，看看眾人的表情，似乎很不自信。他旁徵博引，從人類的起源到當代的同性繁殖，從房中術到當代養生學，從古代的生殖器圖騰到當代性學的發展，說得口若懸河，唾液橫飛，直落坐在他前面的國防大臣的大光腦袋上。行伍出身的國防大臣不時抬手去摸自己的腦袋，回頭瞪了幾眼那酸腐得冒傻氣的文化大臣，要不是看在皇帝的面上，早就破口大罵了。文化大臣繞了很大的一個彎，終於得出結論說性乃人類之天性，做愛乃是人類繁衍之必需。他的話音剛落，憋了半天的國防大臣迫不及待地跳出來，在獲得皇帝恩准以後，對著文化大臣吼著說你他媽的說半天都是廢話，你爸你媽不性交哪來你呀，在座的各位誰也不是從石頭裡蹦出來的。他的話引得在座的大臣們哄堂大笑，連皇帝也忍不住笑了起來。只有那文化大臣臉紅得像死豬肝，用手指著國防大臣說不出話來。皇帝的微笑卻鼓舞了國防大臣，行伍出身的國防大臣手握兵權，也把握著國家的命運，除了皇帝，誰也不放在眼裡的。他讀書不多，打仗卻是一把好手，為皇帝奪取天下立下汗馬功勞。此外他還是皇帝的救命恩人，為了救皇帝，他被敵人滿門抄斬。皇帝深感他的恩德，奪取天下以後，特意從宮裡選了幾個美女送給他，並賜予他許多特權。事實上國防大臣也是個十分好色的男人，而且精力充沛，對女人來說也是很有魅力

的，民間流傳著許多他與女人之間的傳說，有的說他的性器非同一般，足有一尺七寸長，亮出來可以令天下所有的男人羞愧得無地自容，一夜可以搞幾十個女人還能金槍不倒，天下所有的女人都迷戀他那玩意，渴望與他交配。也有的說他那玩意本來也很一般，還是學房中術，又找高人對他的生殖器進行改造，才有了今天的成就。這些說法也傳到了皇帝的耳中，皇帝很好奇，特意跟他在一起去泡澡堂，趁機觀察他那玩意，未見得有什麼異樣，又以開玩笑的口吻談起這事，國防大臣在皇帝面前自然不敢撒謊，說自己本也是凡人，只是借助了某種神奇藥物才變得如此雄壯。國防大臣實戰經驗豐富，肚子裡卻沒有幾滴墨水，說起話來不會拐彎抹角，在大家笑過以後，他更加得意也更加肆無忌憚，說性交是為了快樂，人活著要快樂，所以要性交。兩方爭論得不可開交，國防大臣聲若雷鳴，卻抵不住文化大臣的能言善辯，氣得兩眼冒火，上前去一把揪住文化大臣，把他提了起來。瘦小的文化大臣哇哇叫著，雙手亂舞，在鬨笑聲中兩條小細腿離開了地面，周圍的大臣幸災樂禍，哄堂大笑。國防大臣憋著氣，漲得通紅。皇帝本來也討厭這自以為是的文化大臣，成心想看他出出醜，只是害怕這樣下去會有損自己的尊嚴，這才不失時機出來制止國防大臣進一步的暴力行為。他的冷峻的目光透出難以抗拒的震懾力，於是所有人沉寂下來。皇帝沒有多說話，只是把眼光盯在丞相身上。丞相自以為領會了皇帝的

用意，照例出來收拾殘局。他先肯定了諸位大臣勇於參與討論的態度，說這表現諸位大臣高度的責任心和憂國憂民的公僕意識，然後他總結性地說了三點意見：第一、這是一個很嚴肅的現實問題，關係到國家的前途和命運，同時也是一個高度的哲學問題，關係到人類自身的生存和發展，因此今天的討論是非常有意義的；第二、各位大臣要精誠團結，不要為這事傷了和氣，尤其是文化大臣和國防大臣，暢所欲言，言無不盡，有利於學術的進步和社會的發展；第三、這只是內部討論，要嚴格保密，說是一回事，做又是另外一回事，總而言之所有人的觀點都不應該也不能超出皇帝所允許的範圍，要以皇帝的思想為自己的思想，要以皇帝的思想統一全國人民的思想。說完這些話以後，丞相似乎沒有信心，轉過臉看著皇帝，滿臉惶恐，看到皇帝微笑著點頭，才鬆了口氣，微笑著擦去臉上的汗水。

皇帝用微笑認可了丞相的講話，心裡卻在嘲笑大臣們的愚昧和弱智。皇帝對所有人的觀點都不以為然，他為所有大臣們的弱智感到難過，卻沒有把這種心情表現出來。一來沒那個必要，對他們的弱智他不是第一次領教，即便發再大的脾氣，罵完了他們祖宗八代也沒法使他們變得聰明起來。第二，從內心說，他寧願他們這般弱智，要是他們都變得聰明了，這皇帝也就沒這麼好當了。人就這樣，自己聰明了，就希望別人都變得愚蠢，這是人類的天性，對皇帝來說更是如此。從皇帝的角度說，天下就皇帝一個

人聰明就行了，別的人最好都是沒腦子的。這樣一來就沒有人來跟他搶這皇帝的位置了，即便要搶也不是他這個聰明人的對手，在他看來，世界上沒有什麼比思想更為可怕的，人類之所以能成為世界的主宰，不就因為人類擁有思想嗎？人類所有的財富都是通過思想來創造的。

皇帝並沒有說出自己的想法，他心裡明白，並不是所有的話都能說出來的，有些事能說不能做，有些事能做不能說。即便是至高無上的皇帝，也不能想怎麼說就怎麼說。即便說了，這幫傻冒大臣也未必能夠理解。其實這個問題皇帝也沒有完全想透徹。雖然丞相說要把全國人民的思想統一到皇帝的思想上來，其實在性的問題上，皇帝的思想並沒有完全形成體系。他覺得做愛固然是人的本性，卻跟死亡有著某種關聯，他有這種想法還是從大哥的死開始的。

那一年他只有十五歲，當皇帝的是他的父親，大哥是皇太子，也就是皇帝的法定繼承人。要是哥哥不死，就輪不到他來當這個皇帝。他叫他哥哥，其實不是一個媽生的，哥哥是皇后生的，年紀比他大五歲，在十八個兄弟中排行第一，所以被立為皇太子，要是後來的事情沒發生今天坐在皇帝這個位置上的肯定就是他。他那時還只是個小屁孩，不懂得什麼是皇帝，更沒想過自己有一天會當上皇帝。不過他還是很羨慕當皇太子的大哥。在所有兄弟中，大哥是最受皇帝爸爸寵愛的，他也擁有別的皇子所沒有的

特權，他可以出席最高國務會議，後來還當了御林軍的總頭目，戴著父親賜給他的佩劍，後面跟著大隊武士，在皇宮裡出出進進，八面威風。當皇太子的哥哥對他這個弟弟也很不錯，經常帶著他到皇宮外面去玩，使他見識了皇宮外面的世界。哥哥最愛帶他到煙花胡同裡去，那是個花花的女人世界，那裡的女人看上去與宮裡的女人沒有什麼兩樣，但每個婦人身上都有一種特殊的滋味，這滋味是男人們所喜歡的。哥哥在那裡有很多相好，看得出他在女人堆裡很受歡迎。沒人知道他就是當今的皇太子，只當他是某個富商家的花花公子。與大哥最好的女人名叫春桃，長得不算漂亮，但乳房大得出奇，走起路來上下顫動，碩大的臀部也隨之左右扭動，身體上下水蛇似的扭動著。皇太子哥哥說他天生就喜歡這種豐乳肥臀的騷女人，女人不騷就沒勁，宮裡的女人假模假式的都沒這股子騷勁。到了那地方平時溫文爾雅的皇太子完全沒了模樣，說起話來比屠夫還要粗魯，行為更是放蕩，他喝著酒，眼睛色迷迷的，不時伸手去摸春桃的乳房，一點也不避諱。皇帝那時十五歲還是童男子，對男女間的那些還只是朦朦朧朧半懂不懂的，在皇太子哥哥的引誘下，他在那妓院裡失去了童貞。

皇帝是在妓院裡失去了男人的童貞，第一個跟皇帝做愛的女人竟是妓女，這在皇帝光輝的一生中肯定是個汙點。有汙點就得擦掉，好在歷史是人寫的，再說皇太子哥哥已經死了，那所妓院的人後來犯了欺天大罪被滿門抄

斬，除了他以外，誰還能知道這段歷史！回想起來，他還很真有些感謝那位叫小梅的女人。那女人當時有三十了，儘管塗了很厚的脂粉，但也掩飾不了臉面上的衰老和憔悴。喝酒的時候她就開始挑逗他，令他感到厭倦，而她卻得寸進尺，一雙手不停地在他高貴的身體上摸索，最後竟落在他的雙腿之間，抓住他的生命之根。他本想躲開，女人的媚笑卻令他放下心來，此時皇太子哥哥正摟住春桃使勁親吻著。女人的手更加放肆，靈巧的手熟練地插進了他的內褲，攢住他的小弟弟，撫摸著，搓揉著。他開始有些恐慌，進而有些發熱，一陣陣的快感，而後是興奮，疲軟小弟弟終於傲然挺立，他也不再像木偶式聽從那女人的擺布，伸手過去在女人胸脯摸了幾把，女人的淫笑刺激了他，他撲上去把那女人壓倒在地上，隨後在狂亂中對那女人獻上了自己的童貞。

事後皇太子哥哥拍拍他的肩膀說你已經是個男人了！那時他還不明白這話的含義，為什麼跟女人做了那事以後就成了男人，事實上他並沒有覺得自己有什麼變化。那件事本身也並沒有給他帶來多大的快樂，反倒有些沮喪。小梅告訴他她其實是聽了他哥哥的吩咐，否則也犯不著在他這樣一個小毛孩身上費勁，她不喜歡跟毛孩子幹那種事。這話很傷他自尊。不過他知道皇太子哥哥並沒有惡意，只是想讓他開心而已。在皇太子哥哥看來，世界上最開心的事情就是同女人交媾，人生的意義也在於此。皇太

子哥哥說這些話的時候他根本不能理解，因為他在同女人的交媾中還沒找到太多的樂趣，那時他想當皇帝還是比搞女人有意思。皇太子哥哥似乎看透了他的心思，笑著說當了皇帝最大的好處就是想搞哪個女人就能搞哪個女人。

皇太子哥哥最終是因為女人而死的，他之所以會死，是因為他還沒當上皇帝，所以被當皇帝的父親處死了。皇太子哥哥說他想當皇帝就是想跟天下所有自己喜歡的女人幹那事，本來作為皇太子，搞幾個女人也算不了什麼事情，可是他還沒有當上皇帝的皇太子哥哥偏偏撞在當了皇帝的父親手上。他愛上的正是父皇的最寵愛的貴妃，而且把她勾引上了床，讓比他權力更大的父親戴上了烏龜帽。而皇帝是不能戴烏龜帽的，皇帝是至高無上的，皇帝的尊嚴豈能冒犯？冒犯了皇帝的人必然要付出代價，於是皇太子哥哥還有那位父皇寵愛的貴妃除了死沒有別的選擇。貴妃是上吊死的，貴妃死的時候父親就在跟前。貴妃臨死前不時轉過臉來看父親，眼睛裡含著懇求的淚光。父親鐵青著臉，無動於衷，嘴角掛著冰冷的笑意。貴妃終於死了心，在侍從們的幫助下踏上了死亡之路。看著貴妃的屍首在空蕩蕩陰森森大房間裡晃動，父皇也流下了幾滴眼淚。

皇太子哥哥的死至今是個謎，那以後他好像完全從皇宮裡消失了。有人說他被關進地牢裡病死的，也有人說他是被父皇派人毒死的。也有人說，虎毒不食子，父皇對太子又是極其寵愛的，不會為了個女人斷送了這骨肉之情，

說父皇最後還是放了太子一馬，讓他出家當了和尚，多少年以後還有人說在某個寺廟看到過他。皇帝對這個皇太子哥哥頗有好感，在女人的問題更引以為同類。沒當上皇帝的時候他也希望皇太子哥哥沒死，可是當了皇帝以後，他卻斷定哥哥已經不在人世。他也知道父皇很愛皇太子哥哥，但他更清楚皇帝的尊嚴比親人的生命更為重要。況且對於皇帝的行為，絕不能以常理來進行推斷，因為人當了皇帝就不再可能是常人，他也不再應該只有常人的感情和行為。當年他也暗自責怪父親的冷酷，當了皇帝以後他才真正理解了父親。

皇太子哥哥的死使他第一次感到了死亡的恐懼，那以前他也知道什麼是死亡，但從沒想過死亡竟會離得自己那麼近。生氣勃勃的皇太子哥哥說沒了就沒了，好象在這個世界從來就沒有存在過。而總有一天他也會像皇太子哥哥那樣消失在這個世界上，生命是如此脆弱，生和死，陽和陰，不過是一念之間的事。那個夜晚，他第一次做了跟死亡有關的夢，他看見了渾身流血的皇太子哥哥，殷紅的鮮血從頭頂的血窟窿裡冒出來，聽得到咕咚咕咚的聲響，皇太子哥哥痛苦地嚎叫著，臉變了形，異常可怕，看著他，突然張開血盆大嘴，向他撲過來，後來竟化為鬼魅式的陰影消失得無影無蹤，而他自己也好象被人推了一把，向著無底的深淵墜落，他絕望地大叫……醒來時發現自己正被服侍自己的宮女小玉摟在懷裡，是他恐懼的叫聲驚動了

她，她把他抱在懷裡，用女人的溫柔安撫著他。他喘息著，緊緊地攫住小玉的手就像抓住了一根救命的稻草，從來沒有過的孤獨和恐懼攫住了他，善解人意的小玉撫摸他的胸脯令他平靜下來，而夢裡的陰影卻糾纏著他，後來小玉便用手在他身體上下搓揉起來，嘴裡說著溫柔安撫的話，漸漸平靜下來，漸漸感覺到從來沒有過的快感，那死亡的陰影淡去了，一股熱流在身上激盪，於是他翻過身把小玉撲倒在身體底下，猛插進去，瘋狂地抽動起來。小玉扭動著身體，痛苦地呻吟著……從那以後，做愛就成了他生活中的一劑良藥，他靠它來擺脫孤獨和恐懼，尋找內心的寧靜。

皇太子哥哥的死也第一次刺激了他當皇帝的欲望，皇太子哥哥當皇帝是為了搞盡天下的女人，而他的理解更深了一步，他想當皇帝其實是為了無盡的自由。人活著為了什麼？是為了幸福，幸福又是什麼？幸福就是欲望滿足所達到的心靈和諧，個人享受到的自由越多，滿足欲望的可能性就越大。每個人的自由都會受到限制，只有皇帝可以為所欲為。除了父皇以外，皇太子可以說是普天之下權力最大享受自由最多的人，可是他得罪父皇就要被處死。同樣的事情擱在父皇身上，或者擱在當了皇帝的自己身上，就成了必然，沒有任何人敢指責，誰敢指責皇帝呢？這個道理皇太子哥哥也是懂的，可是他太沉不住氣，於是幹了他不應該幹的事情，於是他就得死。

不過皇帝還是很感謝皇太子哥哥，倘若皇太子哥哥沒

有出事，這皇帝也輪不到他來做。經歷了那場恐懼以後，他意識到了生命的脆弱，也第一次看到了皇帝的威力，那時他才真正體會到，普天之下只有皇帝能夠主宰自己，而別人都是為皇帝而活著的。只有皇帝才能為所欲為，達到生命的至高境界。於是他學會了收斂自己，學會了循規蹈矩，學會了討皇帝的歡心，憑著他的聰明和能幹，他很快贏得了父皇的歡心，很快當了太子，又很快地取代死去的父親當上了皇帝。

　　有人說他是真龍天子，命中注定要做皇帝的，他自己卻不這麼想，因為當初也有人說過皇太子哥哥是真龍天子，但他就沒有當上皇帝。想到妓院裡的那段經歷，想到奪去自己童貞的妓女小梅，皇帝多少有些懊悔。如果當年他知道自己命中能做皇帝，就不會那麼放縱自己。皇太子哥哥死了以後，他再沒去過那地方。那個可憐的妓女小梅直到死也沒想到自己曾經被皇帝臨幸過，而且奪走了皇帝的童貞。要是知道，或許就能死而無憾了，一個女人能有這樣的榮耀也算是沒白活一回了。可恰恰因為這個，她必須得死。對她來說，知道真相是一生的榮幸，可皇帝卻要因此承受人生的汙點，而皇帝是不應該有汙點的。為了洗刷皇帝身上的汙點，就只能犧牲妓女的生命。

　　此時此刻皇帝又想起皇太子哥哥說過的話：當皇帝就能搞盡天下的女人！皇太子哥哥想到而沒能做的事情，自己卻做到了。不過他發現皇太子哥哥的話很不實際，沒有

人能搞盡天下的女人，因為天下的女人實在太多，況且也不是什麼人都能跟皇帝在一起睡覺的，後宮佳麗三千人，有的女人在宮裡呆了一輩子，連皇帝的面都沒見過的。

當了皇帝的他就可以盡情地放縱自己，烈火般的欲望從胸膛裡迸發出來，他盡情地享用著無盡權力帶來的自由，隨心所欲地幹著自己想幹的事情。這個時候想起皇太子哥哥，他很為自己感到自豪，這時的他再也不是那個木偶似隨人擺布的小毛孩，而是天底下權力最大無所不能的皇上。當年皇太子哥哥因為與父親的貴妃亂倫而丟掉了性命，而他卻把父親留下的女人照單全收，卻沒人敢說個不字。

這是個文明的國度和法制的國家，法律規定實行一夫一妻制，但只有皇帝可以不受限制，皇帝的權力受到限制就不成其為皇帝，況且皇帝家族的繁衍生息關係國家的前途和命運，這就注定皇帝在婚姻和性方面都必須比尋常百姓享有更多的自由。當上皇帝以後他已經記不清自己同多少女人交配過，他同她們玩過許許多多索然無味的性遊戲，直到徹底厭倦，直到見到躺在身邊的貴妃娘娘。

貴妃娘娘肯定是天底下最幸福的女人，貴妃娘娘之所以幸福是因為她得到了皇帝的寵愛，得到皇帝寵愛的女人就應該是幸福的。貴妃娘娘本來並不屬於皇帝，皇帝見到她的時候她還是丞相家裡的舞女，見到她的那一刻皇帝的心臟幾乎停止了跳動，他想這才是世界上最美麗的女人。

最美麗的女人就應該為皇帝所有，要是皇帝得不到最美麗的女人，還叫什麼皇帝，這個道理皇帝懂得，丞相也懂得。於是當天晚上丞相就用轎子把這女人送進了皇宮，於是這女人就成了貴妃娘娘，成了天底下最幸福的女人。

皇帝愛看史書，尤其愛看野史，愛看皇帝和美女的故事。見到貴妃以前，他覺得自己這皇帝當得太虧，他自認為是古往今來最偉大的皇帝，論文治武功，論個人魅力，誰能跟他比？他建立和領導著世界上最龐大的帝國，繼位以來風調雨順，國泰民安，舉國上下，萬眾歸心。他為臣民日夜操勞，不辭勞苦，救民眾於水火。百姓稱他為領袖，視他為救星，呼他「萬歲」，把他當作神明來供奉；全國各地建立的供奉他的廟宇比廁所還多，他的塑像更是遍布大街小巷公園學校和機關工廠；他的語錄被編成聖經廣為流傳，臣民起床後的第一件事不是上廁所做早飯而是坐在他的畫像前背誦他的語錄對照自己的言行進行懺悔，他說的每一句話都會作為最高和最新的指示在二十四小時內傳遍大江南北的每個家庭及個人，舉國上下的老百姓心甘情願誠心實意地為他而活著，也可以心甘情願誠心實意地為他去死！古往今來，有哪位皇帝得到過如此的擁戴？又有哪位皇帝有如此魅力？說到女人，皇帝卻有些心虛。皇太子哥哥說，當皇帝就是為了佔有天下的女人，可是他呢，早年當太子的時候，為了討得父皇歡心，不得不努力克制自己的欲望，老老實實守著那個又老又醜的女人，循

規蹈矩；就算後來上了皇帝，有了放縱自己欲望的機會和條件，可宮裡的女人都是當年父皇留下的，雖然別有風韻，但畢竟人老珠黃，偶爾用用可以，若要滿足他的欲望，那是萬萬不能的。宮裡太監和手下大臣都理解皇帝的苦心，明裡暗裡地四處為他搜羅美女，丞相甚至專門從國庫撥了一筆錢為他建了一座逍遙宮，裡面迷宮似的，共有九百九十九個房間，每個房間裡都有從全國各地選來的未開苞的處女，個個如花似玉，但要跟書上那些美女相比，還是遜色不少，去過幾次以後再也提不興致。為此他暗自抱怨上蒼待自己不公，既然生了他這麼個偉大風流的皇帝，為什麼不給他配上一個傾城傾國的美女？但在見到貴妃的那一刻他突然覺得，他以往所經受的所有苦難都將得到彌補！他人生的所有遺憾都將成為過去，畢竟他是皇帝，皇帝是不應該有什麼遺憾的，為了皇帝的遺憾，天下所有人都將付出代價。

　　見到貴妃以前，皇帝總想女人不過是女人，沒有什麼好稀罕的，有了貴妃娘娘以後他才真正知道女人的妙處。在皇帝的眼裡，貴妃是天底下最美麗的女人，也是世界上最奇妙的女人。貴妃的美無法用筆墨來形容，她的美不同於常人，因為她原本就不是尋常的人。她是個雜種，父親是黃色人種，母親是白色人種，她身上集中了兩種血統所有的優點，她的美貌足以令天底下所有活著和死過的女人自慚形穢，也足以令天下所有的男人拜倒在她的裙下，甘

願為她做牛做馬。也正是從見到貴妃的那一刻起，他在眾人面前也有底氣，對生活更是充滿了希望。從那時起，他的生活掀開了嶄新的一頁。

對皇帝來說，美好的生活總是從床上開始的，貴妃最大的妙處也是在床上。皇太子哥哥說當了皇帝就可以跟天下所有的女人做愛，皇帝沒法搞盡天下的女人，但跟皇帝做過愛的女人不計其數。國家是皇帝的國家，百姓是皇帝的百姓，女人當然也是皇帝的女人。在老百姓眼裡，皇帝是神不是人，能跟神在一張床上做愛，是天下女人的榮幸，所以皇宮裡的數以千計的美女，還有逍遙宮裡那些情竇未開的處女們每天都帶著夢想等待他的臨幸，而他對她們早已感到厭倦。

在同許許多多女人玩過許許多多花樣翻新層出不窮的性遊戲以後，皇帝想做愛也不過是做愛，沒什麼好玩的。皇帝可以每天跟不同的女人做愛，跟皇帝做愛的女人都是百裡選一的，可是他的感覺早已麻木，對她們早已沒有了感覺。按照皇宮裡的規矩，每天都會有太監把掛滿了木牌的箱子擺在他面前，每塊木牌上都寫著一個女人的名字，那些名字對他說來多是陌生的符號，他分不清它們之間有什麼區別，而他每翻一張木牌就決定了一個女人的命運，不過他自己卻從來沒有意識到這一點。那以後，那得到幸運的女人就會誠惶誠恐地任人擺布，把她的衣服剝光，用熱水給她洗澡，給她梳妝打扮，用香料把她熏得滿

身香氣，等時候到了便用毯子裹了被人抬著送到皇帝的床上，等著皇帝的臨幸，而這樣的機會對於她們中的絕大多數人來說一生之中也不過只有一次，以後的日子裡只能守著孤燈苦熬，再沒有跟男人做愛的機會，因為她們是皇帝的女人。而對皇帝來說，一切都是習以為常，從來沒有想過自己的任性會給女人帶來怎樣的後果。對他來說，做愛就是例行公事，如同吃飯一樣，他甚至分不出這個女人跟那個女人有什麼不同，也說不清這次做愛跟上次做愛有什麼分別。隨著年齡的增長，皇帝的體力大不如前，做愛也幾乎成了負擔，於是他經常以身體不適為由，減少了做愛的次數，這樣一來他感覺輕鬆了許多，只是苦了宮裡的那些女人。她們望眼欲穿，而他卻無力回報。

第一次跟貴妃做愛時，皇帝也有過類似的心態。當貴妃風情萬種地站在他面前時，他只是傻乎乎看著傻乎乎地笑，貴妃也在笑著，笑得春心蕩漾。當最後一縷輕紗飄落在地上，貴妃把她那完美的胴體裸露在他面前時，貴為皇帝的他已經完全失去了知覺。有了知覺後就想這是個仙女不是人，人不可能有這樣的美麗。貴妃帶著迷人的微笑向他走過來，一股幽香沁入皇帝的心脾，他真的醉了，傻了！貴妃走過來，幫他脫掉衣服，他像木偶式的沒了知覺，傻笑著聽由她的擺布。貴妃扶他坐在床上，抱住他，在他的臉上脖子上親吻著，一件件剝下他的衣服，讓他那已不年輕也不強壯的身體赤裸裸地暴露出來。那一刻他感到有些

羞愧，為自己醜陋的身體。以前皇帝並沒有覺得自己的身體長得醜，見了貴妃以後才會這樣的感受。貴妃卻沒在意，俯著身子在他身體上下親吻，那麼輕柔，就好象一縷縷輕風在撫摸著他，同時一隻靈巧的手在他身上輕揉著，終於落在他的大腿中間。她跪倒在他的腿下，抬起頭來沖他笑了笑，便俯下身去，用舌頭舔起來。恍惚中他覺得自己坐在船上，那小船在海上飄浮著，晃晃悠悠地，伴著那夢囈般的聲音，身體也隨之飄浮起來，飄呀飄的，心也在往上浮動，說不出來的陶醉，說不出來的快感！

然而那一次貴妃最終沒能把他帶到幸福的彼岸，就要進入關鍵時刻，他疲軟了，而且無論貴妃怎樣的努力也沒能使他重振雄風。他感到沮喪，本來皇帝是不應該為這種事情沮喪的，但當時他實在很沮喪，甚至不敢抬頭去看貴妃。而貴妃卻依然柔情萬種，她依偎在他的身邊，用親吻來安慰他。那時他覺得自己就像是個犯了錯誤的學生，雖然得到了先生的寬容和理解，心裡卻更不是滋味。

作為皇帝，向來都是別人遷就他而根本沒有他去遷就別人的道理，以往也遇到這類事，女人們總會感到自責感到懊悔，她們沒有服侍好皇帝，沒有給皇帝帶來快樂，好不容易等來的機會也被錯過了。而皇帝呢，也理所當然把責任推到女人們身上，弄不好還會給她們意想不到的懲罰，直至結束她們的生命。可是在貴妃面前，他第一次感到了自己的無能，並為此而深深自責。

那個夜晚他靜靜地躺在床上，一動不動。貴妃靜靜地依偎在他的懷裡，完美無瑕的身體裡散發著淡淡的幽香，令人心醉神迷。他的眼光沒有多停留便迅速移開了去，那美麗的身體對他是極大的打擊和刺激，他無奈地嘆息著。那天晚上的事直到今天仍然是他心裡一道抹不去的陰影，他想不通為什麼偏偏在自己喜歡的女人面前變得性無能，而當他像畜生一樣同別的女人交配時反而會無往而不勝？看看身邊的貴妃睡了過去，他抬起身子往下看著，那玩意兒疲軟地萎縮在雙腿中間，皺巴巴的，沒有生氣也沒有活力，那醜陋的樣子令他感到厭惡，這是他第一次覺得自己的東西是這樣醜陋。過了很久，他終於有勇氣伸出手去，試圖把那軟不拉塌的東西扶起來，但還沒等手鬆開，又軟倒了下去。後來邊用手撫摸自己，心裡邊去想那些淫蕩的事情，直到把自己弄得滿頭虛汗氣喘吁吁最終還是徒勞無功。那個時候他真是恨透了那玩意，真想把不爭氣的玩意揪下來餵狗去。

　　屈辱深深地刺激了皇帝，皇帝決心在心愛的女人面前洗刷自己，找回皇帝的尊嚴。第二天他找來御醫詢問，御醫給他檢查完身體後說是他有了心理障礙，給他開了幾副藥，並囑咐他好好調養身心，不要急於求成。倘若面對的是另外一個女人，皇帝也許會聽從御醫的勸告，可他面對的偏偏是美貌無雙的貴妃，他不能等待，也沒法等待，等待就意味著屈辱，而皇帝是不能忍受屈辱的。歷朝歷代，

從來都是別人在皇帝面前忍受屈辱，沒有說皇帝要忍受屈辱的，所有叫皇帝忍受屈辱的人都付出了代價，不是死於非命，就是遺臭萬年，成為了歷史的罪人。皇帝要的東西必須要得到，無論是江山社稷，還是女人，這是上天賦予皇帝的權力和力量。這樣想著，強烈的征服欲在皇帝心裡燃燒，他有些難以自持，在屋裡來回走動著，躁動的心情如同困獸一般。

　　然而皇帝畢竟是皇帝，皇帝是有理智有智謀的。無論玩弄權術還是征服女人，他都不會打無把握之仗。作為皇帝，他已經失敗過一次，在心愛的女人面前丟盡了面子，他不能再忍受失敗，否則所有的人，包括貴妃在內都可能付出慘重的代價！他不想失敗，也不允許失敗，所以他必須做好充足的準備。

　　那天皇帝沒有上早朝，悶悶地呆在寢宮裡，把所有人都趕了出去，然後把自己脫得一絲不掛，陰陰地站在鏡子前面。鏡子裡的皇帝卻與常人沒什麼兩樣，身體又小又瘦，全然照顧不到皇帝的體面，那張臉顯得很憔悴，皺巴巴的也看不出皇帝相來，身上的肌肉往下耷拉著，在腹部堆積成了座小山包，最可憐的還是兩腿之間那個小玩意，軟綿綿皺巴巴的提不起精神，根本不體諒皇帝的心境。皇帝很屈尊地伸手過去，捏住它，把它扶正，並使勁揉了幾下，想以此刺激它，它卻不為所動，皇帝手剛放開，它在耷拉下去，一動不動，睡著了似的。皇帝大為惱火，用手

拍了它幾下，命令它振作起來，它卻不肯領旨屈從，而皇帝竟然也想不出更好的辦法來令它服從自己。

　　皇帝很惱火，但沒有氣餒。氣餒就意味著失敗，而皇帝是不能失敗的。皇帝被惹急了，也就顧不得體面，叫來了太監，讓他們把所有能找到的春宮畫找了來，挑出幾幅掛在牆上，又找來許多淫書，放在他的床頭。等太監離開，他便躺到在龍榻上，翻開書，專門找那些最刺激的章節看著，一隻手放在大腿之間，不時摸上幾摸，揉上幾揉。書裡的男人個個那麼雄壯威猛，有的本錢粗大，經久耐用，能連續作戰幾個時辰，把數名女子搞得人仰馬翻，舉手討饒；有的奇妙無比，調節冷熱，伸縮自如，把人帶到欲死不活的美妙境地。書中的故事也是稀奇古怪，不是和尚與婦人私通，就是兄妹通姦，乃至叔嫂姘居父女亂倫，玩出的花樣也聞所未聞，見所未見。書裡的女人個個美艷絕倫，淫蕩無比，男人則都是獵艷的高手，攻無不克，戰無不勝。初看時皇帝難免心搖神盪，繼而憤憤不平起來，心想那些下三爛的傢伙竟然能享此艷福，而自己尊為皇帝，天地以我為大，時至今日方知人生竟有這等樂趣，實在冤枉。為了彌補心中的遺憾，當即找來宮女試驗，很快精力不支，敗下陣來。找來御醫詢問，御醫說書中所寫純粹胡編亂造，當不得真的。人的精力有限，哪能樂此不疲？寫書者多半性無能，心有不平，在書中加入個人性幻想，存心要讓天下的男人無地自容，故意寫得天花亂墜，皇帝萬

萬不可上了他們的當。皇帝想想也是，但終究有些遺憾。如今有了貴妃，覺得天下女人不過如此，更何況書中那些下流蕩婦！眼見著如此美色卻不能享用，皇帝不由得有些猴急，手中不由得加快了動作。

　　皇帝的手在兩腿之間搓揉著，越來越急促，眼前突然出現貴妃的身影。貴妃身披白紗，如同出水芙蓉。白紗飄落，貴妃一絲不掛站在他的面前，冰肌雪膚，艷麗無比。皇帝傻了似的，仰頭看她。她迷人地笑著，向他走來，越來越近，走到他跟前，她跪下，用舌頭舔了舔他的臉，眼睛，脖子，俯下身去，把蜷縮在兩腿間的那玩意掏出來，看了看，仰頭看了看他，笑著，俯下身子，伸出美妙的舌頭，輕輕地舔了幾下，然後張開了嘴，整個兒吞了進去。一陣陣快感從底下傳過來，身體顫慄著，他不由呻吟起來……從幻想中醒來，發現自己仍然躺在床上，眼前沒有了貴妃，惟有兩腿間的小弟弟傲然挺立，不可一世。皇帝大感欣慰，心想終於成功了。但他還是有些不放心，想通過實戰演練一番，正好小玉進來，便迫不及待地撲上去，把她掀翻在地，不顧一切挺槍直入，那可憐的女人被弄得半死不活。皇帝看到自己依然保持雄壯，也就找到了自信。

　　然而到了美若天仙的貴妃面前，所有的自信都蕩然無存。失敗使皇帝不得不再次忍受屈辱。那一刻他恨得咬牙切齒，瞪著貴妃，心裡想著要不要上前一把將她撕碎來洗刷自己的恥辱。貴妃從他的眼睛看出了他的心思，用微笑

化解了他的暴戾。然後又用神奇的手安撫著他，俯倒在他身旁，親吻著他既不年輕也不強壯的身體，沒用多久，就讓他重新振作起來，並把他帶入了美妙無比的境地。

貴妃使皇帝第一次真正領略到了性愛的快樂，也保全了自家的性命。皇帝覺得，跟貴妃做愛就如同兩人坐一艘小船在海上飄蕩，開始在風浪靜的海面上左搖右擺，繼而狂風乍起，波濤洶湧，身體隨之浮動起來，無由自主，時而升騰著，猶如衝上浪尖，時而下沉著，如同跌入谷底……皇帝把貴妃壓在底下，奮力抽動著，喘息著。貴妃快樂地呻吟著，身體蛇似的扭動著，配合著皇帝。皇帝振作起來，挺槍突擊。恍惚之中，身體漸漸失去知覺，物我兩忘，如入仙境。

事後皇帝心想，這女人真乃天下尤物，是上天對他這有德之君的饋贈。畢竟是皇帝，上天也不能虧待了自己。倘若沒有了這女人，他哪有能夠體會得了這人生的快樂？然而更令他欣慰的是貴妃竟然還是處女，這本來是他最擔心的。畢竟她曾經是丞相家的歌伎，而丞相的兒子是天底下最放蕩的男人，這樣奇妙的女人，他怎能放過？作為皇帝，他向來潔身自好，不到萬不得已，是不屑去撿別人的殘羹剩飯的。可是這美妙的女人偏偏早就落入他人之手，他又怎能視而不見？皇帝要擁有的東西必須是完整的，絕不能與人分享，無論過去，現在，還是將來！所以女人進宮時，皇帝就想過，倘若這女人真被用過，丞相一家尤其

他那放蕩的兒子必須為此付出生命的代價！殘留在床單上的血跡證實了貴妃的清白，也保護了丞相一家大小的性命。皇帝長舒了口氣，心情變得輕鬆起來，畢竟，皇帝的尊嚴沒被玷汙！於是第二天這女人便成了貴妃，成了天底下最幸福的女人。

貴妃給皇帝帶來了無限的快樂，也得到了皇帝的寵愛。得到皇帝寵愛的人就能得到幸福，因為皇帝能給他們帶來想要的一切，包括金錢、權力，榮華富貴，所以天下男人也好女人也罷，個個都想方設法要得到皇帝的寵愛。皇恩浩蕩，皇權無邊，皇帝掌握著權力的魔杖，決定著天下人的命運，他既能使乞丐無賴做夢醒來成為丞相大臣，也能使丞相大臣一夜之間變成乞丐無賴，所以皇帝本人不相信命運，他就能決定所有人的命運。

貴妃枕席之間征服了皇帝，贏得了皇帝的歡心，也就改變了自己的命運，一夜之間她由一個供人玩弄的下賤歌伎一躍而成為了貴妃，很快她從皇帝那裡得到的寵愛超過了任何人，因而也就成為除皇帝以外最有權力和最富有的人。而要保住這一切，就得保住在皇帝心中的地位。皇帝的天性往往喜怒無常，見異思遷，很少有人長久保住皇帝的寵愛，那些失去皇帝寵愛的人，結局也總是悲慘的。貴妃是個聰明的女人，知道伴君如伴虎的道理，知道珍惜自己的生命。好在上天待她不薄，賦予她征服男人的魔力，她在皇帝施展了這種魔力，皇帝便心甘情願地拜倒在她的

石榴裙下。

　　貴妃一次又一次把皇帝帶到了醉生夢死的仙境之
中，皇帝對貴妃的寵愛和依賴也與日俱增，終於到了寸步
難離的地步。皇帝沉醉在貴妃為他營造的溫柔鄉裡，忘記
了朝廷，忘記了江山社稷，忘記了生，也忘記了死……當
然，他沒有忘記自己是皇帝，因為只有他是皇帝，貴妃才
會愛他，服侍他，給他如此美妙的享受。除了皇帝，他什
麼也不是！如果有一天他失去了皇位，就會失去所有的一
切，所以忘記什麼也不能忘記自己是個皇帝。

　　是皇帝就要管理國家大事，是皇帝就得做許多願意或
不願意做的事情，面對許多自己喜歡或不喜歡的人。他曾
經是個勤政廉明的好皇上，為了保住祖宗打下來的江山社
稷，為了保住自己的皇位，也曾經為國事日夜操勞，嘔心
瀝血。而如今他很久沒上過早朝了，也很久沒有見過手下
的大臣，所有的國事都交給了丞相，自己則整日跟貴妃在
一起。貴妃成了他所有的一切，她是他的命根子，是他快
樂的源泉，他情願以一國皇帝之尊，拜倒在她腳底之下。

　　連續出現的幾場噩夢早就令皇帝心神不安，他感到了
不祥的預感。晚上他第一次對貴妃說起那可怕的夢境，貴
妃安慰他，想方設法令他寬心，並一件件剝下他的衣服，
把他引入她的懷抱。而處於驚恐中的皇帝抓住貴妃就像抓
住救命的稻草，瘋了似把她摟住，抱起來，扔在床上，撲
上去，把她身上衣服撕碎，把她壓在底下，瘋狂地抽動著，

狼似的嚎叫著，全然不顧貴妃的哀求和哭泣⋯⋯

　　一次又一次的瘋狂過後，皇帝已經筋疲力盡，他從貴妃身上翻下來，癱倒在床上。看著珠淚漣漣的貴妃，心裡充滿憐惜之情。貴妃不失時機地靠過來，躺在了她的懷抱裡，抹去了委屈的眼淚。皇帝摟住貴妃，在她臉上親了幾口，心想即便真的要死，也得這樣摟著她去死，即便到了陰間，有了她作伴，也不會覺得寂寞。可是她願意陪自己去死嗎？即便願意，到了陰間他可能不再是皇帝，她還能跟他在一起嗎？這想法令皇帝感到沮喪，他決定要修改遺囑，倘若自己死了，讓貴妃給自己殉葬，兩人生生死死都不分離。

　　皇帝懷抱著貴妃，帶著美妙的幻想睡了過去，甚至沒來得及想噩夢的事。然而沒過多久，噩夢還是把他驚醒了。恐懼席捲而來，令他不知所措，看見身邊酣睡著的貴妃，知道剛才是在做夢，心情才稍稍安定下來。

　　皇帝看著身邊的貴妃，酣睡中的貴妃是那樣的美麗和安詳。皇帝心想，貴妃肯定沒有做過噩夢。貴妃要做夢，肯定做的是美夢，這樣的女人是不應該做噩夢的，也不知道皇帝在做噩夢，否則她就不應該這麼安詳。貴妃的安詳令他嫉妒，也多少給他一些安寧。他突然有些自憫自憐，於是嘆息著，伸手過去，把貴妃的身體摟住，緊緊的，就像摟住了自己的生命⋯⋯

貴妃娘娘

　　貴妃娘娘醒了，是在夢中驚醒的。

　　貴妃娘娘夢見自己跟丞相的兒子在一起，這夢中的情人來到夢中更顯得英俊瀟灑，風流倜儻，他看著她，含情脈脈，貴妃娘娘把持不住自己，顧不得身份，迫不及待地撲進這男人的懷抱。然而貴妃娘娘是不能跟丞相的兒子在一起的，即便在夢中，貴妃娘娘知道，丞相的兒子也知道，所以皇帝一來，就嚇得爬進床底下，貴妃娘娘也慌慌張張地穿了衣服跪倒在地上，皇帝本來並不知道丞相兒子躲在床底下，是那只會說話的鸚鵡道破了機關，於是赤身裸體的丞相兒子狗一樣從床底下爬了出來，跪倒在皇帝面前連連求饒，瘦弱無力的皇帝上前去把鐵塔似高壯的丞相兒子從地上拎了起來，把他罵得狗血噴頭，然後氣急敗壞地抽出劍來，向丞相的兒子刺了過去。丞相的兒子平時很勇武，很男子氣，老說自己能徒手打死獅子老虎，可是在小貓似的皇帝面前卻嚇得在屋裡連滾帶爬，還不時把她作為擋箭牌，也終於沒能逃脫，皇帝的寶劍從他胸口刺過去，並從後背穿過。丞相的兒子跪倒在地上，嘴裡猛然噴出大口鮮血來，瞪大眼睛看著皇帝，倒了下去。皇帝瘋了似的，仰天大笑，笑聲在空蕩的皇宮迴蕩，陰森森的，令人毛骨

悚然。貴妃娘娘驚恐地看著皇帝，甚至忘記了向他求饒，更忘記了要為自己辯解。而皇帝卻扔下了劍，一步步向她走來，眼前的皇帝不知道為什麼突然變得異常高大威武，全然不是平時的模樣。他的眼神是那樣的冷酷，充滿著殺氣，每向她走過來一步，她的恐懼就增加一分。皇帝嚎叫著，張開手爪向她撲過來，她絕望地叫著，只覺得脖子被人掐住，喘不過氣來，眼看就要失去知覺……

看到眼前的皇帝，貴妃娘娘嚇得大叫起來。皇帝看她滿頭大汗，猜想她也是做過噩夢的，便摟住她，安撫她。滿頭冷汗的貴妃娘娘驚魂未定，見皇帝對自己仍舊溫柔，絲毫沒有夢中的凶樣，這才稍稍安靜下來。

皇帝摟住貴妃，用手巾擦著她臉上的汗水，問她是不是剛做過噩夢。貴妃喘息著點頭，心有餘悸。皇帝卻笑了，他希望別人做噩夢。按照皇帝的心理，做噩夢的人多了，有了人墊背，他這皇帝便能有恃無恐。皇帝問起貴妃夢中的情景，貴妃說她夢見皇上手裡拿著龍泉寶劍正與幾個模樣古怪的妖魔鬼怪斗在一起，她一旁看著，很為皇帝擔心，後來有個妖怪張開血盆大口向她撲來，她嚇得四處奔逃，要不是皇帝弄醒，說不定已經叫那妖怪給吃了。說著貴妃做出了驚恐的樣子，臉貼在皇帝胸前，雙手把他緊緊地摟住。

皇帝哈哈大笑，笑聲中竟然也有一股豪氣。他對貴妃說自己是真龍天子，是上天派下來的，即便世間真有什麼

妖魔鬼怪，也會怕了他的。說這話時，皇帝心裡並沒有底，因為他既不知道是不是真有妖魔鬼怪，也不能肯定自己就是從天上派下來的。不過看到貴妃那副模樣，心裡還是很滿足，仿佛自己真的有了降魔伏妖的本領。

　　貴妃娘娘摟住皇帝，心裡卻是另外的想法。她當然不會相信皇帝的話，皇帝是真龍天子不假，畢竟他是當著皇帝的，按照民間的說法，真龍天子其實就是指的皇帝，但要說皇帝能降魔伏妖，純粹是騙人的鬼話。在別人眼裡，皇帝本來就是神，在民間他已被天下百姓當作神來供奉，他說的每一句都被當作聖旨廣為流傳。可是貴妃卻從來沒把他當作神來看待，因為這神離她太近，他整天跟她廝守在一起，一起吃飯，一起玩耍，一起做愛。在貴妃眼裡，皇帝跟別人其實也沒兩樣，餓了要吃飯，渴了要喝水，也要睡覺，也要大小便。皇帝也有很多缺點，其中有些是有損於皇帝形象的，譬如吃飯愛放屁，放出的屁還奇臭無比，他自己聞不出來，別人不敢說什麼，只好就著吃進肚子裡。拉完屎屁股總是擦不乾淨，內褲上總是留著黃色的汙跡，很是叫人噁心。除此以外，皇帝在許多方面甚至還比不了常人，就說做愛吧，皇帝本來就不強壯，身體又是被掏空了的，且不說他那玩意比別人短小，做起事來也往往不能持久，女人剛剛來了興頭就疲軟下去，讓人好是失望。因為他是皇帝，別人不敢說什麼，但免不了私下裡議論。貴妃受寵最多，苦楚也最多。個頭矮小的皇帝在性愛

方面也表現得很自卑，一般說來，他更願意跟嬌小的女人一起做愛。跟高個子女人做愛還是從貴妃開始，貴妃比他高半個腦袋，所以皇帝從來不會站著跟她親吻，由於高矮有別，皇帝必須掂高了腳才能吻到貴妃的嘴唇，這難免會損害皇帝的自尊。貴妃知道這個，所以從不讓皇帝為難，每次總是坐到床上以後才去吻他並接受他的親吻。貴妃娘娘並不知道神是什麼樣，但她想神總不應該是皇帝這個模樣，倘若皇帝是神，那自己應該也是，既然都是神，也就用不著太把神當回事。

　　皇帝不是神明，卻比神明更偉大，更有力量。貴妃娘娘看過許許多多的神話，知道神其實也是受了約束，仙界也有等級，甚至也會死亡。天庭有玉皇大帝，地府有閻王老子，孫猴子神通廣大，闖地府，鬧龍宮，把天庭鬧得天翻地覆，把玉皇大帝嚇得屁滾尿流，最終還是被西方如來壓在了五指山下。皇帝則是人世間權力最大的人，猶如天庭裡的玉皇大帝，他沒有神通法力，可是只要他還穩坐在皇帝的位置上，天下百姓就會臣服於他，為他頂禮膜拜，為他而生，為他而死，所以貴妃即便不把皇帝當作神明看待，也不敢對他有絲毫的輕視心理。

　　皇帝的威嚴是不能冒犯的，冒犯皇帝的人都已經不在世上。丞相和丞相的兒子都是這麼對她說的。當時她知道皇帝相中了自己，丞相和丞相的兒子準備好了第二天要把她送進宮裡去獻給皇上，可是她並不願意。從內心說，她

一點也不喜歡皇帝。她在那天的宴會上第一次見到皇帝，出於好奇，跳舞的時候她也忍不住看了幾眼皇帝，穿著黃袍馬褂的皇帝離得很近，她看他看得很清楚，每次她看他的時候發現他也在看她，開始她還有些得意，漂亮的女人總希望別人看的，何況還是一國之君的皇上，女人小小的虛榮令她感到很滿足，不過她沒想到皇帝會愛上自己，更沒想過要進宮去侍候皇帝。

看上去皇帝絕不是那種很容易讓人愛得起來的男人，儘管穿著黃袍馬褂，儘管所有的人都在對著他媚笑，但作為男人，根本談不上什麼魅力。跟所有的女人一樣，貴妃也是看重男人外表的，她夢中的情人個個都是英俊瀟灑風流倜儻，個頭矮了自己半個腦袋形象平庸的皇帝絕不在她的考慮之內，即便他是皇上也不成。何況她已經是丞相兒子的人了，前幾天丞相的兒子親口對她說過等稟明了父親就要把她收為侍妾。

貴妃對丞相的兒子一往情深，丞相的兒子年輕而且英俊，被公認為是天底下最風流最有魅力的男子。貴妃憑著絕世容貌贏得了丞相兒子的歡心，使他許下娶她為妾的諾言。沒想到第二天丞相的兒子卻要把她獻給皇帝，聽著丞相兒子的話，她頓時就傻了眼，沒想到男人的臉變得那樣快，昨晚還信誓旦旦說要娶她愛她，如今卻強迫她去嫁給另外一個男人。丞相的兒子說他其實是真愛她的，他從來沒有這樣去愛過一個女人，愛得刻骨銘心……說這些話的

時候，丞相的兒子臉上擺出痛心疾首的樣子，她感動極了，就衝着那些話，還有丞相兒子對她的愛，就是要她馬上去死，她也會毫不猶豫。當然她最希望他說的話不是要她去死，而是跟她一起逃走，逃到皇帝找不到的地方。然而丞相兒子後來說出的話卻令她絕望，令她心碎！她已經記不起丞相兒子的原話，不過那意思卻是再明白不過的，就是讓她進皇宮裡去，做皇帝的貴妃，將來得了皇帝的恩寵，別忘記他們全家的好處。一切都那麼明了，那麼直接，現在想起來真是感到寒心。丞相的兒子也說了別的話，意思是他這樣做也是萬不得已，要是違背了皇帝的意願，他自己死是小事，他們全家也要完蛋！父親那麼大年紀了，況且還有全家族數百口人的性命！總不能眼看著全家老小去死呀。聽著丞相兒子的話，貴妃知道沒有別的指望，她本來就不應該有所指望的，她不過是丞相府裡的一名歌伎，即便得到丞相父子的寵愛，也不過是他們手中的玩偶，沒人把她當作人來看的。要不是皇帝看上，要不是考慮自己終會有一天當上貴妃甚至皇后娘娘，丞相的兒子也不會屈尊對她說那話，說到底他們對她還有所指望，說穿了她不過是他們手中的棋子，這步棋也是他們精心設計好的，所以她根本無法選擇。

那年她只有十六歲，卻早已不是處女，而皇帝是喜歡處女的，皇帝想要的女人不能是別人占有過的，作為至高無上的皇帝，這本是天經地義的。丞相和丞相的兒子都靠

拍馬屁起家的，自然懂得皇帝的心態。貴妃也懂，甚至幻想著丞相和丞相的兒子會因此善罷罷休，當那個形象猥瑣的小道人來到她面前時，她知道已經沒有了任何指望。

丞相的兒子告訴她，這道士醫術高超，會修補處女膜。無數女人在他的幫助下瞞過了他們的丈夫，保全了名節，最終獲得了幸福，因而對他視若神明，稱之為救命菩薩。她相信丞相兒子的話，知道自己的命運就操在這個外貌猥瑣的小男人手裡，但她怎麼也沒法把這道士跟神明聯在一起，她看過很多書，還有各種各樣的圖畫，知道神明的模樣難免會有些古怪，但身上總有些仙風道骨，跟這賊眉鼠眼的傢伙無法同類。神明也應該令人親近才對，而這個傢伙卻令她恐懼和噁心。

她沒有反抗，也沒法反抗，因為那時她還不是貴妃。躺在床上，她覺得自己就像一隻任人宰割的羔羊。想到自己不得不把身體最隱祕的部位暴露給這形容猥瑣的道士，聽從他的擺布，不由得渾身顫慄起來。她不敢，也不願再去看那道士，心裡卻懷著莫名的恐懼，聽天由命地等待著。那時，丞相和丞相的兒子都出去了，屋子裡只剩下她和那道士。丞相兒子要出門的時候，她想對他說自己很害怕，讓他留在屋陪著自己。但又想這是不可能的，再說丞相本人也在。聽到關門聲，她知道他們都走了，剩下她，還有那個討厭的道士。頃刻間屋子裡死一般的寂靜，她感覺到那道士就站在離床幾步遠的地方，正色迷迷地朝她看

著，她好像聽到了喘息聲。

　　道士沒有說話，她卻感覺到他的存在。道士走到床邊，站住，冷笑地看著她，有些幸災樂禍。她屈辱地閉上了眼睛，眼淚止不住流下來。她好像聽到道士的冷笑，接著她覺得褲子被人扒下，繼而是內褲被扯了下來，赤裸裸的，身體最隱祕的部分完全暴露了出來，她感到一陣涼意，本能地用手把那地方捂住，哀求地看著那道士。道士冷笑著，把她的手拿開。她很絕望，只得任他擺布。道士將她的兩腿掰開，她閉上眼睛，只覺得一隻手在大腿內側遊動著，就像幾隻螞蟻在爬動，癢癢的，到大腿根部漸漸停住。她一動不動，好象期待著什麼。猛然間她感到一陣陰冷，像有什麼東西塞進了她的身體，抻開，往兩邊推擠著，似乎要把她整個的身體撕成為兩半，她感到一陣劇烈的疼痛，隨即便失去了知覺。

　　醒來後，她看見丞相和丞相的兒子都在床邊看著她。丞相的兒子告訴她，她的處女膜已經被修復，肯定能瞞過皇帝，而她也就能得到皇帝的寵愛。她聽著心裡並沒有喜悅，想起剛剛忍受的恥辱，不由得有些怨恨這無情的男人，心想要是有一天自己果真能當上貴妃乃至皇后，先要殺了那個可惡的道士，丞相和丞相的兒子也要為此付出代價。

　　道士沒有能夠活到她當貴妃的那一天，在她離開丞相府進到皇宮後的那一天，有人在荒郊野外發現了道士已是

面目全非的屍體，身上被人扎了十八刀，兩腿中間那玩意被人割掉了，中間插進去一根木棍，旁邊還留下個血窟窿。她進宮很久以後才知道這事，心想一定是丞相的兒子派人去乾的。丞相的兒子向來心狠手辣，何況此事關係到丞相全家的性命，若是留下道士這個活口，難免產生後患。花心的道士一心想討得丞相父子的歡心，以為從此可以借助於丞相父子的勢力得到榮華富貴，卻沒想到死之將至，嗚呼哀哉。

當上貴妃娘娘以後她已經淡忘了過去在道士手下所蒙受的屈辱，甚至對他多少懷有些感激之情，畢竟沒有道士為她修補了處女膜，她就不可能成為今天的貴妃娘娘，沒準她，還有丞相一家，連命都保不住。然而道士的生命對她來說又是心中的隱患，倘若有一天泄露了祕密，好不容易得來的這一切都將化為烏有。在享受了數不盡的榮華富貴以後，她更加感覺到生命的可貴，她變得更加怕死，怕失去眼前的一切，整天提心弔膽，心驚肉跳。得知道士的死訊以後，她感到心頭一陣輕鬆，覺得丞相父子過於殘忍，又慶幸他們為自己消除了心頭的隱患。

對她的事道士其實費盡了心機，除了修補處女膜以外，還教了她很多應付的招術。那招術都很管用，輕而易舉便把那一國之君的皇帝欺瞞了過去。皇帝看到白毛巾上殷紅的處女血時，興奮地抱住她又親又咬，流下了驚喜的眼淚。他告訴貴妃娘娘，他早已做了準備，倘若發現她不

是處女，殺了她不說，還要治丞相全家的欺君大罪，弄不好要滿門抄斬。皇帝說這話時很有些輕描淡寫，似乎沒當回事，貴妃娘娘聽了卻不由得心驚肉跳，暗自吸了口涼氣，心想要不是丞相和丞相的兒子早有準備，自己早就白白送了性命。

　　那時貴妃還只是個不知天高地厚的女孩，處在做夢的年齡，有過許多美麗的夢想，就是沒有想過會跟皇帝在一起，更沒想過有一天能當上貴妃。她也知道皇帝的高貴，但作為下賤的歌伎，皇帝對她來說只是個模糊不清的符號，並沒有什麼分量。當她把這個符號印在眼前那個活生生的皇帝身上時，感受到的卻是失望和沮喪。很長一段時間她都沒法把眼前那個比自己矮了半個腦袋的小個子男人同至高無上的皇帝聯在一起，想到自己一生陪伴的男人竟是這等猥瑣，她委屈得想哭，甚至想過去死。

　　進宮後第二天就有太監通知說皇帝要來臨幸，這消息很快傳遍了皇宮內外，引起無數女人的羨慕或猜忌。對宮裡的女人來說，這是天大的福氣。她們在孤燈下苦熬等待，不就是為了這一天？只有接近皇帝，才有希望得到皇帝的寵幸，而得到皇帝的寵幸，也等於擁有了一切。這也是她們唯一的希望，除了得到皇帝的寵愛，難道還敢有別的幻想？宮裡的女人都是抱著這樣的希望在苦熬，在等待。許多人等了多少年，消磨了青春，熬白了頭髮，到頭來卻是一場空。而她剛剛進宮就輕而易舉得到了皇帝的寵

愛，怎能不遭人嫉妒？

　　如果沒有迷戀上丞相的兒子，又沒有見過皇帝，也許她也會有所憧憬，有所期待，可是她還沒有忘記丞相的兒子，見過面的皇帝又是那樣令人失望。況且，倘若不能騙過皇帝，叫他識破了偽裝，就等於犯了欺天大罪，她的小命保不住，就連丞相一家也得遭殃。想到這樣的後果，她不能不感到恐懼，可是她已無能逃避，只得聽天由命。

　　不管怎麼想，她的命運卻在頃刻之間發生了變化。皇帝還沒有來，她卻已身價倍增，突然間她的身邊出現了許許多多的人，有宮女，也有太監，有年輕美貌的姑娘，也有風韻猶存的婦人，所有的人都在向她微笑，在她面前俯首帖耳，說話也是細聲細氣，她們服侍她，心甘情願聽從她的使喚，竭力想討好她。甚至連皇后娘娘也主動跑來看她，拉著她的手噓寒問暖，令她不知所措。

　　那一切來得太快，太突然，她心裡有些茫然，不過她也知道，這都是因為皇帝，所有的人都是衝着皇帝才會這樣對她，所有那些衝着她的微笑，所有的殷勤，都是因為皇帝，她們討好她，其實也為了討好皇帝。沒有了皇帝，她什麼都不是，就像在丞相府的時候，沒有丞相兒子的寵愛，她只能是個下賤的歌伎，誰都可以欺負，誰都可以凌辱。社會就是這樣，女人永遠只能是弱者，女人只能通過男人來改變自己的命運，過去是這樣，現在和將來也只能是這樣。

她木偶似的聽人擺布，腦袋裡空蕩蕩的。宮女們把她領到浴室裡，幫她脫了衣服，扶她走進熱氣騰騰的浴盆裡，水面上飄浮紅色的花瓣，整個屋裡瀰漫著迷人的香氣。她沉浸在溫暖的水中，升騰的熱氣在周圍瀰漫著，繚繞著。侍女站在浴盆旁，用手在她身上輕輕搓揉著，侍女的手很美，手指細長白嫩，臉也漂亮，卻只得在一旁服侍自己，給自己洗澡搓背……而在昨天，自己的處境還不如她們。一夜之間所有的一切都改變了，從供人玩弄的歌伎一變成為眾人仰慕的貴婦人，這麼多人圍著自己在轉，金碧輝煌的皇宮，享不盡的榮華富貴……而所有這一切，不都是因為皇帝在背後撐著？那看上去猥瑣懦弱的皇帝其實有著至高無上的權力，他可以決定所有人的命運，就連不可一世的丞相和丞相的兒子在皇帝面前不也是戰戰兢兢連大氣都不敢喘？丞相每次上朝全家人都會提心弔膽，就怕去了就回不來，丞相兒子就更甭提了，別看人高馬大，到了皇帝面前便沒了個人樣，那份巴結，那份討好，就像一條搖尾乞憐的小狗！

　　花了三個小時才洗完澡，溫香的水把她泡得渾身酥軟，昏昏欲睡。侍女們給她穿好了衣服，然後領著她到化妝間，那裡早就有化妝師等在那裡，他們花了三個小時給她梳理頭髮，花了兩小時給她化妝，精心打扮，她的美貌震驚了在場所有的人，周圍的侍女個個目不轉睛地看著她，連連發出嘖嘖的讚嘆聲，就連見多識廣的化妝師也說

她是他見過的最漂亮的女人，能給她梳妝打扮是他一生的榮幸。她不以為然地笑了笑，知道這些人是想討好自己，但她對自己的美貌本就有足夠的信心。

　　然後她被送進了寢宮，又有兩個嬤嬤等在那裡，她們是專門來教她宮裡規矩的。兩位嬤嬤長得奇醜，滿臉橫肉，兇巴巴的，一看就不是良善之輩。那時她已被這幫人折騰得頭暈眼花，對兩個女人更加厭惡。這兩個女人是從皇后身旁來的，狗仗人勢，宮裡的女人沒有不怕的。既然她還沒當上貴妃，在宮裡的地位也沒有確定，只得硬著頭皮，聽由她們擺布。好在她們也知道深淺，在她面前還不敢過於放肆。

　　一切準備就緒，除了幾個貼身侍女，別的人都退了出去。她坐在燃燒著的紅蠟燭旁，等待著皇帝的駕臨。空曠的寢宮裡死一般的沉寂，讓人心裡發慌，似乎聽到自己沉重的喘息聲。時間慢慢流逝，她的心劇烈地跳動著往上浮懸，到了嗓子眼，隨時都可能蹦出來。決定命運的時刻到了，就像丞相兒子說的那樣，倘若皇帝識破了真相，她完了，丞相一家也完了！眼下丞相父子肯定比自己更為緊張更為焦急，他們全家的命運此刻就掌握在自己手裡，弄不好他們就得完蛋。想到丞相一家對自己的出賣，她真的想趁機報復一把。這陰狠的念頭稍縱即逝，卻令她體味到報復的快感，心態也平和了了許多。

　　皇上駕到！聽到門外太監悠長的叫聲，她趕緊走到門

口跪下，低垂著頭迎候皇帝的降臨。皇帝的腳步聲在門口停住，沒有說話，她覺得皇帝是在看她，又不敢抬頭去看，只得屏住呼吸，按照道士的指點，做出羞澀狀。皇帝說話了，讓她抬起頭來。她慢慢抬頭，仰視著眼前的皇帝。穿著龍袍的皇帝似乎不像她原先見過的那樣猥瑣，冷漠的神情透著威嚴。她看著他，突然覺得什麼東西壓在心上，有些喘不過氣來。他向她伸出手來，嘴角擠出一絲笑意。她略微輕鬆一下，討好地笑著，把手伸過去，站了起來，這時才發現皇帝原來比自己矮了半個腦袋。皇帝抬頭看她，神情有些尷尬。她想起丞相兒子的囑咐，生怕犯了皇帝的忌諱，做了害羞的樣子，走到旁邊坐下，低下頭去。聽到腳步聲，她知道他已經來到她跟前，抬起頭來，微笑地仰視著。皇帝站在她跟前，總算能夠居高臨下，神情也變得和藹起來。他伸手過來，撫摸著她的臉。她故作羞澀，低下頭去。皇帝的手迅速往下移動，到了她的胸前，把她的雙乳抓住，放肆地揉捏，她感到厭惡，卻只得假裝呻吟，做出很動情的樣子，捧住了皇帝的手，把它按在自己的嘴上親吻著，眼睛卻始終閉著，不敢去看皇帝的臉，生怕露出馬腳。聽到皇帝粗重的喘息聲，她知道皇帝有些迫不及待，便趁機摟住情急了的皇帝，一步步向床邊挪動。

到了床邊，皇帝突然推了她一把，然後撲過去，把她按倒在床上，胡亂扒著她身上的衣服。她終於看到了皇帝的臉面，那臉有些扭曲，顯得十分猙獰，她有種要被強姦

的感覺，本能地抵擋著，卻反而刺激了皇帝的征服欲。在皇帝壓迫下，她也幾乎失去了理智，猛力一推，竟把皇帝推下床去。皇帝從地上爬起來，惱羞成怒，冷冷地看著她，眼睛裡露出了殺機。她嚇得渾身哆嗦，趕忙裝出媚笑，過去把皇帝抱住，把頭埋在她的胸前，讓他不要生氣，然後當著他的面，把衣服一件件脫掉，每脫一件衣服，臉上就多上幾分嫵媚，幾分引誘。皇帝的臉漸漸由陰轉晴，當她脫掉最後一縷絲帶，赤裸裸地站在皇帝面前時，皇帝傻了似的，怔怔地看著她，沒有了知覺。她知道是自己的美貌震驚了皇帝，便主動來到皇帝跟前，去脫他的龍袍。皇帝傻笑著，聽由她的擺布。於是她變得有些肆無忌憚，三下五除二便把皇帝剝了個精光。

赤身裸體的皇帝站在她的面前，全然沒有了往日的尊嚴。他身體的整個形狀很像一隻癩蛤蟆，頭小，胸窄肚子大，肌肉鬆垮垮的往下掉著，一雙金魚眼鼓泡似的往外突著，眼眶裡布滿了紅絲，最可憐的是兩腿中間的那個小玩意，蚯蚓般大小，萎縮著，盡是皺紋。她看著十分厭惡，卻自我克制著，做出激動的樣子，走過去，把他抱住，媚笑著，親吻他的身體，手往下伸著，抓住下面的小玩意，按摩著。

在她的撫摸下，皇帝漸漸有了些知覺，身體由冷而暖，繼而變熱，手也在她身上動作起來。她強忍著內心的厭惡，喘息著，引誘著皇帝。皇帝的呼吸越來越粗重，動

作也越來越粗魯，腿中間的那小玩意也硬了起來，象根香腸似的。她突然想起道士的告誡，小心地防範著，動作更有了分寸。皇帝卻早已把持不住，猛力把她按倒在床上，整個身體的撲在她身上，腦袋埋在她的豐碩的雙乳中間拱動著，豬腦袋似的，手指按在她的陰部使勁按摩著。她難免有些激動，腦袋卻保持著清醒。就在皇帝將進入她身體的那一刻，她的心往上懸著，恐懼使她渾身顫抖，不由得閉上了眼睛。

　　她驚恐地等候那決定命運的一擊，卻遲遲沒有等到。睜開眼睛，卻看見皇帝滿臉沮喪地坐在一旁，用手拈起自己那軟不拉塌的小玩意，抬頭看見她，連忙用手把那不堪入目的小東西按住，尷尬地辯解說自己本來在這方面也是很威猛的，可能是被皇妃的美貌所震嚇，一時提不起精神來。聽皇帝這麼說，她鬆了口氣，暗自幸災樂禍，慶幸自己暫時逃過了劫難，嘴裡安慰皇帝說沒關係的，即使你真的不行，我也會愛你一輩子。皇帝聽了卻很生氣，說我是皇帝，怎麼可能不行呢，我會證明給你看的。她聽著覺得可笑之極，心想不行就是不行，這跟做皇帝沒有關係。不過她沒敢反駁皇帝，只是摟住皇帝笑了笑說，你當然能行的，要不怎麼能當皇帝呢！

　　那天晚上她摟著皇帝躺在床上，再沒有睡著。皇帝赤裸著的身體，躺在她的懷裡，腿間那軟不拉塌的玩意貼在她的肌膚上。她感到噁心，又不敢動彈，生怕刺激了它。

皇帝顯然還有些不死心，總是不經意地伸手去摸摸，見不起作用，便嘆口氣，仰面躺著，默不作聲。她心裡很惶恐，有些不知所措。她相信皇帝是有那能力的，她跟丞相第一次做那事的時候也出現過這種情況，是她想方設法讓他振作了起來。看皇帝那可憐的樣子，她本來也想幫幫他的，可想起道士和丞相父子的囑咐，只好打消了這種念頭。她必須讓皇帝相信她是個純潔無暇的處女，倘若在這方面顯得過於老道，必定會引起皇帝的疑心，所以她只能等待時機。

聽到呼嚕聲，她知道皇帝已經睡著。皇帝睡覺時依然把手放在兩腿間，似乎也覺得那玩意太不堪入目。看著這具衰弱而醜陋的軀體，她感到一陣悲涼，不由得想起丞相的兒子來。這男人寡廉鮮恥無情無義卻年輕英俊高大挺拔，上了床更是威猛無敵，令人欲死不活。她早就聽說過他的許多惡行，對他有所防備，可從見到他的第一眼就不可避免地愛上了他，並且心甘情願地把女人的最寶貴的貞操奉獻給他，這使她後來成了皇帝的女人後還能感到慶幸，畢竟她曾經和丞相兒子那樣的男人在一起過。她天性喜歡威猛的男人，丞相兒子強壯的身體令她迷戀不已，第一次看見那滿身隆起的肌肉，她恨不得撲上去咬上幾口。那貪色的男人不僅身體強壯，而且絕對是床上的高手，使她純潔無遐的處女變成了淫蕩無比的婦人，他們倆在一起總是如魚得水，歡娛無比。如今她卻被這男人出賣了，只

得陪著這個廢物虛度餘生，這漫漫的長夜如何熬得過？想到這些，不由得黯然神傷。

　　第二天皇帝很早就起來了，他對她說他晚上還會來，而且不會讓她再失望。她明白他話裡的意思，有些厭惡，嘴裡卻安慰他說自己會耐心等他，相信他會好的。皇帝很難看地笑了笑，沒再說什麼便走了。她看皇帝神情古怪，心裡突然產生出一種不祥的預感，覺得有些害怕。身邊的宮女告訴她，那天皇帝沒有上早朝，獨自悶在屋裡關著門也不知道在幹什麼，連皇后找他也不去。她知道皇帝是因為昨晚上受了刺激，想要在今天證實自己，卻也猜不出他能玩出什麼新花樣來。

　　晚上皇帝果然來了，看他那樣子，她知道他是吃過藥的，反而放下心來。皇帝想要證明自己，迫不及待地把她抱住，把她的衣服剝光，沒頭沒腦地親吻起來。她無助地躺在那裡，聽由那小腦袋在她完美無暇的身體上拱動。皇帝滿臉通紅，身體也開始發熱，腿間那蚯蚓般的小玩意漸漸有了生氣，膨脹著，挺立起來。皇帝漲紅了臉，眼看著整個身體就要向她壓下來，而她也不失時機地把身體挺上去，迎接那狠命的一擊。皇帝的臉卻突然僵住，哀嘆了一聲，雙手捂住腿間，無力地躺倒下去，失聲慟哭起來。

　　皇帝的哭聲驚天動地，她嚇得六神無主，顧不得失望，趕忙把皇帝抱住，耐心地安慰他。皇帝把頭埋在她的懷裡，孩子般地哭訴著，他說他從來沒有這麼窩囊過，在

別的女人面前他向來也是很威猛的，從來沒有失敗，可如今他這麼愛她，卻怎麼也得不到她，老天爺好像成心要與他為難。她看皇帝那樣覺得很可憐，繼而又想能夠看到皇帝這可憐樣也是件了不得的事情，以皇帝之尊，除了她，誰還能有機會可憐皇帝呢？她感到很滿足，心也軟了下來，覺得時機已到，便摟住皇帝，邊說些溫柔的話，邊伸手在他身上輕輕地撫摸起來，繼而使出了丞相兒子教給她的招數……皇帝不知不覺停止了哭泣，繼而喘息著，眼睛發紅，整個身體膨脹起來。她不失時機地引導著他，讓他從容地進入了自己的身體，並挺起身體迎合著他的動作……他終於獲得了成功！當皇帝看到毛巾上留下的血跡時，興奮地摟住她哭泣起來，說她是世界上最漂亮最純潔最善良的女人，是她使他重新找到了男人的自信，也找回了皇帝的尊嚴，他要永遠感謝她，愛她，給她想要的一切。而她卻暗自慶幸自己總算逃過了劫難，保全了性命。

　　第二天皇帝要她去參加早朝，這是違背常規的，按照朝裡的規矩，任何宮眷都不能參與政治。那時她還不懂得朝裡的規矩，對上朝的事也沒什麼興趣，但皇帝的聖旨是不得違抗的。到了聖殿，看到數百計的高官跪倒在皇帝的腳底下，山呼萬歲萬歲萬萬時，她似乎理解了皇帝的用意。皇帝原來並沒有忘記夜晚在房事上所遭受的屈辱，就想在白天證實自己的偉大。看著那些跪倒在地上的人群，這些人個個高官厚祿，不可一世，可是在皇帝面前卻只能

像狗一樣跪倒在地上，不敢仰視。在那些人中間，她好象看到了丞相，還有他的兒子，他們就跪倒在皇帝還有她的腳底下，看上去那麼渺小，那麼可憐！她真的感受到了皇帝的偉大，她想，作為男人的皇帝或許是渺小的，作為皇帝的男人卻是偉大的，就在那一刻，她對皇帝真正有了好感，幾乎愛上了他。

回到寢宮，她變得沉默了，想起從小遭受過的屈辱和苦難，不由得感慨萬千。她天生麗質，偏偏出生在貧寒之家，命中注定要遭受欺凌。父親整天不務正業，遊手好閒，全家就靠母親給人縫縫補補賺些養命錢。父親是個不可救藥的賭徒，經常偷了家裡的錢出去賭博，欠了債不敢回家。債主上門逼債，母親跪地哀求也無濟於事，全家人只得眼睜睜看著那些惡奴把家裡的東西搬走。等到家徒四壁，一個債主看到母親還有幾分姿色，便要母親陪他，母親無奈，只得含淚答應。那時她才九歲，透過門縫，她看見母親流著眼淚，當著那債主的面，脫著身上的衣服，債主把赤身裸體的母親按倒在床上，床顫動著，發出吱吱咯咯的聲響，她好像聽到了母親的哭泣聲……從那以後幾乎每天都有男人到家裡來，徐娘半老的母親塗脂抹粉，賠著笑臉，賣弄風情迎合他們，然後他們摟抱著進到裡屋，到床上去製造那吱吱咯咯的聲響。那時她還不懂那聲音的含義，只覺得那些男人在欺負母親。為這事，她也聽到父親跟母親吵過，父親罵母親不要臉，母親說父親沒用連老婆

孩子都養不活，然後父親向母親要錢，母親給了他錢，父親拿了錢走了，家裡平息下來。以後父親回家，見裡屋門關著，就在門外找個地方曬太陽，等男人走了，便伸手向母親要錢。有時還會自己帶了男人回來，要母親陪著他們，自己則帶了錢又回賭場去了。那吱吱咯咯的聲音不絕於耳，也催著她早熟。知道事情真相後，她感到了極大的羞辱，她恨那些男人，也恨自己的父母，正是他們讓她蒙上這樣的恥辱。那以後她再不願意在家裡待了，也不願到外面去跟小伙伴玩，整天落落寡合，就想離開家，離開那令她羞辱的小鎮。她夢想著有人來救她，為她報仇，為她洗刷所有的恥辱！她要報仇，向所有的男人……然而隨著一年年長大，她的美貌越來越引人注目，來找母親的男人們都把目光投在她的身上，個個垂涎欲滴，有的男人來找母親，其實只是為了看上她一眼。精明的母親早就看出他們用意，卻樂得撈取更多的錢財。她從那淫邪的眼光中意識到自身的險境，卻又無力逃脫。後來母親的一個嫖客看上了她，開出驚人的高價錢，母親便義無反顧地將她出賣了，於是她成了勾欄院裡的歌伎。她以為自己命中注定要像母親那樣悲慘地生活一輩子，不再有翻身的機會，沒想到造化弄人，偶然的機會她進了丞相府而且很快得到丞相父子的寵愛，接著又進了皇宮，獲得了皇帝的寵愛，而今天下最有權有勢的男人都跪倒在她的面前，她感到了滿足，感到報復的快感。要把握這一切，就必須把皇帝緊緊

地把握在自己的手裡。

　　初獲成功的皇帝急於進一步證實自己，鞏固已有的成果，從繁忙的政務中脫身出來，匆匆來到她的寢宮。看著穿著龍袍的皇帝，她的心態完全改變了，眼睛裡充滿柔情蜜意，摟著比自己矮半頭的皇帝，竟沒去想丞相兒子的威猛，也忘記了天下所有的男人，全身心撲在皇帝身上，真心實意地親吻著，使出渾身解數，配合他，引導他，兩人的身體交織在一起，猶如大海行舟，飄浮著，行進著，時而滑入波底，時而沖向浪尖，恍惚中進入欲死不活的境界。事後皇帝說他跟這麼多女人做愛過，但從來沒有這麼滿足過，快樂過，並稱她為天生尤物，是上天對他最大的恩賜。她聽著也很滿足，她原來也沒想到跟皇帝做愛竟能達到如此境界，她只是想討好他，奉迎他，滿足他，以得到他的寵愛，最終獲得自己想獲得的一切。

　　她的計劃沒有落空，而且比預想的來得快，得到的也更多。她在床上征服了皇帝，也擁有了一切。沒過幾天，她就被封為貴妃，皇帝愛她那白玉無瑕的身體，又稱她為玉妃。她得到了皇帝的萬般寵愛，也就成為天下最有權勢的女人，連皇后也讓著她幾分。自從有了她，皇帝的雨露再沒有滋潤過別的女人。她集三千寵愛於一身，沐浴在皇帝的陽光之下，呼風喚雨，無所不為，盡享人生的樂趣。她和皇帝一道站在權力的頂端，俯視著天底下的芸芸眾生，人們仰視她，對她敬若神明，沒有人敢去想她曾經是

個下賤的歌伎，再沒有人去追究她的過去。現在她是皇帝最最寵愛的貴妃，是天底下最尊貴最有權勢的女人。

　　最尊貴最有權勢的女人也應該有最輝煌的歷史，歷史的汙點應該抹去。貴妃本是個很會愛惜自己的女人，知道名譽對女人的重要性，為了保護個人的名譽，她決意要去改變歷史。沒過多久，曾經給她和她的家庭帶來屈辱的許多男人都失蹤了，有關歷史的見證人也被抓走了，有的被送去充了軍，有的則被關在牢裡。而她的賭徒父親封官晉爵成了一品大將軍，做皮肉生意的母親做上了貴婦人，她的姐妹兄弟也都成了皇親國戚，一家人時來運轉，身價倍增，住進了皇帝賜給的豪宅大院，高官顯貴王公貴族紛紛前去巴結，送去數不盡的金銀財寶。按照她的授意，她的父親找來大批的文人墨客，供養起來，叫他們專門編寫貴妃家庭的歷史，這些人倒也不負眾望，不僅把貴妃本人的歷史塗抹得輝煌燦爛，而且通過科學考證，竟發現貴妃一家竟也是名門之後，其祖輩中出過許多名垂青史的將軍元帥和狀元，甚至還有可能跟某位古代著名皇帝有著血緣關係。這發現令貴妃和她的全家喜出望外，更覺得有了底氣，腰杆子更硬了許多。為了讓世人知道他們祖先的豐功偉績，顯示家族的榮耀，他們特意請來了國內最好的畫匠，畫了這些偉大祖先的畫像，懸掛在府上最耀眼的地方，又請了石匠，做了祖先的塑像，擺在家族的祠堂裡，供後人膜拜，並重修了家譜，把這些偉大的名字編了進

去，從此往後這些偉大的祖先成為家族所有成員的驕傲，時刻掛在嘴邊，就連貴妃自己也沒能免俗。

到如今貴妃唯一的心頭隱患就只有丞相父子了，他們是她過去慘痛歷史的組成部分，也是她的同謀，只有她在皇帝心中的地位不動搖，就不用擔心他們會出賣自己，就算她心裡還有些不踏實，以她目前的力量，要除掉這心頭之患並不容易，況且貴妃娘娘也不是完全不講情義的，她還沒有忘記與丞相父子的那段情感。她今天所有的一切其實也是靠了他們父子，沒有他們，也不可能有她的今天。他們父子把持著朝政，權傾一時。宮廷險惡，沒準什麼時候還能用得著他們。

其實貴妃娘娘心裡很明白，消除隱患也好，篡改歷史也好，都是無關緊要的，重要的是要保住自己在皇帝心中的地位。有了皇帝的庇護，就沒有人傷害得了她。好在上天給了她舉世無匹的美貌，使她輕而易舉獲取了皇帝的歡心，成為皇帝最最寵愛的貴妃娘娘，這一切來得太快太容易，令她心裡很不踏實，害怕也會輕易地失去。她本是個細膩而有心計的女子，同皇帝生活上一段時間後對皇帝的性情也有了些了解。皇帝生就性格孤僻，狐疑多變，喜怒無常，心狠手辣；他自視甚高，精於權術，翻雲覆雨，把天下百姓連同王公大臣玩於股掌之上；他是天生的領袖，從王公大臣到平頭百姓，無不臣服於他，他征服了他們的意志，攫取了他們的靈魂，卻又從骨子裡不信任他們，視

他們為異己，時時加以防備，並想方設法在他們中間製造仇恨，有時他會唆使王公大臣和富人們魚肉百姓，橫徵暴斂，大發其財，有時又會挑動窮苦百姓造王公貴族和富人們的反，致使他們相互殘殺。自他繼承皇位以來，國家局勢動盪，戰亂不斷，血流成河，百姓生活在水深火熱之中，而他卻始終穩居皇位，而且得到國內百姓乃至王公大臣們的衷心擁戴。這兩年更是天災人禍，餓殍遍野，許多地方都發生人吃人的事件，百姓們卻個個至死不悔，仍舊對他感恩戴德，忠心不貳。最可憐的還得是皇帝身邊的大臣們，他們忠心耿耿，恨不得肝腦塗地，效忠皇帝，卻很難得到皇帝的信任。表面上位高權重，盡享富貴，卻整天提心弔膽，每次上朝去見皇帝，都得把腦袋掖在褲腰帶上，懷著視死如歸的悲壯心態。一般大臣不說，就連一人之下萬人之上丞相也是朝不保夕，皇帝繼位至今，已有三十八位丞相下台，結局都很悲慘。有的被貶職流放，有的被關進監牢，還有的死於非命。皇帝雖然很好色，骨子裡卻是個冷酷的人，在貴妃以前沒有哪個女人真正得到過他的寵愛。他總是喜新厭舊，他喜歡不同的女人，不同的面孔，不同刺激。再好的女人，在一起三天不讓他厭煩就已是萬幸，而令他厭煩了的女人同樣也不會有好結果的。貴妃進宮後才知道底細，當時便驚出了一身冷汗，繼而又有些得意，因為皇帝對她已是百般寵愛，好象離不開她了。這事實令宮裡所有的女人感到震驚，她們怎麼也猜不透這歌伎

出身的女人用什麼辦法把皇帝拴在了褲腰帶上，同時對皇帝喜怒無常的性格深信不疑，抱著幸災樂禍的心態等著看他們的好戲。

　　貴妃娘娘當然知道女人們的想法，她不想給她們看戲的機會。儘管皇帝對她的寵愛說得上空前絕後，但隨著對皇帝本性的了解，心裡反而越來越空虛，甚至感到恐懼。人總是這樣，得到越多，越怕失去，越怕失去，就越想抓牢它。儘管她沒想過去傷害別人，可是由於她得到了皇帝的恩寵，也就引起了宮裡嬪妃們的忌恨，成為她們的敵人。她孤立無援，四面楚歌，只有皇帝才能救她。抓牢了皇帝，也就抓牢了自己的性命，也是對那些忌恨她的人最有力的反擊。

　　女人最大的本錢是容貌，男人好色，皇帝更不例外。皇帝喜歡漂亮的女人，皇帝之所以寵愛她就是因為她的美貌，他說她是他見過和能夠想像到的最漂亮的女人，所以一眼就愛上了她，並一心想把她占為己有，擁有了她，他這皇帝總算沒有白做。皇帝說當初他想當皇帝就是想讓女人能夠愛他，當了皇帝以後他最大的願望就是能擁有世界上最美麗的女人。聽著這話，貴妃心裡說也難怪他這麼想，他外表那麼難看，倘若不是看了他皇帝的身份，條件好點的女人又怎麼會喜歡他？她從此悟出了女人容貌的重要，要想牢牢地把握住皇帝，就得牢牢地保住自己的容貌。這以後她更加愛惜自己的外表，精心保養身體的每個

部位。每天都要花四五個小時梳妝打扮，每天都要換不同的衣服，穿不同的鞋子，換不同的髮式，把自己打扮得容光煥發，美艷動人，以引起皇帝的關注。倘若得到皇帝的讚賞，心裡便有些踏實，倘若皇帝沒有注意，她的心就會懸掛起來，擔心自己會失寵，對皇帝身邊的女人倍加防範。為了保護容貌，她四處搜集偏方，鑽研各種駐顏術。然而容顏易老，青春流逝，這是擋不住的自然規律。每天坐在鏡子前，她便覺得自己有些容顏褪色，常常不由得感傷落淚。為了保住皇帝的寵愛，她想方設法把皇帝拴在自己身邊，不讓他接觸到別的女人，尤其是漂亮的女人。她把那些稍有姿色的女人都從皇帝身邊調開，或趕出宮去，或打入冷宮。又和丞相父子串通一氣，讓他們把那些相貌平庸的女人送進宮來，安插在皇帝的身邊，倘若知道皇帝多看了某個女人一眼，她就會想方設法讓這個女人從皇帝的眼界裡永遠消失。即便這樣，貴妃心裡還是不踏實。為了保住自己的地位，她已經竭盡了全力，可是誰知道這局面還能維持多久？有時她甚至會覺得生活本就是虛幻，像泡沫一樣，抓到手裡就會破滅。

空虛的時候貴妃總想要跟皇帝做愛，到了床上，生活也似乎變得真實起來，同時也給她一種滿足感。皇帝上了床便不得不脫掉皇帝的面具，成了真實的男人。作為男人的皇帝儘管衰老懦弱，卻很真實。每次當她脫掉衣服，把完美無瑕的身體展露在他面前時，都能看到他臉上流露出

來的自卑感；而當她把他剝落得一絲不掛時，她更有了理由憐憫這世界上最為強大的男人。或許正因為身體方面的自慚形穢，皇帝在床上也會變得格外體貼，在性愛方面皇帝絕沒有表現出不可一世的威風，應該說，他的態度和行為都是十分謙恭的，至少在完美無瑕的貴妃面前是這樣。每次做愛前，皇帝對她總是極盡溫存，為了提起她的興趣，他不惜跪在她的面前學狗爬，學貓叫，怪相百出。有時還讓她使勁掐他，咬他，甚至用皮鞭抽他，抽得他喊爹叫娘，滿地打滾。做愛時，他喜歡讓她騎在他身上，聽由她的控制。看到皇帝被壓底下那形狀，她感到很興奮，很滿足，畢竟是皇帝，是一國之君，而此刻卻被自己壓倒在底下，隨意擺弄，這樣想著便覺得自己變得高大起來，為了抓住這感覺，她便瘋狂起來，仿佛進入虛幻美妙的境界，皇帝也得到很大的滿足。做愛過後，她總要把皇帝緊緊摟住，也只有這個時候，她好像覺得皇帝是屬於自己的，天下也是屬於自己的。

　　貴妃跟皇帝做愛的另一個原因是想為皇帝生下一個兒子。在宮裡，所有的女人，無論地位尊卑，只要有機會接近皇帝，都希望給皇帝生下兒子。因為皇帝的兒子不是凡人，皇帝的兒子是龍種。再卑賤的女人，只要生下了龍種，她在宮裡的地位就會改變，生活從此有了希望。既是龍種，最不濟也能圈地封王，甚至可能當上皇帝。原來貴妃只是想靠著自己的美貌把皇帝牢牢地拴在自己的褲腰

帶上，擔心生育會損害她的容貌，妨礙她的生活，所以不想要孩子的，但她畢竟是個很有遠見的人，眼見著皇帝也有些靠不住，便不得不為自己考慮後路。皇帝寵幸過的女人成百上千，有幸給他生下龍種來的不超過三人，其中包括皇后生下的太子。他們個個相貌醜陋且品行惡劣，令皇帝大失所望，說自己播下的是龍種，生下來的竟是跳蚤。聽皇帝這麼說，貴妃心動了，心想倘若自己能為皇帝生下個兒子來，憑著自己在皇帝心中的地位，沒準也能當個皇帝，她這輩子即便不能當上皇后，能當上皇太后也是不錯的。從這以後，她最大的願望就是要生兒子。那些日子她總是算準了日子跟皇帝做愛，做愛後總要小心地把皇帝的精液留在體內，後來皇帝看出了她的心思，說要是她真的能夠生下個兒子來，就把太子廢了，讓她的兒子繼承皇位。貴妃聽後喜出望外，對皇帝百般溫存，一心一意要生下個龍種來。可是她的肚子偏偏不爭氣，兩年過去了，肚子就是鼓不起來，也找御醫來看過，御醫說她是能生的，問題可能出在皇帝身上。她想想也是，皇帝都那麼大年紀，身體空虛，平時靠藥物撐著，哪裡還能生孩子呢？

　　眼見著皇帝一天天地衰弱下去，貴妃的希望也一天天變得渺茫起來。每次做愛，皇帝都顯得力不從心，她費了很多的力氣才使他振作起來，他卻很快疲軟下去。每當看到皇帝腰下那皺巴巴軟塌塌的小玩意，她都會感到無盡的悲涼，為皇帝，更為自己。有時皇帝也會為自己的無能而

感到歉疚，用手將那玩意蓋住，苦笑著，很無奈的樣子。她本是個性慾旺盛的女人，如狼似虎的年紀，被欲望之火燃燒著，絕望之中更想牢牢地把握住什麼，滿足她無休無止的渴求。皇帝貪戀她絕美的肉體，卻又力不從心，只能偶爾借助藥物滿足她一次，其餘只能望洋興嘆。這個時候，她特別想念丞相的兒子，那威猛的身體，強壯的體魄，無休止的渴求，高超的技藝，瘋狂的衝撞……那美妙的境界令她難以忘懷，她恨不得馬上去找他，投進他的懷裡。

貴妃在痛苦中熬煎著，以為自己真的沒了指望。在皇宮裡，除了皇帝，她沒有任何依靠。雖然天下百姓每天都在喊吾皇萬歲萬萬歲，可是她比誰都清楚，皇帝也不過是凡夫俗子，就身體而言，甚至比凡夫俗子還不如，既是凡夫俗子，難免有一死。看那病弱的身子，恐怕比尋常的凡夫俗子還會死得更快。貴妃比皇帝年輕，皇帝死了，她還要活下去。可到那時，她能指望誰呢？貴妃是個聰明的女人，知道人心險惡，世態炎涼。別看眼下所有的人都對她微笑，討好她，巴結她，可那都衝著皇帝來的，皇帝一死，所有的嘴臉都會變，變得兇惡陰狠。宮裡的那些女人，從皇后到小宮女，個個對她懷恨在心，因為她太得寵太得意，她們忌恨她，恨不得將她打入十八層地獄。還有朝裡的那些官員們，以為是她誘惑了皇帝，使他沉溺於酒色，耽誤了國家大事。他們不敢對皇帝有所指責，卻把所有的罪惡推到弱小女子的身上。百姓也認為，皇帝總是好皇

帝，壞就壞在皇帝身邊的女人，她們是禍水，是垃圾。皇帝死了，他們就會一齊往她身上吐口水，蜂擁而上，把她抓住，撕成碎片……想到那可怕的情景，她感到渾身顫慄。好在天無絕人之路，一雙淫邪的眼睛使她看到了新的希望。

那眼睛是皇太子的，皇太子是皇位的繼承人，皇帝死了，他就是皇帝。皇太子年輕高大，相貌卻很平庸。很多人都說皇太子長得像皇帝，是從皇帝的模子裡造出來的，貴妃卻不以為然。貴妃對皇太子本就沒有好感，一心就想生出個兒子來取而代之。皇太子是皇后生的，貴妃對皇后沒有好感，也把皇太子當作仇敵，擔心他們母子會連手起來對付自己，便時時加以提防。

貴妃早就感覺到了皇太子異樣的目光，可是並沒有太在意。貴妃剛進宮的時候，也想著要討好皇后，便經常到皇后的寢宮裡去陪皇后聊天解悶，順便也陪皇太子玩。貴妃並不喜歡這個性格孤僻的小男孩，可是看在皇帝和皇后的面子上，不得不強作笑顏。皇太子對貴妃卻很依戀，沒事便到她屋裡去，有時跟她說說話，有時坐在一旁，默不作聲，眼睛直盯住她看。皇帝不在時貴妃也會感到寂寞，便不時逗他玩玩。看他是個小孩，也就很隨便，有時讓他跟自己坐在一起，有時還抱著他坐在自己的腿上，開始皇太子顯得有些羞澀，後來卻有意無意愛往她身上蹭。有一次她無意間碰到他的雙腿之間，竟發現那裡面竟是硬邦邦

的像頂著個什麼東西，她吃了一驚，趕快把手抬起來，低頭看時，皇太子臉紅紅的，正盯著她痴痴地看，傻了似的。那一刻她意識到什麼，本想訓斥他一番，卻又不好開口。那年皇太子只有九歲，貴妃也沒往別處想，只是覺得這孩子有些邪乎，後來她越來越得到皇帝的寵愛，也就不把皇后和她的兒子放在眼裡，皇太子害怕皇帝，也不敢輕易到她屋裡來。偶爾想起這件事，也只是覺得好笑，沒有真正往心裡去。以後偶爾見到皇太子，都是跟皇帝在一起，皇太子總是用陰沉的眼光來看她，那其中有渴望，又有些怨恨。貴妃知道他的心意，有時覺得好玩，便暗中賣弄風情似的對他笑笑，卻從來沒敢往深處去想。

那以後，皇太子每天都往貴妃屋裡來，說是來找父皇，卻總是在皇帝不在的時候出現，來了就不想走。他對貴妃很恭敬，叫她姨娘，眼睛卻不安分，老往貴妃的胸部和底下瞅。貴妃心裡有些發毛，似乎又感受到當年摸到他雙腿間時那種感覺。時隔多年，那個邪性十足的小男孩成了眼前這牛高馬大的粗壯男人，別看外表平庸，卻很性感，身體上下透著股野牛般的狂野性情，況且還是皇太子，未來的皇帝……再往下想，便有了要亂倫的感覺，畢竟她是他父親的貴妃，他又是她名義上的兒子，比她小七八歲，是個剛剛成熟的小男孩。然而她還是情不自禁要往那方面想，而且越來越強烈。甚至在皇太子跟前，她的行為也有些放肆，有意無意地接觸他的身體，有時拉拉他的

手，有時摟摟他的肩，說些挑逗的話，試探著他，也試探著自己，引誘他，也引誘自己。有一次她藉口給皇太子看手相，把他的手把在手裡，撫摸著。皇太子痴痴地看著她，喘著粗氣。她有些心慌，正想站起來，皇太子卻緊握她的手不放，看著她，兩眼發綠，像一隻飢餓的狼，隨時都會向她撲過來。她感到害怕，趕緊把手抽出來。看皇太子悻悻離去，她有些懊悔。

那以後皇太子很久沒到她屋裡來，聽人說他得了病，起不來床。貴妃猜想他得的是相思病，為自己得的，本想去看看他，又怕引起疑心。皇帝的身體越來越衰弱，貴妃失望之餘便不由自主要去想皇太子，那高大威猛的身體令她嚮往。一天中午，皇帝外出沒有回來，她懶洋洋躺在床上，想著皇太子，情不自禁地用手在赤裸著的身體上撫摸著，閉著眼睛，半睡半醒，恍恍惚惚中覺得有人上了床，在她身體上胡亂親吻著。她以為是皇帝，便不想睜開眼睛去看，只是耐著性子隨他擺弄。在身體被進入的那一刻，她感覺出了異樣。睜開眼睛，看到的卻是皇太子那瘋狂扭曲的臉。他狠勁地壓在她身上，威猛地撞擊著……

事後皇太子告訴她，這一切都是蓄謀已久的，他早就買通好了她身邊的人，知道皇帝今天出去回不來，便徑直來到她的屋裡，還叫宮女把外面的門鎖了站到門外把風。他還說他早就想這樣幹了，九歲那年他就想操她，所以底下那玩意才會堅挺起來。可是她叫皇帝霸著，他根本沒有

機會，就為這個，他恨死了他的父親。貴妃感到有些害怕，問他要是叫皇帝知道了怎麼辦，皇太子說沒什麼好怕的，皇帝自己也這麼幹過，當年皇帝爺爺的女人不也被他幹過？況且他年紀那麼大也沒幾年好活了，以後自己就是皇帝，有什麼好怕的？說這話時，皇太子情緒很激動，很狂妄，根本沒把他的皇帝父親放在眼裡。貴妃看著心裡很不安，畢竟皇太子還沒當上皇帝，他這麼張狂，這麼輕浮，叫皇帝知道了，只怕不會有好結果。聯想起他平時在皇帝面前膽小如鼠的樣子，覺得皇太子實在過於稚嫩，根本不是皇帝的對手。

　　沒過多久，貴妃便覺得身體有些不適，御醫把過脈後連連向皇帝表示恭賀，說貴妃娘娘有喜了。皇帝聽了大喜，說想不到這把年紀還能弄出個兒子來。貴妃聽著心驚肉跳，算算日子，這孩子無論如何不會是皇帝的，他應該是皇帝的孫子才對。皇帝摟住她親個不停，為這意外的成果感到欣喜和自豪。貴妃蜷縮在皇帝的懷抱裡，心裡卻想著皇太子，這野性的小男孩果真有些邪性，他的皇帝老子折騰了這麼多年辦不到的事情，他卻能一舉成功，以後還真不能小看他。看皇帝欣喜萬分的樣子，貴妃的心也安穩了下來。心想無論是皇帝的還是皇太子的，她肚裡懷著的總是個龍種，有了這孩子，就會有希望。貴妃想著不由得情緒高昂，風情萬種，扭動著水蛇腰，把皇帝緊緊纏住。皇帝也勃發情興，挺起老槍，長驅直入。貴妃感到心虛，

想從恐懼中掙脫，曲意逢迎。二人顛鸞倒鳳，翻起巫山雲雨。

　　皇太子得知貴妃懷孕，也偷偷趕來探望，並斷定肚裡的孩子是他的。貴妃說孩子是誰的她也不知道，反正是皇家的血脈。皇太子固執地說孩子肯定是他的，貴妃問他怎麼這麼肯定。皇太子咬著牙說因為皇帝根本就不能生孩子。貴妃打量著皇太子，覺得他的神態有些奇怪，想知道究竟，便故意說皇帝不能生孩子怎麼生出你來的。皇太子有些惱怒，說我說他不能生就是不能生，要不然早就生了。貴妃知道他是對的，便不做聲。皇太子說這孩子將來也會當上太子的。貴妃笑了笑，心想既然能當太子當然也能當皇帝，無論怎樣，自己總算有盼頭了。

臣子

　　矮矮的皇帝穿著龍袍坐在高高的龍椅上，俯視著跪倒在自己腳底下的大臣們。穿著龍袍的皇帝雖然矮小，在底下大臣們的眼裡卻是高大無比。

　　穿在皇帝身上的龍袍是黃色的，這是皇家的顏色，代表著權力。金子是黃色的，所以黃色也代表著財富，權力和金錢向來就是孿生兄弟，一同來到這個世上，密不可分。皇帝祖先只是個賣大餅的小痞子，當了皇帝以後給後代賺得天下財富。權力賺得了財富，財富又支撐著權力，所以皇宮裡有價值的東西都是黃金色的。

　　皇帝身上的龍袍其實也只是件黃色的大褂，看上去跟尋常服裝並沒有什麼不同，可是能夠穿上它的人就會成為真龍天子。很多人都說自己是真龍天子，可是只有穿上龍袍的人才是真正的真龍天子。

　　沒有人見過真龍，誰也說不清真龍到底是什麼。皇帝知道自己是真龍天子，但沒有見過真龍，也不知道真龍到底是什麼模樣。皇帝是真龍天子，可是對龍王爺從來沒有什麼好感。按流行的說法，真龍其實就是頭上長角的怪物，他的龍宮就在海底，手下都是些蝦兵蟹將，最大的權

力就是管管人間下雨的事情。皇帝的權力卻是無限的，上管天，下管地，還管著天地間的芸芸眾生，普天之下，莫非王土；率土之濱，莫非王臣。天底下還有誰比皇帝更有權力？用龍來比喻皇帝，實在有些名不符實。

皇帝坐的龍椅也不過是把尋常的椅子，鋪上黃色的坐墊也就成了龍椅。這把龍椅有了數百年的歷史，有人說有皇帝以來就有了這把龍椅，所有的皇帝都是坐了這把龍椅以後才成為真龍天子的。古往今來，不知有多少人夢寐以求想坐在這把龍椅上面，可是只有真正的真龍天子才有資格坐在這上面。而所有的皇帝都已經作古，坐在龍椅上的只有他這當今天下人的皇帝和真正的真龍天子。

吾皇萬歲萬歲萬萬歲！

皇帝的腳底下跪倒一大片，有資格跪倒在皇帝腳下的都不是尋常的人，他們是朝中的大臣和王公貴族，這些人只要離開這個宮殿，別的人同樣也得給他們下跪，而能夠給他下跪也同樣不是尋常的人，他們底下又有給他們下跪的人。在這個國度裡，下跪是重要的禮節，從小就要學會的。

矮矮的皇帝坐在龍椅上俯視著那些像狗一樣跪在他腳底下的大臣們，沒有馬上讓他們站起身來。他喜歡看他們跪在自己面前。這些人個個都比自己高大許多，倘若讓他們站起來，他便只能仰視他們，皇帝是不能仰視別人的。皇帝很感激當初發明了宮廷禮儀的那些人，正因為他

們制訂了這樣的禮儀，他才能俯視這些比自己高大的大臣，以維護他作為皇帝的體面和尊嚴。

吾皇萬歲萬歲萬萬歲！大臣們跪伏在地上，聲音整齊而洪亮。

按照以往的程序，皇帝應該馬上讓大臣們起身，分列兩旁站立。皇帝卻有意延長了時間。他喜歡看大臣們跪在地上的樣子，也習慣以這種方式考驗他們。離開了皇宮，這些人都是不可一世的，只有皇帝才能叫他們跪在這裡，是皇帝造就了他們，給了他們所有的一切。皇帝是他們的恩人，再生的父母。同樣，皇帝也可以把他們剝奪精光，所以沒有了皇帝，他們什麼也不是。皇帝並不懷疑他們的忠心，可這忠心只是對皇位而言，倘若有一天坐在龍椅上是另外一個人，他們同樣也會忠於另外那個皇帝。

吾皇萬歲萬歲萬萬歲！聲音更加洪亮，但有些顫抖。皇帝笑了笑，冷峻的臉變得溫和了些，他沒有說話，只是對旁邊掌管禮儀的太監使了個眼色，太監便扯開嗓子叫大臣起身。

大臣們分列兩旁站立，文官在左，武官在右，職位高的在前，職位低的在後，依次排列，個個挺直了腰板，惶恐地看著皇帝。

皇帝依舊沒有說話，只是冷冷地看著大臣們。他知道，這種時候，沉默最能體現皇帝的尊嚴和地位。作為皇帝，他知道怎樣駕馭手下的這些大臣，叫他們俯首帖耳，

死心塌地效忠於自己。他的每一句話，每一個動作，都是經過深思熟慮的，都會在大臣們心底留下印記。

皇帝不發話，大臣們便不敢做聲，個個臉色蒼白，雙眼呆滯，有大禍臨頭之感。最可憐的便是站在最前面的老丞相，按道理他是除了皇帝以外天底下權力最大的人，此時卻嚇得臉色蒼白，雙腿顫動，一雙老眼呆滯地看著皇帝，嘴角咧開，表情僵在臉上，像笑更像哭，像根木柱地立在那裡。

皇帝冷冷地掃視著底下那一根根木柱，最後把眼睛落在丞相臉上，那張僵硬的臉抽搐了一下，似乎想換一個表情，反而變得更難看。皇帝滿意地笑了笑，知道此次目的已經達到，便笑了笑，不失時機地給自己換成一張溫和的臉。

大臣們鬆了口氣，輕鬆的表情好象剛剛從死亡線上撿回來一條命，宮殿裡的氣氛頓時有些活躍。老丞相灰白的臉有了些活氣，僵硬的臉也變得自如起來，腿也不抖了，還不失時機地扭了扭腰，拍打了幾下，活絡一下筋骨血氣。丞相的情緒立刻傳染給了在場所有的人，大臣終於能夠笑了，個個虔誠地看著皇帝。

皇帝知道他們是想討好自己，但並不喜歡這樣的嘴臉，於是重新板起面孔，很厭倦地看著他們。丞相發現皇帝的變化，臉上的笑容頓時僵住，接著所有的笑容都僵在臉上，所有人的都像木柱似的立著，連呼吸的聲音都沒

有，宮殿裡的氣氛也凝固了起來。

　　玩夠了這套貓捉老鼠的遊戲，皇帝突然覺得很無聊，這樣的遊戲他幾乎每一天都會玩上一兩次，而且每一次都能達到預期的效果，千篇一律的遊戲加上千篇一律的效果，玩得久了，難免會感到枯燥乏味，又找不到別的刺激，也只好每天將就著這麼過，生活就是這樣乏味，缺乏詩意，有什麼辦法！他暗自嘆了口氣，只想趕快完事，離開這乏味的地方和乏味的人群。

　　每天的朝會也是千篇一律，同樣的面孔，同樣的人，同樣的表情，同樣的語調說著同樣的話，所有的人好象都是同樣的模子裡造出來的。這些人令皇帝覺得安全可靠，但跟這樣的人在一起相處太久了，也就會感到乏味。皇帝原本是個相象力很豐富的人，很有詩人氣質，也寫得一手好詩，他不喜歡平靜，經常希望有新鮮的事情來刺激自己的靈感，可是對於這樣一些無聊的傢伙，又能指望什麼呢！

　　會議按照預定的程序進行，接下來就要討論國家大事，大臣們按照官位的大小依次發言。首先說話的是丞相，他是除皇帝以外職位最高的人。

　　從內心說，皇帝並不喜歡丞相。這是個聰明絕頂也圓滑透頂的傢伙，也是唯一被皇帝視作眼中釘卻奇蹟般活著並保持高位的人，他的成功甚至令皇帝嫉妒卻又無可奈何。上天對丞相的厚愛尤勝於皇帝，從外表看，丞相長得

英俊瀟灑，風流倜儻，是天下公認的美男子，從年輕的時候起就是女人們瘋狂追逐的對象，如今到了一把子歲數，仍然風度翩翩，舉止不凡。這樣的男人卻能抵住各種誘惑，娶了一個奇醜無比卻對他的政治生涯有極大幫助的女人，似乎還能潔身自好，既不娶妾，也不在外面沾花惹草，至今為止還沒有聽說過關於他的腓聞，因此他被看作國家道德的象徵。皇帝對此很不以為然，卻也沒法從他身上找到任何可以損害他品質形象的證據。在民眾眼裡，他還是個難得的清官，是整個國家唯一說得上正直廉潔的官員，是百姓的希望和救星。在所有人看來，他是天底下最無私的人，他活著就是為了天下的百姓。雖然沒有什麼了不起的政績，可是為國事他嘔心瀝血，忍辱負重，鞠躬盡瘁，死而後已，以他那病懨懨的軀體支撐起國家的這個搖搖欲墜的大廈，因而也得到了天下百姓的愛戴。他臉上永遠帶著謙卑的微笑，總是那樣和藹可親，無論對皇帝還是對平民。在人們瘋狂地追逐名利，醉生夢死的時候，他卻始終過著十分儉樸的生活。家有萬貫家財，平日裡卻粗茶淡飯，連肉都捨不得吃，除去外面那身維護國家體面的官服，裡面的襯衫、內衣、內褲和襪子都是打了補釘的。對皇帝更是忠心耿耿，他把皇帝扶上了皇位卻從來不居功自傲。皇帝上台後沒有重用他，他也從不抱怨。他在朝廷裡有極高的威望，朝廷的文官武將不是他的門生就是他一手提撥起來的，朝廷裡所有的官員都看他的眼色行事，勢力

之大，連皇帝也感到了威脅。可是他從來不拉幫結派，對手下人總是公正無私。為了表示對皇帝的忠誠，他總是拿自己最親近的人開刀。前些年，有人舉報說他那擔任國防大臣的岳父有造反的嫌疑，他便親自帶了人把岳父抓了來，判了他的死刑，並把岳父全家大小几十口人發配到邊疆充軍，這種冷酷無情的行為被視為大義滅親而得到國人的讚賞。他從來沒因為自己的功績而忘乎所以，在任何人面前都謹慎小心，夾著尾巴做人，儘管活得很累，卻為自己贏得了好名聲。他當政兩年，內憂外患，天災人禍，以致民不聊生，餓殍載道，哀鴻遍野，百姓卻仍然念叨他的好處，把他當作聖人來朝拜。在皇帝面前他總是謹小甚微，全心全意維護皇帝的威信。在皇帝面前他永遠跪著說話，對皇帝的話，無論對錯，從不反駁也從不違抗，即便皇帝讓他殺死自己的兒子，他也會毫不猶豫地去執行。皇帝看他勞苦功高給過他坐轎進宮的特權，他卻從不使用，每天不顧年邁體弱，和別的朝臣一起顫微微地步行進宮。為了突出皇帝的偉大，他親自把皇帝推到了無以復加的神明的地位，把他說成是幾千年才能出現的偉大天才。他利用手中的權力把皇帝的每句話都記錄下來作為最高指示傳達給全國的民眾，用國庫的錢製造了無數皇帝的神像供人膜拜，這樣就奠定了皇帝作為這個國家精神領袖的地位。所以大多數人的眼裡，丞相是完美無瑕無懈可擊的，就連皇帝有時也難免會這麼想。但正因為太完美，反而讓

人覺得虛偽，覺得可怕。拜丞相所賜，皇帝成了神明，成了國家的精神領袖，受到百姓的頂禮膜拜，可是皇帝並不覺得安全，反而覺得是坐到火山口上，底下的溶岩隨時都可能衝出來把他燃成灰燼。成了神明的皇帝也畢竟六根未盡，他喜歡聽好話，喜歡被人吹捧，可是他畢竟是個高智商的人，即使在得意忘形當中也還能覺察到丞相的險惡用心，也還能充分認識到完美無瑕無懈可擊的丞相的危險性。其實他已經不止一次想過要撥掉這顆眼中釘，可又總是下不來決心。丞相多年的苦心經營已經見到了成效，他對這個國家方方面面的影響都是根深蒂固的，連皇帝也想不出還能有誰能夠替代他。再說他在民眾中的影響是那樣深遠，皇帝也不敢輕易冒天下之不韙將他置於死地。這種時候甚至皇帝也不得不感嘆這老傢伙真是個處心積慮的好演員，沒人能夠比得上的。

按照慣例，丞相在發言以前先舉起紅色的皇帝語錄本喊上幾句萬歲，然後背誦了一段皇帝語錄：吾皇教導我們，蒼蠅是有害的，對蒼蠅要像對待政敵那樣，堅決徹底地把它們消滅乾淨。皇帝看丞相那一臉虔誠的樣子，覺得好笑，自己什麼時候說過這話？好像是那天跟丞相一起在野地裡說的。那次他和丞相一起到鄉下去，肚子一通亂響，周圍沒有像樣的廁所，便將就著在野地裡找了個地方，剛一蹲下，大群蒼蠅蜂擁而至，在皇帝的臉上和屁股上騷擾，丞相見狀，親自拿了根樹枝守在皇帝旁邊，驅趕

蒼蠅，卻也無濟於事。皇帝勃然大怒，便說出那樣幾句話來。想不到丞相竟能記在心裡，把它編進了語錄。

接著丞相報告了國內外局勢，說的也都是那些老掉牙的陳詞濫調。說到國內局勢，照例不是小好，也不是中好，而是大好！雖然連年經歷百年不遇的自然災害，但蒙皇帝洪恩，朝中大臣們精誠團結，百姓遵循皇帝聖旨，忍飢挨餓，對皇帝本人更是感恩戴德，無怨無悔，積極進行生產自救，把自然災害帶來的損失減低到了最低限度，死亡人數僅占全國總人數的二十分之一，除了少數幾個地區以外，基本上沒有絕村絕戶的現象存在。即使在這種情況下，百姓仍然能夠顧全大局，本著對國家和皇帝的忠誠，積極交納國家稅賦，今年國庫收入有望突破歷史最好水平。

皇帝聽著，微微點頭，心裡頭不得不讚嘆丞相的能言善辯，別人都說丞相那張嘴能把死馬說成活馬，這話果然不虛。其實皇帝也知道丞相的話裡包含著太多的水分，可是他的高明之處就在於用最好的方式把最壞的事情說出來，把最壞的事情說成最好的結果，讓人聽著舒服，一點都不難堪。國內的局勢怎樣，皇帝其實比丞相知道得更清楚，他的情報系統遍布全國的每個角落，從朝中大臣到普通百姓，他們的一舉一動都逃不出他的眼睛。他知道全國各地餓死了很多人，有的地方出現過吃人的事情，百姓也不像丞相說的那樣安分守己，迄今為止，各地已發生八萬

八千八百九十八起農民暴力抗稅事件，有的砸爛了鄉公所，打死稅務官員和鄉丁，有的甚至組織起來，扯起反旗，公然與官兵對抗；還有的地方發生了大規模的饑民暴動，殺死官員，攻占城池，號稱要殺盡天下貪官，推翻皇帝，救民於水火。這消息令皇帝心驚肉跳，寢食不安，可通過丞相那嘴裡說出來，卻好像有了另外一種滋味，皇帝似乎也心安了許多。

受到皇帝的鼓勵，老丞相更來了精神，聲音變得洪亮起來，緊接著向皇帝匯報了他所主持的內閣在皇帝的親自領導下正在完成的幾件偉業。首先，皇帝倡導的靈魂改造運動正在全國範圍內如火如荼地展開，經過幾年艱苦努力，已經初見成效。國民對皇帝的忠誠度由原來的百分之五提高到百分之九十九點八三，包括嬰幼兒在內，他們都表示，願意把自己從肉體到靈魂完全交由皇帝支配，皇帝是他們再生的父親，是他們精神的支柱，父親給了他們肉體，而皇帝卻給每個肉身注入了靈魂，無所不能的皇帝成為國人心目中的上帝和他們的信仰，他們自覺自願地服從於皇帝的意志，思為皇帝之所思，想為皇帝之所想，即便皇帝讓他們去死，他們也會義無反顧。儘管國民的總體素質不高，還有百分之八十九點八三的文盲，但他們對皇帝的忠誠卻是不容置疑的，為了表示忠誠，他們不惜以犧牲自己和他人的生命作為代價。以忠於皇帝為號召，國民自覺自願地組成各種團體，為表示各自的忠誠，先是口誅筆

伐，繼而拳腳相加，最近又上升到兵戎相見的地步，最近國內發生的所有械鬥事件都是因為這個原因。事實上，已有數以萬計的國民為效忠於皇帝獻出了自己寶貴的性命，有更多的人則為皇帝不惜鬧得夫妻反目，父子成仇，兄弟相戕，乃至妻離子散，家破人亡。怕人不信，丞相當眾講述了一段動人的故事：京城裡有這麼個家庭，丈夫是個瘸子，妻子是個聾子，還有個痴呆的兒子，全家開了個豆腐店，生意紅火，一家人衣食無憂，和和睦睦。別看瘸子丈夫是賣豆腐的，卻也是個實在人，尤其忠實於皇帝。自從靈魂改造運動開展以來，更像變了個人似的，整天捧著皇帝的語錄本誦讀著，如醉如痴，不久便能把整本的語錄倒背如流，平時見了人，總要先背誦一段皇帝的語錄，說話時也總是引用皇帝的語錄，而且總能恰到好處。譬如早起上茅廁，遇到熟人，便說：吾皇曰清理靈魂上的汙垢，首先要從清理身體上的汙垢開始；身體上的汙垢並不可怕，可怕的是靈魂上的汙垢。有人來賣豆腐，他總要先來上一句：吾皇曰，吃豆腐有益於身體健康，每天都吃上一塊白豆腐，就能保持靈魂的純潔，也就能長命百歲。倘若有人要動手打他，他說：吾皇曰只有靈魂墮落的人才會想到用拳頭來解決問題。即便被人打倒在地，他也會昂著頭，倔強地對打人者說：吾皇曰用嘴巴得不到的東西，用拳頭也得不到。甚至晚上與瞎眼老婆做愛，他念的也是皇帝的語錄：進去又出來，大家都暢快！

聽到這裡，大臣們忍不住笑了起來。皇帝本來聽得津津有味，聽大臣們這一笑，便覺出了異味，不由得皺起眉頭。大臣們嚇得低下頭去，不敢作聲。連老丞相也張口結舌，傻呆呆地看著皇帝，不知所措，看皇帝向他擺手，才敢繼續講下去。

丞相說，那瘸子對皇帝的忠誠，真說得上感天地泣鬼神。為讓大家都來背誦皇帝的語錄，他立下了一條規矩，到他的豆腐店買豆腐者，只要能背上十條皇帝語錄的，可得豆腐一塊，能背二十條的，可得兩塊，依此類推。此外還在豆腐店前擺下擂台，跟人比賽背誦皇帝的語錄，背得過他的，可以免費吃他做的豆腐一輩子。瘸子的豆腐店是城裡最有名氣的，瘸子做豆腐的手藝是祖傳下來的，他做的豆腐比別人做的更白更嫩更有滋味，連皇宮裡的廚子也要找他進貨。所以上門來找他打擂台的還真有不少，但能夠勝過瘸子的還真沒碰上一個。不過這樣一來，背誦皇帝的語錄也就成為了一種風氣，加上內閣有組織的推波助瀾，這種良好的風氣已經蔓延到了全國各地。如今，舉國上下，大江南北，已經形成了背誦皇帝語錄的浪潮。在瘸子的帶動和啟發下，全國百姓自覺自願地用皇帝的思想來武裝自己頭腦，用皇帝的語錄對照自己的靈魂。皇帝的語錄就像一把靈魂的鑰匙，開啟了百姓愚鈍的心靈，百姓的心靈由此變得更加純潔。

皇帝聽著很感動，過後又難免有些遺憾。這樣偉大的

運動竟是由一個瘸子發動起來，未免有些滑稽，不過結果總還是好的。他想好好表彰了一下這個瘸子，封他個官什麼的，可是封什麼官好呢？按他這貢獻，還有他對自己的這份忠誠，封他個文化大臣是可以的，文化大臣的位置已經空了好久了。原來那個文化大臣是個大文豪，得過狀元的，滿腹經書，就是不會辦事，平時喜歡寫幾首酸不拉嘰的歪詩，很能討得女人歡心，當然寫的更多的還是為皇帝寫的頌詩，也頗得皇帝歡心。前不久卻被他老婆在皇帝面前告了一狀，說他寫過一首詩，其中有這麼一句「感皇恩之浩蕩兮，拋身家以報效。」分明是譏諷皇帝強占了他的妻子，害得他家破人亡，說是感皇恩之浩蕩，其實是心懷鬼胎，居心叵測。皇帝原先也讀過這詩，但也沒看出什麼名堂，經女人提醒才恍然大悟，當下派人把文化大臣抓了去，容不得他分說，便定了他的罪，將他推到刑場，斬首示眾。文化大臣的位置也就空了下來。這文化大臣雖然權力不大，乾的可都是門面上的事，讓瘸子擔任，難免有失國家之體面，可是除此以外眼下又沒有別的職位空缺，怎麼辦呢？皇帝真有些為難。

　　丞相突然沉下臉來，嘆息說：這麼好的一個人，可惜死了！皇帝聽著，心裡鬆一下，皺著眉頭問一句：怎麼會死呢……這瘸子？丞相接住皇帝的話頭說這瘸子其實是為效忠皇帝而死的。背誦皇帝的語錄很快發展成為全國性的運動，內閣更是看準了苗頭，推波助瀾，掀起一陣陣運

動的浪潮。瘸子一時也成為了風雲人物，全國民眾都自覺地以他為學習的楷模。開始時他也有些得意忘形，學習的勁頭也越來越高，後來乾脆連豆腐店也不開了，一心一意去幹效忠於皇帝的事情，由此成為了全國第一個皇帝的職業效忠者，很快周圍便團結了大批職業效忠者，形成一股強大的勢力，瘸子成為這些人中間的領袖人物。每天他們都成群結隊在大街小巷裡閒逛，見了人便上前攔住，叫他們背誦皇帝的語錄，背下來的就放行，背不下來的就得當眾受罰。有錢的抓了去罰款，沒錢的抓了去受體罰；男人被強迫去挑大糞，女人被抓了去掃大街。情節嚴重或屢教不改者，會被五花大綁捆了去作為十惡不赦的壞分子四處游斗，經常有女人因為不服而大鬧，最終被剃光了頭髮剝得一絲不掛推到大街上去遊行示眾，有些女人因此而懸樑自盡，背叛民眾和民心，死後仍然為社會所唾棄。這瘸子對皇帝赤膽忠心，不畏權勢，鐵面無私，跟什麼人都敢叫板，因而也深得民心。有一次刑部某高官因為背不出皇帝語錄被截住，這驕橫的官員根本沒把瘸子放在眼裡，下令讓他閃開。這下可把瘸子惹惱了，命令手下將他拿住，並吐口唾沫在地上，然後以皇帝的名義，讓他舔乾淨了再走，高官不從，瘸子手下便一擁而上，把他按在地上，打得他哭爹叫娘，全然沒有了平時的體面，最後還是叫他把地上的唾沫舔乾淨才放他走。事後那高官心虛，竟也不敢輕易報復。這以後，瘸子的名望更高，勢力也更大。這瘸

子在外面幹得紅紅火火，卻沒想到他家後院突然起火。事情出在他那瞎眼的老婆和痴呆的兒子身上，他們本是瘸子世上最親的親人，也是他效忠皇帝以外的唯一牽掛。效忠皇帝本來要從自家開始的，為了實現這個目標，瘸子曾經費盡心機，多方努力失敗過後，瘸子死了心，同時也為有這樣的老婆和兒子感到羞愧，怕他們到外面去丟人現眼，損害他效忠皇帝的大業，便把他們母子用鐵鏈鎖起來，關在家裡。說起來這瘸子真是個厚道人，儘管他的妻兒使他丟盡了臉面，但他還是真心疼愛他們，對他們做到了仁至義盡。只要他在家，總要幫他們把飯做好，餵給他們吃，要是出去，也忘不了給他們帶回來些殘羹剩飯。到了後來，瘸子在外面的事業越做越大，經常廢寢忘食，十天半個月回不了家，瞎眼老婆和傻子兒子只得在家裡忍飢挨餓，身子被鐵鏈鎖著，沒法弄吃的，便把夠得著的東西拿來啃，開始啃的還是地上螞蟻，還有被打死的蚊子和蒼蠅，後來便去啃床上的木頭乃至棉絮，直到把所有的東西都啃了個精光，剩下還能吃的也就只有他們自己了。那些日子裡，瘸子家經常傳出餓狼般的嚎叫聲，周圍鄰居聽得毛骨悚然，但懾於瘸子的威勢，不敢進去探個究竟。家裡這些事瘸子也不是不知道，可是有什麼辦法呢？自古忠孝不能兩全，還有什麼事情能比效忠皇帝更重要的？有一天鄰居家發生火災，火勢漫延，眼見著就要吞沒瘸子家的破房子，裡面傳出撕心裂肺的慘叫聲，這時瘸子正好趕到，

毫不猶豫地拖著那條瘸腿衝進了火海。周圍的人正提心弔膽，卻見全身著火了的瘸子抱著什麼東西拖著瘸腿跟跟蹌蹌從大火裡跑出來，沒走幾步，便倒在了地上，眾人上前撲滅他身上的火，發現他的臉燒得如同焦炭一般，完全沒了個人樣，而他懷裡抱著的竟是皇帝的聖像和語錄本，這時屋子裡傳來撕心裂肺的慘叫聲。瘸子猛然睜開眼睛，掙扎著站起來，看著那熊熊的烈火，嘴唇顫抖著，伸出手去。這時只聽得啪啪的響聲，接著一聲巨響，眼見著那屋子在火海中坍塌下去，把那驚天動地的慘叫聲完全淹沒了下去，瘸子慘叫了一聲，昏倒下去……

就這麼死了，這瘸子？皇帝覺得有些意猶未盡，忍不住問了一句。

丞相看皇帝那神態，知道皇帝的心思，笑了笑說：哪能呀！他要這麼死了，這故事也算不得什麼。皇帝來了興致，問：那……後來呢？還有什麼好玩的事情，快快說來聽聽！丞相說：說起這瘸子對皇帝的效忠來，那真說得上是感天動地！你想想，他冒那麼大的危險，不是去救他的瞎眼老婆和傻子兒子，而是要把皇帝的聖像和語錄本從火海裡搶救出來，就為了這個，他可以眼睜睜地看著自己的親人被大火活活燒死，想想看，這對皇帝是怎樣一種感情呀？說到這裡，丞相的眼裡含滿了淚水，聲音也很低沉。

宮殿裡頓時變得鴉雀無聲，似乎所有的人都被感動了。皇帝知道丞相又在演戲，可是在這場合也不好揭破

他，只是忍不住想笑，媽的這老傢伙太會演戲了，真應該讓他去當戲子，可又一想，當官原本就是在演戲，不僅是丞相，所有的人，包括自己，不都是在演戲？所以他容忍了眾人的虛偽，自己也默不作聲，似乎很沉痛的樣子。

丞相長長地嘆了口氣，接著說，瘋子昏迷了九天九夜，醒來後問的第一句話就是，東西……沒燒壞吧？他說的東西，不是別的，就是皇帝的聖像，還有就是那語錄本，那天他冒死從火海裡搶救出來的……旁人把聖像和語錄本舉在他的面前，他激動地看著，嘴唇動了半天，才說了一句：吾皇……萬歲！草民效忠……九死無悔……說著，微笑著閉上了眼睛，安然地離開了這個世界。

丞相說著吸了吸鼻子，似乎要哭的樣子。緊接著眾大臣也跟著吸鼻子，繼而低頭啜泣起來，整個聖殿裡頓時昏天黑地，泣聲一片。皇帝知道丞相故伎重演老調重彈，本想出面制止，但又想自己的話很快會作為最高指示傳下去，難免造成不好的影響，也就跟著他們哭喪了臉，做出很難過的樣子。

丞相接著說，瘋子其實是天下百姓中的一個代表，天底下像這樣的忠誠於皇帝的百姓實在太多了！這都歸功於皇帝的英明偉大，先有英明的皇帝，而後才會有這樣忠實的臣民。說著，跪倒在地，領頭大聲高呼：吾皇英明，天下歸心，吾皇萬歲萬歲萬萬歲！他身後的眾大臣也都抹了把眼淚跪倒在地，一同發出驚天動地的叫喊聲：吾皇英

明，天下歸心，吾皇萬歲萬歲萬萬歲！

　　皇帝看著跪伏在地上的眾位大臣，捋了捋鬍鬚，微微笑起來。雖然他知道這一切不過是在演戲，而且這樣的戲每天都要重複幾遍，但皇帝還是感到很舒暢。人生如戲，這世界誰不是在演戲？丞相在演戲，大臣們在演戲，皇帝自己又何嘗不是在演戲？只不過每個人扮演的角色不同，演戲的技巧也有高下之分。皇帝能看出丞相和大臣們在演戲，那是因為皇帝本來就是比他們更為高明的演員。演戲就是為了要找樂子，既然丞相和大臣們演戲能逗自己開心，為什麼要揭破呢？

　　皇帝意識到該輪到自己上台來表演了，清了清嗓子，顯示一下皇帝的威嚴，開口說：瘸子……突然想起還不知道瘸子的名字，皺著眉頭，看著跪倒在地的丞相。

　　丞相跪著往前挪動兩步，仰臉看著皇帝，說：啟稟皇上，瘸子姓牛，名軲轆。

　　媽的什麼狗屁名字！皇帝暗罵了一句，清了清嗓子，大聲宣布：這個……牛軲轆……瘸子，赤膽忠心，效忠國家，肝腦塗地，不幸以身殉國……為表彰這個……牛軲轆……瘸子的愛國行為，特追授其世襲威武大將軍銜及皇帝忠臣之稱號，從國庫撥銀子十萬兩，在金山頂上建一座紀念牌，以供後世瞻仰。

　　丞相跪倒在地，大聲高呼：吾皇英明，吾皇萬歲萬歲萬萬歲！

眾大臣也跟著跪伏下去，高呼：吾皇英明，吾皇萬歲萬歲萬萬歲！

　　皇帝冷淡地笑了笑，有些心疼許諾出去的那十萬兩銀子，如今國庫空虛，為了個瘌子花這麼多錢實在不值得。這瘌子本來就不值幾個錢的，況且人都死了，犯得著在他身上花錢？可是皇帝金口玉言，說出的話總不能馬上就反悔。這狗屁丞相，盡給我找事。皇帝這麼想著，瞪了丞相一眼。

　　丞相覺得一道冷光從皇帝的眼裡射過來，心裡一陣顫慄，腦袋頓時一片空白，傻呆呆地跪在地上。

　　皇帝看丞相那傻樣，本想下一道旨將他推出去砍了，又覺得這老傢伙雖然討厭但要是他死了生活沒準會少很多樂趣，還是暫且饒過他，反正他也是捏在自己手上的一隻螞蟻，什麼時候都能擺弄的，於是皇帝繃緊的臉鬆弛了一下，變得有些和顏悅色，對丞相說：愛卿，你還有什麼要說的？

　　丞相看懂了皇帝臉上的笑臉，僵硬的臉頓時也緩和下來，顯出受寵若驚的模樣，大聲說：皇上明察，老臣還有重要事情向皇帝稟報！

　　皇帝對這喋喋不休的老傢伙早就感到厭煩，勉強擺了擺手，示意他說下去。

　　老丞相早已明察秋毫，趕緊說：老臣向皇帝稟報通天塔的進展以及世界文明大會的籌備情況。

皇帝臉上的神情頓時緩和下來，這是他眼下最關心的兩件事，原本也是由丞相提議的。關於建通天塔，用丞相的話說，皇帝的文治武功舉世公認，前無古人，後無來者。全國民眾感皇恩之浩蕩，不敢忘本，恨不能肝腦塗地，以報聖恩。內閣也是順乎民意，決定在世界最高峰建立一座最高的紀念塔，記錄皇帝的豐功偉績，以供後人瞻仰。消息傳出，全國民眾無不歡呼雀躍，紛紛表示，此乃功在千秋之偉業，全體民眾理當義不容辭，出錢出力，不惜傾家蕩產，也要報效皇恩。內閣充分考慮到民眾之心願，不給國家增加負擔，決定開徵民意稅，按每人收入的百分之十徵收，預計每年徵收稅款八千二百萬兩白銀，基本上可保證建塔之款項。這項決定自然得到了皇帝的讚賞，並交由丞相親自操辦。如今已過去十年，皇帝正想知道事情進展的情況。

　　丞相感覺到了皇帝的關切，向皇帝匯報說：事情進展得很順利，徵收人頭民意稅的決定獲得了全國民眾的擁戴，他們都說，忠不忠，看行動，考驗我們的時候到了，甚至有人喊出口號：寧肯不吃飯，也要交納民意款！這裡面也出現了許多感人的事跡。有些民眾為交齊稅款，節衣縮食，甚至不惜傾家蕩產；更有些民眾因無力交齊稅款，自覺得有愧於皇帝，只得以死來表達對皇帝的忠心。此類感人之事，不勝枚舉，充分顯示吾皇上之英明偉大。

　　多好的人民啊！有了這樣好的人民，還有什麼不可以

戰勝的。皇帝做出感動的樣子，覺得眼睛裡有些濕潤，旁邊站著的太監不失時機地把手絹遞到皇帝的手上，皇帝接過，抹了抹眼睛，突然覺得鼻子上有些痒痒，似乎有鼻涕要流下來，便往裡抽了一下，用手絹抹了兩把。

所有的大臣也紛紛低下了頭顱，抹著眼淚，抽泣起來，很快泣聲一片。

皇帝擺了擺手，大臣們趕快抹乾了眼淚，虔誠地看著皇帝。皇帝不說話，只是看著丞相，微笑了笑，示意他說下去。

丞相接著說，通天塔將是古往今來人類最偉大的建築，其設計之精美，工程之浩大，投入人力物力之巨，耗時之長，為古今宇宙之所未見，其中更凝結了世界上最偉大的建築師和科學家的智慧，體現了人類最高的科學成就和智慧。經過近十年艱苦卓絕的努力，這個舉世矚目的雄偉建築已經屹立在高高的金山頂上。眼下工匠們正夜以繼日地工作，表示絕不辜負吾皇的期望，爭取在今年世界文明大會召開前完成全部工程。他們的口號是：以實際行動為吾皇爭光，讓天下所有的人都從中感受到我們國家的無比強大和人民的勤勞智慧，更感受到吾皇無與倫比的英明偉大！

皇帝聽著連連點頭。作為皇帝，他早就沒有了常人的虛榮心。可是在同那麼多傻冒皇帝交往過後，他深深地感覺到自己的偉大。他對整個人類懷有仁愛之心，經常以拯

救天下人作為己任，最大的願望就是一統天下，讓整個人類都能沐浴在自己的陽光雨露之中。誰都知道通天塔並沒有任何實用價值，但它無疑是國力的象徵，也是本皇帝威望的象徵，要想比別的皇帝顯得更偉大，光靠嘴說是不行的，總得有點真傢伙才能叫人服氣，只有至高無上的皇帝才能建造出這樣至高無上的寶塔。

寶塔的形狀還是由皇帝親自設計的，在這方面皇帝同樣顯示出了無與倫比的智慧。當初以丞相為首的內閣曾經以招標的方式向全世界徵集設計方案，並在全球範圍產生了巨大的影響，總共有十萬國際知名的建築大師和三萬個建築公司參加競標，經過層層篩選層層論證，丞相把最後的五套方案呈送到皇帝面前。皇帝一看那些方案便斷定建築師都是低智商的傢伙，他們思想保守，因循守舊，毫無創造力可言。別看他們平時在同行面前以大師自居，指手畫腳，耀武揚威，在皇帝面前他們便成了白痴，成了知識貧乏思想膚淺的可憐蟲！

皇帝的智慧已經到了如此高的境界，任何一門學問到了他這裡都能融會貫通，並且一通百通。當皇帝以前他並沒有好好讀過幾本書，小時候還老因為背不出課文被先生責罰，小屁股不止一次被打得皮開肉綻，甚至連他的父皇都對他感到失望，私下裡認為他是個無可救藥的低能兒，但這並不妨礙他當皇帝，甚至也不妨礙他在學問方面的成就。事實上就在他當上皇帝的那天起，他的腦袋也立馬開

了竅，因此他從一個資質尋常的小男孩成為了一個具有至高無上智慧的皇帝，他在任何一門學科上的造詣都超越了所有的學術大師。因此他對做學問的人完全沒有好感，從內心裡鄙視他們，想到小時候所遭受過的責罰，更是感到屈辱。如今那些給他授課的先生們無一例外都受到了應有的懲罰，有的被砍了腦袋，有的下了大獄，還有的失了業，淪落街頭行乞為生。在他的國度裡，所有的讀書人都注定不會有好日子過，他最大的快樂就是耍弄那些自以為是的讀書人，有時扔給他們一塊骨頭叫他們搖尾乞憐，有時狠狠地踢他們一腳再叫他們強作笑臉，倘若發現他們有任何違抗皇帝本人意志的想法，就從肉體上把他們徹底消滅掉。

低智商的建築大師殫精竭慮的設計方案在高智慧的皇帝那裡自然討不了好，那些奇形怪狀的圖畫在皇帝看來就像兒童畫的圖畫那樣幼稚可笑。事實上皇帝對於建築學有些自己的理解，在他看來，建築應該是一種凝固了的思想。那些愚蠢的建築大師根本無法理解皇帝的偉大思想，自然也沒法設計出叫皇帝滿意的寶塔來。同樣，愚蠢的大臣也沒法猜測皇帝的思想，所以也沒法選出叫皇帝滿意的設計方案。作為高智慧的動物，皇帝對自己愚蠢的同類懷有悲憫之心的同時，也對自己的智慧和偉大充滿了自信和驕傲。

皇帝最終展示了自己超人的設計：一隻巨人的手托起

一顆巨大的球體——這就是皇帝設計的寶塔的形狀。應該說，他的設計也是很簡單的，但裡面卻包含著偉大的智慧。因為簡單，他擔心手下那些低智商的大臣們難以理解，沒想到他的每一句話都贏得從丞相到大臣們的滿堂喝彩。丞相拍著自己的後腦勺做出恍然大悟的樣子說：只有偉大的大腦才會有這樣偉大的創造，這將是亙古未有的藝術設計！然後又做出心領神會的樣子對大臣講述自己對皇帝旨意的理解：那球代表著整個地球，那隻巨人的手呢，自然是屬於我們最最偉大的皇帝的，只有皇帝的手才會那麼巨大，才會那麼有力，才會把整個地球托舉起來！皇帝聽著，不由得低下頭去看看自己的手，他的手其實並沒有那麼巨大，應該說，那是一隻小手，看上去軟綿綿的，細長的手指，雞爪似的，既不好看，也沒什麼力量，別說托舉起地球，就是抱個皮球還嫌費勁。可是除此以外，那還能是誰的手呢？的確，他只是千萬個皇帝中的一個，他的國家也不是最強大的，可是這有什麼關係，總有一天他會成為整個地球的主宰，世界上只有他才有這樣的能力。

　　想起即將峻工的寶塔，皇帝的心在迅速膨脹著，變得越來越深遠，似乎真的要把整個地球都容納進去，那矮小的身體也飄浮起來，懸在虛空之中，成了巨大的物體，而眼前的一切都被虛化了，他看見一個球體在浩翰的虛空中旋轉著，飄浮著，越變越小。他被欲望衝擊著，迫不及待在伸出手去，那手向球體延伸著，靠近著，越來越長，越

來越大，慢慢地把那球體把在手裡，緊緊地攥住——皇帝沉浸在這樣的冥想之中，難以自撥，分不清到底是夢境還是現實。

看皇帝高興，丞相接著說起世界文明大會籌備的情況。按照皇帝的要求，內閣向全世界所有國家的皇帝都發了邀請函，絕大多數國家的皇帝都是出於對我們這個偉大國家和偉大皇帝的尊重和熱愛，欣然接受了邀請。只有少數幾個皇帝由於過去的恩怨，不但不肯給面子，還惡意誹謗說此舉乃是別有用心，無非是想利用這機會逼迫他國皇帝就範，實現稱霸世界的野心。

是誰……敢這麼說？皇帝鐵青著臉，冷冷地看著丞相。

丞相覺得一道寒光直射過來，不由得哆嗦一下，說：是大象國的烏國王……陛下，您知道……這人對我國一直不懷好意……懷恨在心！

找死！皇帝恨得咬牙切齒，想起烏國王高大威猛的身軀，心裡卻有些發虛。大象國很小，卻盛產大象，人也如同大象般的高大偉岸，像所有未開化的民族一樣，野蠻而剽悍。因為是緊鄰，皇帝一直想令它屈服，它卻不買賬。皇帝終於被激怒，曾經率領幾十萬大軍御駕親征，打了八年仗，死了十來萬人，卻一無所獲，終於灰溜溜地撤了兵，對此皇帝至今耿耿於懷，視之為奇恥大辱。他跟烏國王見過兩次面，也沒占到任何便宜。在大象般威猛的烏國王面

前，皇帝覺得自己渺小得像頭老鼠，直想往地底下鑽。性情粗野的烏國王見了他總要彎下腰將他摟抱起來，讓他的腿離開地面在空中亂蹬，然後將臭烘烘的大嘴把他的嘴巴堵住，拼命吸吮著。無所不能的皇帝被他緊緊箍住，骨頭咔嚓直響，好象隨時都會爆裂似的，胸口被堵住，差點背過氣去。每次從他懷裡逃離，都覺得自己到閻王殿裡報了到，饒幸得以起死回生。好在有強大的國家和軍隊作為後盾，在這龐然大物面前才算有了些底氣。

皇帝的情緒迅速傳染給了所有的大臣，他們紛紛出列，譴責大象國的烏皇帝，說這傢伙不知天高地厚，膽敢與吾皇作對，注定不會有好下場。可是到底心虛，除了動動嘴巴皮子，誰也沒提出具體對策來。

皇帝知道眼前的這些人都是沒腦子的傢伙，也正因為沒腦子，他們才能很安穩地坐在現在的位置上。皇帝對自己的智商有充分的信心，以為這個國家只要有自己這麼個聰明人也就夠了，國家大事本就不能指望他人。可是英明偉大的皇帝也會有弱點，也有脆弱的時候，有的時候他也希望有人來支持他，尤其在面對比他更為強大的敵人的時候，更需要這樣的支持，即便這種支持是很無力的。

在皇帝的逼視下，大臣們神情各異，有的低頭逃避，有的則討好地微笑，個個內心空虛，心懷鬼胎。可憐的大臣們，雖然缺乏思想和智慧，卻有情感也有欲望。他們本來並不愚蠢，只是為了滿足欲望而放棄了思想的權力。他

們把自己的靈魂出賣給皇帝，皇帝卻使他們變成為欲望的奴隸。在沒有琢磨出皇帝的意旨以前，他們絕不可能擁有自己的想法。所以皇帝的逼視對他們來說是痛苦的熬煎，除了逃避，沒有別的選擇。

　　皇帝的眼光終於落到威猛的兵部大臣身上，臉上露出欣慰的笑意。從外表看，這鐵塔般高大的黑漢完全可以與烏國王相抗衡，何況他掌握著國家的最高兵權，擁有百萬雄師，戰將萬員，毫不誇張地說，哪怕每個人吐口唾液，就幾乎可以把小小的大象國淹滅掉。

　　兵部大臣領會了皇帝的心意，有些受寵若驚，繼而又感到惶恐不安起來。作為軍人，他當然喜歡戰爭，有了戰爭，才會真正顯示出軍隊的價值，也才能顯示他這個兵部大臣的價值。由於久無戰爭，他這兵部大臣在朝廷裡的地位越來越低，軍隊的日子也越來越不好過。尤其這些年，遭遇天災人禍，民不聊生，國家經濟實力下降，國庫空虛，根本拿不出足夠的餉銀來養活這支龐大的軍隊，只得放任自流，讓他們想辦法養活自己。沒有紀律約束的將士如同脫韁的野馬在社會上橫衝直撞，無惡不作，成為社會公害，引起百姓的不滿。那些對軍隊不懷好意的傢伙趁機惡意誹謗，甚至請求皇帝解散軍隊。為此兵部大臣早就憋足了氣，如今好不容易有了這樣的機會，哪能放過？他當然也知道，小小的大象國並不容易對付，當年他曾跟隨皇帝征討大象國，差點丟了性命，那驚心動魄的戰爭場面至今

想起來還令人膽戰心驚。可皇帝的眼光落到他的身上，他沒法再逃避，只得硬著頭皮站出來，挺直了胸，做出大義凜然的樣子，大聲說：吾皇萬歲萬萬歲！小小大象國，竟然如此氣焰囂張，不給點顏色看看，焉能叫天下人順服？依老臣之見，吾皇應率傾國之兵，御駕親征，趕在世界文明大會開幕之前，滅掉大象國，以揚我國威，震懾天下！

　　皇帝知道兵部大臣是個草包，根本不會打仗的。正因為他是草包，皇帝才讓他當了兵部大臣。皇帝也不是不重視軍隊，相反皇帝把軍隊看作是自己的命根子。皇帝是個極聰明的人，他比誰都明白，他的皇位其實是靠軍隊來維持的。倘若沒有這支龐大的軍隊，那些大臣早就有人篡了他的皇位，天下的百姓也早就把他撕成了碎片。他明白，軍隊是個雙刃劍，既能保護自己，也能輕而易舉地把自己毀掉。軍隊最重要的品質是忠誠，忠誠幾乎是愚蠢的同義詞，軍人可以有欲望但不能有思想。要想擁有忠誠的軍隊，就得想方設法使他們演變成為沒有思想的工具，才能真正為我所用。皇帝正是看中了兵部大臣是個難得的草包才對他委以重任，叫他當兵部大臣掌管軍隊，不是為了叫他去打仗，而是要使軍隊絕對忠實於自己。兵部大臣雖然同烏國王一樣擁有龐大的身軀，但論打仗，絕不會是烏國王的對手。但兵部大臣的話還是令他感到欣慰，至少可以說明他對自己是非常忠誠的。

　　皇帝其實並不想打仗，尤其不想打沒有把握的戰爭。

但為了顯示皇帝的威嚴，他必須有所表示。作為皇帝，他不能示弱，既然不想打這場戰爭，總得吼上幾聲，發泄心頭的怨氣，為自己尋找到心理的平衡。

兵部大臣的豪言壯語激勵了大臣們，他們個個慷慨激昂，懇請皇帝御駕親征，消滅大象國，活捉烏國王。皇帝卻不做聲，微笑著看著低頭沉思的丞相。丞相抬起頭，從皇帝的眼光裡看透了皇帝的心思，連忙向前跨上一步，跪倒在地，說：啟稟皇上，那烏國王固然可惡，但還沒到收拾他的時候，眼下舉國形勢大好，不必因小失大。暫時放他一馬，亦可顯示吾皇之寬厚仁慈。

皇帝聽著連連點頭，正想說什麼，突然覺得臉上痒痒的，有什麼東西叮在上面，連忙舉手，猛然拍了上去。

清脆的響聲，皇帝緊緊地捂住自己的臉，歪著嘴，很難看的樣子。

大臣們傻呆了，驚恐地看著皇帝。

死一般的寂靜。

皇帝慢慢地把手鬆開，嘴巴也隨即復了位，手心上血跡一片，手指間夾著一隻蒼蠅的遺骸，早已是血肉模糊。皇帝看著，那血泥仿佛就是烏國王的血肉之軀，很有些解氣，忍不住微笑起來。

大臣們看著皇帝臉上的微笑，鬆了口氣，跟著也笑了起來。

旁邊站著的太監上前來，揩乾淨皇帝手上的汙漬。

皇帝皺著眉頭，看著底下的大臣，大臣們正對著皇帝傻笑，見皇帝神情變化，有些不知所措。皇帝覺得有些厭倦，打了個哈欠，向丞相做了個手勢。

　　丞相領會了皇帝的用意，率領眾位大臣跪倒在地。

　　吾皇萬歲萬歲萬萬歲！

皇太子

　　脫！皇太子冷眼看著站在面前的貴妃娘娘——自己應該稱之為母親的那個女人，用命令的口吻說。

　　貴妃娘娘嫵媚地笑著，優雅地解開了衣扣，外衣脫下，向他面前扔過來。

　　皇太子沒有提防，腦袋竟被罩住，連忙把那散發溫香的外衣抓在手裡，惱怒地看著貴妃娘娘。

　　貴妃娘娘哧哧地笑著，如同在逗弄一個不懂事的小孩。

　　快脫！皇太子看著貴妃，咬牙切齒地說，她的笑容激怒了他，他知道自己是玩不過這女人的，不過他還是告誡自己，要冷酷些，不能叫她小看了自己。

　　貴妃娘娘並不在意，寬容地笑著，依然優雅地解開衣服上的扣子。

　　皇太子咽下一口唾液，馬上便意識到自己的失態，暗暗告誡自己，不要著急，要冷靜！這是個不易對付的女人，而且年紀比自己大許多，又是父皇最寵愛的女人，怕她小看自己，更怕她把自己當小孩看待，所以總想在她面前故作冷漠，以便使自己顯得更成熟些。在這位比自己大

了十歲的女人面前，皇太子覺得自己有些稚嫩。

　　貴妃娘娘溫情地看著皇太子，緩緩地解下衣上最後一粒扣子，衣服敞開，展露出雪白的肌膚。貴妃把衣服褪下，驕傲地挺起胸，豐滿的乳房在胸前顫動著，臉上卻掛著迷人的微笑，如同母親般的慈愛，更含著娼妓般的淫蕩，聖潔和淫蕩交織在那女人的表情裡，變幻著，令人眼花繚亂，難以自持。

　　皇太子呆看著，有些不知所措。那美妙絕倫的胴體對他說來既是熟悉又是陌生，他曾經無數次拜倒在那美麗的軀體面前，撫摸遍每個部位每寸肌膚，用嘴舐遍她身上的每一片幽香，也曾進入那軀體翻江倒海，可是面對這美艷絕倫的胴體，他還是感到震憾。

　　最後一縷輕紗落在地上，貴妃娘娘赤裸裸地站在皇太子面前，微笑著。皇太子看她過來，心在顫動著。他並沒有亂倫的感覺，雖然他知道這女人屬於父皇，他和她的偷情完全不符合慣常倫理。作為皇太子，他覺得自己完全有權力超越倫理，就像父皇那樣，倫理在權力面前總是脆弱的。可是這女人身上似乎有某種令他感到恐懼的東西，到底是什麼，他也說不清楚。

　　貴妃憐愛地看著他，微笑著，溫柔的目光，就像母親看待兒子。皇太子看著她，心裡想要抗拒。他不喜歡這種感覺，他不喜歡她用這樣的眼光來看他。他是一個男人，真正的男人，比父皇更為強大，他已經向她證明了這一

點。毫無疑問，她不會，也不敢用這樣的目光去看父皇，可是她為什麼要用這樣的目光來看自己，或許在她的眼裡，他還是不如父親，畢竟他是皇帝，而他還只是個未成熟的小男孩！

貴妃似乎看透了他的心思，嘆了口氣，抬起手來，脫下他的帽子，然後用手撫摸著他頭髮，把他按在自己裸露的胸脯上。

皇太子把腦袋埋進女人的懷裡，臉緊貼在她的兩個乳峰中間。貴妃一隻手在他的背上輕輕地撫摸著，另一隻手則脫著他身上的衣服。她的動作很輕緩，一點也不急躁。皇太子的衣服被剝開，貴妃扳著皇太子的腦袋，讓他看著自己。

皇太子看著貴妃，雖然很想在她面前繼續裝出冷酷的男人面孔，可事實上他知道自己已無力抗拒。當貴妃剝落得赤身裸體以後，他覺得身上正激盪著一股熱流，從心底處升騰著，令他難以自持。

貴妃娘娘抱著他，親吻著他的身體，嬌喘著，眼睛迷離。

皇太子神智迷亂，抱住她擺動著身體，低頭親吻著，氣喘吁吁。

貴妃娘娘嬌喘著，用手把住他的那堅挺無比的性器，撫摸著。皇太子覺得自己身體下部在膨脹，內心裡渴望著那隨即而來的暢快。

貴妃看著他嫵媚地笑了笑，親吻他的身體，從他的懷裡滑落下去，跪倒在他的腳底下，一隻手抓住他的性器，愛惜地撫摸著。

　　皇太子低頭看她，一雙手插進她的頭髮裡，低頭吻了吻她寬大的額頭。

　　貴妃看著他，嫵媚地笑著，伸出舌頭，舔了舔嘴唇，眼光裡充滿著饑渴。皇太子知道她的心意，手按在她的腦袋上往自己這邊壓著，身體微微後仰，使堅挺的性器往前延伸著，直對著她的臉。

　　貴妃跪在地上，仰著頭，用手把住那青筋畢露的肉棒，伸出舌頭，試探似舔著，然後抬頭看著皇太子。

　　皇太子看著她微笑著，眼睛裡充滿感激之情。

　　貴妃娘娘受了鼓勵，張開了嘴，上去舔了舔，接著便把那青筋畢露的肉棒銜住，用舌頭舔著，吸吮著。

　　皇太子感到無比的暢快，呻吟著，叫喚著，渾身顫動。

　　貴妃娘娘仰著頭，迷離地看著皇太子，張開嘴，遊動著舌頭，眼睛裡充滿著渴望，好像立下戰功的將軍，等待著皇帝的賞賜。

　　皇太子憐惜地看著這女人，心裡說不出的滿足。他終於完完全全地擁有了這女人。他滿意地笑著，把女人扶著站起來。貴妃柔軟的身體蛇似的纏在他的身上。他用手托住她那碩大的乳房，當年正是這玩意引動他無限的遐想，使得他狗膽包天，一心一意要占有這屬於父親的女人。

皇太子抱著這女人，上下親吻著，手在那美妙的身體上下揉著，女人的身體柔軟得像麵團。皇太子吻著她的嘴唇，她的舌頭早就從唇裡探了出來，與他的舌頭對接住，在他的舌頭上舔了舔。他趁機將她的舌頭咬住，吸在裡面。

　　快！貴妃呻吟著，將他緊緊地抱住，身體蛇似的扭動著。

　　皇太子看著女人那急不可耐的樣子，暗自得意，反而沉下心來，動作也遲緩了許多。

　　我的兒，快，你娘憋不住了！貴妃急促地喘息著，用手把住底下的肉棒，往自己身體裡拉扯著。

　　皇太子心裡顫動了一下，隨即把女人抱起來，放倒在床上。

　　我的兒……快……快……！貴妃渴望地看著皇太子，大口喘息著。

　　我的娘……我來了！皇太子說著，猛然撲過去，壓在貴妃上面。

　　貴妃娘娘驚叫一聲。

　　皇太子把女人壓倒地底下，進入她的身體，運動著。女人扭動著身體，配合著他，暢快地呻吟著。那聲音刺激了他，使他產生不愉快的聯想，恍惚中他好像看到這女人正被他那個被他稱作父親的男人壓在底下，發出同樣的呼喚聲。這婊子！他忍不住罵了一句，動作更為狂暴。

　　女人呻吟著。

皇太子瘋狂地運動著，神智更有些迷亂。他緊緊地把住那女人，每一次撞擊都很猛烈，很深入，並伴隨著狼一樣的嚎叫聲，好像要摧毀什麼，撕裂什麼。他的撞擊越兇猛，女人的叫聲反而越暢快。女人的叫聲更刺激了他，他嚎叫著，瘋狂起來。

我的親兒……快……！女人叫喚著。

我的娘……親娘……！皇太子暢快地叫著，瘋狂地向著女人的身體深處撞擊，覺得身體在向上飄浮著，一股熱流在腹部升騰著，伴隨著期待已久的快樂。他加快了節奏，那股熱流從身體裡噴射而出，進入女人的身體，他聽到女人暢快的叫聲。

我的兒！女人的手指掐住他腿上的肉，呼叫著。

皇太子順勢爬在女人身體上面，喘息著。

女人用手把住他的屁股，使勁地擠壓著，不讓他抽身。

皇太子爬在女人身上，親吻她的臉，然後仰面躺下，伸手摟住女人的胴體。

女人用溫濕的毛巾在他大腿間中間擦洗著。

皇太子一動不動地躺著，沒敢往底下看，那黏糊糊的白色液體令他感到厭惡，即便那是從他身體流出來的。

貴妃小貓似地躺在皇太子的臂彎裡，手在他身上撫摸著，很溫柔的樣子。

皇太子摟住女人的脖子，看著她。

貴妃嫵媚地笑了笑，用手把住他的底下，說：你……

太棒了！

皇太子笑了笑，心想，她是不是也對父親這樣說過。

貴妃似乎看出了他的心思，說：你是最棒的，沒人比你更好！

皇太子皺起了眉頭，心想，難道說她還有過別的男人？

貴妃把頭枕在他的肚皮上，用手托住他的陰囊，撫弄著。

皇太子把手放在她的頭上，撫摸著，半閉著眼睛，很陶醉的樣子。

貴妃重新回到他的臂彎裡，蜷縮著身子，像只溫柔的小貓。

皇太子摟住貴妃，手放在她的乳房上，輕揉著，滿足地微笑著。此時此刻，他終於擁有了這個屬於父親的女人。這是多麼暢快的事情！每次占有這女人，都猶如經歷過一場戰爭，而他最終會要成為勝利者。

占有這女人是他從小的夢想，那時他九歲，總看到這女人跟父親在一起。女人似乎很喜歡他，見了她總要把他摟抱在懷裡，邊用手摸他的小雞雞，邊對父親笑著。

他其實應該痛恨這女人的，因為她是母后的仇敵。怨婦似的母親說起這女人來總是咬牙切齒，這女人使母后失去了皇帝的寵愛，甚至還威脅他作為東宮太子的地位。可是母親在心裡種下的仇恨並沒有生根發芽，見到這女人，

他便被那絕世的美麗所震撼，所有的仇恨都被一陣清風化解得無影無蹤。

貴妃娘娘似乎並不知道他曾經恨過她，也沒在意他是情敵生的兒子，她的燦爛的笑容也遠比母后的苦瓜臉令他感到親切。這孩子太可愛了，將來准能當個好皇上！貴妃娘娘撫摸著他的臉，親切地說。

貴妃伸手過來時，他想起了母親，想要避開她，卻捨不得挪動腳步。這女人太漂亮了，尤其那雙眼睛，簡直能勾人魂魄，他傻了似的站在那裡，任憑她擺弄。女人撫摸著他的臉，笑了笑。他感覺到女人身上那股奇異的香味，心猛然繃得緊緊的，卻希望那美麗的手在他臉上多停留一會兒。然而那手卻很快鬆開，女人轉過臉去，面對著父親，說著話，眼睛裡再也沒有了他。他很受刺激，看到依偎在父皇身旁的女人，才知道她根本沒把他放在眼裡，只是看在父皇的面子上才肯看他幾眼，對他施捨些微笑。

他失望地離去，終於意識到對母親的背叛，可是並不感到懊悔。看到母親那苦瓜般的臉，聽著她歇斯底里的叫罵聲，他很有些無動於衷。

怎麼生下你這麼個孽種！母親用手戳著他的額頭，惡狠狠地說。

他一動不動地站著，看著母后那醜陋而兇惡的臉，想著貴妃絕世的美貌，似乎理解了父皇對母后的背棄，同時也為自己的背叛找到了可靠的理由。

那以後他便經常到貴妃房裡去，尤其父皇不在的時候，他不喜歡讓父皇知道他跟貴妃在一起。貴妃對他很是親熱，經常陪著他玩，還給他許多好吃的。母后不能容忍他的背叛，責罵他，想方設法阻止他。他便對母親說，這樣做只是為了討好父皇，等以後當了太子，等以後當了皇帝，就能整治那女人，給母親報仇雪恨。母后看著他充滿稚氣的臉，竟默許了他的計劃。

　　皇太子從來就不喜歡跟父皇在一起，他怕他，在他面前總會感到心虛。每次在貴妃那裡見到父親，他都會感到心虛，似乎做了什麼錯事。父皇看他跟貴妃在一起卻總是很高興，甚至當面讓他稱貴妃為媽媽。他並不喜歡這稱呼，貴妃在他眼裡怎麼也夠不上這稱呼，她太年輕了，況且他很害怕這稱呼會把他同貴妃之間的距離拉得很遠，這是他絕對不能接受的。但他知道，父皇的旨意是沒法抗拒的，他害怕失去跟貴妃在一起的機會，只好委曲求全。

　　在父皇的逼迫下，他對著貴妃叫了聲「娘」，貴妃吱吱笑著甜甜地應了一聲，然後上前把他摟住，當著父皇的面，在他的小臉上狠狠地親了幾口。那是他第一次被自己喜歡的女人親吻，而且來得那麼突然，他感到巨大的快樂的同時也有些害臊，低下頭去。後來貴妃對他說這是第一次聽到別人叫她娘，也是第一次有了當母親的感覺。他偷偷地抬起頭來，卻看見父親正抱著貴妃，親吻著。他好像被什麼東西撞擊了一下，似乎覺得剛剛得到的那份快樂也

打了折扣，而且很快消失得無影無蹤。

不管怎麼樣，他終於能夠更自如地跟貴妃在一起了。他不喜歡叫她娘，也從來沒把她當作娘來看待。在他眼裡，她只是個漂亮的女人。所有的男人都喜歡漂亮的女人，雖然他還只是個孩子，但貴妃的美貌是不可抗拒的。

從那以後，年輕的貴妃似乎真的把他當作了自己的孩子，跟他的關係也無形中親近了許多。每次見面，貴妃總要親他幾下，然後拉住他的手，叫他坐下，拿好吃的東西招待他。有時還會很親熱地摟住他，把手放在他的大腿間，有意無意地碰到裡面的小雞雞，那種時候他的心總會緊縮一下，然後提了上去，期待著那即將降臨的快樂。有一次她甚至當著他的面換衣服。他看著她一件件地脫掉身上的衣服，心一點點往上提著，既緊張又害怕。貴妃似乎並不在意，邊脫著衣服，邊跟他說話。當他看到貴妃那完美無暇的裸體時，他被那驚人的美完全震撼住了，傻了似站著，沒有了知覺。

那以後他與貴妃的關係有了更微妙的變化，雖然他依舊喜歡跟她在一起，卻很討厭她把他當小孩看，甚至覺得她有些生疏，有意識地跟她保持些距離。貴妃卻沒有覺得他的心理變化，反而對他更加隨意。有一天他去看她，她正躺在床上，看他來，便笑著叫他到床上去。他有些緊張，但還是聽了她的話上了床。她讓他躺在她身邊，她枕在他的臂彎裡，聞到她身上的香味，那香味很清淡，很迷人，

一股幽蘭的氣息吹在他臉上，他有些緊張，仰面躺著，不敢去看貴妃。貴妃跟他說著話，漫不經心的，手放在他的大腿中間，有意無意地撫摸著。他假裝聽她說話，故意不理會底下，心裡很緊張，很害怕，卻包含著某種期待，漸漸覺得腹部生出股熱流，往上升騰著，身體變得有些僵硬，繼而膨脹起來。貴妃感覺到他身體的變化，用手把著，吃驚地看他，問他剛才在想什麼。他臊得臉紅耳赤，低著頭說不出話來。貴妃看他那窘態，突然抱住他的腦袋，哈哈大笑起來，笑完以後嘆著氣對他說，壞小子，你真要成男人了。

貴妃的話令他無地自容，更令他暗自欣喜。他的確不希望她將他看作孩子，但既然這樣能使他更多地跟她在一起，他也就寧可把自己裝扮作孩子。自從褲襠裡的小祕密被識破以後，他好幾天不敢去見她。他一絲不掛地躺在床上，想著那美妙絕倫的胴體，遐想著，手不由自主地放在兩腿中間，撫摸著，尋找被女人撫摸時那種愉悅體驗。你真要成男人了！他回味貴妃說話時的神態，總覺得包含著某種特殊的意味，令他欣喜也令他不安。但無論如何他覺得自己應該是個男人了，必須以男人的姿態去面對那個女人。

他走到鏡子前，審視自己的裸體，想從中找到真正男人的跡象來，結果卻很失望。與同齡人相比，他算是高大的，但身體還沒有成熟，臉上還帶著稚氣，那軟不嘰塌吊

在兩腿中間經常被貴妃撫摸的玩意竟也像毛毛蟲似的，顯得可憐巴巴，令他感到氣餒，感到羞愧。但他已沒有別的選擇，欲望之火在他瘦弱的身體裡燃燒著，他要占有這個女人，不惜一切代價！

在欲望的驅動下，他仿佛覺得自己成了個大男人，還不止是平凡的大男人，而是那種強大無比渾身充滿魅力的男人，這樣的男人在女人面前是無往而不勝的。即便他的外表不夠英武，身上也沒幾分力氣，但畢竟他是皇太子，遲早也是要做皇帝的，皇帝可以為所欲為，輕而易舉獲得天下女人的肉體，他怎麼就不能？

他鼓足勇氣去找那女人，幻想著要像個真正的男人那樣將她掀翻在地上，撲上去將她壓住，挺身進入那美妙軀體，巫山雲雨，顛鸞倒鳳，妙在其中。他一路幻想著謀劃著，完全沉浸在美妙的幻想之中。這幻想使他喪失了理智，也給了他百倍的勇氣和膽量。他雄氣十足，徑直闖入貴妃的寢宮。剛進門，便聽到了那銷魂盪魄的呻吟聲和喘息聲……他的心猛往上提著，預感到什麼，連忙往裡走了幾步，那情景與路上的幻想何其相似：兩具白晃晃的肉體在床上交織的，只不過壓榨在女人身上的是衰老肥胖的父親，父親喘息著不停在拱動著屁股，身上肥肉顫動著，女人被壓在下面迎合著，呻吟著……那一刻他的幻想已經破滅，他感到了絕望！

那場景令他嚮往也令他憎惡。他只有十二歲，卻已經

完全懂得了那事的意義。生活在糜爛的宮廷裡，他其實比許多同齡的孩子更有見識也更成熟。很小的時候，他睡在母后身邊，每天晚上他都會被一陣陣的呻吟聲驚醒，睜開眼睛，發現有個赤裸的男人壓在母親身上，喘著粗氣，猛烈地撞擊著……他用手去摸母親的肚皮，那肌肉一鬆一緊，上下扯動著，他甚至觸到了那男人的身體，那肌肉鼓鼓的，很強壯，肯定不是父皇，父皇沒有這樣強勁的肌肉。他驚恐萬狀，想要大叫，想跳起來把那男人掀翻。親親……快……快……我受不了……聽到母親急促的叫聲，他的心在顫慄著，痛苦地閉上了眼睛。

那以後他再沒在母親屋裡睡過，但他知道每天晚上都會有男人到母親屋裡去睡，他甚至看見過他們走進母親的寢宮，個個年輕英俊，風流瀟灑，他們要做的事情就是要把那貴為國母的母后壓在身下，猛烈地進入她的身體，撞擊著，令她發出銷魂盪魄的叫聲。那聲音在他耳邊縈繞著，令他心蕩神搖。那時他還不能完全理解那聲音的含義，但他隱隱約約地感覺到，母親的聲音裡包含著無比的愉悅，那正是每個女人所要追尋的。

那以後見到母親他總會想起那樣的情景，那銷魂盪魄的聲音時時在他耳旁迴響，他開始領悟到男人和女人之間發生的那些事情，與母親之間也好像有了距離感。他不再喜歡依偎在母親的懷裡，甚至害怕接觸到母親的身體，在內心深處，他有些憎恨母親，就好像母親做了什麼對不起

自己的醜事。後來他知道，被父親冷落已久的母親養了很多那樣年輕的男子，他們每天潛入宮中為母親提供快樂，一旦身體空虛再不能滿足母親的欲求就會被遺棄，有人甚至丟掉了性命。

　　沒過多久他又在姐姐懷玉公主的屋裡也聽到了同樣的聲音，他在門縫裡看見姐姐赤身裸體像狗似的爬在床上，一個像狗熊似粗壯的和尚抱住姐姐的臀部猛烈地抽動著，發出狼一般的嚎叫，姐姐呻吟著叫喚著，肥大的乳房如同水袋似的往下吊著，左右搖擺，上下顫動。那和尚他原先見過，以前經常到母親房裡去的，他的身體像野獸一樣強壯，濃眉大眼，面帶凶相，渾身長著黑毛，刁鑽蠻橫的公主姐姐如同麵團似的被那粗野的大手隨意擺弄和蹂躪，騷態畢現，全然沒有平日裡皇家小姐的高貴典雅。

　　皇太子對那些壓在母親和姐姐們身上的男人都懷有本能的憎惡，時時想要對他們進行報復，甚至想過要在皇帝面前揭露這些醜事。不過他很快就知道，這些男人大都不會有好下場。

　　皇宮的後花園裡有一個很大的池塘，周圍景色怡人，卻很少有人到那裡去。聽人說那裡陰氣太重，經常鬧鬼。有一天皇太子到後花園玩耍，路過池塘時看見幾個太監正偷偷議論著什麼，走近看時，只見池塘邊橫放著一具死屍，雖然面容已經腐爛，但他還是從那滿身的黑毛及光禿的腦袋上認出了那曾經壓在姐姐身上的胖大和尚。聽太監

們說，這池塘裡每隔幾天就會浮出幾個這樣的屍體，到了夜晚經常能聽到怨鬼的哭泣。皇太子聽著毛骨聳然，同時隱隱覺得這些男人的死與母親或姐姐們似乎有著某種關係。在母后和姐姐們面前，他故意漫不經心地說起池塘裡發生的事情，卻發現母后和姐姐神情淡漠，似乎和尚的死與她們完全無關。

皇太子原本也有著極強的道德觀念，從小宮中太傅就教育他，他們生長在一個文明的國度裡，有著久遠的道德傳統。道德是這個國家最有力的支撐，法律也是圍繞道德來運轉。所有的邪惡皆源自人類的欲望，建立道德的目的就是要控制乃至滅絕人類的欲望，消滅了人類的欲望也就消滅了人間的罪惡，所謂滅人慾，存天理，乃治國之根本也。所以為君者應以德治天下，建立純淨的道德王國，最終達到天下大治。太傅說這番話的時候，皇帝正推行以德治國的方略，倡導新生活運動，號召國人克制個人慾望，淨化靈魂，追求無欲無我自然純潔的生活方式，同時頒布相關法律，以保證道德的實施。在這個國家裡，個人的欲望被降低到吃飯喝水這樣簡單的生存本能，性慾則被看作邪惡，與性有關的字眼譬如「愛」、「做愛」、「親愛的」之類都成為口中禁忌。禁欲主義是國家最高的道德準則，個人慾望越少道德水平越高，一個人倘若真到了無欲的境界則會被封為聖人。任何與個人慾望有關的行為都可能被看作是對法律的違犯和褻瀆。按法律規定，任何男女（包括

夫妻在內）不得在公開場合表現出有傷風化的行為，如擁抱，親吻等等；女人在公開場合要以面紗遮面，不得以肌膚示人，不得塗脂抹粉，在男人面前不得大聲說笑，說話時要低眉垂目，不得直視男人嘴巴以上的部位；實行一夫一妻制，已婚男女都不得與配偶之外的人發生性關係，對於失德女子，男人有權將其趕回娘家，並要求經濟賠償；取締妓院和所有的娛樂場所，男人不得嫖妓宿娼，不得飲酒作樂。夫妻性生活也要節制，一周做愛不得超過兩次……凡此種種，有膽敢違犯者，輕者或被剃陰陽頭遊街示眾，或被發配做苦力受體罰，重者男人被閹割乃至被斬首，女人則被割掉乳房或毀容直至被絞死或沉入水中溺死。

　　皇太子相信，太傅所宣揚的那些法律條文和道德準則在皇宮以外都是十分有效的，他曾經跟著太傅外出微服私訪，在大街上親眼看見過一位年輕美貌的女人被人押著四處遊街，脖子上掛著雙破布鞋，頭髮只留下一半，頭上戴著頂白紙做的高帽，寫著「淫婦」兩個黑字，上面加上個惡狠狠的大紅叉，衣服被撕扯得破爛不堪，露出了白肉，低著頭，手被捆綁著，前面有人牽住，後面有人推著，圍觀的人很多，有指著鼻子罵的，有往她身上吐口水的，也有上去偷偷摸她身上白肉的。太傅說這女人與人通姦，犯了姦淫罪，遊街完了還要被絞死的。後來太傅又帶他去看了男人受刑的場面，在那個幽暗的房間裡，被推進去的男

人都哭爹喊娘，幾個如狼似虎的漢子不分由說將其摁倒長凳子上，扒掉褲子，舉起明晃晃的刀子往下一剁，只聽得慘痛欲絕的嚎叫聲，一堆血淋淋的肉團被扔在地上，被早已等候多時的小狗叼在嘴裡……太傅說，全國各地每天都有成百上千的男子遭此酷刑，要建立純淨的道德王國，就必須要有嚴酷的法律來作為支撐。

太傅向皇太子灌輸了大量道德和法律的概念，皇太子卻不十分當真。他早就知道，道德也好，法律也好，都是為平民百姓制訂的，到了皇宮則完全是另外一回事。死在皇宮池塘裡的那些年輕男子並不是遭受到了法律的制裁，而是被人祕密處死的，而且多是宮裡有權勢的女人們的傑作。皇太子後來才知道，除了母后和姐姐以外，宮裡有權勢的女人們都是荒淫無度的，年紀大的嬪妃們都養有面首，從年輕的到年老的，從和尚到道士。年輕的公主們則喜歡追求浪漫，經常女扮男妝外出遊玩，遇到有中意的男子，便悄悄引入宮中，供其淫樂，直至精力衰竭不能滿足其淫慾，便祕密處死，扔入池塘，這便是池塘裡那些死屍的來歷。就連宮裡那些太監和宮女們也不安分，有一次他到母后房裡，看見平時裡侍候母后的太監正把一個宮女摁倒在地上行那苟且之事，被他大聲叫破後，兩人跪倒在地上求他饒恕，他感到奇怪，淨了身的太監怎能行事？後來發現太監身底下綁著個玩意，用手摸了摸，硬邦邦的，竟與真的無異。據那太監說，那玩意是在外面賣的，要五

兩銀子，宮裡很多太監都買過，還說很管用的。皇太子把這事告訴了母后，以後便再沒有見到過那太監和宮女，皇太子心想他們一定都死了，說不定也被扔進了池塘。

在皇太子看來，皇宮是最汙穢的地方，裡面沒有什麼地方是乾淨的。他也相信，父皇肯定不知道宮裡發生的那些事情，皇宮給人的感覺仍然是聖潔的。當然從純粹道義的角度來看，父皇本人也根本談不上聖潔，事實上他是天底之下唯一真正可以超越法律和道德的人。用太傅的話說，皇帝是天子，是上天派下來的。凡人本性邪惡，又缺乏自制力，所以需要道德和法律來約束。而皇帝既為天子，自然非同凡人，早已到了超凡入聖之境界，法律也好，道德也好，對他說來當然沒有任何意義。譬如凡人拿人一針一線都被視為偷竊而被剁去手指，而皇帝則把天下的錢財占為己有，用以滿足宮廷奢華的生活，豢養王公貴族和大小官員們，還被看作天經地義；凡人遵循一夫一妻制，與妻子之外的女人通姦則犯了姦淫罪要被閹割或處死，而皇帝有三宮六院三十六位嬪妃三千宮女供其淫樂不說，還經常到外面尋花問柳；凡人殺人要償命，而皇帝看到誰不順眼都可以賜他以死罪，要死的人連申辯的機會都沒有還要跪下叩頭，「謝主隆恩」，此所謂君要臣死，臣不得不死！但無論如何，皇太子還是很樂意接受太傅的說法，因為他知道自己也是要做皇帝的，皇帝所擁有的特權遲早有一天也會降臨到自己頭上，而且他相信這一天不會太遙遠。

皇太子從荒淫無度的母后和公主姐姐那裡接受到最早的性教育，以後每次見到女人，都會想起母后房裡的那醜惡的一幕。那情景令他羞愧，令他臉紅耳赤，卻又想入非非，褲襠裡的東西也會隨之僵硬起來。他似乎覺得，女人不再純淨，每個女人的臉上都寫著淫亂和醜惡，他學會了用另外的眼光來看待女人，他鄙視她們，痛恨她們，又渴望與她們同流合汙，有時他甚至會想像自己跟她們在一起淫亂，那情景令他激動不已。

　　渴望淫亂，渴望能夠為所欲為，可是在現實中他只能壓抑自己。那時他對自己的地位有了清醒的認識。皇帝是天子，只有天子才可以超越法律和道德。他作為皇太子，總有一天會成為皇帝，可以為所欲為。可現在他還只是皇太子，雖然也擁有某些特權，可以做一些別人不能做的事情，但畢竟還有個皇帝壓在上面，隨時都可以廢了他這太子，乃至取他小命。

　　見到貴妃的那一刻，他並沒想到要與父皇爭奪這女人，他不敢那麼去想。不過他的確喜歡這女人，喜歡跟她在一起。這女人太漂亮了，在皇宮裡實在找不出比她更漂亮的女人，男人總是喜歡漂亮的女人，這是人的天性，無可厚非的。那時他還是個孩子，還不懂得男女之間的事情，父皇和貴妃也把他當孩子看待，當著他的面做出親熱的動作來也不覺得難為情。在他眼裡，貴妃是那麼好的女人，她對父皇真是太好了，而且那麼有情趣！她看父皇時

總是那樣柔情似水，一舉一動都顯得那麼溫柔和體貼。吃飯的時候，她總要放在自己嘴裡嘗一嘗，再餵到父親的嘴裡，吃水果時，也是自己叼著一半，再送進父皇嘴上，還伴著歡快的嬉笑聲。父皇憂愁的時候，她就給他彈琴，為他唱歌、跳舞，直到他愁眉舒展喜笑顏開，閒來沒事她還會跟喜歡附庸風雅的父皇在一起吟詩作畫，飲酒作樂。皇太子以前從來沒有見到過如此多才多藝的女人，他曾經無數次地聽母后咒罵過這女人，母后對這女人恨得咬牙切齒，罵她是狐狸精是騷貨，從個人感情上說他也是同情母后的，可是見了這女人，他才明白父皇為什麼會冷落母后。徐娘半老的母后總是不自覺地把自己擺在弱者的位置，卻又不自量力地想把父皇牢牢地拴在自己褲腰帶上，她總是惡意中傷可能與父皇在一起的每一個女人，怨婦似的嘮叨著，在父皇面前發洩著所有的憤怒，偶然間賣弄風情卻像娼妓一般做作和虛假，她想討好巴結父皇，反而把父皇推得更遠，她那皇后的地位也受到了威脅。與皇妃在一起越久，對母親的厭惡越深，他終於能夠理解，為什麼在母后面前雄獅般狂怒的父親到這女人面前會如同小貓似的溫柔和體貼，女人身上的確有一種難以抗拒的魅力，沒過多久他自己也悄悄地對她產生了迷戀之情。

皇太子對這女人最初的情感說得上是聖潔的，那時他的心還沒有被汙染，如同藍天一樣純淨無遐。即便他已經從淫蕩的母后和公主姐姐那裡看到了男女之間的醜惡，但

還是不能把醜惡與這女人連在一起，他寧願把她與母后和姐姐們區分開來。即便看到她跟父皇在一起親熱，也不敢往那方面去想。

貴妃手放在褲襠上的那一刻，皇太子似乎預感到什麼，心往上提著，心怦怦跳著，一動不敢動，更不敢去看她，由著那柔美的手肆意妄為，一種無以言表的愉悅往上升騰著，逐漸融化在身體的各個部位，這時他想起了母后房裡發生的事情，那醜惡的畫面在眼前閃現著，一股潛流在腹部蠕動著，積蓄著能量，底下的肌體勃發起來，終於變得堅硬如鐵。他感到愧疚，就像幹了壞事被人當場抓住，想要逃避，女人的手卻已經把那玩意把住，抬頭看他，微笑著，說：「你也成大男人了！」又把住那玩意撫摸了幾下，嘆息了一聲這才把手鬆開。

隨著女人的手鬆開，繃緊了的身體松馳下來，心裡卻也變得空蕩蕩的，像猛然被人抽走了什麼，這時他才知道那正是自己期待已久的感覺。女人走到梳妝檯坐下來，打量著自己的美貌，神情冷淡，似乎什麼也沒發生過。他看著她，回味剛剛領略過的愉悅，內心裡涌動著欲望，想撲上去把她抱住然後把她剝得精光把她壓在地上任意蹂躪……這是他第一次產生如此邪惡的念頭。聽到父皇陰沉的聲音，他嚇得魂飛魄散，趕緊跪伏在地上，不敢去面對那嚴厲的目光。

在父皇嚴厲的呵斥過後，他逃也似從貴妃房裡跑了出

來，心情從來沒有那麼沮喪過。這時他才意識到，那女人原來是屬於父皇的，儘管他是皇太子，但在父皇面前他還不如一隻小狗。父皇把他趕了出來，自己去摟住那女人尋歡作樂，而那女人也是自己喜歡的。他好像看見，女人正躺在父皇的懷裡，摟住他的脖子撒嬌，嗲聲嗲氣，風情萬種，父親擁著她，親著她的小嘴，把她剝得精光，然後把她放倒在床上，壓在底下，兇猛地撞擊著，女人呻吟著叫喚著……他傻呆呆地蹲在牆根底下，心因為痛苦而抽搐著，也正是從那天起，他對父親產生了仇恨。

以後的幾天他沒有去見貴妃，他想見她，但又怕見到她，那天的事情過後，他似乎覺得他與那女人之間的關係有了某種變化，他們之間注定要發生點什麼，而所有這一切，都是由那隻手引發的。他很想念那隻手，正是那手觸動了他心靈的某個地方，使他產生了淫邪的念頭，他對那手充滿了渴望。

再次見到貴妃時，他心裡便懷了鬼胎，眼睛不由自主地去看那手，那雙手果然精美無比，白玉似的肌膚，細長嫩白的手指，說不出的靈巧和美妙。貴妃見了他，只是微微笑了笑，顯得有些冷淡。他感到有些失落，那美妙的手卻引起他無限的遐想，他神不守舍，渴望地看著那手，期待著，心裡砰砰直跳。貴妃跟他說著話，似乎並沒有把他放在心上。後來父皇來了，看到他，便皺起眉頭，他只得沮喪地離開。走出房間時，他仿佛看到女人正依偎在父皇

的懷裡，心不由得一陣陣抽搐。

　　他對父親的女人產生了邪念，卻始終沒有過亂倫的感覺。他從母后的狠毒的咒罵裡得知父皇種種荒淫無恥的行為，當年爺爺把皇位傳給了父親，當了皇帝的父親也把爺爺恩寵過的女人照單全收，而依照輩分他本應該叫那些女人為姨娘的。皇太子覺得自己的所作所為無非是沿襲了皇家的傳統，即便有悖於通常倫理觀念，在皇宮裡則是再符合情理不過了。雖然他很珍視自己的皇家血統，但自從發現母親的淫蕩之後，他對自己的身世產生了懷疑。別人都說他的外表跟當皇帝的父親就像一個模子裡刻出來的，還說他完全繼承了父皇的稟性和雄才大略，其實他心裡很清楚，除了都是男人以外，他與父親並沒有什麼相同之處。仔細觀察後他又發現，除他以外，他那些據說是同父同母或者同父異母的兄弟姐妹們也沒有一個長得像父親的，於是他對父親的生育能力產生了懷疑。皇宮裡女人的放蕩似乎已經改變了皇族的血統，一場改朝換代的革命在女人的褲襠裡悄無聲息地進行著。皇太子似乎感覺到這點，也期待這樣的結果，對自己真正的身世根本無心去追究。他原本對血緣親情並不看重，從來沒有過返祖歸宗的想法，再說當個皇太子就已經很好了，何況還能當皇帝！

　　看著女人被父皇蹂躪，他感到憤怒更感到恐慌，儘管他知道那女人本就屬於父皇，這樣的事難免就要發生，而且還是天經地義的，但他總不願意往那方面想，他寧願逃

避，所以當他必須面對這樣的現實時，他缺乏必要的心理準備。他呆立著，淫蕩的叫聲撕扯著他的靈魂。他咬著牙，想衝上去把父皇掀翻在地，把女人搶過來，抱在懷裡，可是桌上的那頂皇冠令他望而卻步，最終他依然選擇了逃避。

他再次蹲在牆根底下，再次感覺到自身的卑微。他哭泣著，覺得自己很可憐。直到太陽落山，夕陽把他弱小的影子映在地面上，他終於明白，要想占有那個女人，就必須當上皇帝。從牆根底下站起來時，他感到內心的欲望在膨脹著，把整個的身體都籠罩住，他暗自發誓，他一定要當上皇帝，他要報復，向占有那女人的父皇，也向所有與自己為敵的人。

從牆根底下走出來時，他覺得自己真的已經長大。他意識到自己的責任，並開始周密策劃和實施自己的計劃。他遠離了那女人，也很快得到了皇帝的信任，從眾位皇兄皇弟中脫穎而出，成為當然的皇位繼承人。

這些年他克制著內心的情慾，看著父皇一天天衰老下去，而他自己卻一天天強壯起來，成為高大英武的男人，他的風采和魅力令京城裡所有的女人為之傾倒。有時他也會被父皇叫到貴妃房裡去說話，看著衰弱不堪的父皇在那女人的攙扶之下顫顫巍巍地走過來，知道自己將很快贏得這場較量，復仇的快感在心中激盪著，幾乎令他難以自持。而同樣令他感到驚奇的是歲月風塵絲毫沒有消減女人

的美麗，那張成熟了的臉更顯得嬌艷欲滴。這時他早已不是當年的純情少年，在與無數女人玩過各種各樣的性愛遊戲之後，女人便成了身上衣服，需要時才拿來穿一穿。作為皇太子，他周圍每天都會圍著大堆的女人，每個女人都渴望與他同床共枕，而他對她們卻早已感到厭倦。只有這個他無法得到的女人牢牢地占據了他的心，多少年過後，他依然無法抗拒她身上的魅力，對她的迷戀更使他越來越深地陷入情感的泥沼地，無力自拔。看著父皇顫抖著的手和臉上越來越多的老人斑，他覺得如此衰弱的父親肯定已無能享受身邊那嬌艷無比的女人，這樣的一廂情願的想法才令他獲得少許的寬慰。

父皇對他訓示時女人總是站在旁邊，這使他感到莫大的屈辱。他低垂著頭不敢去看她，但總能覺得她正微笑地看著自己。她的微笑裡似乎包含了太多的矜持，他意識到他與這女人的關係正在發生微妙的變化。有時他覺得自己真正懷念的是用手放在他褲襠裡偷偷撫弄他小雞雞的那個女人，那隻淫邪的手曾經令他感到無比的愉悅，而那正是他所夢寐以求的。那笑裡的矜持使得她更像個正經女人，卻把他推得老遠老遠，為了從心裡靠近她，他寧願她笑得淫蕩些。

後來他才知道，女人的矜持中其實包裹著更多的淫蕩，因為過於淫蕩才需要用外表的矜持來掩飾，直到三年前父皇病倒時那外表才被揭破。一向被視為真龍天子的父

皇被一種誰也說不清的怪病擊倒在床上，宮裡的御醫被斬殺了幾個剩下的還是束手無策。眼看皇帝昏睡在床上，死之將至，宮裡的大臣們暗自在商量後事，準備讓太子登基繼位。看著病入膏肓的父親，太子盡心竭力地在病榻前侍候著，卻難免要去想坐在龍榻上的那滋味，但他深知宮廷權力鬥爭的奧妙，克制住自己的欲望，並理智地制止了大臣們操之過急的做法。然而幾乎所有的人都認為父皇已無可救藥，皇帝的位置必定屬於太子，所有的人都在向他靠攏，巴結他，討好他，像狗一樣向他搖尾乞憐，連貴妃娘娘也不例外。

　　垂死的皇帝卻顯出了頑強的生命力，他躺在床上奄奄一息沒了知覺卻總也咽不下去最後那口氣，他的不死不活消磨了所有人的耐性，至高無上的皇帝終於受到冷落，所有的人都盼著他早死，沒有人對他抱有任何希望，於是人們把所有的情感都轉移到將要即位的皇太子身上。皇太子卻一直堅守在皇帝的病榻前，充當著孝子的角色，他知道自己其實是在堅守著未來皇帝的寶座，有他在身邊，別人都沒法靠近皇帝，以後登基也沒人能夠說三道四。他的舉動果然贏得了所有的讚譽，許多對他懷有敵意的人也改變了對他的看法。除了他以外，堅守在皇帝身旁的也就只有貴妃了。開始時女人對他很冷漠，他也有意識地同她保持距離，除了皇帝的病情，幾乎不談別的。他害怕跟她單獨在一起，在她面前總會感到緊張，有時還會說些莫名其妙

的話。

　　那些日子，女人眼見著憔悴了很多，因為平時受皇帝寵愛太多，難免要遭人忌恨，現在看她就要落難，都在看她笑話，她很孤獨也很痛苦。皇太子對她的感情也很複雜，他對這女人的確難以忘懷，卻喜歡看她現在落難的樣子，跟她在一起時，他總是有意無意地跟他談起父親，觸動她的傷心處。看她傷心落淚，他心裡卻有一種莫名的快感。這個高傲的女人，他終於有機會同情她憐憫她，充當保護者的角色。他感覺得到這女人終究要落到自己的手中，他期待著，心情並不急切。

　　他的期待果然沒有落空，這高傲的女人終於投入了他的懷抱。他們在父親的病榻前談論著父親的病情，各自心懷鬼胎，漫不經心。說到傷心處，女人依舊哭起來，他看她可憐，便忍不住拉住她的手，想安慰她，女人卻順勢倒在他的懷裡。眼見著多少年來夢寐以求的情景就要成為現實，他有些把持不住，抱著那風情萬種的女人吻了起來，同時感覺到女人的手已經插入他的褲部，握住裡面的命根，急切地撫弄起來。急切的喘息聲衝擊著他，他感到渾身發熱，膨脹起來。

　　就在父皇的病榻前，女人喘息著，抓住他的手，往自己褲襠裡塞進去。他順著她的指示摸上去，裡面早已是濕漉漉一片。他用手把那片饅頭般隆起的肉團，輕輕撫摸著。女人饑渴地叫喚著，聲音有些發顫。

我的親兒……快……進去……女人的身體如同蛇似的扭動著，饑渴地看著他。他看一眼躺著病榻上的父親，父皇的眼皮動了一下。他愣了一下，動作突然停頓下來。女人卻有些迫不及待，扯下他的褲子，扯住他的堅挺似鐵的玩意，往自己身體裡扯著，急切地喘息著，滿臉潮紅，艷若桃花，便撲過去將她抱住。女人順勢坐倒在旁邊的春凳上，摟住他，往自己身上拉著。他看了眼毫無知覺躺在床上的父皇，把衣服撩開，挺起槍桿進入她的身體裡。

　　進入女人身體，他感受到的不是愉悅，而是復仇的快感。這個只屬於父皇的女人，這個令他日思夢想的女人，此刻就被他壓在身體底下，當著不可一世的父皇的面，嬌喘吁吁，風情萬種。他採用那次見到時父親同樣的姿勢，懷著報復的欲望，一次比一次更為猛烈地撞擊著，女人配合著他的動作，扭動身子，曲意逢迎，滿嘴淫聲浪語，猶如蕩婦。

　　他對準那幽暗的洞穴猛烈地撞擊著，挺進著，不時擔心地轉臉去看看躺在病床上毫無知覺的父皇，眼前不時浮現多年前看見父皇與這女人交媾時的醜態，復仇的欲望在心中燃燒著，動作也越來越瘋狂，越來越兇猛，恨不能把身底下那女人壓得粉碎，把多年來積攢下來的怨氣和仇恨都渲泄出來，哪怕天翻地覆也在所不惜。

　　我的親兒……女人嬌喘噓噓，聲音有些微弱。

　　我的親娘！他在她身體裡左突右沖，全然沒有憐香惜

玉之心。女人的叫喚刺激著他，看著床上的父親，他突然
有一種亂倫的感覺，這個美妙的女人，這個夜夜與父親同
床共枕的女人，此刻卻在他身體底下任他蹂躪，這種亂倫
的感覺令他興奮不已，他那毫無節制的瘋狂甚至令那久經
戰陣的女人感到恐慌，他聽到了她慌亂的求饒聲。

　　回想起來，那不是在做愛，而是在進行一場戰場，那
是發生在他和那女人還有父皇之間的一場猛烈的戰爭。垂
死的父皇注定要成為失敗者，女人也在他的猛烈地攻擊下
敗下陣來，他看著身子底下依舊昂然挺立著的英雄，內心
裡充滿了自豪感。是的，他終於贏得了這場戰爭，雖然他
還不是皇帝，還沒有贏得天下，但他終於占有了皇帝的女
人，這無疑是他一生中取得的最為輝煌的勝利。

　　女人經受不住瘋狂的蹂躪，暈倒過去，醒來時卻把他
那已經疲軟的命根子捧在手裡愛不釋手，撫弄著，湊過嘴
去，伸出舌頭輕輕舔著，然後將它銜著嘴裡，吸吮著。他
低頭看她，微笑著，以勝利者的姿態。

　　女人依偎他的懷裡，撒著嬌，儘管跟她的年齡不相
稱，太子還是覺得很受用。女人看了看床上的皇帝，對他
說她已經很久沒有得到這樣的快樂了。他問她他與皇帝之
間到底誰更有本事，女人往父皇的襠部看了看，對他說你
父親那玩意早就不行了，平時也就靠吃點春藥才能頂上一
陣。女人說著，又用手去撫弄他的命根子，說他這寶貝比
皇帝的要大上一倍，也好受用得多，還說她早就盼望這樣

了，可惜沒有機會。他聽著覺得很滿意，為了證實她的話，還讓她把父親那玩意弄出來看看。貴妃開始以為他只是開玩笑，後來看他一本正經，便過去把皇帝的褲子脫下來叫他近去看。他湊過去，只見那雜毛叢中窩著堆皺巴巴軟塌塌形狀如同麻雀似的小肉團，他叫女人用手去摸摸，女人顯得有些厭惡。他知道她故意裝給他看的，便笑了笑，伸手過去，小心地用兩根手指將那團肉捏住，扶直了左右看看，然後手鬆開，看那東西軟倒下去，縮成了肉堆。他看著女人，憐憫地笑著，嘆了口氣。女人做出可憐的樣子，依偎在他身旁。他笑了笑問她是否還記得小時摸他小雞雞的事，女人說她早就知道他沒安好心。他說起這些年對她暗中愛戀的痛苦，女人也說自己對他也是思慕已久，每次見過他後，褲襠裡都會潮濕一片。說到情濃之時，兩人索性寬衣解帶重新上陣，顛鸞倒鳳之中竟也有說不盡的恩愛。

　　他們盡情享受著，不再把病榻上的皇帝放在心上。在他們看來，那個行將就木的皇帝對他們已經不能構成任何威脅。皇太子看著毫無知覺的皇帝竟然有些失落，暗地裡竟希望這威風八面壓在自己頭上的男人能夠睜開眼睛，看看最喜愛的女人背叛他，與他的兒子在他面前尋歡作樂，剛愎自用的父皇必將咽下最後一口氣，皇位也自會落到自己頭上。他們肆無忌憚的行為並沒能驚動那垂死的病人，事後他們便當著他的面商量著今後的事情，在他們眼前展

現的是無比燦爛的前景，太子是皇位的法定繼承人，只等著皇帝咽下最後一口氣就能如願以償地登上權力的頂峰，這一天就到了眼前，女人甚至懇請他冒天下之大不韙立她為皇后，太子為滿足她的虛榮假裝答應了她的懇求。

皇太子對女人的心思早已摸得很透，對她的話並不十分相信。他知道她愛的不是自己而是即將戴在自己頭上的那頂皇冠。女人往往頭髮長見識短，漂亮聰明的女人更難免目光短淺，貴妃仗著皇帝的寵愛曾經驕縱無比，得罪了宮裡宮外所有的人，如今眼見著皇帝要死自己沒了依靠，只得把心思轉到即將繼位的太子身上。兩人對這事也是心知肚明，但誰也不想捅破。

他們的幻想最終還是成為泡影，一位神祕出現的道士把垂死的皇帝從陰曹地府裡拖了回來。這其貌不揚的道士打開了皇帝的頭顱從裡面取出了一個拳頭大小的瘤子，皇帝因此得以死而復生。想起這件事，皇太子總是後悔不迭。只怪他一時胡塗，才鑄成了後來的大錯。當初就是他力排眾議，允許道士打開皇帝頭顱的。他每天都和貴妃在皇帝的床榻旁做愛，面對死屍般的皇帝越來越無所顧忌。為了滿足報復的欲望，他和那女人玩著各種各樣荒誕的性愛遊戲。每次做愛前他總會不厭其煩地向女人打聽起皇帝曾經玩過的花樣，然後以同樣的方式重複一遍，以證實自己比皇帝更為偉大，經過貴妃的證實以後，使用鄙夷的目光去看躺在旁邊毫無知覺的皇帝，露出勝利者的微笑。女

人更是心領神會，依偎在他身旁，把住他底下那功臣讚不絕口，同時以特有的方式給他以無限的藉慰。盡情地享受報復快樂的同時，他更等待著父親頭上的那頂皇冠。那皇冠就掛在父親的床頭，每次同貴妃做愛過後，他總要把皇冠摘下來戴在自己頭上叫貴妃過來打量，貴妃看過以後總會說他比父親更像皇帝，還說他看上去更有真龍天子的氣派。每次不得不摘下皇冠時，他都感到十分的沮喪。雖然他離皇位已經很近，而且事實上他早已以太子身份上朝，主理國家大事，受到朝裡大臣們的擁戴，但是只要父親還活著，他就不能合法地戴上這頂皇冠。他和貴妃都一心一意等著皇帝一命歸西，完成最後的計劃。一息尚存的皇帝卻好象有意戲弄他們，就是不肯咽下那最後一口氣。他和貴妃都失去了耐心，謀劃著要為皇帝解除最後的痛苦，又害怕事情敗露誤了大好前程。正在猶豫之際，恰好來了那個神祕的道士。太子對和尚及道士素來沒有好感，很少跟他們接觸。這些人往往給人以神祕莫測之感，據說他們中道行高深者有著非同尋常的本領，不僅能驅鬼降妖，救人性命，還能卜卦算命，預知過去未來。那道士形容委瑣，陰陽怪氣，口氣卻很大，見面就說皇帝之所以不咽氣是因為他的陽壽未盡，還能活過來當幾年皇帝，還說皇帝昏迷不醒是因為腦子裡長了個瘤子，壓迫著腦神經，要開刀將瘤子取出來。當時所有的人都認為道士說的是瘋話要將他打出宮去。太子原本不相信他的話，但此時他和貴妃都被

皇帝頑強的生命折磨得心煩意亂，心想不如趁這個機會借道士之手完成自己的意願，只等皇帝一死，便將所有的罪狀都推給道士將他殺了滅口。主意打定，便做出孝子的姿態，對眾臣說反正皇帝都這樣了，既然道士說有把握，不妨叫他試一試。沒想到就是這句話救了皇帝的性命，也打破了自己的美夢。

皇帝睜開眼睛的那一刻，太子心裡像結了冰似的，沒有了知覺。平日裡聰明玲瓏的貴妃也是張口結舌，不知道如何反應。他們相互看了一眼，各自臉色灰白，似乎死神就要降臨到自己身上。皇帝冰冷的目光如同兩道利劍刺在他們身上，他們驚恐萬狀，不約而同跪倒在地，那一刻他們都覺得自己正向著無底的深淵墜落下去，完全沒有了希望。

父……皇！皇太子掙扎著叫了一聲，感覺到自己聲音在顫抖。

皇帝翻了他一眼，無力地閉上了眼睛。

皇太子趁機逃了出去，甚至沒顧得上看一眼旁邊站著的貴妃娘娘。他一個人來到那牆根底下，無力地蹲在地上，抱頭哭泣。他痛恨自己，恨自己愚蠢，恨自己軟弱，恨自己不夠冷酷，從而喪失做皇帝的最好時機。而今皇帝活過來了，等待他們的會是什麼？想起這些日子與貴妃娘娘在皇帝面前說的那些話乾的那些事情，不由得驚恐萬分，倘若當時皇帝有半分知覺，又怎能饒恕他們？真應該

早點把他弄死，如同他與貴妃商量過的，用枕頭一捂，什麼問題都解決了！那該死的道士，他怎麼偏在那個時候出現，自己又怎麼會稀里糊塗聽他的話？他也恨那女人，要不是她，也不會出現這樣的結局。

皇太子蹲在牆根底下長吁短嘆，顧影自憐。看著夕陽西下，他覺得真的要死了！他的生命似乎已不屬於自己。只等眼睛一閉上，所有的一切都將化為烏有，什麼皇宮，什麼太子，什麼女人，統統都沒有了。他怕死，他不想死，可是沒有什麼能夠拯救自己。不錯，他是太子，向來被認為是皇帝的兒子，可是在皇宮素來沒有什麼親情和道德可言，在權力面前所謂的血緣關係其實是非常脆弱的，在皇宮裡只有權力才是第一位的，宮廷裡所有的鬥爭都是圍繞權力來進行的。為了權力，兒子可以殺害父親，父親同樣也可以殺害兒子！所以他不能懷有任何饒幸心理。

太監找到他時他幾乎已經失去知覺。太監帶著他往父親的寢宮裡走著，他的雙腿都在顫抖，太監不得不扶住他走著。走進寢宮，看到坐在父皇床邊給父親餵藥的貴妃，他的心神稍稍安定下來。父親看著他，神情冷淡，眼光令人捉摸不透。他渾身顫抖著，跪倒在地，不敢抬頭去看。

起來吧。皇帝有氣無力，聲音卻出乎意外的祥和。

皇太子腦袋裡嗡了一下，仿佛透出些亮光來。他從地上爬起來，悄悄看了眼貴妃，貴妃也正看著他，嘴角掛著些笑意，似乎向他暗示什麼。

皇太子來不及琢磨貴妃眼裡的含義，皇帝已經對他說話。皇帝說他剛才已經會見了朝裡的大臣們，知道在此期間發生的一切，也聽貴妃說了他力排眾議請道士治病的事，皇帝對他的行為極其讚賞，為了獎勵他的忠心和孝心，御賜黃袍馬褂一件，龍泉寶劍一把，外加黃金萬兩。皇太子聽著皇帝的話，知道事情沒有敗露，暗自慶幸上天保佑自己得以死裡逃生，神態也恢復了正常。因為逃脫性命後的激動，也因為心虛，他對皇帝說了許多肉麻的話，竟使皇帝龍顏大喜。

　　皇太子饒幸逃脫了性命，又得到皇帝的賞賜，算是托了老天爺的恩寵。可他不甘心，穿著皇帝賞賜的黃袍馬褂，他更想要皇帝頭上的皇冠，那皇冠他已愉愉戴過，本來以為可以從此戴下去的。他也曾以太子的身份坐在皇帝的龍榻之上，代皇帝處理政務，所有的大臣都跪伏在他腳底之下，可惜喊的不是萬歲萬萬歲而是千歲千歲千千歲，可那感覺真的很不錯，倘若真的登基當了皇上，天底下的人都跪伏在自己腳底下，那感覺會是何等的美妙！難怪古往今來，多少人為了當上皇帝，不惜發動戰爭，讓天下人互相殘殺，哪朝哪代的皇位底下不是堆積著累累白骨？他的祖先們為爭奪皇位，不也曾手足相爭，骨肉相殘！他自己就是因為心不夠狠，沒能趁機把皇帝做掉，結果喪失了皇位不說，還差點丟掉性命。

　　隨著皇帝龍體康復，宮裡的生活也恢復了常態，道士

因醫術高明救了皇帝性命受到皇帝恩寵，皇帝把他留在身邊對他奉若神明，給他修建道觀供他修行。貴妃娘娘也回到皇帝的懷抱，見了他神情冷漠，就好象什麼事情都沒發生過。還有那些大臣們，他們曾經像狗一樣圍在他的周圍，百般奉承百般討好，如今見了他卻是皮笑肉不笑，雖然也客氣，可明顯沒太把他放在心上。想起剛剛過去的那段時光，皇太子恍如夢境，苦思冥想才明白，貴妃勾引他，為他獻身，大臣們像狗一樣圍著他轉，對他搖尾乞憐，並不因為他是太子，而是因為他要做皇帝。不錯，他現在仍然還是太子，還有可能繼承皇位，可是太子並不等於皇帝，這道理天下人都懂的！

眼見著皇帝身體越來越好，皇太子越來越感到無望。除了皇位，令他難以忘懷的還有那美妙無比的女人。身為太子，他每天都要去面見皇帝，給他請安，聽他訓示，通常貴妃都在旁邊坐著，以長輩的身份。看著這女人，皇太子便會不由自主去想跟她一起在皇帝病床上翻滾時的瘋狂，女人臉上的矜持也漸漸化作了淫蕩，那華麗的服裝隨即也被他犀利的眼光剝落得一乾二淨，顯露出美妙絕倫的裸體。皇帝威嚴的聲音把他拉回到現實，他戰戰兢兢站在皇帝面前，看皇帝臉色紅潤，原本衰弱的軀體也有了氣力，身邊坐著的女人也是溫情脈脈，似乎把心思完全用在了皇帝身上，根本沒在意他的存在。他不由得去想女人跟皇帝一起在床上的淫蕩，心裡好像被什麼東西撕扯著。

欲望之火在胸中燃燒著，他終於色膽包天，不顧一切想把那女人奪回來。那天他趁皇帝不在闖進了女人的寢宮，女人驚恐地看著他，被他臉上的神色嚇壞了。他不容她說話，瘋了似的撲上去，將她抱著，親吻著，不顧一切地撕扯她身上的衣服，將她推倒在床上。女人反抗著掙扎著，漸漸沒了氣力，終於由他擺布。他狂暴地進入她的身體，發泄著鬱積在內心所有的恐懼和痛苦，聽著女人在底下淫聲浪語，覺得身上每個細胞都在跳躍。事後女人同以往一樣依偎在他懷裡，用手撫弄他底下那玩意，愛不釋手的樣子。他摟住這失而復得的女人，問她為什麼對他如此冷酷。女人說她其實也在想他，只是礙著皇帝的面，不敢再有非分之想，她對他的冷漠其實也是做給人看的。他對女人說起自己的煩惱，女人告訴他，皇帝吃了道士配的藥以後身體越來越好，最近又雄性大發，恢復了性功能，每天纏著她要幹那事，白天也不放過。皇太子原本沉浸在重新得到女人的愉悅和滿足中，女人的話令他大為沮喪，想起女人在父親底下的情形，覺得自己終究懦弱，在皇帝面前只能是個失敗者。女人又說，最大的敵人其實是那陰陽怪氣的道士，倘若沒有這道士，皇帝不可能活命更不可能活得如此雄健，據說道士還奉了皇帝之命，正祕密煉製一種長生不老的丹藥，倘若成功，別說能保皇帝不死，就算能多活十年八年，也沒什麼好指望。事實上皇帝也就這心思，除非死了，他是不肯放棄皇位的。皇太子聽著更是絕

望，唯一能做的就是再一次把女人推倒，騎上去，瘋了似的，在女人的淫聲浪語中尋找心裡的平衡。

那以後他總會趁皇帝不在時溜進寢宮與女人幽會，這驚險而刺激的遊戲令他興奮不已，雖然他在皇帝面前依舊弱小，依舊戰戰兢兢，但畢竟他能跟皇帝共同占有一個女人，除了他，這天底之下還有誰能給皇帝戴上一頂綠帽子？這樣想著的時候，他仿佛覺得自己真的變得強大起來，不可一世的皇帝反而變得十分的渺小。

沒過多久，女人說她懷了孕。皇太子馬上想到是自己的，皇帝不可能有這樣的精力，這說法令他激動。但女人說她也說不清楚，因為這段時間皇帝的確也很雄壯，跟原先大不一樣，說不定能創造奇蹟。皇太子不相信奇蹟，寧願相信自己。後來皇帝親口告訴他說他又要有個弟弟了，他覺得好笑，那孩子明明是屬於自己的，皇帝戴了這麼多綠帽子還能洋洋得意，也不問自己是不是有這樣的能耐。

孩子終於生了下來，見過的人都說像皇帝。皇太子卻不相信，當時他正被皇帝派到外地，回來時已經過了三個月。見了那孩子，他斷定是屬於自己的。其實他對那孩子也沒什麼感情，看到皇帝對那小孩視若己出，百般疼愛，便覺得很開心也很好玩。趁皇帝不在，他會抱著那孩子，左看右看，越看越覺得像自己，可是這並不能使他對孩子產生任何感情。他要女人承認孩子是他的，不為別的，只是為了體驗復仇的快感。

我要回去了！女人說著把手鬆開。

皇太子看了看外面，知道皇帝就要退朝，便無可奈何地嘆了口氣，也不說什麼。

女人親了他一口，他覺得臉上有些濕潤，看著女人笑了笑，伸手過去摸了摸她鬆軟的乳房。

女人嫵媚地笑了笑，坐起來，從旁邊拿了衣服往身上穿著。

皇太子躺在床上，看她打扮著自己。轉眼間，床上的蕩婦成為了高雅的女人。

我走了！女人站在床前，看著皇太子。

皇太子嘆了口氣，點了點頭。

女人笑了笑，往外看了看，轉身往外走。

皇太子仰面躺著，又在想著什麼。

心腹

駝背太監扶著皇帝走進御書房，到了床榻前，駝背太監便爬倒在地上，皇帝踩住他的駝背，爬上去坐下，喘著氣，很睏倦的樣子。

駝背太監從地上爬起來，弓腰駝背，討好地看著皇帝。

皇帝閉著眼睛，知道駝背太監的意思，微微點頭。

駝背太監會意地笑了笑，退了出去。

皇帝緩緩睜開眼睛，正好看見駝背太監走出門去。他的腰弓得很厲害，脖子後仰到極限，才能使腦袋豎起來看前面的路，那樣子便顯得有些滑稽。不過也靠了那駝背，他才能當上貼身太監，成為皇帝身邊的大紅人。

皇帝個子很矮，幾乎是個侏儒，對個頭高大的男人很有幾分看不上，他見過的男人似乎都比他長得高，卻個個跪倒在腳底下仰視著他。他領導著天下的男人，天下所有的女人也都景仰他，能夠與他同床共枕是女人們最大的榮幸。由於皇帝的號召力，人們的審美觀念也發生了改變，那些曾經因為個頭矮小而找不到老婆的男人們逐漸走俏，成為女人們爭先追逐的對象。

個頭的高矮在皇帝心中的確占有很大分量，因此也決

定了許多人的命運。對於朝中的大臣，皇帝希望個個長得高大威猛，一來事關國家臉面，二來他喜歡看那些高大的身軀跪伏在地上可憐巴巴地仰視自己。而對於身邊的人，他則要求要比自己矮小，他們要服侍他，總不能永遠跪著，哪怕有一次直起身子，把他壓了下去，也會傷害他的自尊。可是要找一個比他矮小的正常人卻不容易，找個比他更矮的侏儒呢，又會使他從中看到自己的可憐之處，千挑萬選找了這麼個駝背，才算合了他的心意。

皇帝嘆了口氣，心情卻鬆弛下來。每天退朝以後，他都會到御書房裡來歇息一陣，養養身體，看看奏摺，處理重要事務。表面看，這裡並沒有豪華擺設，說是書房，也看不到幾本書籍，可是這裡卻是皇宮裡最為隱祕的禁地，那些關係到國家前途和命運的工作幾乎都是在這裡完成的。

皇帝是個疑心很重的人，骨子裡對任何人都不相信，可進了這屋子就會有安全感。這是一塊禁地，四周布滿了明崗暗哨，沒有他的命令，連蚊子也飛不進來。那些負責保衛的人按照慣例都是從祖籍挑選來的，而且要調查祖宗三代，絕對忠誠可靠。房間裡也是遍布機關，只要按動暗鈕，傾刻間就能保證他安全消失，同時數百支弩箭射向每個角落，屋裡的人絕對沒有倖存的道理。屋子底下是個暗道，既能通到各個宮殿，也能通到城外某個隱祕的地方，那裡駐紮著一支最可靠的軍隊。這支軍隊當年曾作為祖先

的嫡系部隊征戰南北，立下赫赫戰功，是祖先贏得天下的最大本錢。坐穩天下後，祖先把這支軍隊保留下來，並牢牢把握在自己手裡。他們作為皇帝的心腹直接聽命於皇帝，除了皇帝，沒有任何人能指揮得動他們，成為獨立於軍隊之外的軍隊。他們有最好的武器裝備，也享受著最大的特權，他們駐紮在離京城幾公里遠的咽喉地帶，隨時準備聽從皇帝的號令。那地方成為禁地，沒有皇帝的允許，就連軍機大臣也不敢進去。

皇帝享受著御書房裡的安全感，不由得暗自佩服祖先們的遠見卓識。整個宮殿裡除了他以外再沒有別人知道這屋裡的祕密，父親臨死前才把這屋裡的圖紙交到他手上，並按照祖先的規矩告訴他，不到萬不得已的時候，千萬不要動用這裡的機關，更不要動用城外的那支軍隊。

皇帝沒帶兵打過仗，但也知道自家的天下最終還是要軍隊來支撐的。槍桿子裡面出政權，打天下要靠槍桿子，保住天下同樣也需要。尤其像他這樣個頭不占優勢的皇帝，想起城外的那支軍隊，心裡才會真正有了底氣。也正因為有了這支軍隊，他才可以把那些野心勃勃的大臣們，還有手握兵權稱霸一方的軍閥們不放在眼裡。那些人也是知道他手裡握著那麼一支強大而神祕的軍隊，才會對他俯首帖耳。

吾皇萬歲萬歲萬萬歲！一位年輕婦人跪在門外。

進來吧。皇帝看了看那女人，說。

婦人抬了抬身子，從門外進來，雙手著地，狗似的爬著過來，到皇帝跟前跪下，抬頭看著皇帝。

　　皇帝瞟了她一眼。

　　婦人脫下衣裳，露出胸前肥碩的乳房。

　　皇帝看了看那雙乳房，又看了看婦人的臉，側身躺倒下去。

　　婦人爬上床去，躺在皇帝對面，媚笑了笑，用手托住乳房，讓乳頭抬高，湊近去，把皇帝的臉整個蓋住。

　　皇帝仰著臉，嘴微微張開，輕輕地將那乳頭銜進嘴裡，咬了咬。婦人吸了口氣，很疼痛的樣子，又不敢動彈。皇帝感覺到婦人的心態，暗自發笑，用舌頭在乳頭上舔了舔，吸吮起來。

　　每天退朝以後，他都要吸吮婦人的奶水，這是道士給他開的藥方。道士說沒有什麼東西比人奶更能養身的，任何珍奇藥物都可能傷害身體，而人奶則不會，人奶中凝聚了人體裡的精華，能調節人體之陰陽，強壯人之體魄，多喝人奶，對老年人尤其有益。道士的話他不能不信，也不敢不信。雖然被尊為萬歲爺，但他知道自己不可能活到一萬歲，事實上皇帝還是短命的多，他是真龍天子，但他也怕死，甚至比常人更怕死。倘若沒有道士相救，他早就到了陰間地府。道士救了他的命，更使他衰老的軀體煥發了青春，當他在女人面前再次雄姿勃發，那份欣喜實在無以用言辭來表達。作為皇帝，他可以不相信任何人，卻不得

不相信道士，他可主宰所有的生命，他的命脈卻掌握在道士手裡。而今道士正為他研究長生之術，說至少可以使他多活十好幾年，可是他並不滿足，常人尚且能活百歲，作為皇帝，為什麼不能活得更長久，難道還有誰的生命比皇帝的生命更重要？天下所有的人都可以死，唯獨皇帝不能死！而如此重要的生命卻需要道士來維持，為了活命，他對道士言聽計從。

皇帝吸吮著，抬手把住女人的奶子。那奶子很白，很肥碩，熱滾滾軟乎乎，把在手裡的感覺真是好極了。他貪婪地吸吮著，猶如在吸吮生命，他渴望著將那年輕的生命吸進自己的身體裡，每吸進一股奶水，就仿佛為自己衰弱的生命增添了一份氣力，那奶水會在他身體裡化為生命，他仿佛覺得身上僵硬的肌肉正在變軟變得滋潤變得充滿了活力。

他拚命地吸吮著，充滿著對生命的饑渴，緊緊攥住女人的奶子，就好象攥住自己的生命。他全部的生命就在女人奶子裡，抓住奶子就抓住了生命。在經歷過死亡的體驗過後，他仿佛對生命有了更新的理解。皇帝的生命雖然寶貴，但同樣也很脆弱。皇帝可以主宰別人的命運，卻沒法主宰自己的命運。在死亡面前皇帝也只能與常人享受著同等的權力，當皇帝的好處就在於可以讓別人為自己的生命付出代價。就像眼前的女人，孩子剛生下，她就捨棄了自己的孩子，進宮為延續皇帝的生命貢獻出自己的奶水，這

樣的女人還有很多，因為他每天都喝不同女人的奶水，而對所有女人來說，能夠叫皇帝喝上自己的奶水，那是天大的榮幸，是她們一生中最難忘的事情。

　　道士的養生之道總是跟女人有關，道士說，男人的生命本來就是女人給的，也需要女人才能維護。宇宙萬物無非是由陰陽兩性物質所構成，生命也是如此。生命之道在於調節陰陽，陰陽和諧則百病不侵，陰陽失調，病毒則趁虛而入。男人陽盛而陰虛，女人則陰盛而陽虧，男人須從女人體內吸取陰氣，與體內的陽氣調和，就能達到陰陽和諧，不僅能強健體魄，而且能延年益壽。所以他教會皇帝采陰補陽的房中術，令他在與女人的交媾中獲取陰氣，以調節體內陰陽。

　　對皇帝來說，生命才是第一位的。尤其在經過那次死亡的體驗過後，他對生命的愛惜簡直到了病態的地步。他把自己所有的生活都交由道士安排，每天吃什麼，吃多少，全聽道士安排。皇帝本來也是極好色的，道士為他恢復了性功能，又教他采陰補陽的長生之術，讓他在獲得感官愉悅的同時得以延年益壽，由此他的性生活也完全由道士來控制。道士專門為他挑選了數百名女子，並對她們進行專門訓練，讓她們為皇帝服務。至於讓誰去服務，怎樣服務，全由道士安排。皇帝怕死，所以也肯聽道士的話，道士怎麼安排，他就怎麼去做，甚至連同女人的交媾次數，以及每次交媾的方式及時間長短，都遵循道士的囑

咐，絕不敢越雷池一步。按道士的說法，這樣循規蹈矩的性愛儘管缺乏激情，也少了些愉悅，卻能延長壽命。

經過道士的精心調理，皇帝自覺得身體日漸康健。道士說如此下去皇帝肯定能活一百歲。皇帝卻不滿足，說既然能活上一百歲，為什麼不能活上兩百歲甚至長生不老呢？道士感到為難，說人的肌體每天都在衰老，這是自然規律，非人力所能改變。皇帝說為什麼古代聖賢尚且還能活過千兒八百歲的，自己貴為天子怎麼就不能長生不老？

在皇帝的逼迫之下，道士閉關苦思，終於想出了辦法，對皇帝說，血液乃人類生命之源泉，催動著人體器官的滋長，人體之衰老首先從血液之老化開始。人若想脫胎換骨，保持年輕，就得從血液改造開始。老年人血液老化，無再生能力，難以支持人體器官的更新，人體才會衰老下去。若把皇帝體內老化的血液抽取出來，代之以孩童的新鮮血液，以此來催動體內器官的更新，或許能枯木逢春，老樹開花。長此以往，也就能永葆青春，長生不老了。皇帝聽了大喜，竟不顧君臣之禮，拉住道士的手，央求他趕快實施這個計劃。道士說，要實施這個計劃，必須要找數十名十歲以下的孩童，專門提供血液。皇帝立馬下旨，命令各地官員趕快選送孩童進宮，如今已經有近百名孩童養在宮裡，過不了多久，那年輕的血液就會流進皇帝衰老的身體，皇帝也因此獲得長生的希望。

皇帝喝足了奶，用舌頭舔了舔女人的乳房，然後用牙

齒咬住。女人看著皇帝，很害怕的樣子。皇帝終於沒有咬下去，嘴鬆開，把乳頭吐出來。女人趕緊用手把乳房托住，看著皇帝，不知所措的樣子。皇帝看那碩大的乳房，覺得很是醜陋，不由皺起眉頭。女人下了床，跪在地上叩頭，說了聲謝主隆恩。皇帝有些厭煩，沖她擺擺手。女人用手托住乳房，後退著走出去。旁邊的侍女過來，用早已準備好的毛巾，擦淨嘴邊的乳汁，又給他遞了杯水，端著臉盆跪在地上，皇帝漱了漱口，將水吐出。侍女接住，端了臉盆退著出去。

皇帝挺直腰板坐著，閉目養神。駝背太監進來，抬頭看看皇帝臉色，說大內總管鐵手無情、皇家代言人鐵嘴無心，還有首席科學家鐵面狂心已在外面等候多時，問皇帝是否要見。皇帝睜開眼睛，冷冷地看著駝背太監，想著什麼，終於緩緩點頭。

三人進來，跪倒在地，高呼吾皇萬歲萬歲萬萬歲！

皇帝看著他們，難得地微笑了笑，說一句眾愛卿平身，賜座！

三人謝過皇上，卻不敢起身，等小太監把三張不足半尺高的小矮凳放在身後，這才敢撅起屁股，矮身坐在小矮凳上，抬頭仰視皇帝。

皇帝坐在高高的龍椅上，儘管個頭矮小，依然可以俯視這幾位心腹愛將。從官位上說，眼前這幾個人物都拿不到檯面上，朝廷裡並沒有他們的位置，可是在皇帝的心目

中他們比所有的大臣更為重要。有時候皇帝甚至會想，即便所有的大臣都背叛他，但只要有這三個人在，他便仍然可以把這個國家牢牢地控制在自己手裡。

　　大內總管鐵手無情外表看像個文弱書生，笑容可掬，卻是個令人談虎色變的角色。他掌管著皇家禁衛軍，負責皇宮及首都地區的安全，同時他領導著一個無孔不入的祕密組織，專門負責監視各級官員乃至平民百姓的言行。他是皇帝的耳目，他手裡掌握著這個國家所有官員的祕密檔案，尤其是貪汙腐敗的證據，通過這些祕密檔案，皇帝就可以堂而皇之地以法律的名義把任何反對自己的組織、派別乃至個人連根剷除，以保證自家王朝的長治久安。他也是皇帝的手，殺人的黑手。皇帝想殺人，但從來不自己動手，皇帝想殺人的時候就會想起鐵手無情，文質彬彬的鐵手無情也不殺人，需要殺人的時候他就會通過手下的組織。皇帝的手本來很短小，可是通過鐵手無情和他的祕密組織卻可以把手伸向世界的任何角落，有人的地方就會有皇帝的手。那是些殺人的手，皇帝賦予他們殺人的權力，只要需要，他們可以隨時殺人，也可以殺任何人，他們要做的就是法律無法做到的事情，所以他們見不得陽光，只是生活在黑暗中。這些年來，皇帝已經記不清下達過多少次殺人的指令，但他知道自己想要殺的人都早已命喪黃泉。

　　皇家代言人鐵嘴無心是個其貌不揚的中年人，猴嘴馬

臉，整天陰沉著臉，故作深沉，眼鏡後面那雙陰冷的眼睛讓人捉摸不透。他號稱一代文膽，曾以天下第一風流才子自詡，詩書琴畫，無不精通，後被皇帝相中，成為皇家代言人。皇帝所有的文章和旨令都是他撰寫的，皇帝所有的思想也是通過他那張鐵嘴傳達出去的，他不僅是皇帝的嘴，也是皇帝的拐杖，離了他，皇帝連話也不會說，字也寫不了。他有張鐵嘴，能把紅的說成白的，把方的說成圓的，更能把死的說成活的，把活的說成死的。說他無心，其實是有心，他原本是個聰明絕頂的大才子，不僅自己有心，而且能把別人的心都琢磨得很透。自從當了皇家代言人，他就把自己的心交給了皇帝，把皇帝的心當作自己的心。有人說他是皇帝的外腦，因為沒有人比他更懂得皇帝的心思。皇帝皺皺眉頭，他就知道皇帝在想什麼，皇帝動動嘴唇，他就知道皇帝想說什麼。皇帝想到的，他幫皇帝說了出來，那話從他嘴裡吐出來會變得更周密更有文采，皇帝沒想到的，他也能說出來，而且完全符合皇帝的心意。任職以來，他還沒有幹過一件令皇帝不滿意的事，也沒有說過一句皇帝不中意的話，所以他能保住自己腦袋，還能穩穩地坐在這個位置上。

同為皇帝的心腹，鐵嘴無心卻很看不上鐵手無情。他原本文人出身，心懷慈悲，對殺人的事向來反感。在他看來，打打殺殺乃粗人所為，手段實在過於原始，不符合當今之時代潮流，也成不了大氣候。在他看來，治人者先治

其心，消滅人的肉體是最簡單也是最愚蠢的辦法。鐵手無情領導祕密組織雖然勢力龐大，卻見不得天日。他自己則領導著一個同樣龐大而且無孔不入的組織，在掌握著整個國家的輿論工具的同時也控制了所有人的靈魂。這個組織的成員以教士的面目出現，按照皇帝的旨意去教育每個國民，按照國家的需要去改造每一個人，他們充當著良心導師的角色，為每個人送去心靈的撫慰。一旦發現異端思想，也勿需動刀動槍，而是把這些人集中起來，天天給他們好吃好喝，先瓦解他們的意志，然後曉之以理，動之以情，直至他們懺悔罪惡，改邪歸正。他們沒有槍，就憑著那張嘴，還有那支筆，就能叫有槍的人去廝殺，去流血，去送死。必要時也能掀起驚濤駭浪，讓所有的人都瘋狂起來，喪失理智，以致父親不認兒子，兒子反對父親，兄弟相煎，骨肉相殘，乃至天下大亂，血流成河。要做到這一點，只需借著皇帝的名義費些口舌，搖搖筆桿就能做到，在鐵嘴無心看來，這才叫智慧。

三人中還得數鐵面狂心最為狂妄，這位身材矮小的科學巨人看上去形容猥瑣，黃色的頭髮根根聳立，猶如刺蝟，滿臉汙垢，已看不出膚色。兩道黃色的濃眉下嵌著雙老鼠般的眼睛，帶著懶洋洋的神態，總是斜著眼睛看人，嘴角永遠掛著譏諷的微笑，顯示他目中無人的狂妄。他的確也有理由不把人放在眼裡，他自認為是世界上最聰明的人，是百科全書式的科學大師，他的科學知識和製造能力

至少已經超越這個時代二百年以上，當人們還在用大刀長矛相互廝殺的時候，他卻在試驗原子武器，這種武器具有極大的殺傷力，能夠在頃刻之間將一座城市化為灰燼。他還幻想從瘋狗身上提取狂犬病毒，製成白色粉末，既可通過空氣傳播，也可投入水中融化，很快就能形成瘟疫四處蔓延，感染者神經紊亂，精神失常，如瘋狗般流涎，眼睛發綠，神智迷亂，如同餓狼，見人就咬，全身肌肉痙攣，顫抖，直到最後癱瘓而死。用鐵面狂心的話說，這是最經濟的殺人辦法，只需小小一包藥粉，幾天之內就可使方圓數里之內所有的人類都染上病毒，如瘋狗般相互廝咬，搏殺，最後悲慘地死去。即便要滅掉某個國家，也花不了幾百兩銀子。鐵面狂心整天陶醉在這樣的殺人幻想之中，欣賞著自己的智慧和偉大，可是當他在朝廷上痴人說夢般地陳述自己的發明時，沒有人相信他，所有人都把他當作瘋子加以嘲笑，對他攻擊最凶的便是此時站在他身邊的鐵手無情和鐵嘴無心，但他的話卻深深地打動了皇帝。皇帝原本野心勃勃，一心就想成為世界的霸主，讓天下人都對他抬頭仰視，卻無奈國小民弱，力不從心。在這個弱肉強食的世界上，他這皇帝其實也做得憋氣，尤其到了那些大國皇帝的面前，跟孫子似的，處處看人眼色，遭人白眼，連最起碼的尊嚴都保證不了。倘若真如鐵面狂心所說，能製造出那樣的藥粉，殺人於無形，還能毀掉某個國家乃至毀滅整個人類，有這樣的武器握在手裡，還能有什麼好怕

的？那時候主宰這個世界的就是他了，他是皇帝中的皇帝，老大中的老大，看誰敢在他面前說個不字！懷著這樣的夢想，皇帝收留了鐵面狂心並委以重任，容忍了他的狂傲和怪癖，特意為他建立實驗室，從國庫中撥出專款作為研究費用，還給他種種特權，包括用人體進行實驗等等，指望這個超越時代數百年的科學巨人造出威懾世界的武器來，好讓他心安理得地成為這個世界的主宰。

每天退朝後皇帝都會把這三人招來，朝廷裡沒法解決的事情，得交給他們去辦，而他們也從來沒有讓他失望過。他們是他的心腹，是他真正的力量所在，也是這個王朝最可靠的基石，沒有了他們，這個王朝就會岌岌可危。國家局勢動盪，他對這三人的依賴也越來越深，不管有事沒事，他每天都得見他們一面，否則就會心神不安。

皇帝用冰冷的眼光把那三張臉掃視一遍，最終落到大內總管鐵手無情身上。這個喜歡打打殺殺的宦官近來有些失意，由於辦事不力，他在皇帝中的地位隨之下降了許多，皇帝的目光對他是一種安撫。皇帝的目光觸到他臉面的那一刻，他只覺得全身血液都在往上沸騰著，身體好像要炸開了似的，不由得卟嗵一聲跪倒在地上。

啟……稟……聖……上……！

說！皇帝不動聲色地看著鐵手無情，嘴裡冷冷地迸出個字來，皇帝的話是金貴的，尤其對奴才，話越少越讓人難以捉摸，也越有威嚴。

其實鐵手無情本不應該這樣畏怯的，近來他幹的幾件事情都很漂亮，自信能夠得到皇帝的嘉獎。可是喜怒無常的皇帝實在令人捉摸不透，那張沒有表情卻透著威嚴的臉，還有那雙冰冷的眼睛，令他心裡一下子沒了底，說起話也是結結巴巴的，語無倫次，臉上冒出了虛汗。

皇帝看著鐵手無情那狼狽相，表面上不動聲色，心裡卻為自己駕馭他人的超凡本領感到得意。作為皇帝，最大的本領就是會駕馭人，什麼樣的人都能駕馭，叫他們死心塌地為你賣命，還對你感恩戴德，對底下的心腹更是如此，因為他們的忠誠直接關係到皇帝本人乃至整個皇室的安危。皇帝明察秋毫，早就看出這三人之間的矛盾，卻從來不肯說破，也沒想把他們糾合在一起。只要不會損害皇室的利益，他們之間的爭鬥並沒有什麼壞處，而皇帝卻可以從中尋找平衡，倘若他們聯在一起，鐵板一塊，反而可能形成威脅。所以皇帝總是樂於製造些小矛盾，讓他們在自己面前相互爭鬥，邀功爭寵。

皇帝其實並不想聽鐵手無情說話，他知道他要說什麼。皇帝對他太熟悉了，他說話的語氣、習慣乃至神態，他閉著眼都能想像出來。就連他做的那些事情，皇帝也知道得一清二楚。鐵手無情掌握著龐大的情報系統，人們的一舉一動似乎都在他的掌控之下，可是他做夢也沒想到，他自己同樣也在他人掌控之下，他的一舉一動都不能逃脫皇帝的法眼。皇帝之所以聽他說話，一來是想考察他的忠

誠，二來也是給他一次表演機會，滿足他的表現欲望。

　　鐵手無情的確太想表現自己了，前幾天因為辦事不力被皇帝責罵過一次，丟盡了面子，後來總算皇恩浩蕩，腦袋才沒有搬家。這些天他憋足了勁，就想做出個樣子給人看看，也好重新取得皇帝對自己的寵幸。他原本武將出身，乾的又是些動刀動槍的事情，但頭腦一點也不簡單。在皇帝面前，頭腦簡單的人是保不住腦袋的。可是他越想要表現自己越是語無倫次，直到轉入正題，尤其說起最後乾的那些事情，他才覺得有了些底氣，說話也不再結巴，說到後來甚至有些得意忘形。

　　鐵手無情的確有理由為自己的作為感到得意，他做的事情儘管見不得人，但從專業角度來看，實在很出色。鐵手無情的職業就是殺人，而且殺的都是些無論從法律還是從社會倫理看來都是不應該殺的人，所採用的方式自然也是超越法律和道德的。作為法律的制定者，皇帝並不希望他人超越法律，說到底法律就是皇帝統治人的方式，能夠用法律解決的問題皇帝絕不會想採用非法律的方式。可是法律難免有缺陷，所以往往需要用非法律的方式來解決，這是無奈的選擇，但往往也是最簡單最有效的。

　　皇帝交代給鐵手無情去殺的這個人是當今朝廷的史官，一個書生氣很重的文人。對於文人，皇帝向來很看不上，都是些軟骨頭，下賤得很，稍微給他們點甜頭，他們就會跪在你面前搖尾乞憐，輕輕踩上一腳，就會把他們嚇

得屁滾尿流，原本不屑對他們下殺手的。這個文人卻很特殊，他幾乎是這個國家裡唯一擁有思想和個性的人，擁有極高的智慧，還救過皇帝的命，在民眾中又有極高的威望。他對皇帝也是忠心耿耿的，可就是管不住自己的嘴，愛耍那點文人的小個性，尤其喝酒過後，更喜歡胡說八道，偏偏他說的話還就傳得最快，像長了腿似的，上午說的話，下午就能傳到八百里以外，三天之內，就能傳遍整個國家，比皇帝的聖旨傳得還快。他那話雖說都是事實，卻完全不著邊際。皇宮裡的那些破事八成都是從他嘴裡抖落出去的。皇帝本想以法律的名義把他解決掉，幾次暗中唆使鐵嘴無心整了許多黑材料把他告上法庭，可沒想到平日裡巧舌如簧的鐵嘴無心在他面前連句整話都說不出來，終於灰溜溜地敗下陣來。軟的不行，只好來硬的，於是皇帝給鐵手無情下了一道死命令，讓他二十四小時內把這老傢伙解決掉，並且不能留下任何破綻。

鐵手無情殺人的手段絕對一流，不過這回他卻依賴鐵面狂心的鼎力相助才卓絕地完成了皇帝下達的使命。其實鐵面狂心也並非想幫鐵手無情，他對鐵手無情這樣的殺人者是完全看不上眼的。不過碰巧他剛剛發明了一種藥物，正想找人做試驗，就做了個順手人情，把藥物送給了鐵手無情，讓他在那可憐的老頭身上做試驗。鐵手無情已經習慣了鐵面狂心的傲慢，心裡恨死了這個目中無人的傢伙，卻又不能不依賴他。鐵手無情經常被看作是粗人，但粗人

並不等於不會用腦子。他比誰都清楚，自己不過是皇帝腳下的一條咬人的狗，要想長久地得到皇帝的寵幸，就得具備咬殺敵人和護衛主人的本領，而且要始終處於國內超前世界領先的地位，否則對皇帝來說，他就失去了利用的價值，隨時都可能被取而代之。而在這年代，要想提高咬殺人的本領，就得需要智慧，需要不斷地更新殺人的手段。以往幾次並不愉快的合作卻使他看到了鐵面狂心的價值，所以他明明知道這古怪的傢伙看不上自己，他恨他，恨得咬牙切齒，卻不得不依賴他，討好他。事實上他們以往的合作都很成功，但每成功一次，那古怪老頭狂傲就會增多一分，對他本人的鄙夷也會多上一分，同時他本人對老頭的仇恨也是與日俱增，但他畢竟是個聰明人，知道這老頭的價值，所以不得不忍氣吞聲，甚至討好他。

鐵手無情被看作是殺人王，在殺人的手段方面可謂見多識廣，但這次成功的合作卻令他自慚形穢。從專業的角度看，殺人並不難，可是要讓人自己殺死自己，還要讓他聲名狼藉地死去，就不容易了。鐵面狂心卻輕而易舉地做到了這一點，他發明的藥物已經能夠控制人的心智。鐵手無情所做的只不過是讓那可憐的老史官聞到了那種藥物，當天晚上就傳來了消息，說這老史官竟然把自己的兒媳婦給強姦了，還揚言闖進宮裡去殺皇帝，發動政變，家裡人說他瘋了，把他關了起來。又過了一天，這位被看作是全社會良心的老人就在世人的唾棄中悲慘地結束了自

己的性命。

鐵手無情說得口沫橫飛，洋洋得意，眼睛討好地看著皇帝，指望與往常一樣獲得讚賞，找回失去的恩寵。

皇帝面無表情，心情卻很複雜。又一個敵人倒下了，每次消滅一個勁敵，他都會感到難言的輕鬆和愉悅，同時又為自己有這樣得力的屬下而感到欣慰。是呀，有了這樣的屬下，還有什麼可怕的呢？他看了看鐵手無情，又把眼睛轉過去看鐵面狂心。鐵面狂心的臉依舊冰冷，並不因為受到皇帝的注目而有所變化。皇帝笑了笑，突然一個可怕的念頭從腦海裡掠過，於是板住了臉，盯住鐵面狂心，問：愛卿，你的藥真的那麼厲害嗎？

鐵面狂心有些不悅，覺得皇帝不應該對他的才能有所懷疑，他為皇上服務了這麼多年，為他創造那麼多的奇蹟，他覺得就是自己在支撐著這個風雨飄搖的王國，要是沒有他，這個小王國早就被滅了，即便不是被他國毀滅，自己也會爛掉。可是如今皇帝不念他勞苦功高，在他面前擺擺皇帝的臭架子也就罷了，居然還敢懷疑他的能力，實在讓他難以容忍。於是他冷笑了笑，說：雕蟲小技，不足掛齒！

愛卿，難道最近又有什麼新的發明？皇帝看著鐵面狂心，勉強地笑了笑，心裡很有些不是滋味。沒有人敢在皇帝面前這樣說話，這老傢伙真是自尋死路。皇帝心裡暗罵，卻也不好當面發火，畢竟這老頭是有本事的，眼下還

離不了他。還得哄著他，叫他死心塌地地為自己賣命，他知道這老頭的弱點，完全能夠把他控制在自己手裡。

鐵面狂心從皇帝的笑容裡看出了殺意，心裡頭不由得顫動一陣，但很快平靜下來。他知道皇帝暫時還不會殺他，因為他還有利用的價值，事實上他是不可替代的。殺了他，上哪去找他這樣的天才？他這樣的超越時代二百年科學奇才要一千年才能出現一個，況且他知道皇帝是有很大野心的，皇帝應該比誰都清楚，沒了自己，他才是真正的侏儒。這個侏儒，也正因為有了自己才變得偉大。至於鐵手無情、鐵嘴無心這等奴才，別看氣焰囂張不可一世，其實都是些沒用的草包，幹不來什麼大事的。

眼下鐵面狂心很明白，必須讓皇帝更多地了解到自己的價值。別看他表面迂腐，不通世事，其實他心裡像明鏡似的，沒有什麼事情能逃出他的眼光。可是他寧願讓人覺得迂腐，這樣他可以更加安全。

他沒有去看旁邊那兩位同僚，冷冷地對皇帝說起自己的發明創造。他對皇帝說自己已經破譯了人類基因的全部密碼，在對人的肉體和精神的了解上，世界上沒有任何人與他相匹敵。他之所以能夠發明這種能夠控制人的肉體和精神的藥物，正是基於對人類基因研究的基礎之上。

皇帝聽著卻有些困惑，問：可是我不明白，這……有什麼意義呢？

鐵面狂心苦笑了笑，覺得跟這些低智商的人打交道真

是件很無聊的事，哪怕他是至高無上的皇帝，可是他不得不硬著頭皮向他解釋，他想了想，說：這個……譬如說，我可以造出一個皇帝來！

什麼！皇帝大叫了一聲，差點從龍椅上跳了起來，惡狠狠地看著鐵面狂心。

旁邊站著的鐵手無情和鐵嘴無心也嚇了一跳，惶恐不安地看看皇帝，又轉過臉去看鐵面狂心。

鐵面狂心卻很鎮靜，看皇帝和兩位同僚的神態，甚至感到有些得意，這樣的效果是他早就預料到的。他笑了笑，讓自己的心情儘量放鬆，對皇帝說：是，我可是從皇帝身上提取基因，就能製造出一個皇帝來……在別的國家，這項技術要等兩百多年以後才能出現！

皇帝看著鐵面狂心，心被他提了起來，問：那又怎樣？

鐵面狂心看到皇帝臉色不對，便說：不怎樣！就是造了一個新的人出來。

你造出一個皇帝來，那我算什麼？皇帝擔心地問。

鐵面狂心有些為難，故意困惑地看著皇帝，說：這個……我不明白！

你造的那個人，跟朕……算什麼關係？是朕的兒子，還是……另一個朕？皇帝好不容易咽下去一口唾沫，說。

鐵面狂心看皇帝神情有些異樣，心裡驚跳了一下，結巴著說：這個，這個……臣倒還沒想過……

皇帝冷笑著說：這種事情，還是多想想的好！

鐵面狂心驚恐地看著皇帝，跪倒在地：皇上，奴才該死！

皇帝看著跪倒在地上的鐵面狂心，心想，真是個難得的天才！有了這樣的天才，還有什麼事情辦不成的。謝天謝地，幸虧為我所用，要不然……可是如果有一天他背叛了自己會怎麼樣呢？他只須用上了一點藥物，那自己豈不也會遭受那老傢伙同樣的命運？況且他還能造出另外一個皇帝來，跟自己一模一樣……那樣一來，會有什麼樣的結果？

皇上！鐵面狂心依舊跪在地上，向皇帝叩了個響頭。

皇帝終於回過神來，看著鐵面狂心，說：你起來吧。

鐵面狂心站起來，看著皇帝，仍然有些不安。

你真的……會造人？皇帝問。

是真的……事實上，我已經造了一個……是用臣自己的基因造的！鐵面狂心說。

哦……給朕看看！皇帝有些好奇，說。

鐵面狂心恢復了自信，笑了笑，說：此人就在門外候著，請皇上允許他進宮面聖。

皇帝點點頭，對門口站著的駝背太監示意了一下。

駝背太監微微點頭，往門外走去。

皇帝看著駝背太監走出大門，轉過臉來看自己的屬下。

鐵嘴無心看著皇帝，似乎想說什麼。

皇帝瞥了他一眼，說：愛卿，你有什麼話要說？

那老傢伙的事……怎樣善後處理？鐵嘴無心看著皇帝，有些不安。

這個……還用朕教你嗎？皇帝看著鐵嘴無心，有些厭惡。

鐵嘴無心看著皇帝，心裡震顫了一下，隨即惶恐地低下頭去。鐵嘴無心其實並不是一個真正無心的人，鐵嘴無心不但有心，而且還有智慧，甚至有著比常人更高的智慧。讓人覺得有心容易，讓人覺得無心卻很難，因為是人就不可能無心，可是處於他這樣的位置卻不能有心，有情感，有理智，而有情感有理智的人絕對幹不了這活！他原本也是有心有理智的，年輕時他也曾血氣方剛，而且被認為是國內最有學問最有思想也最有智慧的學者，但從坐在這位置的那天起他就主動把自己的心給摘除掉了，他強迫自己成為一個沒有思想沒有情感乃至沒有意志的人，他身體的空殼裡裝載的僅僅只是皇帝的思想情感和意志。他當然也希望有自己的思想和情感，但如果皇帝知道他有了哪怕是一丁點自己的思想和情感，第二天他的腦袋就會搬家。在性命和思想及情感的選擇面前，他只能選擇前者，畢竟性命才是根本，沒有了性命，也就無從產生思想及情感。

對老傢伙的善後，鐵嘴無心其實早就心有成竹，按照慣常的做法，鐵手無情的任務是消滅人的肉體，而鐵嘴無

心要做的則是靈魂的清洗，也就是要為肉體的消滅提供道德依據，並通過精心策劃的公眾輿論讓全世界都覺得此人罪該萬死，死有餘辜！但今天的事畢竟有些棘手，一來老傢伙是個有國際影響的人物，向來德高望重，深得民心，雖然鐵面狂心給他下了毒，讓他在迷狂中強姦自己的兒媳婦，使他在道德上一敗塗地後葬送了自己的性命，但這事畢竟來得過於突然，倘若有多事者刨根問底，難免會露出馬腳；二來老傢伙畢竟是皇室中的重要人物，與皇帝及家人有著很深的血緣關係，萬一處理不當，有個什麼風吹草動的，皇帝絕對會把他推出作替罪羊。

世界上絕對沒有任何人比鐵嘴無心更了解皇帝的性格和思想，連皇帝自己也比不上。作為皇家發言人和皇家智囊機關的最高首領，他最重要的工作就是琢磨皇帝的思想和意志。他領導著一個龐大的智囊機構，集中了全國乃至全世界所有的思想精英，他們最大的本事就是捕捉皇帝的每句話每個動作每個眼神乃至每個念頭並使之發展成為一種偉大的思想，然後再把這種思想深深地植根在全國百姓的心田裡，使之生根發芽，成為其所有行為的主宰。這無疑是一項偉大而艱巨的任務，卻充滿著風險，稍有閃失，所有的人都會人頭落地。在他以前，還沒有人能夠在這個地置上坐得長久，他們的下場也總是很悲慘。自皇帝登基以來，共有四十八人在這個位置上坐過，除他以外，還沒有人能在這個位置上坐穩六個月以上！他的前任僅

在這個位置上坐了三天就下了台還被五馬分屍，而他唯一做錯的事情就是在一次報告中說我們愛皇上結果因為口音關係被聽成了我們矮皇上，皇帝聽著僅僅皺了一下眉頭，當時就有人沖了上去把這可憐的前任從台上拖下來掀翻在地上，大臣們瘋了似的圍上去，往他身上吐著口水，拳打腳踢，這位幾分鐘前還是高高在上的皇家發言人頃刻間便躺在地上哭天喊地，滿地翻滾著，呼喊著皇帝救命。而皇帝只是不動聲色地看著，冰冷的臉上帶著明顯的厭倦。接著就有幾名侍衛上去把他從地上架起來，第二天法院宣布這位前皇家代言人被處於五馬分屍的極刑。

那位可憐的前任被處以五馬分屍的時候，鐵嘴無心就在現場而且已經坐在了他空出的位置上。讓他接任這個位置並讓他參與那個莊嚴恐怖的處刑儀式也是皇帝親自下達的旨意，皇帝的用意無非是要殺雞給猴看，前任是被殺的那隻雞，而皇帝的用意卻在他在這隻猴上，他很清楚，如果違反了皇帝的旨意，沒準哪一天他也會變成殺來給人看的那隻雞，而且這一天隨時都會來臨。他的前任的確死得很慘，那慘狀至今想起來仍令人心悸，鐵嘴無心表面不動聲色，卻能從眼角余光中看到皇帝注視自己的神色，那以後他經常會做噩夢，噩夢中他總能看到自己被五馬分屍的慘狀，而每一次從噩夢中醒來，他尤其會覺得生命之寶貴，因而總會暗暗下決心要讓自己活下去。他知道處在他這個地位，要想活下去，最重要的是不能有自己的思想和

情感，要心甘情願地使自己成為皇帝的耳目和喉舌，在鐵嘴無心看來，這絕對是一種境界，需要很深的功力，必須經過艱苦的修煉才能達到，他能有今天的成就也是數十年勤苦修煉的結果。

自任職以來，鐵嘴無心沒有說過一句自己想說的話，更沒有做過一件自己想做的事。他所做的都是皇帝想讓他做的，他所說的更是皇帝想讓他說的。即便這樣，他每天還是活得戰戰兢兢，生怕有個什麼閃失。但不管怎麼樣，他總算活了下來，而且還活得不錯。有時候想起來他真的覺得自己很偉大，試問當今天下除了他還有誰能在這個位置上活得這麼久？這才叫智慧，而且絕對是大智慧！

鐵嘴無心正為自己的智慧而暗自得意，駝背太監已經領著人走了進來。鐵嘴無心抬頭往駝背太監身後看過去，頓時傻了眼。

跟鐵嘴無心一樣傻了眼的還有鐵手無情，鐵手無情原本是個武林高手，又是做情報工作的，什麼稀奇古怪的事情都見過，而且粗通江湖上的易容術，但那個人的出現還是令他吃了一驚！他看看駝背後面站著那個男人，然後卻側臉去看正自鳴得意的鐵面狂心，這兩個人就像同一個模子裡造出來的，不僅外貌看不出任何不同，甚至就連此時臉上的表情也沒有任何區別。

皇帝也傻了眼，傻了眼過後卻是極度的恐慌。雖然早有心理準備，但沒想到這兩個人竟會如此相像，簡直找不

出任何區別來。這太可怕了，鐵面狂心既然能夠造出另一個鐵面狂心來，自然也就能造出另一個皇帝。倘若鐵面狂心真有謀反之心，完全可以神不知鬼不覺地把自己除掉然後造出一個新皇帝來取而代之。這麼想著，皇帝便覺得那張臉瞬間完全改變了，化作了自己的嘴臉。

　　看到所有人臉上呆傻的表情，鐵面狂心不由得暗自得意，這樣的效果是他早就預料到的，也只有世人的呆傻才能顯出他高超的智慧，要不怎麼能說自己的智慧超越現代二百年呢！然而就在這得意當中，他忽視了皇帝眼中流露出的驚恐和殺氣，也忽視了即將來臨的危險。看著對面站著的另一個自己，他很快沉醉在自己這偉大的傑作之中，身體變得有些飄飄揚，這一刻他覺得自己太偉大了，眼裡沒有那幾個同類，甚至也沒有了皇帝！哦，他的眼裡只有了自己，都說人是上帝創造的，上帝按照自己的樣子創造了人類，而他，偉大的科學家鐵面狂心同樣也按照自己的樣子創造出了人，上帝能做到的，他鐵面狂心也做到了，那麼他和上帝還有什麼區別？況且上帝是看不見摸不著的，而他鐵面狂心卻是實實在在的，不錯，他才是實實在在的上帝，哦，他要讓所有的人知道這一點。

　　當鐵面狂心還沉醉在漫無邊際的冥想的時候，鐵手無情卻最先聞到了殺氣，這殺氣是從皇帝的眼裡流露出來的。作為殺手，鐵手無情天生對死亡有著特殊的嗅覺。正是有了這樣敏感的嗅覺，他才能夠活到今天。不過眼下的

危險不僅沒有令他感到恐懼，反而有些暗自欣喜，這危險原本與他有關。他與鐵面狂心同為皇帝的心腹，這次鐵面狂心又幫了他大忙，但他一點都不心存感激，反而更加恨他。老傢夥仗著有學問會造殺人的兵器便狂妄自大，目中無人，尤其沒把他們這些舔著刀尖過日子的殺手們放在眼裡。在他眼裡，這都是些最粗魯最殘忍最沒有智慧的人類渣滓，他們的存在簡直就是人類的恥辱。更可恨的是他還在不同的場合製造類似的輿論。鐵手無情手下那些殺手們每每談論此人此事，無不恨不得吃他的肉喝他的血。鐵手無情對他的忍耐也早就達到了極限，只是礙著皇帝的面子才沒有動手修理他。如今看到皇帝眼裡殺氣，他覺得機會已經成熟，他攥緊拳頭，眼睛緊盯住皇帝，只等一聲令下便撲過去，他完全有把握一招之內就讓這老傢伙一命歸西命喪黃泉！

鐵嘴無心同樣也聞到了死亡的氣味，他從皇帝的眼光裡猜到了他的心思。說起來他與鐵面狂心無怨無仇，但他同樣也看不慣老傢伙那副狂妄的嘴臉。說起來他們都算得上是文人，本應同病相憐惺惺相惜，但鐵面狂心卻是十足的狂人，在他眼裡，別人都是沒用的笨蛋，只有他一人是天才。這個國家，乃至整個世界都得靠他來支撐，別人都是沒用的。他不止一次在別人面前譏笑過鐵嘴無心和他手下的智囊機構，罵他們這些人狗屁不是，除了耍耍嘴巴皮子以外什麼也幹不了，他們的存在是這個國家乃至整個世

界產生各種災難的根源。這種公然的挑釁早就引起了天下文人的共憤，就連向來寬宏大量的鐵嘴無心也覺得這老傢伙太不識趣，只是看著皇帝的面子才沒有對他進行報復，好了，如今皇帝終於動怒了，那個殺人不眨眼的鐵手無情也攥緊拳頭，虎視眈眈地盯住了那老傢伙。老傢伙一死，自己就等著給他料理後事。說不定還得動手寫篇文章，至於怎麼給老傢伙蓋棺定論，到時還得看皇帝的旨意。

鐵面狂心終於從沉寂中聞到了異味，在看到鐵手無情那張隱含著仇恨的嘴臉的那一刻，他並沒有在意，作為人類最偉大的天才，他對這些只會動刀殺人的粗魯把式自然不屑一顧，他向來也不把他們對自己的敵視放在心上。接著又看到了鐵嘴無心那陰冷的嘴臉，但他仍然沒有在意，他對這些只會舞文弄墨搬弄是非的傢伙同樣也是看不上的，他們對自己的敵視原本也只是來自庸人對天才的忌恨，在他看來，就像醜婦嫉妒美女一樣，庸人對天才也總是懷著忌恨的，因為天才的存在才會使庸人看到自己的平庸，但無論如何天才是不應該與庸人去計較的。然而在看到皇帝臉上冷漠的神情時，鐵面狂心開始感到有些迷茫，繼而便感到了恐懼，這恐懼又很快使他渾身顫慄起來。

鐵面狂心自詡為是天下第一位的天才，他的科學發明足以戰勝一切，甚至可以毀滅整個人類乃至整個地球，可是他仍然沒有能力主宰自己的命運。相反他的命運永遠掌握在眼前這個矮小的皇帝的手裡。他用自己發明的利器保

衛著皇帝的江山社稷，而他自己同樣需要皇帝的庇護。是皇帝給他提供了所有科學研究所需要的資金、設備和人員，也是因了皇帝他的科學研究才有非同尋常的價值和意義，所以鐵面狂心雖然狂妄至極，但對皇帝還是懼怕的，也只有皇帝，能夠使他從狂妄的幻想回到冰冷的現實。

回到現實中的鐵面狂心茫然地看著皇帝，心裡感到有些陰冷。他本以為自己為皇帝為國家立下了如此大功，皇帝肯定會欣賞他，給他獎勵，沒想到事到如今卻沒聽到皇帝的讚許聲。皇帝臉上似笑非笑的表情竟也令他這位超越時代二百年的天才感到莫測高深，但他想不出自己到底什麼地方得罪了皇帝，於是他帶著困惑的表情看著皇帝。

皇上……鐵面狂心叫一聲，喉嚨處像被什麼東西噎住。

皇帝咽下去一口唾液，定了定神，抬手指著底下鐵面狂心的複製品，眼睛卻威嚴地盯住鐵面狂心：你去，把他殺了！

什麼？鐵面狂心迷茫地看著皇帝，似乎沒聽清楚皇帝的話。

殺了他！皇帝厲聲地說。

鐵面狂心這回終於聽清了，心裡像被馬蜂蜇了一下，頓時感到了一陣劇烈的疼痛，頭腦也有些發暈。

可是，皇帝……鐵面狂心想說什麼，可覺得腦子裡有些迷亂。

嗯？皇帝盯著鐵面狂心，眼睛裡冒出了兩道怒火。

臣不敢！鐵面狂心趕緊跪倒在地上，一動不動。這時他已經感覺到了瀰漫在四周的殺氣正向他逼過來，令他有些喘不過氣來。他的心在狂跳，身體顫抖著，手腳卻變得冰涼起來。

你還等什麼！皇帝眯著眼，聲音低沉下來。

鐵面狂心知道事情已是無可挽回，絕望地嘆了口氣，抬頭去看自己的同類。那同類也看著他，眼光裡含著悲戚和哀求，很顯然這個與自己擁有同樣智慧的傢夥早就感覺到了自身的危險。鐵面狂心看著他，心情很是迷亂。對眼前的這個物品，他很難界定自己與它之間的關係，哦，毫無疑問它是自己的作品，是他發明了它，就在剛才他還因為它而豪情萬丈，甚至把自己等同於創造了人類的上帝，然而它又是用自己的基因造出來的，它流淌著與自己同樣的鮮血，也擁有與自己同樣高的智慧，作為人類，它算是自己的兒子，還是兄弟，或者是另一個自己？這個問題的答案似乎已經超越他的智慧，不過眼下討論這個問題已經毫無意義。因為它馬上就要死了！皇帝下了聖旨，要他親手殺死它，他真的不忍，殺死它，就像殺死了自己，可是他不得不殺它，因為它不死，自己就得死！

鐵手無情站在一旁冷冷地看著鐵面狂心，很有些幸災樂禍。皇帝沒有下令殺死鐵面狂心，他感到有些意外，也很失落，這時他才發現自己對這位狂妄自大的同僚的痛恨

竟到了如此無可復加的地步。他真的希望他去死，馬上去死！皇帝的寬容令他感到意外，看來這老傢伙在皇帝的心目中果然有著非同尋常的地位，這是自己也包括鐵嘴無心在內的所有人都無法比擬的。

鐵嘴無心雖然也痛恨鐵面狂心，但對他畢竟還有些憐憫。畢竟他們都是同類，都是這個世界上難得的孤獨的天才，總還應該惺惺相惜。但鐵面狂心的成就卻令他感到了刻骨銘心的嫉妒，這是一個天才對另一個天才的嫉妒。鐵面狂心所發明的那個怪物令他心驚肉跳，也讓他產生了前所未有的自卑感，使感到自己的卑微渺小，那無與倫比的怪物使他所有的工作變得無聊透頂。雖然他希望皇帝能夠除掉鐵面狂心，但他也能理解皇上對他的縱容，畢竟這樣的天才全世界只有一個，他才是皇帝擁有的最大的財富也是最具威力的武器，有了他，皇帝就有可能實現自己的霸業。

這時鐵面狂心已經站在自己的同類面前，那個同類正悲憫地看著他，似乎帶著某種嘲弄的意味，那眼光像一把利劍刺到他的內心深處，他頓時感到了前未有過的屈辱。作為同類，鐵面狂心當然能夠讀懂他眼睛裡的含義，過去他總把自己看作是絕世的天才，可到頭來也不過他人眼裡的可憐奴才，這樣的天才又有什麼意義，有什麼價值？恍惚之間他覺得眼前的這個物品其實就是自己，殺死了他就等於殺死了自己！

把你的劍給他！皇帝看了鐵手無情一眼，厲聲說。

鐵面狂心渾身顫動了一下，一股涼氣從心底冒出來，直透身體的各個部位。鐵手無情把掛在腰間的七星劍拔出來，塞進他的手裡。他感到了手的冰涼。他再次抬頭去看自己的同類，那絕望的眼光裡竟隱含著痛恨和蔑視，突然他被激怒了，用顫抖的手把利劍高高地舉起來，閉上眼睛，狠狠地劈了下去。

隨著一聲慘叫！鐵面狂心感覺到臉上撲來一股濕熱，黏糊糊的。他睜開眼睛，眼前是一片殷紅。

皇帝看著那個怪物倒在地上，鬆了口氣，終於笑了起來，他這一笑，鐵手無情和鐵嘴無心也跟著笑了起來，宮殿裡的氣氛也似乎輕鬆了起來。

鐵面狂心仍舊呆立著，像失了魂似的。這時他看到皇帝臉上的笑容，接著是鐵手無情和鐵嘴無心的。他似乎覺得自己也應該跟著他們笑一笑，於是他笑了，笑的聲音很大，笑得驚天動地。

愛卿……你……皇帝停住了笑，看著鐵面狂心，心裡竟感到有些驚恐。

鐵面狂心抬起了頭，仰頭大笑著，然後又笑彎了腰，最後俯倒在地上，像狼一樣嚎叫起來。

皇上，他……瘋了！鐵嘴無心有些不安，對皇帝說。

真瘋了？皇帝看了看鐵手無情。

我看是瘋了！鐵手無情說。

死了……他死了！鐵面狂心狼一般地嚎叫著。

把他拉出去！皇帝看著鐵手無情，神情變得十分冷漠。

我是天才……絕世的天才……你們都是……人渣……鐵面狂心突然用手指著皇帝，大叫著。

所有的人都呆住，連鐵手無情也停住的腳步，轉臉看著皇帝。

快，把他拉出去，殺了他！皇帝氣急敗壞地叫著。

丞相

丞相做了個夢，還是個淫夢。這夢是大白天做的，是白日夢！年事已高的老丞相有著睡午覺的習慣，他坐在辦公桌前耷拉著腦袋剛迷登那麼小會兒就進入了溫柔的夢鄉。恍恍惚惚中他好像進入了皇帝的御花園，在那裡他看到了日思夜想的貴妃娘娘。雍容華貴的貴妃娘娘站在小涼亭旁嫵媚地看著他，他失了魂魄似的向她走過去，傻呆呆地看著她。貴妃娘娘來到他的跟前，抓住他那青筋畢露的小手，抬起來，按著她的胸脯上，輕輕地揉著，然後引著他的手，慢慢往下行走著，呼吸聲越來越急促，他聞到了她身上發出的香美氣息，她的鼻息輕柔地吹他臉上，激發出久壓在他身體的欲望，他盯住這女人，眼睛裡發出貪婪的綠光，突然衝上前去，一把摟住這女人，緊緊地抱住那滾燙的身體，放倒在地上，然後用粗暴的手撕碎了她身上的衣服，撲上去，把她壓住，猛烈地闖入她身體的深處……恍惚之中聽到了貴妃娘娘淫蕩的叫聲，這叫聲激勵了他，於是他挺起腰下那杆鏽跡斑斑的老槍，奮不顧身地催動了一輪又一輪更為猛烈的攻擊……他氣喘吁吁，汗流浹背，但那力道，那狂勁，絕不比他年輕的兒子差！

夢中的丞相得到了從未有過的滿足，他呻吟著從夢中醒來，發現額頭上濕乎乎的，掛著許多汗珠，嘴角下還掛著口涎，桌上濕了一大片。丞相猜想自己剛才的睡相肯定不甚雅觀，好在旁邊沒人看見。清醒著的丞相總是把自己看作國家的象徵，他的外表，還有他的一言一行都是代表著這個偉大的國家，所以任何時候他都很注意自己的儀表，他的言談舉止也完全符合國際規範，這使他在國際上贏得了好的名聲，甚至被看作是全世界官員的楷模，而且總能吸引大批虔誠的追隨者。

　　丞相沒有叫隨從，而是自己拿了毛巾，先擦了擦嘴角邊的口水，然後又擦著桌子，心想肯定不會有人想到貴為丞相居然也會做淫夢流口水，這是天下人永遠也無從知道的祕密！其實丞相早就知道會做淫夢，事實上每天都會做夢，儘管在國人眼裡他是聖人，是道德的象徵，但他的夢裡卻總也離不了淫慾二字，而從本性上說，他是很渴望很迷戀這樣的夢想的，作為一國的丞相，他背負得太多，又太顧忌自己的形象，所以只有在夢中他才略微享受到些許的自由。

　　對於丞相來說，夢境是一種生活方式，而且是很重要的生活方式。雖然是官場中人，丞相的夢卻多與情色有關，最多的時候是現實中的某個美女或非現實中的某個仙女出現在他的夢境中。在現實中道貌岸然的丞相在夢中總會變得野獸般的粗野，在那些夢幻或現實的美女面前毫無

定力，總是來不及任何溫存就剝光了她們的衣服，讓她們美麗的胴體沐浴在自己貪婪的目光之下。年老的丞相在夢中會煥發出無限的活力，他的瘋狂會令天下所有的猛男自慚形穢。夢中的老丞相還是個性愛高手，他的床上功夫來自平時看過的數百本淫書，各種動作花樣翻新，能夠輕而易舉地把那些舉世聞名的嬌女淫娃整得死去活來欲死欲仙，而他自己卻能金槍不倒。如同在現實生活中老丞相是一人之下萬人之上的權力巨人，能夠令天下的男人臣服在他的腳底之下，夢中的丞相也是天底下最最偉大的猛男，足以令天底下所有的女人都為之傾倒，為之瘋狂！

然而夢境畢竟夢境，夢境再美也無法填補現實中的缺陷。每次從夢中醒來，看著那些絕世美女們如煙霧般從眼前消逝，老丞相總會感到無限的惆悵。再探手摸摸褲襠底下那軟不拉嘰的玩意兒，更感到萬分的愧疚和自卑，這感覺在他心裡撕開了一道虛空，漸漸擴張著，形成了一個深不見底的黑洞，把他連同他全部的生活都吸了進去，只聽到絕望的呼叫聲在虛空中迴響著。

現實中的丞相絕對是個聖人，在很多人看來他已經到了不食人間煙火的境地，跟情色二字從來不沾邊的。年輕時他曾是國內公認的美男子，如今又是除了皇帝以外最有權力的人，在天底下所有男人都為被情色弄得神魂顛倒要死不活的時候，他卻守著家裡那個醜老婆相濡以沫過了幾十年，既不娶妾，也從不去逛窯子，更沒有傳出過任何緋

聞，這在這個國家的官員裡是絕無僅有的。多少年來他的很多政敵們都想從這方面打開缺口達到整倒他的目的結果卻只能無功無返，有些人甚至在他道德力量的感召之下成了他的同盟。

現實中的丞相被奉為聖人的同時也達到了權力的巔峰，然而想到自己為此所付出的代價，心裡多少也會有些苦澀的意味。他原本是個欲望極強的男人，同時又非常的理性。老天給了他英俊的外表，卻讓他出身在一個破落的貴族家庭裡。英俊的外表使他很容易得到女人們的青睞，卻無法使他獲得使男人變得強大和富有的權力。他很早就認識到，對於男人來說，權力才是至關重要的，擁有權力的男人才可能擁有一切。

被奉為聖人的丞相併不是天生的聖人，和千千萬萬普通人一樣，少年時的丞相也曾經沉溺於情色世界中醉生夢死。事實上在十三歲那年他就不再是處男，使他失去童貞的是住在他們家隔壁的那個漂亮小寡婦。這女人原來是個窯姐，後來被隔壁的商人娶到家裡。這女人是風月場上的老手，欲望極強，據說她老公原本壯得像頭黃牛，可跟她結婚不到半年就被她吸乾了精血最終死在床上。情竇初開的少年丞相卻被她的姿色所吸引，小寡婦的姿色當然比不上後來的貴妃，卻也是個風騷無比的女人。那商人屍骨未寒，她就招蜂引蝶把男人們引到家裡。少年丞相躺在自家床上，總能聽到牆那邊傳來的聲音，有時是白天，有時是

晚上，先是哼哼唧唧的聲音，接著是男人的喘息和女人的呻吟交織在一起，然後是女人愉悅的叫聲……少年丞相聽得面紅耳赤，心驚肉跳，卻又抑制不住好奇心，總想親眼看看。後來他便悄悄地在牆上鑽了一個洞，每天看見寡婦家裡來了男人，他就早早地上樓去，趴在洞口邊守候著。透過那個隱密的小洞口，終於看到了那令他驚心動魄的場景。那時的少年丞相併不知道男女赤身裸體在床上到底能做什麼，但卻本能地覺得這是一件有趣的事情。他看著，呼吸變得沉重起來，隨即身體有了反應，雙腿之間漸漸僵硬起來，褲襠處被頂了起來，如同一根燒紅了的炭棒，他呻吟著，不由自主地把手插進了褲襠，將那小玩意緊緊地握住……第二天見了那女人，他竟有些羞怯，同時覺得那女人看他時眼光也有些異樣。在經過了數月的窺視以後，他終於控制不住自己，於是趁著黑夜，悄悄地走進那女人的房間。那女人對他的到來似乎並不感到意外，她看著他，什麼也沒說，徑直走上前來，一把抓住了他的褲襠，然後微笑起來。他站在那裡，有些不知所措。女人把他的衣服一件件剝掉，扔在地上，然後後退兩步，微笑著，用欣賞的目光看著他並不成熟的裸體，那眼光就像獵人在看自己捕獲的獵物。他突然有些驚恐，把手掩在兩腿之間，女人卻笑了起來，把身上的衣服扯開，露出了那精美絕倫的胴體。他貪婪地看著，呼吸變得急促起來。女人得意地笑了，走上前來，伸出手，輕輕放在他瘦弱身體上。他渾

身顫抖了一下，想起那些壓在女人身上的男人們粗壯如牛的身體，突然有些自卑，身體也蜷縮得更緊，似乎有些無地自容。女人似乎看懂了他的心思，把他摀在雙腿之間的手拉開，然後伸手過去，用兩根手指把他那軟不拉塌的小玩意兒夾住，抬起來看了看，那神情似乎在掂量他的本錢。他感到羞愧萬分，恨不能馬上逃走。女人卻已經蹲了下去，用嘴銜住了他底下的玩意兒，吸吮起來……他情不自禁，呻吟了幾聲，跪倒在地上，把頭深深地埋進了女人的懷抱。女人抱住了他，滾倒在地上……少年丞相雖然無數次地窺視過女人與別的男人之間的交媾，此時卻有些手足無措。女人輕言細語撫慰他，並用手引導著他，使他成為了真正的男人。

回想起這段往事，丞相並不覺得羞愧。那個淫蕩無比的女人其實是他人生那個階段很重要的一位老師，他同她在一起度過了一段無比快樂的時光。女人後來說她其實早就知道他的窺視，也知道他遲早有一天會去找她幹那事，還說她跟別的男人幹那事其實也是為了給他看的，還說他是她遇到的第一個處男。這話令他有些慚愧，卻也不得不佩服女人的敏銳。在以後的那些日子裡，他把心全系在那女人身上，整天神魂顛倒，根本無心讀書，一有空便跑到那女人房裡。女人在這方面很有天賦，且在情色世界裡久經磨鍊，練就了高超的房中術。每一次跟她在一起，少年丞相都能達到欲死欲仙的美妙境地，這享受令他長久地沉

溺於女人的懷抱裡流連忘返，他覺得自己一輩子都離不開這個女人了，卻沒想到這淫蕩無比的女人正貪婪無度吸吮著他身體內的精血，幾個月的功夫他那原本還沒長熟的身體就被掏空了，臉色枯黃，病懨懨的，終於有一天女人在他襠部狠命折騰過後用兩根手指把他那疲軟的玩意夾起來給他看著，滿臉不屑的樣子！他不忍看女人的眼神，沮喪地低下頭去。那以後他躺在自家床上調養身體，隔壁卻傳來那熟悉的聲音，他湊近小洞往那邊看著，只見女人身上壓著個乾癟老頭，那老頭把女人的腿扛在肩上，大口喘著氣，乾瘦的屁股上下拱動著，女人則在底下扭動著身子呻吟著，叫喊著……第二天他去找女人，指責她的背叛，女人卻理直氣壯，並且嘲笑他的無能。他氣急敗壞地對女人說，你敢小看我，我會讓你後悔一輩子的！沒過幾天女人便嫁了人，嫁的就是壓在她身上喘息的那個老頭，後來他才知道那老頭就是知府老爺，當地最有權勢的男人。聽到這個消息，病中的少年丞相欲哭無淚，他一直以為女人拋棄他嫁給那個年紀比她父親還大的老頭是貪圖他的權勢，於是他發誓要成為一個有權勢的男人。他的父母曾經對他寄予厚望，想讓他擔負起振興整個家族的重任，發現他同那女人的私情後悲痛欲絕，幾乎對他不抱任何希望，卻沒想到從情慾世界裡逃生出來的兒子竟會洗心革面重新做人！那以後他便把強烈的復仇欲望傾泄到追逐權力的遊戲中去，並且很快獲得了成功。

功成名就的丞相偶爾還會想起那女人，如果不是她的背叛，他或許不會幡然醒悟，也就爬不到權力的頂峰。後來他命令手下那些無孔不入的心腹們尋找女人的下落，終於有一天他們把一個蓬頭垢面的老乞婆帶到了他的面前，丞相讓她抬起頭來。老乞婆抬頭看他時呆滯的眼睛裡閃亮了一下，隨即像狗似的爬倒在他的腳底下，渾身顫慄。丞相看著腳底下可憐兮兮的老乞婆感受到了復仇的快感，快感過後卻產生了厭倦。位高權重的聖人丞相的歷史裡怎麼容忍這麼個下賤的老乞婆？而且還是她奪去了他的最可寶貴的童貞，這事要是洩露出去豈非讓他成為天下人的笑柄？不錯，在某種意義上說正是這個女人成就了他，但這已經成為過去！過去的只能讓它過去，過去的就應該永遠被埋葬，無論歷史還是女人！

　　丞相想著，嘆了口氣，眼睛落在桌上的水晶玻璃球上，這個玻璃球是鐵面狂心送給他的，其中的奧妙只有他和鐵面狂心兩人知曉。這是鐵面狂心送給他的禮物，連皇帝都沒見過的。他只需把手按在玻璃球上，輕輕地轉動，裡面就會出現他看見過或想像過的任何景象。按照鐵面狂心的說法，如果不是他，這玩意至少要在幾百年以後才可能被發明出來。丞相並不喜歡鐵面狂心，這老頭太狂，除了皇帝，誰都不放在眼裡。況且他是皇帝的親信，丞相總要小心提防的。這玩意兒卻解決了他內心的饑渴。按照丞相的設想，鐵面狂心對水晶玻璃球的功能進行過調整，玻

璃球向左轉動，裡面的映像是與情色有關的，向右轉動則
是與政治有關。情色與政治，原本就是丞相生活的全部。

　　丞相伸出手去，把在水晶玻璃球上，小心地轉動著，
玻璃球裡浮現出貴妃娘娘迷人的身影，那時的貴妃娘娘還
只是相府的養女，穿的也只是相府丫環們穿的舊衣裳，美
艷絕倫，渾身上下都透著股騷勁，讓人見了就想撲上去。
貴妃娘娘妖媚地笑著，風情萬種，丞相看著有些心搖神
盪，但他知道這女人並不是對他笑的。在玻璃球裡向她走
來的是丞相的兒子，一個熊一般高大威猛的年輕人，赤身
裸體，兩腿之間那玩意對著貴妃娘娘驕傲挺立著，足有一
尺多長。這狗娘養的！丞相忍不住罵了一句，想到自己褲
襠裡那短小無用的傢伙，似乎覺得兒子是向自己示威，羞
辱自己！這時貴妃的衣裳脫落到地上，那狗東西把赤裸著
的貴妃娘娘抱起來，扔在床上，然後撲上去。

　　丞相邊看著邊回想著夢中的自己，這段映像他已經看
過無數遍，就在做夢以前，他還剛剛看過。每回看過這段
映像，他就會做類似的夢。夢過以後他總會再看這段映
像，拿映像中的自己來與兒子進行比較。在夢中的時候他
覺得自己比兒子更為威猛，更能讓女人滿足，可是再看時
又覺得自己不如，於是就渴望在下一次夢中再去超越，而
最終得到的卻仍然是失望。多少年了，他從來沒有走出過
這樣的怪圈，這個怪圈似乎成了一種遊戲，令他無法解
脫，並成了他生活的重要部分。

畜生！看著兒子和貴妃娘娘在床上翻滾著，丞相忍不住又罵了一句。這時那畜生已經把貴妃娘娘抱起來頂著牆上，而貴妃娘娘則把雙腿勾在畜生的腰上，雙手緊緊地摟住他的腦袋。那畜生抱住貴妃娘娘的後腰，猛烈地往上頂著，野獸般的怪叫著，貴妃娘娘仰著頭張開嘴哇哇叫著，不時伸出舌頭去舔那畜生的臉，那畜生用手抓貴妃娘娘的雙乳，搓揉著，同時加快了節奏，渾身上下的肌肉都在劇烈地鼓動，貴妃娘娘呻吟著，叫喊著，似乎進入欲死欲仙的境地……

　　畜生！丞相終於看不下去，把玻璃球按住，裡面的映像頓時消失。丞相嘆了口氣，神情十分沮喪。作為一國之丞相，他在權力世界總能如魚如水，左右逢源，但作為一個人，進入到情色世界裡，他竟是如此無能。不僅在現實中無所作為，即便到了夢裡，也根本比不上那個小畜生。玻璃裡的映像其實都是在現實中發生過的，八年前他站在貴妃娘娘的窗口外面看到了這一幕，後來就讓鐵面狂心把這段映像攝入到玻璃球裡，每天都看上一看，填補內心的空虛。位高權重的丞相經常覺得命運對自己不公平，既然讓他當了丞相，擁有如此巨大的權力和財富，為什麼就不能讓自己同時擁有情愛的快樂呢？他用手摸了摸襠部，那多年不用的小玩意軟不拉塌地吊著，沒有一點活力，十幾年了，它一直這樣孤零零地堅守著，也怪難為的。丞相用手撫摸著，覺得自己有些可憐。

丞相喜歡的第一個女人並不是貴妃娘娘，而是她的母親。貴妃娘娘的母親叫夢娜，是他在京城裡認識的藝妓，那時他還是窮酸書生，跑到京城裡來追求功名富貴，可是因為沒有門路，混了大半年也沒混出什麼名堂，錢花光了，被旅舍老闆趕了出來，他很絕望，便來到一棵歪脖子樹底下，解下腰帶扔上去，打好了結，腦袋伸進去，把腳底的石頭蹬開，讓自己吊起來，然後失去了知覺。那一次他真的想死，也以為自己真的死了，可是沒過多久他醒來了，發現自己躺在床上，眼前站在一個絕色美女，正微笑地看著他！這女人太美了，美得讓人沒法形容，當時的窮酸書生後來的丞相以前也沒有以後也沒見過如此漂亮的女人，在丞相看來，即便她的女兒貴妃娘娘也不過複製了她部分的美麗而已。他頓時感覺到了人生的希望。這女人就是夢娜，正是她救了他，把他接到了自己的繡樓裡，他在那張透著女人香味的床上已經躺了大半天。女人看他醒來了，臉上露出了驚喜的微笑，讓他覺得在這個世界上畢竟還有人關注他，還是如此美麗的女人，於是他覺得生活並不如原來想像的那樣無望，他決定好好活下去，還要活出個人樣來！

　　女人聽完了他的經歷，表示願意幫助他，對她的話他並沒當真，以為她只是說說。但即便這樣，他已經感到很滿足。在他眼裡這美麗的女人簡直就是個菩薩，只要能這麼看著她，聽她說話，就是前世修來的福分，況且還能得

到她如此的關注。沒想過了幾天，女人便把她領進了相府，見到了權勢最大的當朝丞相。以後他便進了相府，成了丞相手下的大紅人，他的發跡也是從那時開始的。

他很愛那個女人，女人也很愛他，而且愛得很瘋狂，但後來他還是娶了老丞相的女兒。丞相的女兒很醜，醜得可怕！老丞相說要把女兒嫁給他的時候他沒想到丞相的女兒會那麼醜，丞相和他的夫人都很漂亮，那樣漂亮的男人和女人生下來的女兒即便不會很漂亮也不應該是很醜陋的。進了洞房，他揭開蒙在女人頭上的紅頭巾，卻發現眼前坐著的是個黑皮膚低額皆嘴鼻孔朝天的怪物，當年的窮酸書生如今的丞相此前雖然做了最壞的準備，但眼前這個長得像大猩猩樣的女人還是令他感到失望和恐懼。他正發呆，那猩猩樣的女人已經咧開大嘴笑著向他撲過來，他還不及躲避，便被按倒在地。

當今的丞相怎麼也不會想到自己的新婚之夜竟會是一場噩夢，那個猩猩樣的女人在他還沒來得及反抗的時候便把他按在地上強姦了，事實上他也沒法反抗，那猩猩樣的女人齜牙咧嘴的樣子早把他嚇傻了，他連一點反抗的勇氣都沒有。猩猩樣的女人把他折騰得半死不活以後便倒在床上呼呼大睡，他傻了似的躺在她的身邊，欲哭無淚。他看著身邊那頭怪物，又羞又氣，真想撲上去將她掐死。

那個時候他也忍不住想起了夢娜，這菩薩樣的女人才是他的真正所愛。如果甘願做個普通人去過普普通通的生

活，那他會毫不猶豫地娶她做妻子。但女人的背叛刺激了他的野心，他決心要使自己成為偉大的人物，而從認識老丞相那天起，他看到了這樣的希望。夢娜似乎也能理解他，當他把自己要娶丞相女兒的決定告訴她時，她並沒說什麼，只是用幽怨的目光看著他，長長地嘆了口氣。他在情感和權力之間選擇了權力的同時也在菩薩和猩猩之間選擇了猩猩。不過他不後悔，也沒法後悔，他心裡很清楚，這不是真正的婚姻，而是一場交易，是他與老丞相之間的交易，而女人則不過是交易中的小小法碼，他想要的更大的砝碼在她老爹那裡！既是交易，總得有所付出，即便早知道女人是頭猩猩，他也只能把她娶回去！對他來說，對權力的欲望遠遠超過了對情感的需求，權力才是他真正的最愛，為了獲得權力，總要做出些犧牲。

即便現在回想起來，丞相覺得這場交易還是值得的。如果他娶的是那菩薩樣的女人而不是那頭猩猩，肯定就不會有今天的成就！結婚前老岳父並沒有對他許諾過什麼，這場交易他與老丞相都是心知肚明，但事先誰都沒有說破，而努力想把它辦得與普通的婚姻沒有什麼區別。經過驚心動魄的新婚之夜之後，老丞相見了他總有些心虛，而他努力裝得若無其事，後來老岳父對他笑了笑，他也笑了笑。雖然都沒有說話，但他們都知道這交易還是可以做下去的。

後來的交易正如他料想的一樣順利，在岳父的幫助下

他很輕易地邁進了官場，進而成為朝廷裡的大紅人。白天他都是衙門裡度過的，他喜歡與各種各樣的人打交道，在權力場上與他們斡旋，並把他們玩於股掌之上，這使他很有成就感。到了晚上，他便不得不去面對那猩猩樣的女人，受她的折磨和摧殘。這女人性慾極強，每天晚上都如同發情的母豬似的與他糾纏不休，直到精疲力竭。猩猩樣的女人心滿意足以後總要過問很多朝廷裡的事，然後為他出謀劃策。女人長相奇醜，卻繼承了父親的政治天才。雖是個婦道人家，又成天待在家裡，她對官場上的事卻洞若觀火，料事如神。正是由於她的指點，他在官場上才能如魚得水，游刃有餘。很多次他面臨困境，都靠著醜夫人的謀劃，最終轉危為安。

那時的丞相畢竟還是個凡人，有著凡人的情感，也難免會犯通常凡人會犯的錯誤。雖然在仕途上春風得意，前程似錦，丞相有時候也會感到美中不足，每天睡在醜夫人身旁，他總會想起那菩薩樣的女人，尤其被醜夫人蹂躪過後，這種思念會變得更為迫切。後來他終於控制不住自己，便偷偷地找了那菩薩樣的女人，女人以母性的寬容接納了他。在她那裡，他度過人生中最美好的一段時光。

剛剛覺得自己羽翼豐滿的丞相自以為事情做得天衣無縫，但終究沒能逃過猩猩女人的法眼。猩猩女人強烈的忌妒心更甚於她的醜陋的外表，她當然也知道她與這英俊男人之間的婚姻其實是一場交易，看著這男人因了自家的

關係在官場上春風得意，欣喜之餘也會感到心理的不平衡，每天晚上她都要折磨他欲死不能並從中獲取快樂，也是想多撈回些本錢，使交易變得更為公平。在她看來，這男人所得到的任何東西都是她家所賜予的，沒有她和她的父親，他什麼都不是，所以在她看來，這男人名義上是她的丈夫，實際上是她家豢養的一條狗，他對她家只能感恩戴德，而她是有權力來使喚他的，即便到了床上，她也是把他當作了取樂的玩物。她跟他做愛，圖的是自家的快樂，對他的死活根本是不關心的。可是現在這個狗樣的男人居然敢背叛自己去跟別的女人私通，得到這個消息，智商奇高的猩猩女人真的有點傻了。她原本就是個心胸極其狹隘的女人，加上無與倫比的忌妒心，哪裡能夠容忍這男人的背叛！丞相意識到了危險，便跪倒在猩猩女人的腳底下，求她寬恕自己，並發誓痛改前非，永遠不再背叛。女人陰陰地笑了，丞相覺得有些毛骨悚然。那天晚上，猩猩女人無休止地跟他做愛，他心懷鬼胎曲意逢迎，最終被折磨得半死不活，昏昏睡去。睡夢中突然覺得女人的手捏住了那軟不拉塌的玩意，他還沒想什麼回事便感覺到劇烈的疼痛……

丞相嚎叫著從夢中醒來，用手捂在兩腿中間，鮮血從手指中流出來。猩猩女人一手拿著把血淋淋的剪刀，另一隻手則拿著同樣血淋淋的肉泥，神情陰冷，似笑非笑，臉扭曲著，面目顯得更醜陋更詭異也更恐怖。他絕望地嚎叫

著，伸出血淋淋的手，五指雞爪似地張開，向女人抓過去，想要將她抓住，將她撕得粉碎，女人卻不屑地看著他，用腳將他踢開。猩猩女人有著超常的力量，他根本不是她的對手。他很快被那女人制服，除了喘氣、哭泣和討饒，沒有別的辦法。

那是丞相人生中最不堪回想的一幕，是他平生所經受的最大屈辱。那天晚上他完全失去了男人的尊嚴，也失去了男人的根本。從那天晚上開始，他就不再是真正的男人。那個菩薩樣的女人也從此從他的生活中永遠消失了。他很絕望，甚至想過自己的付出是否真正值得。但他很快恢復了理智。要奮鬥就會有犧牲！雖然他犧牲了很多，而且不再是個男人，但比起他已經獲得的一切，畢竟算不了什麼。正因為他失去很多，所以更要牢牢地把握住自己已經得到的，而且還要得到更多，以後他更要拼了命地攫取，不放過任何機會，當然他還要報仇，要報仇就得忍辱負重，養精蓄銳。所以他沒有別的選擇，只能再一次在猩猩女人面前屈服，與她盡棄前嫌，言歸於好。

丞相失去了男人的命根子，不再是個真正的男人，在痛苦過很長一段時間以後，他終於意識到這其實為自己提供了某種政治機遇。當時國內正盛行著縱慾主義文化，認為人乃自然之產物，陰陽交合乃自然之本性，男歡女愛乃之本性，而男女間的性愛則是人生最大的快樂！於是人們縱情聲色，行屍走肉，貪圖享樂，醉生夢死。男人們娶

了三妻四妾還尋花問柳，女人們偷情享樂，給丈夫戴上一頂又一頂綠帽子，很多地方都出現父女亂倫、翁媳通姦之類的事件。丞相也曾經是縱慾主義文化的倡導者和實施者，在失去男人的功能和權力以後，他突然意識到了縱慾主義的危害性。作為男人，他不能眼巴巴地看著天底下的男男女女都在尋歡作樂，而他作為位高權重的丞相卻只能可憐巴巴地守著個醜老婆而無所作為；作為國家的治理者，他更看到了縱慾文化對社會的危害。在他看來，縱慾會滋長人類的獸性，使人類失去理智從而變得難以控制。政治家說到底是要控制人的，首先是要控制人的思想，然後才是肉體，而肉體基本上是受思想控制的。而要控制人的思想，首先就要控制人的欲望，因為人類說到底還是欲望的動物，他們所有的行為就是欲望驅動的結果。失去男人資格的丞相終於悟出了這樣的道理，決定要把這些偉大的思想貫徹到國家的治理上。經過精心策划過後，他把自己的思想和治國方略稟告給皇帝。擁有三宮六院七十二嬪妃的皇帝當時正鬱悶著，眼看著那些平時像狗一樣爬在他腳底下高呼萬歲的大小官員和滿腦肥腸的商人們竟也個個妻妾成群，他們擁有的女人甚至比皇帝身邊的嬪妃們更漂亮更迷人，更可怕的是他們在尋歡作樂放縱情慾的同時越來越不把他這個九五之尊的皇上放在心上，這是皇帝絕對不能容忍的。丞相的治國方案應運而生，理所當然得到了皇帝的推崇，皇帝賜給他尚方寶劍，讓他負責實施。

有了皇帝的尚方寶劍，丞相便覺得自己的腰杆硬朗了許多，他終於有機會按照自己的意願來治理這個國家。在他看來，治國者在於治人，要治人，則先要治人心也；人心治，則天下治。治理人心，就是要消除人的欲望，欲望是人類行動和犯罪的根源。在人類的欲望中，最可怕的是淫慾，萬惡淫為首，飽暖思淫慾！人的思想和欲望其實是受物質條件限制的，要想控制人的欲望，就得讓他們永遠處於貧困之中，使他們疲於奔命，根本沒有心思也沒有機會去滿足自己的淫慾。丞相認為，私有制是萬惡之源，正是私有制的存在使人類欲望的滿足成為可能，消滅人的欲望必須從消滅私有制開始。丞相的理想就是要在消滅私有財產基礎之上建立沒有階級和貧富差別的人人平等的社會。遵照皇帝的聖旨，丞相頒布了一系列的法令，宣布消滅私有財產制度，沒收所有人的財產並收歸國有，使每個人都成為赤貧階級。於是整個國家都把握到皇帝手裡，當然也有多半把握在他這個丞相的手裡。於是所有的臣民無論是朋友還是敵人，無論是順民還是刁民都不得不像狗一樣首先是對皇帝然後是對他這個丞相仰頭觀望，而高高在上的皇帝，還有他這個一人之下萬人之上的丞相成為整個世界的主宰。在他們前面沒有了上帝，沒有任何主宰，他們便成了上帝，成了所有人命運的主宰，把天下人玩於股掌之上，高興了就扔他們一塊骨頭，讓他們搖尾乞憐，不高興了便踹他們一腳，倘若他們敢露出哪怕一丁點不悅之

色，就一聲令下要了他的小命。也就在這樣的時候，他才真正感受到權力的力量，也真正感受到了丞相的尊嚴。

丞相不愧是偉大的政治家，在他的治理下，國家越發貧窮了，百姓們沒有財產也沒有了底氣，自然就安分守己了。本性放縱的臣民們或忙於生計，或整日被飢餓所逼迫，根本無心再出去尋歡作樂。而對於那些曾經狂放一時目中無人的所謂知識分子，丞相則對他們區別對待，那些聽話的看著順眼的，就多給他們些好處，讓他們吃好住好；那些看不順眼有想法的，則把他們趕到鄉下去，讓他們整天幹活，用汗水清洗他們的腦袋，拯救他們的靈魂。對屈服者，丞相當然會給他們出路，但對那些頑固不化的人渣，丞相也絕不心慈手軟，最終讓他們乾淨徹底地從這個星球上消滅掉。

失去了命根子的丞相自然早已從情色世界中解脫出來，但他畢竟還是人，胸中難免還會涌動燃燒的情慾，就像他還是會想到夢娜，想到貴妃娘娘，想而不可得，他便會去轉那個玻璃球，那時他的意念就會把他帶到那畫面裡去，底下那小玩意也會恢復活力，在那裡他想幹誰就幹誰，想怎麼幹就怎麼幹。

除了情色，丞相最感興趣的還是政治。他是個職業的政治家，生活中自然離不開政治。在他看來，搞政治就是玩弄權術，而玩弄權術就是玩弄人！在這方面他是舉世公認的高手，多少不可一世的政治梟雄都敗在他的手下，而

他正是踩著這些人屍首登上了權力的頂峰。他偶爾也會轉動著玻璃球去回味與政治對手們較量的歷史，這樣的歷史中難免會有血腥味，卻能使他看到自己昔日的輝煌。丞相自以為是個善良的人，小時候他連螞蟻都不敢踩，家裡的小花貓死了，他哭了好幾天。平時見了血就會頭暈，更不用說去殺人了。但自從玩上政治，他便不得不令自己心硬如鐵！他知道，身為政治家，尤其是生活在亂世中的政治家，就必須學會冷酷，善良的人是玩不了政治的！權力必須通過暴力和智慧才能獲得，作為政治家，倘若失去了權力，就意味著失去一切，甚至連生命也得不到保證。政治從來都是你死我活的，每個政治家手裡都會沾滿鮮血！

原本還算善良的丞相從參與政治的那天起就做好了殺人的準備，這種心理準備來自他那岳父大人的教誨，這位在官場上磨礪了幾十年的前丞相玩弄權術已到了爐火純青的境界，他也是丞相政治方面最好的導師。但是他恐怕連做夢也不會想到有一天會死在自己教出來的徒弟和女婿的手上。那也是丞相第一次殺人，沒想到殺的竟是自己的導師兼岳父！老岳父功高蓋世，又是三朝元老，為人謹慎，老奸巨滑，但最終還是死在了自己的學生和女婿手上。直到今天，丞相一直認為，岳父的死是天意，按當時的情況，即便他有一萬個不死的理由也還是要死的，因為他是先皇手下的寵臣，又掌握著太多的祕密，先皇死了，後來的皇上登基，自然要用自己的人，丞相的位置又太重

要，岳父偏偏太迷戀權力，不肯急流勇退，皇帝見他不肯把權力交出來，只得把他殺了！當然皇帝也不是隨便殺人的，要殺人自然要找到殺人的理由，於是就找來了後任的丞相，也就是那個即將死去的丞相的女婿，許諾說老丞相死後就讓他接替岳父的位置。後來的丞相雖然有些於心不忍，但很快意識到這是千逢難逢的好機會，決定大義滅親！後任的丞相多年來每天都聆聽岳父大人的教誨，要想從中找到些大逆不道的言論自然不在話下，他僅用兩個時辰就洋洋灑灑地寫下幾萬字的訴狀，給岳父兼老師的前任丞相羅列下九十八條罪狀。由於證據確鑿，罪大惡極，不殺不足以平民憤，刑部的大法官們便給前任丞相定了死罪。皇帝為了褒獎後任的丞相，贈給他尚方寶劍，讓他取下前任丞相人頭來。後任丞相併不是一個沒有感情的人，但當時的處境，他知道，倘若自己不殺岳父，那皇帝就要殺他，事實上皇帝就是用這種特殊的方式來考驗他的忠誠，所以他沒有別的選擇，只得從皇帝手裡接過尚方寶劍，向岳父走過去！跪在斷頭台上的岳父側過臉看見了他，略微吃驚了一下，對他說一句：好，好，好呀，我總算沒白教你！然後突然仰頭大笑起來。那笑聲很難聽，比哭還難聽，似乎還摻雜著淚水，後任丞相聽著有些難受，但沒有遲疑，他走到岳父跟前，咬著牙，把眼睛閉上，舉起了皇帝交給他的尚方寶劍，一發狠，猛力砍下去，只聽到咔嚓一聲，什麼東西落到了地上，他睜開眼睛，果然看

見岳父的身體倒在地上，不遠處滾動著一個人腦袋，眼睛瞪得很大，似乎正憤怒地看著他。他渾身顫慄著，覺得有些噁心，似乎什麼東西往上涌著，忍不住彎腰嘔吐起來。

事實證明，丞相的判斷是對的，他的選擇也是對的。殺了岳父，他也就成了皇帝的親信，自然也如願以償頂替岳父當了丞相，而且一當就是幾十年，使自己和岳父家的富貴得以延續到今天。儘管岳父當時有些死不瞑目，但他相信，岳父肯定能夠明白他的苦衷，也會贊同他的選擇。岳父當時已是必死無疑，但死在自己手裡肯定是最有價值的，岳父用自己的死來成全了女婿的前程，他在繼承了岳父職位的同時也繼承了他所有的財產。

砍下了岳父的腦袋過後，丞相覺得自己到了人生的另一種境界。丞相原本是很敬畏生命的，以後卻覺得生命其實也是很賤的，當然自己的生命除外！儘管他把岳父腦袋砍下來的那一刻感到恐懼，事後想起來卻又覺得殺人其實並不是很困難，砍人腦袋與在家切西瓜並沒有本質上的區別。想起岳父滾在汙血上的腦袋，他曾經也難過了很長的時間，後來卻覺得那失去了生命的腦袋其實也跟岳父沒有了關係。而對於玩弄政治權術的人來說，人生就是生命的搏奕，無非是為保全自己的性命而消滅他人的性命。通常情況下政治家要比別的職業的人如盜匪之類要活得虛偽些，他們殺人的時候總要找到殺人的理由，但那些理由通常都是說來給人聽的，真正的殺人理由其實就是為了保護

自己的權力和生命！他們不殺死別人，別人就會殺他們，政治就是這麼殘酷！

　　丞相殺人的歷史就是從殺死自己的岳父開始的，那以後他又殺過很多人，神經變得越來越麻木。當上丞相以後，他再也用不著親自操刀殺人，他手下有的是職業劊子手和職業殺手。丞相殺人多數是以國家或法律的名義，而有時則只需要他下一道命令或者使一個眼神。劊子手可以用法律的名義殺人，而殺手殺人則是要與法律對抗。採取的方式不同，目標卻是一樣的。

　　儘管殺過很多人，丞相仍然認為自己是個非常善良的人。殺人並不符合他的本性，但坐在他那個位置就不得不殺人！殺人的不是他，而是他所選擇的這個職業，就如同屠夫不得不宰殺牲口一樣。而且在很多情況下他殺人不是為了自己，而是為了這個國家，他殺人不只是為了保護自己，也是為了讓更多的人活下去，活得更好，是為了國家的安寧，為了社會的正義！所以殺人越多，功勞越大，他所有的豐功偉其實都是通過殺人來完成的，他也因此獲得了人民的擁戴。

　　丞相的許多豐功偉績都已經載入國家乃至人類的歷史，並被編為各種神奇的故事在民間廣為流傳，丞相自然也成為千古難尋的大英雄大偉人！但在丞相自己看來，他一生中最輝煌最得意的莫過於二十年前的那場血戰。那場戰爭是由幾個失意文人挑起來的，他們都是丞相政敵的兒

子，後來逃到山林裡去，打著修道的旗號，妖言惑眾，說什麼有個看不見摸不著的上帝主宰著整個宇宙，也主宰著每個人的生命，任何違背上帝意志的人都將受到嚴懲，還夢想著要建立一個由上帝主宰人人平等自由的理想王國，在這裡，沒有皇帝，沒有國王，沒有貪官汙吏；沒有權力鬥爭，更沒有暴力。每個人都信仰上帝，按照上帝的意志去生活，所有爭端都能夠通過法律來解決。人們心態平和，安於現狀，生活富足，個人的情慾總能以合理的方式獲得滿足，從而保證整個社會的和諧。丞相聽到這些言論的時候並沒有太在意，以為不過是那些無聊的書生編出的神話，成不了什麼氣候，卻沒想到過了幾個月便有數十萬百姓從四面八方蜂擁而去，所有通往山林的道路都被人群擁堵著。丞相憑著政治敏感意識到問題的嚴重性，便去稟告皇帝，說這幫叛匪心懷不軌，意在奪取皇帝的江山社稷。皇帝果然著急，便命丞相派大兵圍剿。當時丞相的弟弟剛進入政壇，丞相對弟弟的政治前景寄予厚望，早就想提拔他，只是還沒有找到適當的機會。在丞相看來，幾個手無縛雞之力的書生和數萬名由普通百姓組成的烏合之眾在窮凶極惡裝備精良的幾十萬官兵面前自然不堪一擊，這樣好的立功機會，丞相當然不會放過。但為保證萬無一失，丞相還派了一位身經百戰的大將軍給從來沒打過仗的弟弟當助手。沒打過仗的弟弟臨時抱佛腳看了幾本兵書便自以為成了軍事天才，竟不把那被士兵稱作戰神的大

將軍放在眼裡，當然也更沒有把山林裡那幾十萬烏合之眾放在眼裡。他不聽勸告，胸有成竹地指揮數萬大軍鑽進了人家的埋伏圈，結果大敗！幸虧大將軍率領手下奮力衝殺才救下他的性命，但丞相的弟弟並不領情，反而把失敗歸咎於大將軍的失職，他令手下把大將軍捆綁起來準備推出斬首，卻激怒了大將軍手下的士兵，這些人曾經跟著大將軍出生入死，感情非同一般，自然不忍看到自己的將軍蒙冤受死，於是衝進元帥府殺死丞相的弟弟，把大將軍救了下來，然後投奔了那山林裡的王國。丞相原本在丞相府等候凱旋的捷報，弟弟的死猶如晴天霹靂，把他炸懵了，也炸傻了，隨即而來的便是充塞在胸中的仇恨，對所有人的仇恨，如果能夠，那一刻他連毀滅整個宇宙的心都有！但他很快冷靜下來，並且很快想出了報仇的方案。他主動向皇帝請命，又偷偷地找到了鐵面狂心。鐵面狂心剛發明了一種殺傷力極強的炸藥，正想試驗它的威力。那炸藥很小，裝在一個鐵盒子裡，看上去並不起眼。但鐵面狂心說就這小玩意已經足夠將山林裡的所有的人送上西天。丞相有些半信半疑，但他知道鐵面狂心雖然瘋瘋癲癲，說出的話往往夷匪所思但從來沒有不應驗的。所以他沒有猶豫，決定照鐵面狂心的話去做。他把那小玩意交給手下的先鋒官，自己則和鐵面狂心躲在數十公里以外的地下山洞裡靜候佳音。先鋒官敵前叫陣，卻被戰神殺得大敗，情急之下先鋒官把手中的鐵盒子扔了過去，正好扔在戰神腳下，手

下士兵撿起鐵盒交到戰神手裡，戰神看了看，看見盒子上的黑色的按扭，便小心地伸出手指按下去。

以後發生的事情沒有人真正知曉，那驚天動地的大爆炸把那一帶方圓幾百里的生命都化作了灰燼。山林王國裡所有的人，還有前去圍剿的幾十萬官兵都像空氣一樣消失得無影無蹤。丞相和鐵面狂心躲在幾十里外的地洞裡，沒有聽到驚天動地的爆炸聲，卻也有種山搖地動的感覺。他驚惶地看著對面的鐵面狂心，鐵面狂心則皺著眉頭地看著桌上放著的一件古怪儀器，然後很平靜地告訴丞相說這次爆炸相當於一千萬噸梯恩梯的當量，丞相不知道梯恩梯是什麼玩意兒，問那些山林叛匪是否還活著。鐵面狂心對他的話很不屑一顧，說這方圓幾百里內連一隻活著的螞蟻都不會有，怎麼會有活著的人！而且在今後幾十年內這塊土地也不可能存在任何生命。後來聽附近的居民說，那聲爆炸過後他們曾經看到幾十里以外的某個地方升起了一朵很高很大的蘑菇雲。試驗的成功使鐵面狂心臉上露出了微笑，他對丞相說他是用了幾百年以後的技術來對付這些小毛賊。丞相相信了鐵面狂心的話，於是也鬆了口氣，對於丞相來說，死多少人並不重要，重要的是圓滿地完成了這次剿匪任務，再次為朝廷立了大功，保住了皇帝的江山和自己手中的權力。

那次大爆炸不僅滅絕了方圓數十里內所有的生命，也給鄰近地區的居民帶來了無窮無盡的災難。看見過蘑菇雲

的人後來都成了瞎子，很多百姓都患怪病死去，動物的基因發生變異，青蛙長得像頭牛，蛇生出了長腿，各種怪物層出不窮，百姓們驚恐萬狀，紛紛逃離。如今二十年過去，沒有人知道那地方成了什麼樣子，因為沒有人敢到那裡去，也沒有任何生命從那裡出來。

　　那驚天動地的爆炸聲還是令丞相感到了震撼，他並不憐惜那些死去的生命，而是驚訝那炸彈的威力，他不能想像那麼丁點大的小玩意竟會能發出如此大的能量。用鐵面狂心的話說只要有引爆十個八個這樣的炸彈，就可以把所有的人類乃至整個地球都毀滅掉。以前丞相總覺得這傢伙是在胡亂吹牛，事實上這傢伙平時說話就沒個邊際，譬如他愣說這地球是圓的，圍繞著太陽在無邊無垠的宇宙中不停地轉動，在丞相看來這純粹就是胡扯！那圓圓的地球沒個東西在下面托著或沒個東西從上面吊著豈不會掉下去？再說這人在轉動的地球表面又怎麼能夠立得住？號稱代表人類最高智慧的鐵面狂心怎麼會連這起碼的常識都不懂？難怪有人說他腦瓜子不正常！當然丞相併沒敢當面向鐵面狂心提出質疑，畢竟他不想自討沒趣，他知道鐵面狂心根本看不起他的，尤其在談到所謂科學的時候！丞相原本不相信什麼鳥科學的，再說科學有什麼了不起，還不得聽權力的！他只是不想跟鐵面狂心這樣的人去計較，真要惹急了他，把他和他的科學一起滅掉也不是什麼難事。但那聲爆炸在某種程度上動搖了他的自信心，鐵面

狂心臉上的表情越平靜，越使他感到恐懼，他不知道鐵面狂心手裡還把著多少諸如此類的玩意，或者還有更屬害的？原先他還想過要把這傢伙除掉的，現在想起來卻有些後怕，這傢伙本來腦瓜子就有毛病，真要惹怒了他，那還能得了？看來這傢伙還真是能把地球毀滅的，殺他一個丞相算得了什麼？每每想到這些，丞相總會驚出一身冷汗來。

　　丞相手放在玻璃球上，正想得出神，兒子匆匆跑進來：父親，大事不好了！

　　看兒子神情慌張，丞相皺起了眉頭，心想到底是年輕，經不了大事！他對兒子一直寄予厚望，希望他能繼承自己的衣缽，也能當上丞相，以保證自己這個家族千秋萬代永享富貴！

　　什麼事！丞相的聲音很低沉，臉上的表情也很鎮靜，似乎成心要給兒子做出表率來。

　　皇帝把鐵面狂心抓起來了，說要殺他！兒子說。

　　丞相吃了一驚，問：說，怎麼回事？

　　兒子把事情說了一遍。

　　丞相問是聽誰說的，兒子說是宮裡傳出來的消息。

　　丞相點了點頭。按照他的旨意，兒子已經把皇帝身邊所有的宮女和太監都收買了，皇帝的一舉一動，甚至晚上跟哪個女人睡在一起，都逃不出他們的眼睛。丞相是個能夠居安思危的人，也知道伴君如伴虎的道理。作為丞相，

他最大的也是唯一的危險就來自皇帝，皇帝才是這個世界真正的主宰。丞相雖然也能主宰別人，但到了皇帝面前，他就成了一條狗！要看他的臉色，還要想方設法討他的歡心。要想討得皇帝歡心，就得知道皇帝在做什麼，想什麼。丞相雖然聰明，但到底鑽不到皇帝的肚子裡，況且皇帝是個任性的傢伙，性格多變，喜怒無常。別看他是丞相，在皇帝眼裡也就是一條狗，殺死他絕不比踩死一隻螞蟻更難，丞相是個聰明人，知道自己的處境，儘管他有理由把別人當作狗來看待，但到了皇帝面前只能誠惶誠恐，萬分小心，生怕什麼地方得罪了皇帝，糊裡糊塗地丟掉了腦袋。也正出於這樣的考慮，他讓兒子出面建立了龐大的情報網絡，兒子倒也沒有辜負他的希望，經過苦心經營，花費了大量的錢財，又憑著他那漂亮招女人喜愛的臉蛋和底下能夠讓女人慾死欲仙的玩意，總算有了些成果。也就是靠著這個網絡，還有他在官場練就的非同尋常的機智，他才能活到今天，而且至今還能穩穩地坐在這丞相的位置上。

聽到鐵面狂心被抓的那一刻，丞相併不感到意外，這傢伙太狂了，即便在皇帝面前也不肯收斂，仗著自己有些本事便目中無人，他能活到今天已經算是個奇蹟！雖然鐵面狂心也幫過丞相，但丞相還是希望他去死，這傢伙太厲害了，遲早會是個禍害，無論對皇帝還是對自己。

讓他死去吧！丞相冷笑著，有些幸災樂禍。

丞相的兒子看著父親，卻猜不透父親的心思，父親臉上的表情也令他困惑，畢竟他還太年輕，政治功夫還沒修到父親的境地。

　　皇后……太子那邊，有什麼動靜？丞相想起什麼，轉臉看著兒子，問。

　　他們……還混在一起！兒子恨得咬牙切齒，把皇太子和貴妃在皇太子房裡淫亂的事說了一遍。

　　丞相看兒子臉上表情，想起剛剛在玻璃球上看到的情景，嘆了口氣。他當然知道兒子在想什麼，當初他強迫兒子捨棄那女人把她送到皇宮的時候兒子就很不情願，那是他的女人呀！況且那女人天生是個尤物，五百年也未必能出一個的，只要是男人就不可能不為她著迷，想當初見到這女人時，連已成廢人的丞相也有些把持不住，更何況兒子這樣如狼似虎的年紀！想當初把那女人送進宮去時他也真是於心不忍，可事關他和整個家族的命運，他只能勸兒子顧全大局，捨棄個人情感！兒子表面聽從了他的勸告，但心裡至今還在怨恨他，可是有什麼辦法，保命才是最要緊的，命都沒了，女人還能有什麼用！只要保證他的官位，什麼樣的女人找不到。

　　咱家的事情肯定會壞在這女人身上！兒子看著父親，突然恨恨地冒出一句。

　　丞相嘆了口氣，兒子說的是貴妃，其實話裡的恨意也是衝著自己來的。在兒子看來，當年送女人進宮，雖然給

自家帶來了便利，也保住了父親的官位及家族的榮耀，但也埋下了禍根。當年他們雖然費盡心機，布置縝密，但萬一出現閃失，不僅前功盡棄，整個家族也會落個死無葬身之地！丞相知道皇宮的險惡，整日擔驚受怕，總有如履薄冰如臨深淵之感，夜裡更是噩夢連連，幾十年從來沒有睡過一個安生覺！更可怕的噩夢是聽到這女人跟皇太子勾搭上以後，丞相原指望這女人把皇帝哄好，自家作為皇親國戚得享浩蕩皇恩，沒想到這女人竟膽大包天跟皇太子鬼混上了。萬一這事叫皇帝知道還能了得，甭說這對狗男女會死得很慘，他們整個家族也得全部完蛋！那時丞相真是覺得這步棋走壞了，等於給自己掘了墳墓。好在丞相是個有大智慧的人，很快從絕望中找到希望，他看出皇太子暴戾的性格，這小兔崽子其實跟他父親同樣的自私而殘暴，他連父親的女人都敢碰，還有什麼不敢做的？

　　丞相原本是個安分守己的人，但也不是沒有想過要自己當皇帝，雖然自己已經混到一人之下萬人之上的高位，但這丞相跟皇帝之間的距離又何止十萬八千里！說是丞相，其實在皇帝面前也就是一條狗，狗的日子畢竟不好過，想變成人，就得讓皇帝成為狗。這念頭在腦子裡也就稍縱即逝，不敢停留太久。畢竟皇帝不是個容易對付的人，況且自家的實力也不足以與皇帝抗衡，不到萬不得已是不會走到那一步的。好在有了皇太子這檔子事，這小崽子絕不是善主，遲早會跟他父親翻臉，其結果不是他被他

的皇帝老子幹掉，就是他幹掉他的皇帝老子，這是一定的，絕對不會錯，丞相從那小崽子的眼光中看得出來。既然如此，為什麼不能借用他的手為自己做事呢？這小子也壞，但畢竟太嫩，又沒有根基，還得背上殺父的罪名，對付起來應該不會太難。

父親，您……？兒子見父親不說話，有些焦急。

丞相笑了笑，打定了主意，對兒子說：你安排一下，我想跟太子見面。

兒子看著父親，有些困惑。

丞相憐憫地看著兒子，笑著說：去吧，到時你會明白的。

兒子點頭，轉身出去。

丞相走到窗前，長吐了口氣，突然覺得輕鬆了許多。

傻蛋

傻蛋做了個夢，夢見自己變成了一條狗，一條漂亮的捲毛狗，躺在一個漂亮女人的懷裡，女人的面目很模糊，有時他覺得像海倫，有時又覺得像自己的母親。他早已記不清母親的模樣，但嬰兒時躺在母親懷裡溫暖的感覺仍然記憶猶新，有時女人的面目會變得冷漠，她撫摸著他的頭，看著他。他仰著頭，看到那櫻紅的嘴唇，很性感，便叫著，仰著脖子，渴望去吻她，她似乎明白了他的用意，居然親了他一口，雖然親的是額頭，但他頓時感到一股熱流在全身奔涌，仿佛就要炸開了。女人甜甜地笑著，把他抱在懷裡，他的腦袋正好貼在她那豐滿柔軟的乳房當中，他感到無比的幸福，而這樣的幸福是做人的時候從來不曾享受的。

傻蛋做夢的時候身體正被釘在十字架上，身體張開，手和腳都被死死地釘在木柱上，傷口上的血已經凝固，留下滿身的血跡，他卻歪下頭沉睡著，嘴角帶著夢一樣的微笑，安詳的神態甚至讓看守他的兩個劊子手感到了忌妒。

「你看這狗娘養的，都要死了，他居然還笑！」麻杆似的劊子手指著傻蛋，對另一個滿臉橫肉的劊子手說。

傻蛋沒有聽見他的話，依舊笑著，依偎在那女人柔軟的胸脯前。

　　滿臉橫肉的劊子手看著來了氣，上前去一把抓住他的頭髮，使勁搖晃著，拍打他的臉，厲聲叫著「喂，傻蛋，快醒來！」

　　傻蛋在夢中聽到這聲音，卻也不想醒來，他只想狗樣地躺在那女人的懷裡，那是他唯一的依賴，夢醒了，所有的一切轉眼都會消逝。

　　「媽的，我叫你睡！」滿臉橫肉的劊子手往傻蛋臉上猛抽了一巴掌。

　　傻蛋叫了一聲，睜開了眼睛，卻看著那夢中的女人風似的從眼前飄逝，他伸出手去想抓住她，卻抓在一張堅硬的臉上。

　　「你他媽的瘋了！」傻蛋聽到一聲喝斥，臉上似乎被打了一下，於是他醒來了，睜開迷茫的雙眼來面對眼前的世界。

　　「你找死！」麻杆似的劊子手同滿臉橫肉的同夥站在一起，惡狠狠地瞪著傻蛋。

　　傻蛋瞪大眼睛，神情卻很茫然，似乎不明白眼前怎麼會突然出現這樣的兩個怪物，而眼前那蒼涼的大地，還有頂上的天空，使他終於明白自己仍是活著的，他並沒有變成那條躺在女人懷抱裡的捲毛小狗，於是便有些失望。

　　「你要死了，你知道嗎？」麻杆劊子手走上前來，陰

陰地說。

　　傻蛋正在為消逝的夢境沮喪著，低頭茫然地去看那麻杆劊子手，頓時覺得自己額頭中央發出一道藍光來，正好照在麻杆劊子手的胸口上，於是那胸口爆裂開來，他的身體則仿佛在縮小著，化為一道光沿著胸口飛進去，然後他來到靈魂的隧道。

　　「你要死了！」麻杆劊子手說。

　　傻蛋笑了笑，他知道這人是真想要他死去的，他與自己無冤無仇，但作為一個劊子手他的職責就是殺人，他也只能從別人的死亡中找到工作的快樂，別人的死才能成就他工作的價值。

　　「這傻子，還笑！」滿臉橫肉的劊子手說。

　　「真是個白痴！」麻杆劊子手嘆了口氣。

　　「沒錯，只有白痴才不怕死！」滿臉橫肉的劊子手說。

　　傻蛋是白痴，傻蛋是不怕死，但他不怕死不是因為他是白痴，而是因為他沒有享受過生的樂趣。傻蛋也怕過死，那時他還沒成為白痴，對生活還有夢想，對生命還有割捨不下的眷戀，可是後來他厭倦了生命，便想去尋找死亡的樂趣。

　　傻蛋見過太多的死亡，卻至今不知道死亡到底是什麼。在他看來，死亡就是「沒了」，如同他的母親，母親被人帶走以後就「沒了」，他再也沒見過。聽人說她被埋在了地下，再也見不著了。他不知道母親埋在地下會有什

麼樣的感覺，按照他的想法，地下一定黑黑的，人躺在那裡肯定很難受。他把這話對父親說了，父親罵他是個白痴，旁人也說只有白痴才會這麼想，因為死人是沒有感覺的。但這話卻不能令傻蛋信服，他曾經聽帕里斯神父說過，人是會死的，但人的靈魂可以不滅，生命更可以輪迴。好人死後可以上天堂，壞人則要下地獄；人上了天堂便可以永生，下地獄的人就要進入生命的輪迴，今生為人，下世可以為鬼為獸，至於到底是變人變鬼還是變獸，取決於人在世時的作為，行善之人來世可以作為人享受人間富貴，作惡者可能淪為惡鬼或禽獸。按帕里斯神父的說法，人總比禽獸要高級些，做人也比做禽獸要好。傻蛋很願意相信帕里斯神父的話，但又覺得這對他來說其實也沒有意義，對他來說，做人一世已經足夠，再要輪迴，也無非是多受一回苦而已！

「你說這年紀輕輕就死了，多虧呀！」麻杆劊子手用悲天憫人的口吻說。

「他是個白痴，活著也是多餘！」滿臉橫肉的劊子手說。

「可是他剛才還笑哩，就好像死的是別人。」麻杆劊子手感慨著。

「要不怎麼叫白痴哩。」滿臉橫肉的劊子手蔑視地看著傻蛋。

說到死，傻蛋便想起了祭司，祭司是想要他死的，想

要他死的不只是祭司，所有的人都想讓他死。他死了，別人才能活得好，所以他必須死。但最想讓他死的還是祭司。

　　祭司是村裡最有權勢的人，村裡一千八百條生命都掌握在他的手裡，他想讓誰活誰才能活，他想叫誰死誰必定就活不了。村裡所有的財富都掌握在他的手裡，沒有他的命令，任何人休想得到哪怕是一粒米或一根線。每天他都會坐著轎子在村裡巡查，考察村民對他的忠誠（在他看來，對他的忠誠就是對皇上的忠誠），然後根據他的心情施捨給他們相應的食物和生活用品，那些在他看來對他忠心並讓他看著順眼的人總能得到豐厚的賞賜，生活也能活得滋潤，而那些對他沒有表現出忠誠的人則只能忍受飢餓，還要被送到教習所進行「洗腦」。村民們是否活得好，都得看祭司的心情。祭司高興了，全村人都會歡欣鼓舞，奔走相告；祭司臉色變得陰沉了，村裡所有的人也會惶惶不可終日，擔心會有災禍降臨到自己頭上。為了討得祭司的歡心，村裡人無不殫精竭慮，挖空心思！於是在這個村子裡每天都會有奇異的事情發生：知道祭司喜歡女人，村民們便爭先恐後地把自家的女人送到他的床上供他玩樂，沒有女人的便想法設想作踐自己以贏得他的歡心，或者揭發他人以表示自己對祭司的忠誠，甚至不惜以犧牲他人的生命作為代價，即便這樣，也沒有人能夠感到自己是安全的。那些揭發他人的人每天都擔心被別人揭發，殘害他人的人也在擔心被他人殘害，甚至連父母兄弟之間都失

去了信任，有兒子揭發父親的，也有父親出賣兒子的，而且個個都是打著忠誠真理的旗號，冠冕堂皇，理直氣壯！事實上在村子裡每天人們都在相互爭鬥，每天都有人被送到教習所去洗腦，每天也都會有人被出賣或被殘害，村裡的人口一天天在減少，但這並沒有動搖祭司的權威！在村裡人的眼裡，祭司是神，是皇帝的使者，是他們命運的主宰，他們只能聽從他，無條件地服從他的意志，才能苟且活下去。

　　傻蛋原先一直以為，這世上除了皇上，也就只有祭司活得好了，他雖然傻，小的時候卻想過要成為祭司的，當了祭司，才會有權有錢，或許還能娶到像祭司女兒那樣的女人。可是那天見到的情景使他的夢想破滅了，傻蛋也由傻子變成了白癡！

　　傻蛋成為白癡以後便失去了記憶，過去的事情他不去想，想也想不起來。如今死到臨頭，腦袋裡卻似乎有一道靈光在閃動著，過去的許多事情不知從哪個幽暗的角落裡冒了出來，並漸漸變得清晰起來。

　　傻蛋最先記起來的還是他成為白痴前的那件事情。那天祭司家要來一位重要的客人，據說是當朝宰相的兒子，也有人說是皇太子，祭司準備大擺宴席迎接貴客。傻蛋蒙受天大的恩寵得到機會跟著父親到祭司家廚房裡去當差。他很想見到祭司的女兒海倫，她是他小學時候的同學，已經幾年不曾見面了。他想見她是因為他一直認為她

是個很好的女孩，而且對他也很有好感的。那一次他被班上同學揭發，說他曾經別有用心地用一張寫有皇上名字的紙用做手紙揩了屁股，由此斷定他對皇上不忠，於是他受到批判，幾個同學擁上來抓住他的手把他的腦袋使勁按下去，然後推到講台上示眾，又讓班上的每個同學上台來進行批判。傻蛋雖然智商不高，但總還有些思想和意志，在那樣的場合難免感到羞辱和恐懼。聽到海倫上台的時候，他更有種萬念俱灰的感覺。熟悉的腳步聲在講台上停下來，他感覺她已經站在了台上，於是懷著恐懼等待著，可是好久沒有聽到她的聲音，有人在催促，接著卻傳來了哭泣聲……那聲音是他永遠都不會忘記的，因為在那聲音裡他感覺到了她對他的同情和憐憫。雖然那次他受了很多苦，幾乎九死一生地活了下來，但他不感到懊悔，因為他知道了這個他暗自愛慕的女孩同情過他！那以後他離開了學校，再也沒有見過她，但他心裡卻總是偷偷地掛念著她，時刻想著她。按照國家的法律，男人想女人是犯了姦淫罪，是要被抓去坐牢甚至被處死的，但傻蛋是個傻子，傻子難免要做些常人不敢想更不敢做的事，所以他才敢大逆不道地去想念祭司的女兒海倫。

當廚師的父親讓他把做好的燕窩湯給祭司的女兒送去，傻蛋感到莫名的興奮，他知道祭司只有海倫這麼一個女兒。這麼輕易地得到與自己喜歡的女人相會的機會，傻蛋有些難以置信。從父親手裡接過飯盒的時候，他手在顫

抖，心裡卻是一片茫然。他的笨拙激怒了父親，父親拍拍他的後腦勺，瞪眼罵他一聲傻子，他受了驚嚇，趕緊端著飯盒走出廚房。

傻蛋走了一段路才想起剛才沒問父親海倫住在什麼地方，想回去問，又怕受到父親責罵，只得像沒頭的蒼蠅似的在院子裡亂竄。祭司家的院子雖然比不上皇宮的氣派，但也是裡三間外三間的，猶如迷宮。好在有人指點，他總算找到了海倫的閨房。

傻蛋來到海倫閨房前，吸進去一大口氣，壓了壓狂跳的心，本想上前敲門，卻聽到裡面傳來祭司的聲音，於是他剛要抬舉的手放了下來，在門外呆立著。他無意中聽到了祭司和他的女兒海倫間的談話，他聽了很久以後才知道祭司是要讓自己的女兒海倫去陪丞相的兒子，說這關係到他個人的性命和整個家族的興衰。海倫似乎不樂意，祭司便哀求她，幾乎要在她面前跪下來。這令傻蛋很吃驚，在所有人眼裡，祭司是神一樣的人物，是代表皇上的，走到哪裡都是威鳳八面，不可一世，平時打個噴嚏也會令全村的人心驚膽顫，想不到居然會在女兒面前這樣說話，那時他還沒有特異功能，看不透人的靈魂，但也還沒傻到今天這樣的地步，怎麼也沒法理解眼前所見到的情形。

傻蛋正迷惑著，祭司從屋裡走了出來，看見傻蛋，一怔，隨即眼睛露出凶光。傻蛋傻笑著，顯得心無城府。祭司皺了皺眉頭，正想著要不要殺了他，海倫出來了，看見

傻蛋和他手裡的燕窩湯，招手讓他進去。傻蛋看了看祭司，惶恐地進了屋，慶幸從祭司手下逃脫了性命。

傻蛋拎著剛剛撿回來的性命來到海倫面前，雖然多年未見，他一眼就認出是海倫！當時她就像貴婦人一樣坐在那張躺椅上，手裡抱著一隻漂亮的捲毛小狗，那狗正是自己後來在夢中變成的模樣。傻蛋進去時，海倫正低頭看著那隻小狗，一隻手輕輕地梳理著它的毛髮，很憐愛的樣子。傻蛋站在一旁傻傻地看著，很羨慕那隻小狗，心想要是自己能變成那隻小狗就好了。海倫似乎想到了他的存在，抬起頭來看他。傻蛋看著海倫，傻了似的站著。

傻蛋其實根本不懂女人，更不知道女人怎樣才算漂亮。在他的生活中除了把他生下來扔在這個冰冷世界飽受磨難的母親以外從來沒有接觸別的女人，從他生下來那天起，國家開始倡導禁欲主義，男人和女人被互相隔離，家庭早已名存實亡，任何與異性相接觸的行為都被看作是邪惡的，甚至是一種犯罪。小時候他經常看到女人們被剃成了陰陽頭脖子上掛著破鞋被人推著在大街上四處游斗，很多女人和男人都衝上去向她們身上吐著口水，罵她們是淫婦是破鞋是人類的渣滓，似乎她們的存在是對人類的最大污辱！按照傻蛋從小接受到的教育，女人自然是醜陋的，就像女人也把男人看作是醜陋的一樣。傻蛋智力低下，理解不了很深的道理，他對美和醜陋都沒有任何概念，但無論如何他知道海倫是美的，而這樣的美是無人能夠褻瀆

的，至少當時他是這麼想的。

　　傻蛋稍微清醒了些，便看到海倫臉上殘留的淚痕，顯然是剛剛哭過的，於是心裡湧出無限的憐憫來。海倫看了他一眼，讓他把燕窩湯放在桌上。他低下頭，不敢面對，心裡卻跳得厲害。他很怕海倫會認出他來，看海倫臉上沒有反應，心裡卻有些失落。他把燕窩湯放在桌上，抬頭看了看海倫，想對她說些什麼。但海倫的心思根本不在他身上，看他呆立在那，便皺起眉頭，問他還有什麼事。他覺得海倫對自己有些厭倦，說起話來便有些語無倫次。海倫很不耐煩地揮了揮手，把他趕了出去。

　　傻蛋回到廚房繼續幹活，卻有些神不守舍，想著海倫臉上的淚痕，心裡總也放心不下。他原本是個傻子，平時沒事時腦袋就不夠用，心裡裝了事腦子更是混亂，幹起活自然顛三倒四，差點沒捅出大的漏子來，終於氣得父親用切菜刀追著把他趕出了廚房。

　　傻蛋明明知道去找海倫有危險，但他那愚笨的腦袋根本沒法左右他的四肢，於是他的腳便掙脫了他腦袋的操控向海倫的閨房裡走去。這一次他沒有去找她的理由，也就不能從門裡走進去，他想方設法來到她房間的後面，正好發現有個窗戶，便走近去，用手擦了擦窗戶上的灰塵，然後把眼睛貼近去往裡看著。這一次他先看到的竟不是海倫，而是一個赤身裸體的男人，那是個牛一樣健壯的男人，兩腿中間垂吊著一根黑乎乎軟塌塌皺巴巴足有一尺多

長的肉棒，很是讓人厭惡。那男人用一雙牛樣發紅的大眼睛懶散地看著正在脫衣服的海倫。隨著最後一縷輕紗飄落在地上，一具完美的裸體呈現在傻蛋眼前，那是怎樣美麗的裸體呀！智商低下的傻蛋屏住了呼吸，而裡面的那個男人也傻了似的。海倫臉上的表情卻很從容，她不緊不慢地走到了那個男人的面前，用手撫摸著他的胸脯，然後是腹部……然後跪了下去，用手捏住那根軟塌塌的肉棒，用手指彈了幾下，受過刺激的肉棒往上抬了抬，剛剛甦醒似的，那男人不由呻吟了幾聲。海倫笑了笑，抬頭看了看那男人，把臉安放在男人的大腿中間，微微仰頭，吐了吐舌頭，然後湊過去，用美妙的舌頭輕輕地舔著……隨著男人的呻吟聲，那肉棒緩緩地挺舉起來，青筋畢露，如同燒紅的鐵棒……那男人突然狼似的嚎叫了一聲，衝上去，把海倫抱起來，扔在床上，然後撲上去死死將她壓住……

傻蛋伏在窗前看著，覺得有些口乾舌燥，心想海倫那柔弱的身體怎麼經得住那狗熊般強壯身體的蹂躪？他正猶豫要不要衝進去解救海倫，卻聽到海倫的呻吟聲，那聲音分明含著愉悅。很多年前他也曾經聽到過這樣的聲音，那是他母親嘴裡發出來的。那時他還只有三四歲，跟母親睡在一起，每天晚上他們睡的床便會嘰嘰喳喳有節奏地晃動，接著便是母親的呻吟，還有男人的喘息聲。他感到恐懼，用手去摸旁邊母親的身體，卻覺得母親的整個身體也隨著她的呻吟聲有節奏地蠕動著，像有什麼在上面壓著，

有一次他甚至摸到了插在母親大腿中間那堅挺的肉棒，那時他只是覺得有人在欺負母親，心裡害怕極了，又不敢吱聲，像抓住救命稻草似將母親緊緊攬住，而母親仍舊愉悅地呻吟著……傻蛋至今沒能弄清楚女人為什麼會發出那樣的聲音，但當他想起那聲音的時候總會有些面紅耳赤，是羞怯，是屈辱，還是暗自歡喜，連他自己也說不清楚。

傻蛋看著，歇了口氣，心裡突然冒出一個「淫」字來。傻蛋並不理解「淫」字的含義，卻知道很多人都是因了這個字而死的。一個「淫」字如同魔咒一般，貼在誰的身上，誰就要遭殃。傻蛋曾經問過父親，到底怎麼才算「淫」，父親每次的回答都不一樣，開始說女人和男人在一起睡覺就叫淫，後來又說男人想女人或者女人想男人叫淫，後來說得不耐煩，就說你媽媽就是個淫婦，她做的那些破事就叫淫！

傻蛋對母親並沒有太深的印象，但聽到父親用痛恨的語氣說母親，多少還有些心痛。他很小的時候母親就死了，還是死在父親手裡！據說當年母親是因為犯了顛覆國家罪而被判的死刑，出來揭發母親的正是父親！那個時候父親剛剛投靠祭司，一心想成為他手下的馬仔，拼命要尋找立功的機會，終於有一天他向祭司告發說自己的妻子也就是傻蛋母親的那個女人曾經當著他的面說過皇上也會死的，於是祭司派人來把她抓走了，那以後傻蛋便再也沒見過母親。

傻蛋後來終於明白，母親其實也是死在那個「淫」字上的。父親痛恨母親並不是因為母親罵了皇帝，犯了顛覆國家的罪行，而是因為母親對他的蔑視！傻蛋雖然智力低下，卻也不是不通情理，他比其他人更能理解母親對父親的蔑視。傻蛋手裡至今保存著一張母親的畫像，父親說是一位有名的畫家畫的，看到那張畫像，傻蛋總會想起海倫，在他看來，海倫跟母親很相像，都是那樣的漂亮和優雅，而形貌猥瑣的父親在母親面前簡直有些不堪入目。聽人說母親原本是祭司的女人，後來不知什麼原因冒犯了祭司，祭司便把她送給傻蛋的父親做老婆，但每周都有一個晚上到祭司府上去陪伴祭司。做過祭司女人的母親自然看不上形貌極其猥瑣的父親，她名義上是他的妻子，卻從來不跟他睡在一起，即便不去侍候祭司，躺在她身邊的也都是別的男人。傻蛋父親雖然信奉禁欲主義，但總還是個男人，偶爾也會有男人的需求，當看到自己的女人被人壓得高聲大叫的時候也會感到屈辱，於是他想到要報復，便找機會做掉了這個女人。

　　傻蛋原先並不明白父親為什麼沒有以淫亂罪控告母親，這樣的罪行對母親來說似乎更為確切，這通常也是搞臭女人的最好辦法！傻蛋終究不能苟同於父親對「淫」字的解釋，倘若父親的解釋是正確的，那麼祭司和他的女兒海倫，還有此刻壓在海倫身上的丞相兒子，乃至有著三宮六院七十二嬪妃三千宮女的皇上，都是犯了姦淫罪的！傻

蛋沒讀過多少書，沒有學問，但總還懂得什麼事都是因人而異的！像他這樣的小老百姓哪怕多看女人一眼，或者只是在心裡想想女人，也是犯了姦淫罪，而皇上大臣們哪怕每天睡上十個八個女人，那也跟淫字無關！

　　傻蛋正想得出神，卻被悽厲的叫聲所驚醒。他趕緊貼到窗戶往裡看，卻見赤身裸體的海倫摀住肚子痛苦地倒在地上，剛才壓在她身上的快活得哇哇亂叫那個男人凶神惡煞般用手指著她的鼻子破口大罵，傻蛋正想弄明白髮生了什麼事，門開了，祭司滿臉驚慌地跑進來。那男人見了祭司並不給他面子，劈頭蓋臉把他一頓臭罵，說他把這個爛貨冒充處女來糊弄他，並威脅要撤他的官拆他的房子沒收他的家產。祭司沒往坐在地上哭得傷心的海倫多看一眼，卻跪倒在那男人的面前請求赦免他的罪過，並表示今後要當牛做馬為丞相父子效盡犬馬之力。這突然的變故令傻蛋目瞪口呆，他正絞盡腦汁想這到底是因為什麼，卻聽到後面傳來一聲吆喝，接著後腦勺似乎被什麼東西撞擊了一下，他只覺得眼前一黑，失去了知覺。

　　半個月以後傻蛋才清醒過來，醒過來的傻蛋似乎覺得自己已經變成另外一個人，過去的一切似乎都已是遙遠的夢幻。雖然他還跟父親住在一起，偶爾也會想起海倫，但已經沒有任何感覺，似乎他們跟他壓根就沒關係似的。他經常一個人孤獨地坐著，什麼也看不見，什麼也不想，腦袋裡一片空白。父親說他原來只是弱智，如今卻變成了白

痴，一點指望都沒有了。其實不用父親說，傻蛋也知道自己是個白痴，帕里斯神父說這年頭做個白痴其實是很幸福的事。倘若只是個白痴，傻蛋也許真能體驗帕里斯神父所說的那些幸福，事情要這麼簡單就好了，可是天公不作美，他在成為白痴的同時卻具有了洞穿他人靈魂的特殊本領。

「你總算活過來了！」那天他剛醒過來，看到父親微笑地看著自己，很有些感動，記憶中父親是很少這樣對自己笑的，他想說什麼，卻張不開嘴，於是痛苦地把眼睛閉上，這時他仿佛看到父親的額頭上裂開了一個黑洞，而他的身體也開始飄忽起來，像被一股強大的力量吸引著，往那父親額頭上的那個黑洞裡飛過去。他在那個黑洞裡飄浮著，那是一個幽深的洞，陰森森黑沉沉的，他飄忽前行，仿佛身體失去了重力，左擺右晃，全然失去了把握，心也失去了依靠，越往裡走，越覺得陰森恐怖，突然一個鬼魅似的影子飄過來，擋在他的面前，他覺得一股陰氣向他襲來，不由得打了個冷顫，抬頭看時，那鬼魅似的影子正看著他，眼睛裡冒著冰冷的綠光，他知道這是父親，他想叫他，卻又沒敢叫出來，他心裡疑惑著，父親怎麼會成了這般模樣。「你去死吧！……你應該去死的！」那鬼魅的聲音猶如針樣地刺破他的耳膜，鑽入他的心底裡，使他感到鑽心般的疼痛。

「我親愛的孩子，你看我們大家多麼愛你！」他剛剛

從那黑洞裡鑽出來，看到的是父親慈愛的面孔，然而當他閉上眼睛，卻看見父親揭去了臉上的面具，露出青面獠牙的嘴臉來，綠幽幽冰冷的眼睛看著他，充滿著仇恨，向他逼過來，令他不寒而慄。

那時傻蛋還不知道父親為什麼如此恨自己，於是便閉上眼睛在父親那靈魂的暗道裡飄忽而行，發現在父親的潛意識裡從來沒有把自己當作是親生兒子的，在父親看來，他竟是母親和別的男人偷情生下的孽種，他恨給他帶來無限屈辱的母親，也恨傻蛋這個見證了他的屈辱的兒子。所以他希望他死去，他死了，他也就解脫了！傻蛋看到那個青面獠牙的幽靈正衝著自己陰笑。

傻蛋終於明白父親為什麼那樣恨母親，他出賣了她，親手殺了她，還把她的肝臟煮了吃，哦，吃母親肝臟的人不止是父親，竟也還有自己！傻蛋從父親靈魂的記憶裡找到了那可怕的一幕，同時也喚醒了自己靈魂裡的記憶。那時他只有十歲，親眼看見父親領著一群戴著紅袖章的半大小子衝進家門，父親用手指著母親，叫一聲：就是這女人！那群半大小子立即衝上前去抓住母親的頭髮把她按倒在地上，母親掙扎著，絕望地嚎叫著，像挨宰的母豬！那個戴袖章的半大小子便用腿頂住她的身子，將她捆綁起來，然後拉著她從地上站起來。

傻蛋蜷縮著身子靠坐在牆角，這突如其來的變故把他嚇呆了，他不知道該哭還是該叫，他屏住了呼吸看著。這

時母親被那群半大小子從地上拽了起來，好不容易站住了腳步。母親罵了幾句，停止了豬樣的嚎叫，她看見了父親。那時父親就站在那群半大小子中間，面對著母親，陰冷地笑著，享受著復仇的快感。母親卻蔑視地看著他，突然沖他臉上啐了一口。傻蛋似乎看到父親臉上頓時多了塊帶著血色的唾液，父親被激怒了，衝上前去對著母親的腹部狠命地踹了一腳，母親後退了幾步，終於倒在地上。父親則像狼一樣嚎叫著，撲上去，揪住母親拳打腳踢。當母親被人從地上拽著重新站立起來的時候，已是頭髮散亂，滿臉汗血，陰冷的眼睛裡含著絕望和仇恨，直向父親逼過去。而父親的臉也因為仇恨而變得扭曲，眼睛發紅，不停地往地上吐著血水。母親用最惡毒的語言對著父親罵著，歇斯底里中含著無望的憤恨，傻蛋聽著只覺得自己的心在不停地顫動。父親也與她對罵起來，用的也是傻蛋所聽到過的最惡毒的語言，然後他們就把母親給帶走了。

　　傻蛋蜷縮著身子坐在那個角落裡目睹了那一切，因為他是個傻子，沒人注意他的存在，他看到他們的身影如同鬼魅般在眼前不停地晃動，鬼哭狼嚎。後來他們都走了，父親也好，母親也好，走的時候都往他這邊瞥上一眼，像壓根沒他這個人似的。他眼睜睜地看著他們走出門去，既沒哭也沒叫。隨著他們身影在門外消失，屋裡一片狼藉，死一般的寂靜。傻蛋傻呆呆地坐在那兒，心像被掏空了似的，空空蕩蕩，似乎已沒有了喜怒哀樂的感覺，剛才發生

的一切則如同夢一般從眼前消失了，並沒有在他心裡留下任何的痕跡。

傻蛋那樣坐了三天，到第三天下午才有了飢餓的感覺。父親也終於回來了，手裡拿著個黃色的紙包，紙上透著血印，問傻蛋是不是餓了，傻蛋沒說話，傻子似的看著父親。父親笑了笑，說我給你帶回來好吃的。說著便把紙包打開，裡面竟是血淋淋的肉團，猶如原先吃過的豬心形狀，一收一縮的，似乎是剛從某個動物的身體裡挖出來的。傻蛋看著有些害怕，外表兇悍的父親看著那收縮著的肉團也有些膽怯，他小心地伸出手去，往那肉團上拍了拍，那肉團似乎動了一下，父親驚得把手縮了回來。傻蛋看看父親，又看看那血腥的肉團，突然有些頭暈。這時父親被激怒了，他衝進廚房拿了把刀出來，對著那個肉團，狠命地砍了一刀，先把它剁成兩半，看它還在動彈，便驚叫一聲，瘋了似的往肉團上剁著，直到那肉團成了一堆爛泥，父親傻了似的停住，刀從他手裡滑落到地上。父親看著那堆肉泥，突然蹲在地上，掩面慟哭起來。

父親哭過以後，便把那堆肉泥收拾起來，進了廚房，把鍋架好，點燃柴火，然後往鍋裡放了些油，再把那堆肉泥扔進鍋裡。傻蛋站在火爐旁，看著那堆肉泥在油鍋裡煎熬著，由血色變成白色，然後又變成了黃色，最後變成了黑色。父親便往鍋裡放了油鹽醬醋和各種調料，然後又把它們從鍋裡扒出來放進盤子裡。

吃吧！父親夾出一塊放進他的碗裡，對他說。

這是什麼？傻蛋忍不住問了一句。

心！父親瞪了他一眼，很有些不耐煩。

誰的心？傻蛋看著父親，又問。

問那麼多幹什麼！快吃！父親皺起眉頭，惡狠狠地說著，把一塊肉塞進自己的嘴裡。

傻蛋猶豫了一下，終於學著父親的樣從盤子裡夾了塊肉，舉在眼前看著，然後往嘴裡放，剛進了嘴，牙齒剛要咬下去，他突然覺得有些噁心，肚子裡翻騰起來，便捂住嘴，低下頭去，大口嘔吐起來。

真是個廢物！活該餓死！父親嘴裡嘟囔著，很不滿的樣子，伸出手去把他筷子上的那塊肉抓了過去，塞進自己嘴裡。

傻蛋仍在嘔吐，吐出的已都是黃水，父親說要再吐就會把膽汁都吐出來。他有些害怕，但心裡難受，忍不住又吐起來。

媽的，我怎麼生出你這麼個傻兒子來！父親埋頭吃著，抬頭看看吐得天翻地覆的傻蛋，似乎很失望。

傻蛋閉上眼睛，往父親靈魂的深處進一步探尋，才發現那天父親吃掉的竟是母親的心！他從父親的記憶裡搜尋到了母親死時的情景。他看到母親赤裸的身體被綁在十字架上，低垂著頭，似乎已經沒有了知覺，底下燃燒著大盆的爐火。那爐火把父親的影子照在陰冷的牆壁上。父親

傻蛋・221

手裡拿了把鋒利的小刀，正向母親走過去。他站在母親面前，貪婪地看著母親的裸體，抬起手，在母親的裸體上撫摸著，從上往下，終於停在大腿中間那片黑毛中間，然後伸開了根手指，往裡插進去，轉動著。傻蛋看著父親的眼神，覺得他的心裡正被仇恨燃燒著，那火苗就要從眼眶裡噴射出來，要把眼前的裸體化為灰燼。

傻蛋看著滿臉殺氣的父親，覺得有些毛骨悚然。母親似乎呻吟了一聲，腦袋動了一下，看見父親，驚叫一聲，然後破口大罵起來。父親又一次被激怒，手中的刀舉了起來，對著母親的胸膛刺了過去。刀光閃動，伴隨著母親絕望的叫聲，一股殷紅的鮮血從母親裂開的胸膛裡噴出來，濺在父親的臉上。母親的聲音裡分明含著絕望和恐懼，傻蛋聽著心裡緊縮了一下。這時他又看見父親瘋了似的用刀剖開了母親的胸膛，然後伸手進去，摸索著什麼，然後突然把手抽出來，手掌心裡多了顆心，那心血淋淋的，不停跳動著……傻蛋一眼就認出來，那正是父親帶回去的那團肉泥！

是你害死了母親，還炒了她的心肝做下酒菜吃！傻蛋面無表情地看著父親，說。

那又怎麼樣？父親轉臉看著傻蛋，很不屑的樣子。

你為什麼要害死她？傻蛋知道父親看不起自己，仍然問。

你媽是個壞女人，她反對皇上，還反對我，所以她就

該死！父親說。

你撒謊！她不愛你，所以你殺死了她！傻蛋說。

胡說！我殺她是因為她反對皇上，反對國家。父親辯白說。

不，你怕死，所以想讓別人替你去死！傻蛋說。

白痴！父親指著他罵了一句。

你撒謊，你一直都在撒謊！傻蛋看著父親，又加了一句：我知道你在想什麼。

白痴，你他媽的是個白痴！父親惱恨地看著他，眼裡含著殺氣。

我知道你想殺死我，就像殺死母親那樣！傻蛋看著父親，滿不在乎地說。

什麼？父親有些驚訝了，看著傻蛋。

你早就想殺死我了，因為你知道我不是你的兒子！傻蛋滿臉傻氣地看著父親，沒有一絲的恐懼。

你……怎麼知道！父親張大了嘴巴，瞪著傻蛋。

我知道，我能看見你的心！傻蛋說。

你看見也沒用，我……會殺死你的！父親無奈地嘆了口氣，神情有些沮喪。

傻蛋感覺到父親眼裡的殺氣，有些害怕，便去找曾經救過自己的帕里斯神父。帕里斯神父聽了他的敘述並不感到驚訝，說這是上天賜給你的恩惠！傻蛋問為什麼上天偏偏會選中我？帕里斯神父說因為你是個白痴！傻蛋又問

為什麼我是白痴上天反而會賦予我這樣的能力？帕里斯神父說這正是上天對你的恩賜和補償。傻蛋沒有聽懂帕里斯神父的話，閉上眼睛，卻也沒法進到他靈魂深處。帕里斯神父笑了笑，知道了他的用意，說你的功能對我並不起作用。傻蛋眨了眨眼，很迷茫的樣子。帕里斯神父嘆了口氣，悲憫地看著他，說上天選中了你，我也無能為力！不過我要告訴你，千萬不要讓任何人知道你有這樣的能力，否則你會很快死掉的。傻蛋是個白痴，沒去想生和死的事，但從那以後世界在他的眼裡便變得古怪起來。

傻蛋記得原先這裡所有人都是信神的，後來皇上不讓他們信神了，他們就把皇上當作了神來信仰和朝拜。從小就聽父親說，天上有個神，是它創造了萬物，也創造了人！他可以主宰人的生老病死，信他的人就能上天堂，背叛他的人就會下地獄，所以做人做事都要服從神的旨意。傻蛋是個傻子，他不知道什麼是天堂，什麼是地獄，但看父親的臉色也能猜想到天堂要比地獄要好一些，更重要的是他和所有的人一樣都怕死，所以他和所有人一樣都心甘情願地相信神的存在，也心甘心情地把自己交給那個看不見摸不著卻無處不在的神。因為大家都覺得神是無處不在的，每個人都覺得總有個神在注視著自己，害怕做了壞事會受到神的懲罰，所以都多做好事，即便十惡不赦的惡人也會有所收斂。後來殺了母親的父親那個時候就是個謙謙君子，與母親相敬如賓，是人人羨慕的恩愛夫妻！對傻蛋也

好，傻蛋在父母無微不至的關愛下無憂無慮地生活著，日子過的那叫一個美的，跟生活在蜜罐裡似的。後來當今皇上橫空出世，推翻了同百姓一樣信神的先帝，自己坐到了皇帝的寶座上。皇帝乃一代聖主，他崇尚暴力，以暴力獲得天下，又以暴力使天下人在他腳底下俯首稱臣，他的鐵騎橫行天下，戰無不勝，攻無不克，從而建立起這樣一個龐大的帝國。作為天底下最有權力的一代君主，皇上自然不能容忍自己頭上竟還有一個乃至好幾個看不見摸不著的神的存在，便決心把神從臣民的心裡驅逐出去，他下令拆毀了所有的寺廟，把供奉神的神職人員都趕到鄉下去，然後又在全國展開無神運動，對所有臣民進行洗腦教育，把那些冥頑不化之徒關進監獄，對那些無可救藥的壞人則連同肉體和靈魂一同消滅！幾年下來，所有的臣民包括傻蛋和傻蛋的父親在內都成了無神論者，再也不信神了！失去了信仰的臣民們如同失去了靈魂，整天沒精打采，行屍走肉。以丞相為首的臣子心領神會，不失時機地開展了新的造神運動，於是皇上便取而代之成為了臣民心中的神，從此百姓不再信神，只信皇上了，皇上就是他們心中的神！

傻蛋是個傻子，他也信了皇上，不再相信神。使他信皇上的仍然是當初令他信神的父親。傻蛋問過父親：為什麼要信皇上而不再信神？父親說信神沒有好處，神既不能保證我們吃喝玩樂，又不能給我們權力和金錢！再說誰見

過神呀？也許神根本就不存在。倒不如信皇上這個神來得實在，信皇上就能保住項上這顆腦袋，皇上能讓我們吃飽肚子，運氣好了還能好吃好喝好玩享受榮華富貴。傻蛋想想也對，於是他不再相信神，轉而信了皇上，從此皇上便成了他心中的神！

和天下人一樣，傻蛋信了皇上這個神，也和天下人一樣，傻蛋把自己所有的一切包括肉體和靈魂都無條件地交給了這個能夠給自己帶來恩惠的皇上，從此他也和天下人一樣每天對皇上頂禮膜拜，那份虔誠比之當年對神的虔誠來還有過之而無不及。

「敬愛的皇上啊，您是我們的大恩人，大救星，要是沒有您，我們只能生活在無盡的黑暗當中，忍受痛苦的熬煎！是您賜給我們食物和水，賜給我們賴以生存的陽光和空氣，因為有了您，我們才能如此幸福地生活在這個地球上……衷心地祝願吾皇身體健康，萬壽無疆！」每天早晨，傻蛋都會被父親從床上拽起來，跟著父親跪倒在皇上的塑像前，望著用石膏做成的皇上塑像，禱告著。

那時傻蛋還小，又有些弱智，只是跟著父親念叨著，根本不懂得話裡的真正含義，看到父親淚流滿面的樣子，覺得有些滑稽，想笑，又不敢笑出來，只得用手把嘴捂住，那古怪的聲音傳到父親的耳朵裡。他很害怕，但父親只是瞪了他一眼，沒說什麼。事後才拍拍他腦袋，安慰說他不用哭得那麼傷心。傻蛋知道父親誤解了自己，本想告訴他

說自己並沒有哭，見父親沒有責怪的意思，也就不敢說什麼了。但不久他自己也莫名其妙地被感動了，說那些話的時候忍不住哭出聲來，終於淚流滿面。

「敬愛的皇上啊，您是我們心中的太陽，你把我們從苦海中救出，我們所有的一切都來自您的恩賜，你指引我們走向光明，爹親娘親比不上皇上的恩情。千言萬語一句話，敬祝偉大的皇上萬壽無疆！萬壽無疆！萬壽無疆！」

大街上，粗壯如牛的父親領著一群與他一樣粗壯如牛的男女扭動著粗壯的腰肢，張牙舞爪地唱著歌跳著舞。傻蛋流著涎水站在一旁歪著腦袋看著，覺得大人們的樣子很滑稽，像一群怪物似的。沒過一會兒，父親便過來揪住他的耳朵迫使走進人群，於是他也瘋了似的跟著別人亂扭著腰肢，哭喪似地唱了起來。

「啪」的一聲，傻蛋覺得自己臉上被重重地拍打一下，睜開眼睛，一胖一瘦兩個劊子手站在他面前，對他怒目而視。

「唱什麼唱？」滿臉橫肉的劊子手對他大聲呵斥，傻蛋猜想剛才打他耳光肯定是這個人，不過他並不恨他，他已經不會恨了，他是個傻蛋，又是快要死的人了，根本不會去恨別人的，所以他咧嘴笑了笑，很和善的樣子。

「你還笑？你還敢笑，你笑得出來？」滿臉橫肉地劊子手更加惱怒，上前去又打了他一巴掌。

傻蛋並不覺得疼痛，就是真的很疼痛，他也不會計較

的，對於一個要死的人來說，疼痛算得了什麼呢？這疼痛唯一的好處就是提醒他還活著，因為死了的人是不會知道疼痛的，那麼人死了以後被人打會是一種什麼樣的感覺呢？想到這個問題，傻蛋突然覺得有些不安。雖然他就要死了，但畢竟還活著，活著的人是不知道死了的人的感受的。要是帕里斯在就好了，他一定能告訴他問題的答案。在他眼裡，帕里斯神父是無所不知的，那麼帕里斯神父知道他現在被吊在絞刑架上等死嗎？要是知道，他會來救他嗎？這個世界，唯一能救自己的也就是帕里斯神父了，不過他不希望他來救自己，因為他原本就是想死的。

「讓他笑吧，都要死的人了，跟他計較什麼呀！」麻杆似的劊子手陰陰地看著傻蛋，用悲天憫人的口吻勸自己的同夥。

「都要死的人了，他憑什麼還能笑！」滿臉橫肉的劊子手惡狠狠地說。

「因為他是傻子！」麻杆似的劊子手嘆了口氣，走到一邊找了塊石頭坐下來。

「說的也是，傻子才不懂得什麼叫死哩！」滿臉橫肉的劊子手看了看傻蛋，很有些無奈的樣子。

傻蛋聽懂了他們的話，原本想告訴他們自己知道什麼叫死的，想了想，還是沒說話，就是他說了，他們也不會相信的，誰會相信一個傻子的話呢？即便他說的是真理，也沒人相信的，相信傻子的人，那自己不也成了傻子了

嗎？

　　傻蛋知道什麼叫死並不是他真的知道這個詞的涵義，他對死亡的理解只是來自現實的經驗，儘管他在世上活得還不算太長，卻看到過很多人死去。他見過的死人當中，有比他年長的，小時候抱過他的達吉婭娜婆婆是在他三歲那年死了，活了九十八歲；也有比他年幼的，小時候跟他一起玩的小毛頭是在他九歲那年死的，小毛頭比他小一歲，死的時候只有八歲。

　　達吉婭娜婆婆的死似乎對他並沒有什麼影響，那時他還太小，還不知道死是怎麼回事，只是模模糊糊地記得有個面目慈善的老婆婆，經常到他們家來，把他抱在懷裡，讓他坐在她腿上逗他，還給他糖吃，他很喜歡這個老婆婆。後來有一天母親把他領到一間屋子裡，他看到一個人直挺挺地躺在地上破舊的席子上，臉上罩著塊白布，雙腳被草繩扎在一起。母親告訴他那就是達吉婭娜婆婆，並按住他的後腦勺讓他跪倒在地上，磕了三個響頭。傻蛋似乎記得當時自己是很有些疑惑的，因為他不明白達吉婭娜婆婆為什麼會那樣躺著，母親為什麼要讓自己對她磕頭。那屋裡的光線很暗，陰森森的，瀰漫著一股奇怪的氣味。他原本打算問母親的，但那樣的氣氛讓他張不開嘴，只得像木偶似的聽從大人們的擺布。

　　在以後的日子裡，大人們偶爾還會提到達吉婭娜婆婆。傻蛋從大人的談話中感覺到這位慈祥的老人跟自己似

乎還有些關聯，後來才從父親和母親的談話中知道，是達吉婭娜婆婆是給他接生的，她是第一個把他迎到這個世界上來的人。說到這一點，母親還頗有微詞，因為按照民間流行的說法，孩子出生後見到的第一個人對他一生的影響至關重要，甚至連他的長相也會跟這人相像。在母親看來，傻蛋後來長得很醜陋，乃至成了傻子，都是跟達吉婭娜婆婆有關。

達吉婭娜婆婆是在大饑荒那年餓死的。當今皇上繼位以來，無論豐年還是災年，無論豐收還是歉收，舉國各地每年都會鬧饑荒。地裡長出的糧食多數叫祭司們給收走了，祭司們又把糧食交到皇帝的國庫，皇帝用國庫裡的糧食換了銀子，再用銀子換來武器，用來跟鄰國去打仗，以圖雄霸天下。百姓交完國庫糧以後已經所剩無幾，再會精打細算的家庭，到了來年春天都會斷糧，只得到山上去挖樹根野菜聊以充飢，人人都餓得面黃肌瘦，熟人見了面，連打招呼的力氣都沒有，只是相互看看，然後嘆口氣各自離開。

大饑荒那年沒有水災也沒有旱災，說得上風調雨順，地裡長出的糧食也不比往年少，百姓本可以過一個好年，但皇帝憋足了勁要跟鄰國打一場大仗，所以下令全國籌集軍餉。祭司們為了討好皇上，更把百姓家裡所有的糧食和財物搜刮一空，還把那些身強力壯的男人趕到戰場上去跟敵人廝殺。村子裡很快鬧起了饑荒，一個月以內幾乎所有

家庭都斷了糧，男人們便到山裡去打野獸，女人們則上山去挖野菜，很快野獸被打光，山上再也挖不出野菜，除了水和空氣，再也找不出可以吃的東西。村裡人只得忍飢挨餓，苦度時光。有人餓得面黃肌瘦，有人餓得渾身浮腫。有人餓得倒下了，再也沒有起來。

達吉婭娜婆婆是村裡第一個被餓死的人，那年她已經九十八歲，在飢餓和困苦中度過漫長歲月卻依然保持著身體的硬朗，村裡人都說這老太婆是個人精，准能活上兩百歲，誰沒想到她竟會被餓死。據大人們說，達吉婭娜婆婆死得很慘，死以前她把家裡所有的東西都啃壞了，包括衣服、鞋子，還有桌子和板凳，聽大人們說達吉婭娜婆婆被發現時正倒在那條板凳旁邊，滿嘴塞著從板凳腿上咬下的木塊。

按照後來大人們的說法，達吉婭娜婆婆還算是幸運的，她死得很慘但至少保留了全屍，還能入土為安，而死在她後面的那些人卻連屍骨都沒有留下。

那場戰爭持續了五年，成千上萬的精壯男人為了國家和皇上的榮譽倒在了戰場上，而在後方他們的親人則在飢餓中死去。沒有人說得清楚那幾年到底死了多少人，在那些日子裡，村裡每天都有人死去，開始時聽說有人死了，大家還會難過一陣子，後來死的人多了，也就變得麻木了，即便親眼看著自己的親人死去也會無動於衷，對活著的人來說，死亡仿佛成為解脫。他們自身難保，整日生活

在死亡的陰影中，已經沒有氣力和心情去為別人的死而感到悲痛。

那些因絕望而不再悲痛的人畢竟還是幸運地活了下來，因為他們終於找到了新的食物，傻蛋父親就是第一個尋找到這種食物的人，也正因為這樣，傻蛋一家才都能活下來。那時他們全家已經瀕臨絕境，母親把準備好的繩子懸在房梁之上，然後拿了剪刀，準備把傻蛋殺死以後自己再上吊，這時父親走了進來，手裡拿著個荷葉包，神情詭異。母親木然地看著他。他打開荷葉包，裡面是血糊糊的一塊肉。母親眼睛亮了一下，隨即顯出驚恐的神色，看著父親，父親卻是表情淡然，他讓母親拿去煮熟來吃。母親看著那塊肉，驚恐萬狀。父親瞪著眼罵了幾句，便自己拿了放在砧板上，掄著菜刀剮了起來。從那天晚上起，他們家每天都能吃到肉。而那些橫七豎八倒在街道上的屍體也很快被人收走了，村子裡越來越多的屋子頂上冒出了炊煙，那些面黃肌瘦的臉面也漸漸有了血色，進而變得滋潤起來。

村裡人對那段歷史總是諱莫如深，輕易不會提起，但傻蛋的父親暗地裡總是把自己當作全村人的救星。按他的說法，如果不是他的創造發明，村裡人早就死光了。那場饑荒的確餓死了不少人，絕村絕戶的事情也時有發生，但在傻蛋眼裡，父親即便真的救了全村人也沒什麼光彩，尤其令傻蛋耿耿於懷的是，後來父親害死了母親，還把她的

肉煮來給他吃。在傻蛋看來，父親吃人肉的惡習就是在大饑荒的時候染上的。

　　大饑荒那年死了很多人，卻並沒有給傻蛋留下太深的印象，畢竟那時他還小，除了達吉婭娜婆婆跟他有些親近，別的人跟他並沒有太多的關係。小毛頭的死則使他第一次真正感受到了死亡的恐懼。

　　想到小毛頭，傻蛋至今還有些懷念。傻蛋不知道小毛頭的名字，是忘記了，還是從來就不知道，他也說不清楚。反正在他印象裡大家從來都叫他小毛頭，至於為什麼叫他小毛頭，傻蛋也說不清楚，後來才想可能是因為他頭髮很細而且有些發黃的緣故。

　　小毛頭是在那場瘟疫中死去的，那場可怕的瘟疫奪去了很多人的生命。那個時候傻蛋還沒傻，而且到了懂事的年齡。還沒傻的傻蛋算得上是個聰明的孩子，也很勇敢，尤其能打架，村裡的孩子就擁他做了孩子王。做了孩子王的傻蛋很威風，走到哪屁股後面都跟著大群的孩子，那感覺跟祭司也沒什麼差別。小毛頭原先是另一幫孩子的王，走到哪也都是前呼後擁，對同樣是孩子王的傻蛋頗有些看不上眼，雙方經常發生衝突，最後只得用武力解決。面對比自己高出半個腦袋的小毛頭，傻蛋心裡其實也有些發虛，但作為孩子王，他絕不能服軟，於是兩人在曬穀場上開始了較量。傻蛋衝上去死死地摟住了小毛頭的腰，而高個子的小毛頭則用手死死地箍住他的腦袋往下扳著，想把

他摁倒在地上。傻蛋很難受，仿佛要窒息了，眼看就要被摔倒，情急之下竟抬起膝蓋往小毛頭大腿中間撞擊過去，隨著一聲慘叫，傻蛋感到渾身輕鬆下來，抬眼看時，小毛頭雙手捂住下身蹲在地上。傻蛋獸性大發，瘋了似的衝上去，把小毛頭摁倒在地上。儘管取勝的招術陰險而且下作，傻蛋還是作為勝利者被高高地舉上了天空，成為了真正的孩子王。

瘟疫就是在傻蛋當上孩子王以後不久出現的，這讓傻蛋覺得這場瘟疫與自己有種說不清楚的關聯。瘟疫是從鄰村開始的，最先得這怪病的就是鄰村祭司的寶貝兒子，一個金髮碧眼的漂亮小伙。傻子幾天前還在村頭見過他，他當時正跟一個漂亮女孩在一起說說笑笑，那副志得意滿的樣子令在場所有的男孩子都感到忌妒。沒過兩天就聽說他得了怪病，第三天就死了，為這事本村的祭司還高興了一陣子。傻蛋的村子與鄰村原本就是世仇，前些年為了爭水井的事還打了一仗，雙方都死了人。由於對方人多勢眾，本村到底還是吃了虧，祭司唯一的兒子就是在一場械鬥中被打死的。失去了兒子的祭司悲痛欲絕，發誓要復仇也要讓對方斷子絕孫。這些年來，祭司一直在找機會殺死對方祭司的漂亮兒子，卻始終未能如願。聽說對手的兒子得怪病死了，祭司覺得是老天有眼幫他復了仇，於是善心大發，在家裡擺上一百八十八桌酒席，讓全村人飽飽吃了一頓，以示慶賀。後來鄰村祭司的老婆死了，這邊的祭司老

爺放了八千八百八十八掛鞭炮，接著死的是鄰村祭司自己
了，這更讓這邊的祭司長長出了一口惡氣。後來得怪病的
人越來越多，對面鄰村十有八九都得了怪病，死了很多
人，並向周圍的村子蔓延開來。很快，傻蛋的村子裡也有
了得怪病的人，而且很快就有人死去，於是大家都感到恐
慌起來。

　　在瘟疫橫行的日子裡，村裡人個個如臨大敵，平日裡
在外面花天酒地醉生夢死的人也回到了家裡，把門關得死
死的，生怕瘟疫闖進來。村裡所有的人都變得格外謹慎，
也格外謙和。繁華的街道空蕩蕩的連人影都難以見到，偶
爾熟人出門相遇，也只是點點頭，嘴卻不敢張開，儘量屏
住呼吸，以防有什麼病菌從空氣中傳過來。

　　成了孩子王的傻蛋被父親揪了耳朵拎回家以後就沒
敢邁出大門半步。父親每次從外面回來總是神情沮喪，不
是說這個人死了，就是說那個人又得了怪病估計活不長
了，然後便無望地在屋子裡折騰起來，先是每天用煙火把
屋子裡熏烤一遍，直到白色的牆壁都成了黑色，後來又用
不知從什麼地方弄來的藥水在屋裡四處噴撒著，屋子裡瀰
漫著一種難聞的怪味。傻蛋每天孤獨地坐在爐灶邊，想著
在外面當孩子王的威風，還有與孩子們在一起瘋玩時那般
快樂。屋裡死一般的寂靜，那股怪味令他想起達吉婭娜婆
婆死時黑屋子裡聞到的氣味，雖然他不知道死是什麼，但
在他看來那氣味是與死有著某種關聯的。寂靜中他會感到

耳朵裡嗡嗡地響著，直鑽入他的心靈深處，想要把他的魂魄掠走，於是他感到恐懼起來，身體抖動了一下，把眼睛睜開，看見父親那絕望的臉孔，他感到了孤獨和無助。

小毛頭的死也是父親告訴傻蛋的，說這事的父親照例很平淡。太多的死亡早已令人神經麻木，如果死的不是小毛頭，傻蛋也會無動於衷。那時候每天都要死很多的人，而且都死得很突然，有的人早晨還活得好好的，到晚上就突然死了。那些日子父親回來後也不再說某某人死了，而只是說今天村子裡又死了多少人。倘若不是因為小毛頭跟傻蛋有些關係，父親也許壓根就不會跟他提小毛頭死的事。

照父親的說法，小毛頭死得很突然，傍晚時發現腦袋有些發熱，還沒等送到醫院就死去了。傻蛋聽著，突然感到恐懼起來。雖然已經死了那麼多人，但那些人都跟他沒有什麼關係，而小毛頭對他來說卻是真真切切的，幾天前還和他打過架，鬧過彆扭，可是一轉眼的功夫，他就死了，沒了，以後再也見不到他了，再也不能跟他打架了！他想著，兩眼發呆，只覺得自己的心在往下沉著，絕望和恐懼將他死死地箍住，令他喘不過氣來。

那天晚上，傻蛋躺在自家的閣樓裡，翻來覆去睡不著。一盞煤油燈從屋頂上吊下來，豆大的火苗在風中無助地飄搖。想起小毛頭的死，傻蛋仿佛覺得周圍濃重的黑暗正向自己壓過來，他感到胸悶，喘不過氣來。的確，他從

來沒有感覺死亡離自己這麼親近，畢竟在他眼裡，小毛頭真真切切地存在過，可是他死了，傻蛋這才知道是人總要死的，小毛頭死了，自己也會死的！人死了以後會是怎麼樣呢？傻蛋還沒有死，自然不知道死亡的滋味，不過他想像著，死亡就如同睡覺一樣，人睡著了什麼也不知道，死了的人也是沒有感覺的，不同的是人睡著了還有醒來的時候，人死了就再也不會醒來了。有一天自己死了，這個世界跟自己也就沒有關係了，地球照樣還在轉動，那些活著的人照樣活著，他們照樣每天都工作，花天酒地，可是自己什麼都不知道了……他這樣想著，感到眼前一片黑暗，身體也仿佛飄動起來，向著無底的深淵墜落……那一刻他覺得死神離自己很近，面對死神他無能為力，於是他感到了從來沒有過的絕望。

　　瘟疫在瘋狂地肆虐了幾個月之後便悄然離開了，如同它當初的不期而至。瘟疫中村裡人死去了三分之一，傻蛋和他的父親卻僥倖活了下來。當傻蛋從那破敗黑暗的屋子裡走出來時，看到的是橫七豎八倒在街道的屍體，一股惡臭撲面而來。儘管如此，他仍然感到那天陽光是燦爛的，畢竟他還活著，還能看到這個世界，看到陽光，可是那些死去的人，如小毛頭，還有那些死去的左鄰右舍們，他們都不知到了什麼地方，再也感受不到陽光的溫暖。想起那些死去的人，傻蛋難免有些傷感，但他還是由衷地發出感嘆：活著真好！

那場瘟疫固然讓傻蛋感受到了活著的好處，卻也使他感到了生命的脆弱。直到現在，沒有人說得清楚那瘟疫是怎樣來的又是怎樣走的，有人說是由於人們的生活造成的，也有人說是造物主對人類的懲罰，因為人越來越無節制地放縱自己，越來越狂妄自大，把自己看作是世界的主宰，無所依憑也無所恐懼，因而得罪造物主。還沒傻的傻蛋為這事專門問過帕里斯神父，帕里斯神父神情憂鬱，卻什麼也沒說。傻蛋覺得帕里斯神父一定知道這裡面的奧祕，只是因為天機不可泄露，不便對他說而已。而按傻蛋自己的理解，那場瘟疫唯一的好處就是讓人類認識到生命的脆弱，從而使某些人能夠學會珍惜生命。

　　「太陽都要落山了，祭司老爺怎麼還沒來？」麻杆似的劊子手抬頭看了看，對滿臉橫肉的劊子手說。

　　「這小子看來是熬不過去了！」滿臉橫肉的劊子手伸手過來，抓住傻蛋的頭髮，把腦袋翻過來看著，拍拍臉，嘆了口氣。

　　「死了也好，活著也是受罪！」麻杆似的劊子手，面對著夕陽，神情變得憂鬱起來。

　　「他死了，咱們怎麼向祭司老爺交代呀？」滿臉橫肉的劊子手說。

　　「死了就死了！」麻杆似的劊子手嘀咕著，似乎有些不滿。

　　「祭司老爺會殺了我們的！」滿臉橫肉的劊子手說。

「殺了就殺了吧，反正活著也沒意思！」麻杆似的劊子手嘆了口氣，神情有些沮喪。

傻蛋耷拉著腦袋，神情卻依然清晰。兩位劊子手的話針似的鑽進他的耳膜，終於插入他的心臟，他不由渾身抽搐了一下，身上的傷口似乎被撕裂開來，他感到自己身上的血止不住地往外流淌著，眼看就要枯竭。他知道自己快要死了，即便劊子手不說話，他也知道自己的死是不可避免的，用帕里斯神父的話，這就是命！當他鑽入劊子手的靈魂深處，卻感到一陣冰涼。他們都希望他死去，他們對他沒有任何的憐憫，只希望他快快死去！滿臉橫肉的劊子手惦記的是他身上穿的那件小褂，雖然沾滿鮮血，但洗洗還能穿，沒準能賣出幾個錢來換酒吃，而麻杆似的劊子手看上去漫不經心，其實更有心機，心裡想的是他胸前佩戴的項鍊，那是媽媽留給他的唯一遺產，很值幾個錢的。麻杆似的劊子手很怕自己的同夥看到那項鍊，論武力，他是打不過那傢伙的。傻蛋穿透了他們的靈魂，自然也看破了他們的心思，不過他並不恨他們，在他看來，這便是人的本性。在這個社會裡，人們表面溫文爾雅，溫情脈脈，但倘若把人的靈魂剝開來看，裡面全是自私、貪婪和冷酷！人類天性就是自私的，人類永遠只會按照對自己有利的原則去行事！即便人很多時候也會去幫助別人，但終究也是為了自己，有的人幫助別人是為了使自己得到榮譽，或得到社會承認，有的則為了尋找自我心靈的安寧，而有的則

是為了以後也能得到他人的幫助。當年發瘟疫的時候他也曾為小毛頭的死哭泣過，看他那樣傷心，別人都說他是個重情義的人，其實他心裡清楚他那是為自己而哭的，因為他覺得自己終究也會死的。瘟疫過後，他也曾到大街上去抬過屍首，但他的內心卻是淡漠，甚至還有些慶幸，慶幸死的不是自己，慶幸依然還能活著。在傻蛋看來，人類是最高級的動物，也是最虛偽的，所謂的人類文明其實就是人類的遮羞布，用以淡化或遮掩人類的醜陋的。動物要殺人也就殺了，而人類要殺人卻要找到殺人的理由。父親骨子裡就想殺死母親，每天晚上就想衝過去把她掐死，卻花了十幾年才找到殺她的理由。駝背舅舅因為母親的緣故也想殺死父親，但也是幾經周折才找到殺人的理由。

　　傻蛋早就知道父親遲早是要死的，也知道殺死他的必定是駝背舅舅。那天駝背舅舅到母親墳前燒紙錢，傻蛋在旁邊陪著，而在他身後站著的就是父親。傻蛋當時沒有回頭去看父親，卻也能夠感覺到父親內心的驚恐。駝背舅舅雖然只是個太監，在宮裡算不上什麼了不起的角色，但卻是皇帝身邊的紅人，以他的地位，要弄死父親就像踩死一隻螞蟻那樣容易。父親決定要殺母親的時候肯定沒想到還有這麼個舅舅，雖然父親表面還算鎮靜，但傻蛋已經從他的靈魂深處洞察到他如今的懊惱和恐懼。父親始終看著駝背舅舅，似乎想看出點什麼來。駝背舅舅臉陰陰的，嘆了口氣，站起來，走到傻蛋跟前，摸摸他的臉蛋，難得地笑

了笑，然後走到父親跟前，拉住他的手，冷冷地說你做得對，她雖然是我妹妹，但罪有應得，死有餘辜！父親似乎鬆了口氣，做出很感動的樣子。傻蛋卻一下看透了他隱藏在內心裡的殺氣，他知道父親的死期就要到了。

村裡絕沒有人想到駝背舅舅竟會在那個時候衣錦還鄉，祭司老爺沒想到，父親沒想到，傻蛋更不會想到。傻蛋的確沒想過自己還能有這麼個身世顯赫的舅舅，記得小時候也聽父親提到過有這麼個舅舅，那是在他跟母親吵架的時候，父親說母親生下這麼傻的兒子都是因為母親敗壞了家族血統。在父親看來，他所在家族的血統是很純正很優異的，而母親家族的血統則是很低劣的，然後就舉了駝背舅舅作為例子。按父親的說法，駝背舅舅顯然是一個很醜陋而且智商極低的人，傻蛋之所以成為傻子也是家族基因遺傳的緣故。類似的話，傻蛋在鄰居那裡也聽到過，但他並不在意，他原本就是傻子，傻子是不會把別人的話裝在心裡的。不過從那時起他知道了自己竟還有一位跟自己一樣愚蠢而且還是個駝背的舅舅。後來又聽人說過，駝背舅舅很小時候因為醜陋愚笨而倍受凌辱，也令整個家族蒙受了羞辱，於是家族的長老們經過商議，決定將把他扔到山上去餵狼狗，誰都以為駝背舅舅早就死了，除了父親為了要羞辱母親時偶爾提起，根本不會有人想起有這個人的存在，卻沒想到幾十年後他居然會以皇帝身邊紅人的身份出現在眾人面前。

駝背舅舅他們在樓底下敲門的時候，父親正在床上與一位叫夏洛蒂的女人交媾，而傻蛋則呆頭呆腦地坐在旁邊看著。夏洛蒂是村裡有名的蕩婦，她的風騷淫蕩和膽大妄為同樣無與倫比，連村裡的公狗見了她都會發情地追上去。儘管男女交媾受到國家法律的限制，但她還是讓村裡人所有的男人，無論老幼都上了她的床，最後還不解渴，竟然連村裡的公狗都沒放過，甚至公然蔑視地說村裡的男人都不如狗。父親原來早就與她有過一腿，真正把她征服卻是在母親死了以後。父親征服這女人其實也沒有什麼超人的本領，只是學會了在交媾的時候發出狗一樣的叫喚，這很能刺激女人的欲望，使她達到性慾的高潮。

　　父親很喜歡當著傻蛋的面跟女人交媾，這令他很有成就感。因為傻蛋是傻子的緣故，他們便可以無所顧忌，為所欲為。傻蛋知道他們的心思，卻從來不說破，只是把自己裝得更傻。看父親像狗一樣赤裸裸地爬在那女人身上，白白的屁股上下拱動著，嘴裡發出公狗的叫聲，接著女人也叫了起來，聲音像發情的母狗。傻蛋在一旁看著，覺得這人類其實跟畜生也沒有太大的區別。

　　聽到敲門聲，父親很不情願地從那女人身上翻下來，罵罵咧咧，女人則很不樂意，兩條腿勾住父親的腰不肯放過他，父親也是意猶未盡，兩腿之間那根肉棒依然堅挺，青筋畢露，像燒紅了的鐵棒。女人為了鼓動父親的士氣，竟把臉貼到他的大腿之間，張開嘴，伸出柔軟的舌頭舔

著，父親狗一樣的叫喚著，摟住女人的腦袋，將她摁倒在床上。

這時外面傳來了祭司的叫罵聲，父親於是驚慌起來，趕緊從床上跳下來，傻了似的看著床上的女人，腿間的肉棒也委縮下來，成為皺巴巴一團肉泥。女人臉上也現出驚恐的神色，臉上的鳳騷早已蕩然無存。這時，外面的人已經開始砸門，眼看就要破門而入。父親稍微鎮定下來，他先讓傻蛋下去開門，又讓那女人穿好衣服躲起來。

傻蛋按照父親的吩咐下樓去開門，最早看見的就是駝背舅舅。那時他並不知道這人是自己的舅舅，只覺得這個駝背老頭樣子很古怪，他弓著腰，後面像扛著一座小山包，小腦袋往後仰著，很像烏龜的模樣，卻被眾人簇擁著，肥胖的祭司老爺蹲在地上，好不容易對上駝背的臉，陪著笑，討好的樣子，後面還有一大幫戴官帽穿官服的人，這些平時作威作福不可一世的傢伙也個個弓著腰，仰臉堆笑看著那駝背。

傻蛋愣愣地看著他們，傻笑著。祭司老爺居然沒有生氣，反而對他笑著點點頭，然後附在駝背的耳朵旁低聲說著什麼。傻蛋有些受寵若驚，因為祭司老爺以前從來沒有對他笑過，他覺得這事肯定跟那位駝背有關，要不然，祭司老爺怎麼也不會把他這個傻子放在眼裡的，更別說對他笑了。

這是您姐的孩子，也是您的外甥！傻蛋聽到祭司老爺

對駝背這樣說。

駝背看著傻蛋，目光有些陰冷，所有的人都屏住了氣，看著那駝背，等待著什麼。傻蛋愣愣地站在那裡，傻傻地看著駝背，覺得身上有些發冷，不由得哆嗦了一下。

好！駝背嘴裡終於蹦出一個字來，然後抬手向傻蛋臉上摸過來。

傻蛋覺得有些害怕，本能地伸出手去擋了一下，卻正好打在駝背的手上。

隨著駝背的尖叫聲，所有的人都跟著尖叫起來，隨即所有的目光都盯住了傻蛋，再轉臉去看駝背臉色。

駝背看了看自己的手，然後抬頭陰冷地看著傻蛋。傻蛋依舊傻傻地站在那裡，傻傻地笑著，眼睛裡有些困惑，卻也沒恐懼。

所有的人都看著駝背，做出激憤的樣子，只等駝背臉色一變，就要爭先恐後地衝上去把傻蛋撕成碎片，以表現他們對主子的忠誠。

駝背卻出人意料地笑了笑，做出很寬容的樣子。周圍所有人的臉也隨即鬆馳下來，紛紛讚美駝背大人的寬容和偉大。

父親從樓上跑了下來，衣冠不整，扣子也錯了位，來到祭司老爺面前便一頭跪下，結結巴巴地解釋著什麼。祭司老爺倒也沒發火，甚至還說了幾句安慰他，使他定下神來，然後指著駝背給他做了介紹。父親一聽說駝背的真實

身份，剛站起來雙腿便軟倒下去，渾身哆嗦跪在地上，半天爬不起來。

　　駝背舅舅看著爬倒在地上的父親，冷笑了笑，一擺手，馬上就有兩個御林軍士兵上前將他扶起來，怕他倒下去，兩個士兵便架住他，站在駝背舅舅面前。駝背舅舅看著父親，古怪地笑了笑，甚至當面叫了一聲「姐夫」。父親嘴唇動了動，看看駝背舅舅，又看看駝背舅舅身邊賠著笑臉的祭司老爺，半天說不出話來。

　　駝背舅舅其實對父親很客氣，似乎真的把他當作了自己的親姐夫，他甚至進了家門，上了樓去，說要看看姐姐住過的地方，而對姐姐的死卻一句話都沒有提到過。父親見駝背舅舅如此和氣，也放鬆了戒備，以為自己能夠逃過這一劫，別人也這麼想，只有傻蛋知道父親注定是要死在駝背舅舅手裡的。

　　駝背舅舅在村裡呆了三天，祭司老爺始終在他身邊陪著，小心侍候著，這在村裡人眼裡這可是天大的榮耀。被人前呼後擁的駝背舅舅似乎並不怎麼珍惜這榮耀，雖然祭司老爺對他總是賠著笑臉，極盡諂媚討好之能事，駝背舅舅對他卻一直很冷漠，甚至懶得正眼去看他，這很讓村裡人憤憤不平。在村裡人眼裡，祭司老爺就是天，在村裡他就是皇上，誰見了他就得點頭哈腰，根本不敢仰視。而這個當年最被人看不上眼的駝背老頭居然敢對祭司如此蔑視，這大大傷害了村裡人的自尊。

不管怎麼樣，駝背舅舅的突然出現令村裡所有的人都感到惶恐不安，尤其是傷害過凌辱過他的那些人。那些遺棄過他的家族長老們感到大禍臨頭，經過商議後一起來到他的面前跪下來，請求饒恕他們的罪過。駝背舅舅在他們面前表現得很隨和也很寬宏大量，他把他們扶起來，稱他們是長輩，表示自己對當年的事並不在意，還說要不是當年他們把他扔到山上餵狼也不會有他的今天，說著還很難得地笑了起來。長老們看他笑了，也便跟著他笑，心裡似乎也寬鬆下來。傻蛋正是在駝背舅舅微笑的那一刻進入了他的靈魂深處，駝背舅舅的靈魂隧道裡幽深而黑暗，濃重的殺氣令他不寒而慄，於是他知道駝背舅舅其實是恨所有人的，總有一天他會殺害所有的人，包括祭司在內。

　　村裡人都以為父親死在祭司手裡，只有傻蛋知道父親其實是死在駝背舅舅手裡的。在傻蛋看來，殺死父親的理由有很多，譬如說他害死了母親，還害死很多別的人，就在駝背舅舅出現的那一天，他還害死了夏洛蒂。那天傻蛋也跟著駝背舅舅上了樓，夏洛蒂卻已經不在床上。後來才知道父親為了保住自己，竟把夏洛蒂打量了鎖進小壁櫃裡，等他陪完了舅舅回到家裡，發現夏洛蒂已經悶死在裡面。那天晚上，傻蛋幫助父親把那女人的屍體扔進了後院的地窖裡，然後用石頭和泥土把地窖填了起來。儘管父親的罪行是眾所周知的，但父親並沒有因為這些罪行而被殺死。宣判的那天傻蛋正好也在現場，他聽到祭司老爺給五

花大綁的父親宣判的罪名居然也是「顛覆國家罪」，在場所有人聽了都歡呼雀躍，說父親罪有應得死有餘辜，傻蛋卻覺得這罪名對父親說來實在有些冤枉，於是他也知道這其實是駝背舅舅在借刀殺人。

別人都以為駝背舅舅殺死父親是為了給自己的妹妹復仇，但傻蛋知道其實不是。駝背舅舅根本就是個冷血動物，對誰都沒有感情。他殺人只是為了他自己，親妹妹的死並不能使他悲傷，這樣的血緣關係也根本激發不了他心中的親情，「親人」這樣的字眼在他心裡只不過是個虛幻的概念，並沒有任何實際的意義。他殺人只是為了他的臉面，也是為了在眾人面前顯示他的威嚴和權力。駝背舅舅當然不知道傻蛋看透了他的心思，要不然傻蛋肯定活不到今天了。

對於父親的死，傻蛋其實也很淡漠。父親死後，他也想過要好歹擠出幾滴眼淚來的，也算盡點做兒子的孝心，他真心誠意地去做了，卻也沒能做到，這使傻蛋覺得自己其實也跟駝背舅舅一樣是個很冷酷的人。好在他是個傻子，也沒人說他什麼。不過他看別人也比他好不到哪裡去，那些為死人哭的人其實也是在哭他們自己，因為他們都害怕有一天自己也會死去。也有哭給別人看的，達吉婭娜婆婆死的時候母親是哭得最傷心的，看上去都不想活了，鄰居都說母親心地善良，但母親抹完了眼淚回到家照樣有說有笑，就跟什麼事也沒發生過一樣。至於傻蛋自

己，他是個傻子，從來沒有憐憫過別人的，現在他要死了，當然也不能指望別人來憐憫自己！

傻蛋早知道自己是要死的，真正想要他死的人其實就是祭司老爺。祭司老爺要他死，他自然是活不了的。人都說，生死有命，富貴在天，他的命，還有村裡所有人的命都掌握在祭司老爺手裡。傻蛋不知道出了這個村會怎麼樣，但在這個村裡，祭司老爺就是天，就是掌管所有生命的人。

祭司老爺要傻蛋死，並不是他們之間有什麼怨恨。祭司老爺使他成為了傻子，但他並沒有因此恨過他，因為他是傻子，根本不會恨的，況且他也從來沒覺得當個傻子有什麼不好。別人都說傻蛋父親是讓祭司老爺害死的，但傻蛋知道真正殺死父親的是駝背舅舅，即便真是祭司殺死了父親又怎麼樣，他到底是個傻子，傻子是不會去恨也不會去報復的，再說那個父親跟他也沒什麼關係。至於祭司老爺，他更沒有恨傻蛋的理由了，一個傻子有什麼值得去恨的呢？恨傻子的人自己不也成傻子了嗎？

祭司老爺給傻蛋定了兩項罪名，一個是「謀反罪」，另一個是「有傷風化罪」，比他死在他前面的父親和母親都多出一項，而他所犯的罪行卻只是因為他在錯誤的時間和錯誤的地點放了一個不應該放的屁。

在這個國家裡，因為放屁而定人死罪的事以前從來沒有過，估計也不會再有，但傻蛋並不覺得自己有多麼的冤

屈。在他看來，放屁本沒有錯，可因為放屁而冒犯的皇上那就是死罪了。公平地說，這事其實也不能全怪傻蛋，他原本就是傻子，根本不知道這屁什麼時候能放什麼不能放。那天是皇上五十歲壽辰，是舉國歡慶的日子。村裡除了傻蛋以外所有的人都到祠堂裡給皇上祝壽。傻蛋是個傻子，沒人把他當人來看，給皇上祝壽這樣的大事自然也不會讓他參加。傻蛋不知道這個，只覺得在家裡悶得難受，便想去找人玩。可所有人都不在家，他便四處尋找，不知道怎麼的就來到的祠堂附近，見村裡人都在裡面，他很興奮，便走了進去。看見所有的人都跪在地上，低頭對著皇上的畫像，嘴裡不停地說著什麼，個個淚流滿面，他覺得很奇怪，以為又有人死了，便也在後面跪著，也跟著人胡言亂語痛哭流涕，後來所有的人都安靜了，他也跟著安靜下來。後來祭司站到了講台上，對著眾人說了許多給皇上祝壽的話，眾人聽著，不時舉手喊著口號，傻蛋也跟著喊，後來他就想放屁了，他也知道在那樣的場合放屁有失雅觀，但到底憋不住了，就放了出來。那屁很響，就像炸了火藥一樣，把所有的人都震慴了，祠堂裡頓時安靜下來，後來有人意識到這不過是有人放的一個屁，覺得好笑，便笑了起來，這一笑，全場都笑了，笑得前仰後合，祠堂裡原來莊嚴肅穆的氣氛頓時輕鬆下來。傻蛋原本沒有笑的，後來看到祭司老爺居然也笑了，便也笑了起來。

　　誰放的屁？祭司老爺第一個停止了笑，瞪大眼睛看著

眾人。眾人一聽也停止笑，傻蛋也跟著把臉繃了起來，看眾人都把眼睛盯在他身上，便覺得有些不好意思。

是你放的屁？祭司老爺來到傻蛋跟前，看著他。傻蛋看著祭司老爺，很羞澀地點了點頭。祭司老爺卻一下變了臉，舉手打了他一個耳光，然後就有人把他的手扭住，所有的人都變得憤怒起來，一擁而上，他覺得自己的身體被無數隻手抓住，撕扯著，堅硬的拳頭雨點般落在他的身上，那一刻他覺得自己已經被撕成了碎片。

傻蛋並沒有死，只是昏了過去，醒來的時候已經躺在牢房裡，後來祭司老爺來了，當著他的面宣判了他的罪行。傻蛋沒有為自己辯護，但他知道自己真正的死因並不是那天放的屁，而是因為祭司老爺知道他會透視人的靈魂。

傻蛋是個傻子，但還沒傻到自己要找死的地步，他沒有忘記帕里斯神父的囑咐，更知道人心的險惡，所以輕易不敢把自己的本事顯露出來，而寧願讓人把他看作是地地道道的傻子，他知道這個世界上做傻子比做聰明人要活得快樂，活得安全。但既然是傻子，就難免會有缺心眼的時候。那天他正蹲在牆腳跟曬太陽，看見海倫跟丞相的兒子拉著手走過來。自從成為傻子以後，他還是第一次看見海倫。多年不見，這女人依舊光彩照人，而且看上去很幸福，她含情脈脈地看著丞相的兒子，丞相兒子看上去也很溫情，然而傻蛋卻從他的靈魂裡看出了殺氣，這殺氣正是對

著海倫來的，於是他向他們走過去。

「海倫，你不要跟這人在一起，他正想殺死你！」傻蛋在他們面前站住，指著丞相的兒子對海倫說。

「什麼？」海倫滿臉困惑，不相信的樣子。

「他想殺死你，因為他愛上別的女人！」傻蛋有些心痛，但依然很溫和地對海倫說。

「滾開，你這頭蠢豬！」沒等海倫說話，丞相兒子怒吼一聲，並上前去抓住他的衣領，狠狠地揮出一拳。

傻蛋倒在地上，牙齒也被打掉了兩顆，但他並沒有恐懼，吐出一口血水，站起來，看著海倫說：「快離開他，他會打死你的，現在他又在想要殺死我，因為我說出了他的心思！」

「不，他愛我，我很幸福！」海倫看著傻蛋，說。

「不，那都是假的，他愛上了別的女人，他會殺死你的，相信我！」傻蛋見海倫不相信，便有些急切地說。

「你為什麼這麼說，我憑什麼相信你！」海倫看著傻蛋，有些不安。

「我……我……我會透視人的靈魂，誰的心思都瞞不過我！」傻蛋見海倫不肯相信自己，便不顧一切地說出了自己的祕密。

「你這頭蠢豬！」丞相兒子瘋了似的撲上來，揮拳將他打倒。

消息很快傳了出去，從那時起，傻蛋的命運就決定

了。他成了村裡最不受歡迎的人，那以後再也沒有人敢面對他，村裡人見了他，就像見了瘟神一樣遠遠地躲開了，他沒有了親人，也沒有了朋友。村裡所有的人都在詛咒他，希望他早點死去。事實上，村裡的那些長老們私下裡早就開過很多次會要把他弄死的，只是一時沒找著機會。傻蛋當然不知道別人都怕他，見別人都躲開他，心裡很鬱悶，便去找帕里斯神父。帕里斯神父很憐憫他，卻也無能為力，說人心如此險惡，誰願意跟一個能把自己靈魂看透的人在一起生活哩！傻蛋聽了帕里斯神父的話，心情反而輕鬆下來，既然別人就想讓自己死，那就死去吧！從那以後，他就不想別的，只想著自己什麼時候會死，會是怎麼的死法。

「太陽落山了，海倫小姐怎麼還沒來呀？」麻杆似的劊子手抬頭往天空看了看，有些不耐煩了。

「她再不來，咱就把這小子殺了！」滿臉橫肉的劊子手說。

「不行，海倫小姐吩咐了，一定要等她來！」麻杆似的劊子手說。

「為什麼？」滿臉橫肉的劊子手說皺著眉頭，有些不高興。

「祭司老爺要用他的心！」麻杆似的劊子手說。

傻蛋閉著眼睛，覺得自己身體輕飄飄的，似乎就要飛起來。迷迷糊糊中他還是聽清楚了兩位劊子手的對話，其

實這事他早就知道，從祭司老爺對他動了殺機那一刻就知道。祭司老爺殺他就想用他的心換掉他那顆壞了的心，醫生說只有這樣才能延續他的生命，祭司老爺是個怕死的人，為了讓自己活著，哪怕村裡所有人都死了也在所不惜。傻蛋早就知道祭司的用意，但並不感到憤怒，傻蛋原本就是個傻子，傻子總能比不傻的人想得開。在傻蛋看來，人都要死，留著心又有什麼用，俗話說救人一命勝造七級浮屠，這等好事幹嘛不做！再說祭司老爺好歹也是個大人物，他肯屈尊把自己的心安裝在他的身上，也算是看得起自己，對自己來說，也是天大的榮幸，這樣的榮幸也不是每個人都能享有的。

「海倫小姐來了！」聽到劊子手的歡叫聲，傻蛋緩緩地睜開眼睛，他第一眼看見了海倫，這個美麗的女人，此刻就站在十字架下面幾步遠的地方，仰頭看著自己，她的神情很冷漠，甚至有些陰森可怖，跟在她身後的都是村裡有頭有臉的大人物，個個討好地看著海倫。丞相的兒子居然也來了，很溫情地站在海倫的身邊，以勝利者的嘴臉看著他。看來他們又和好了，海倫到底沒有相信他的話，他的努力白廢了，這女人終究會死在那男人手裡。看來這就是宿命，所謂宿命絕非是人力所能改變的。想到這些，傻蛋難免有些悲涼。

傻蛋雖然傻，但還有自知之明，他知道自己對海倫的感情不會有結果，但還是不死心，他閉上眼睛，鑽進了海

倫的靈魂隧道，想從裡面找到哪怕一絲一毫對自己的情意，但那裡面卻是空蕩蕩陰森森的，他越往裡走，越感到害怕，終於沒有勇氣再走下去。他不死心，又鑽入其他人的靈魂隧道，發現所有的人都希望他去死，沒有人願意他活著。於是他想，自己這一生真是活得有些太沒價值，可是他又不知道自己到底做錯了什麼。

「動手吧！」海倫向劊子手揮了揮手，很冷漠地說。

傻蛋正感到難過，卻看見那兩個劊子手握著刀向他走來，那刀是剛剛磨過的，在夕陽下閃著金光，那光影映在傻蛋眼睛裡，他只得把眼睛眯起來，只留出一條細縫去看著。兩個劊子手滿臉興奮，在他面前站住，滿臉橫肉的劊子手外表很兇惡，幫他解扣子的時候卻很小心，生怕把衣服給弄破了，賣不出好價錢來。麻杆似的劊子手很緊張，他擔心自己的同伴會發現藏在衣服裡面的那串項鍊，便急中生智，沒等同伴把扣子解開，便猛伸手上去把傻蛋的衣服連同裡面的項鍊一同扯下，傻蛋感到自己的脖子被緊捏了一下，他來不及感到疼痛，正見兩把明晃晃的尖刀向著自己的心臟插過來，他驚叫了一聲，便覺得自己靈魂衝出了肉體，向虛空飄去。

傻蛋在虛空中停住，往下看著，只見劊子手已經把他的胸部剖開，裡面血淋淋的，腸子翻在了外面，一個戴著口罩的醫生把手伸進去，掏出一顆饅頭大小的東西，滿是鮮血，紅紅的，還在跳動著，如同當年父親從母親胸腔裡

掏出的那樣。這是傻蛋第一次看到自己心臟，卻也不覺得稀奇。他看到醫生把他的心托在手心裡看了看，然後轉頭去看海倫，海倫皺了皺眉，沒說什麼，醫生便把那心放進旁邊桶狀的器皿裡。

海倫看看丞相的兒子，溫情地笑了笑。丞相兒子也對她笑著，很多情的樣子，心裡卻在想著別的女人。傻蛋知道海倫很快就會死在丞相兒子的手裡，但這跟他已經沒有關係，他已經是個死人了，活人的事死人是管不了的。就讓她死去吧，反正大家都要死的，無論丞相兒子還是祭司老爺，他們都不會活得太長。

海倫一干人走了，山崗上只剩下兩個劊子手，為了爭奪傻蛋的財物，兩人打了起來。狡猾的麻杆劊子手並沒有逃過同伴的眼光，主子們走了，滿臉橫肉的劊子手便迫不及待地找同伴算賬，為了那幾件沾滿血跡的衣物，還有那串項鍊，先是動了手，然後便動了刀子，他們原本都是殺人的好手，對同伴也絕不手下留情，最後兩人的尖刀同時刺進了對方的心臟，又同時倒在懸掛著傻蛋屍骨的十字架下。

傻蛋在虛空中親眼看到了這場屠殺，但他已經是個死人，死人是阻止不了活人去死的。他還是為他們感到悲憫，人生原來如此的殘酷，活著其實也是了無生趣的。他又轉臉去看自己的遺體，那遺體孤零零懸掛在十字架上，腦袋耷拉著，頭髮散亂，手依然被釘著，血已經流乾，胸

口裂開，腸子和殘留的臟器都流落在外面，地下有一大灘血，但已說不清是傻蛋的，還是那兩個劊子手的。

天色漸漸暗淡下來，山上死一般寂靜。傻蛋站在虛空中茫然四顧，突然覺得有些孤獨。剛剛從生的痛苦中解脫出來，死了竟也是孤魂野鬼。好在他的心還在，這個時候他的心肯定已經換到了祭司老爺身上，祭司老爺因此或許能夠多活幾年，換了心的祭司老爺會不會也像他一樣變成傻子？他覺得這個問題很有趣，雖然他並沒有明確的答案，但能夠提出這樣高深的問題，說明自己還不算太傻。

傻蛋不知道自己能到哪裡去，但無論如何他要離開了，一個死了的人是不可以在這樣的世界上停留太久的。這時他聽到一陣狗叫聲，低頭看時，幾十隻野狗正圍在絞刑架四周，撲上去，正撕咬著他的遺體。他看著有些難過，想去制止，卻已無能為力，只能眼睜睜地看著那群飢餓的野狗把自己全部吃掉。

轉眼間，三具屍體都成了餓狗們的腹中之物。這群餓狗似乎意猶未盡，舔著舌頭，互相對了對眼，又用鼻子貼在地上四處走了一圈，再沒有找到新的食物，這才遺憾地離開。

傻蛋看著狗們遠去的影子，覺得自己也該走了，便鬆了口氣，這時卻覺得自己在虛空中上升著，一股力量在吸引著他，不知要把他引到什麼地方去……

帕里斯神父

　　看著窗外飄揚著的雪花，帕里斯神父悲憫地嘆了口氣。如今正是盛夏，昨天還是艷陽高照，夜裡卻突然下起了大雪。一直在酷暑中煎熬的人們早晨醒來見到門外鋪天蓋地的白雪都歡呼雀躍，他們都不知道這是造物主對他們警示，災禍已經離他們很近了。

　　帕里斯神父很有些感傷，又想起了很多年前的那一場雪，那也是在盛夏，也是在不該下雪的季節裡，是在太陽系以外的那顆星球，雪是血紅色的，下了幾天幾夜，把整個地球都覆蓋住了，他感到災禍就要降臨，於是便離開了那個星球。如今那個星球早已毀滅，而他也就成了那個星球中唯一活下來的生物。

　　帕里斯神父發現自己近來變得有些多愁善感，他原本不該這樣的，因為他本不屬於這個星球，也不屬於這個人類，在這個星球他應該活得很超脫的，這個星球裡發生的所有事情其實都跟他沒有太多的關係，他完全可以置之度外。可能是因為在這個星球生活太久的緣故，他也沾染上了某些人類的習性。他是孤獨的，生活在這個不屬於自己的星球裡，他覺得自己沒有根，像孤魂野鬼，找不到歸宿。

夜深人靜的時候，他總會想起自己的故鄉——太陽系外那顆不復存在的星球。

在帕里斯神父的記憶裡，故鄉所在的那顆星球是極其美麗的。那星球比他現在居住的這顆星球要大很多，也有大氣層，天空是湛藍色的，空氣是透亮的，沒有任何汙染，白天也有太陽，晚上也有月亮，只不過每天經過的時間要漫長得多，一年也不是三百六十五天，而是八百八十八天。和這個星球一樣，那裡有被大海擁抱著的陸地，陸地上有山川河流，土地上覆蓋著各種各樣美麗的樹木，令人賞心悅目。人類與動物共同生活在那樣的土地上，和睦相處。那裡的人類也是造物主所創造的，與這個地球上的人類有著相同的體貌，卻比這裡的人類高級得多。他們是自然之子，在自然之中悠然自得，不用種莊稼，也不用吃任何食物，餓了便從空氣吸取能量。他們個個身體強壯，無病痛之憂，長生不老，可以按照自己的意願改變身體的形狀，可以馭風而行。他們都有著絕高的智慧，數千年以前便已經發明出超過光速的飛行器，並造訪過銀河系所有的星球，但他們從不濫用自己的智慧和武力，從不恃強凌弱，侵犯別的星球。那裡沒有國家，沒有階級，也沒有家庭，每個人都按照自己的願望無憂無慮地生活著。對於這個地球上的人類來說，那就是天國，是他們無比嚮往卻無法企及的天堂，可是他們沒有想到，這個天國竟也會像他們的夢想一樣破滅掉。

帕里斯神父僅僅在那個星球裡生活了七十二年，正好見證那個星球的毀滅過程。以帕里斯神父的智慧，他當時也沒有料到存了上百億年的星球竟在轉眼之間被輕而易舉地毀滅掉。一般說來人們很容易把毀滅星球的罪責推在那個叫納斯特的惡魔身上，原先帕里斯神父也是這麼想的，但現在看來卻實在失之偏頗。回想起來那個後來被稱為惡魔的納斯特既沒有很高的智能也沒有使用非常的手段，他只是利用所有人類都具有的弱點，挑動起潛伏在他們內心深處的欲望，原本清心寡欲的人類竟那樣經不起誘惑，在欲望催動下統統變得瘋狂起來，他們爭權奪利，不惜代價，不擇手段，利用他們的智慧，一夜之間便製造出了各種各樣毀滅性的武器，原本和諧平靜的星球上眼看就要掀起一場血雨腥風的戰爭！

　　帕里斯神父原本也要參與那場戰爭的，他的父親利用武力建立了國家，擁有了數億的子民，他也因此成為位高權重的皇太子，為了所謂國家的利益和個人的欲望，他早已喪失了理性，變得瘋狂起來。就在決戰前的那天晚上，一位慈祥的老人出現他的夢境中，向他昭示了星球及人類毀滅的悲劇，並讓趕快登上宇宙飛行器，離開那個星球。

　　如果沒有那場紅雪，帕里斯神父也許不會相信夢境裡的那位老人，也不會乘飛行器離開自己的星球。帕里斯原本不相信自己的夢，也不相信那位自稱是造物主的老人，老人似乎也知道他不會相信，卻也不生氣，只是說明天要

下雪，血紅色的雪！要是紅血下來了，你就該相信我的話了。帕里斯聽著更不相信他了，因為他知道，雪只能是白色的，於是便說要是明天真下了紅雪，我就跟你立約，然後離開這個星球。老人看著他微笑了笑，然後消失了，他於是也從睡夢中醒過來。沒想到第二天果然下起了紅雪，於是他相信了老人的話決定離開自己生活了七十二年的那個星球。

帕里斯神父親眼見證了那個星球的毀滅，當時他正乘著宇宙飛行器飛往現在的這顆地球，看見那顆星球燃燒著從遙遠的星空中隕落，頓時感受著撕心裂肺般的疼痛。他很絕望，他的父兄，還有那地球上的所有生命轉眼間灰飛煙滅，這樣的慘痛是他從來沒有經歷過的。

宇宙飛行器把帕里斯神父帶到了眼下生活的這個地球。按照他和那位夢中老人的約定，他必須要為這個地球以及地球上的人類作見證，但又不能干預地球人類的正常生活，按那位夢中老人的說法，這其實也是宇宙通行的規則。倘若違背這樣的規則，他將受到最嚴厲的懲罰。

如今帕里斯神父已經在這個星球裡生活了五百年，到過許多個國家，經歷了許多朝代的更迭和歷史的變遷，擔任過官吏、農夫、教師、醫生等不同的角色，他早愛上了這個星球，也愛上了這裡的人類，他很希望能夠在這個星球永遠生活下去，然而他卻痛苦地看到，這個星球的人類同樣也在墮落，甚至比自己原先所生活的那個星球裡的人

類更為墮落。他們沒有信仰，痴迷於金錢和權力，不分白天黑夜，縱情享樂，放浪形骸，醉生夢死；他們喪失了道德感，往往把醜陋當作美德來欣賞，又把邪惡看作了正義，善良被看作是軟弱，誠實被看作是愚蠢，他們行為的準則只是對個人有利，從來不管他人的死活；他們縱情於聲色，經常做出違背天倫的事情來，父女通姦，兄妹亂倫；這裡也有法律，卻是形同虛設，在人們眼裡，只有武力才是最公正的，軟弱無力的人才會想到法律；這裡到處充滿著仇恨，人們相互欺騙，相互敵視；國王從不想為百姓謀利益，卻把百姓當作奴隸，想著怎樣把他們榨得精光，讓他們像狗一樣活著，還要對自己搖尾乞憐；這裡的官場早已腐爛，官員們貪汙腐化，賣官鬻爵，中飽私囊，瞞上欺下，胡作非為；百姓們為了生存，也學會了奸詐和刁蠻，甚至學會了殘暴，不同的種族相互敵視，由種族仇殺發展到種族滅絕。在這五百年裡，帕里斯神父親眼看到一個又一個朝代在墮落中腐爛，又在腐爛中消亡，而他自己也不得不顛沛流離，從一個國家流離到另一個國家，從一個朝代流離另一個朝代，最後屈身於這個小小的王國，如今眼見相同的悲劇又要重演，而他自己卻無能為力。

帕里斯神父曾經問過夢中老人，既然他在這裡無所作為，那為什麼要讓他到這顆星球上來呢？難道就是為了見證他們的毀滅？既然知道他們要毀滅，為什麼不想辦法挽救他們呢？夢中老人聽著他的話，神情竟也有些黯淡，嘆

了口氣，用悲憫的語氣說：這是他們的宿命，誰也沒法改變的！他們自甘墮落，又有誰能夠救得了他們呢？帕里斯神父聽出老人話裡的傷感和無奈，內心也感到悲涼起來。不錯，人類也有自己的宿命，這個宿命其實是由他們自己造成的，他們自己都不想拯救自己，別人又能做什麼呢！

帕里斯神父也曾經懊悔過，早知道這樣，他就不應該與老人立約，即便呆在自己的星球上與父兄們同歸於盡，也比現在這樣痛苦地活著要好得多。然而夢中老人說，這是他的宿命，是不可逃脫的宿命把他送來這裡的。按夢中老人的說法，早在幾十萬年以前，帕里斯的祖先就來到了這顆星球，如今地球上至今流傳的神話中的神仙們其實就是帕里斯的祖先，他們中的某些人留了下來，結婚生子，繁衍後代，如今生活在這個地球上的人類都是他們的後代，他來到這裡，其實也是來到自己祖先們居住的星球，算是認祖歸宗。帕里斯神父聽著卻更為沮喪，他不明白自己祖先的後代竟然會退化到如此的地步，原來的星球已經被毀滅，眼下的這個星球呢，難道也逃脫不了同樣的宿命？

一陣笑聲把帕里斯神父從漫無邊際的遐想拉回到了現實，他循著笑聲看過去，幾個學生正沿著街道走過來，看上去他們都很快樂，無憂無慮的樣子，臉上綻開天真爛漫的微笑，邊走還邊打起了雪仗。帕里斯神父看著，嘴角浮現出難得的微笑。他們都是權貴之子，也都是他的學

生。那個正抓著雪團打人的小胖子就是丞相的二兒子，被打的則是深受當今皇上寵愛的小皇子，而站在旁邊看熱鬧起鬨的則是皇后的親侄子。他們在一起打鬧著，親密無間的樣子，全然沒有地位的尊卑高下，全然不顧他們相互敵視的父輩們正暗中摩拳擦掌地算計對方，想方設法要置對方於死地。作為老師，帕里斯神父一心想把他們培養成為具有慈悲心懷的仁愛之人。在經歷過兩個星球的生活過後，帕里斯神父深切地感覺到，地球的危急來自人類自身的墮落，人類的危急歸根到底來自他們的內心所充滿著邪惡，人類的幸福則來自於他們心靈的純淨與和諧。這是個顛撲不破的真理，應該對宇宙間任何星球都是適用的。邪魔納斯特出現以前，故鄉所在的那個星球也是美麗而寧靜的，人們清心寡欲，和諧相處，其樂融融，是納斯特這個邪魔挑動了他們心裡的邪惡，於是他們在欲望驅使下爭名奪利，發動戰爭，致使好端端的一顆星球竟一夜之間灰飛煙滅！來到這個地球以後，帕里斯神父曾經想過要改造這個地球裡的人類，使它能夠避免原先那個星球的悲劇。按照他與那位夢中老人的約定，他不可以用自己的武力改變這個星球人類的生存方式和人類的歷史進程，卻可以通過思想來影響和改造這裡的人類。在帕里斯神父看來，這是一項不可能完成的使命。所謂對人類的改造，無非就是要讓他們學會克制自己的欲望，學會像愛自己那樣去愛別人，學會遵守道德和律法。然而人類卻是欲望的動物，所

謂人類的幸福其實就是建立在欲望滿足的基礎之上的，一方面，地球提供的資源不可能同時滿足所有人的欲望，另一方面，人類的欲望是沒有止境的，它只會膨脹，不會縮小，所以人類注定要為欲望而拚殺，最終成為欲望的奴隸。帕里斯神父曾經努力過，但他很快發現自己所有的努力都是徒勞的，就像眼前的這幾個學生，在這裡他們可以無拘無束親密無間地在一起生活和打鬧，可是走出這個修道院的大門，他們之間的尊卑等級就顯露出來了，而一旦他們繼承他們父兄的職位，同學轉眼間就成了仇敵，明爭暗鬥，各顯手段，千方百計要置對方於死地，最後人頭落地，血流成河！這樣的情景是帕里斯神父絕不願意看到的，然而當他閉上眼睛這樣的情景就會在他眼前浮現，這使他感到沮喪，甚至有些心灰意懶。

「可憐的人類！」帕里斯神父感嘆著，卻很有些無奈。作為另一個星球來的使者，他對這個地球的人類同樣懷有慈悲之心，也想拯救人類，卻又無能為力。其實不僅是他，據他所知，迄今為止，所有來自造物主的拯救人類的計劃都沒有達到預期的效果。愚笨的人類並不知道，古代的那些聖賢們其實也像帕里斯神父一樣都是造物主從外星球派來的使者。在人類誕生之初，他們來到地球，教會人類打獵，用火，耕種土地，教會他們種種生存之道，又把人類組織起來，給他們制訂律法，確定道德準則，人類所謂的文明其實都是他們在那個時候播下的種子，這一

切儘管在一定程度上促使了人類的進步，但進步了的人類因此卻忘乎所以，他們放縱個人情慾，任憑邪惡在自己的心裡滋長，他們放棄了善良，學會了兇殘，國家與國家之間，民族與民族之間，乃至人與人之間，為了權力，為了金錢，為了女人，你爭我斗，拼死搏殺，不惜以犧牲千萬人的性命作為代價，一心想成為地球乃至宇宙的主宰！人類的歷史於是充滿血腥味。面對此種情形，甚至連造物主都有些無能為力，他所能做的也就是不斷地在人類播撒一些災難和痛苦，諸如地震、大洪水，還有各種瘟疫和病毒等等，用以警示人類。然而即便在災難面前，人類仍然不知反省，執迷不悟，仍然縱情享樂，行屍走肉。作為造物主指派的見證人，帕里斯神父經常為人類的墮落而痛心疾首，卻又無可奈何，這也許就是宿命，連造物主都沒法改變的宿命。

帕里斯神父嘆了口氣，終於把心思拉回到眼下生存的這個王國。他知道這個王國的皇帝很快就要來到他棲息的這座修道院，皇帝本來很少走出宮殿的，他是個多疑的人，很怕被人暗算，在他眼裡所有的人都是潛在的敵人，所以他不相信任何人，當然也不相信帕里斯神父。這次屈尊找上門來，也是迫不得已。

帕里斯神父隱居在這封閉冷清的修道院裡，對人世間的事卻也洞若觀火，沒有什麼事情能夠逃脫他的法眼。他知道這個王國很快就會面臨一場血雨腥風，皇上這回在劫

難逃，必定遭遇悲慘的結局。皇上肯定已經聞到了那股撲面而來的血腥味，感到害怕。他來找自己，無非是想讓自己出面化解這場危機，以保住他的皇位。

帕里斯神父覺得心情有些鬱悶，就想要到實驗室去。實驗室就在書房的地底下面，這是他最大的秘密，除了他，沒人知道。他按動機關，兩邊的書架向兩邊移開，裡面有一道暗門，暗門打開，裡面是一座電梯。帕里斯神父走進電梯，門關上，電梯很快下沉，轉眼間便到了地下幾百米深處。電梯門打開，帕里斯神父從電梯裡走出來，前面一道厚重的鐵門打開，裡面就是他的實驗室。

帕里斯神父剛進門，所有的燈都亮了起來，燈光映在那些形狀古怪的金屬物體上，發著黑幽幽的光亮。這裡所有的東西都是帕里斯神父用自己在原來生存的那個星球上所學到的知識建造起來的，有載人在空中飛行的飛行器，有可以在海上乘風破浪日行千里的金屬船，還有能夠像真人一樣說話和思維的機器人，那些威力強大的武器更足以把這個地球毀滅無數次。這些物體至少要五百年乃至上千年以後才可能出現在這個地球上。憑藉這些寶貝，帕里斯神父可以上天入地，無所不能。也因為有了這些寶貝，神父相信自己不僅有能力保護皇帝，甚至可以改變歷史。可是他沒有這個權力，按照他與那位老人的約定，他只是個見證者，絕不能以任何方式干預地球上的事務。帕里斯神父是有神通的，知道過去也能預知未來，他知道歷

史本來是一種宿命，沒有人能夠改變的，有時我們似乎改變了歷史，但這樣的改變本身就是一種宿命。

說到宿命，帕里斯神父想起鐵面狂心，鐵面狂心也是來自另一個星球，那個星球的文明比不上帕里斯神父所在的那個星球，卻遠遠高於他們現在居住的這個地球，他掌握了那個星球的知識和技術，這就是狂妄的資本。他利用這種技術製造了許多殺人的武器，在這個星球上掀起一場又一場血雨腥風，在他看來，這個星球完全都在他的掌控之中，所以他連至高無上的皇帝都敢不放在眼裡。

平心而論，鐵面狂心的確有理由蔑視至高無上的皇上，除了頭上那頂皇冠，皇上的確沒有什麼值得尊敬的地方。表面上，鐵面狂心也是皇帝的僕人，但那僅限於他還沒有喪失理智的時候，更多的時候他的狂妄會很輕易地吞噬他的理智，那樣一來皇帝也好，整個人類也好，在他眼裡便狗屁不是了。

帕里斯神父後來才知道皇帝要殺鐵面狂心的事，皇帝也是當慣了皇帝，以為什麼人都可以隨便殺的，卻沒想到這中間竟也會有殺不得也殺不死的人。在皇上對鐵面狂心動了殺機的那一刻就決定了他個人的命運是不可逆轉的，再沒有任何人能夠救他。

帕里斯神父早就知道鐵面狂心會來找自己，鐵面狂心向來目中無人，對帕里斯神父卻有所忌憚，因為他知道帕里斯神父原來居住的那個星球的人類在知識和智慧方面

遠遠超越了自己所在那個星球，儘管他從來沒有見識過帕里斯神父的力量，但他知道如果這個地球上還有人能夠控制自己，那就是帕里斯神父。

而在帕里斯神父看來，鐵面狂心的想法完全是小人之心度君子之腹，因為他自己從來就沒想過去控制別人，在他看來，任何想要控制他人的想法都是愚蠢的。何況他與造物主有過約定，如果他試圖利用自己的能力干預地球事務，他的能力就會自動消失，而且還要受到最為殘酷的懲罰。

昨天同鐵面狂心一起來的還有皇太子，帕里斯神父知道這兩個人必定是要走到一起的，也只有他們兩股力量合在一起才有可能與皇帝抗衡。按理說，尊貴的皇太子殿下是不應該在這種場合出現的，這個被欲望焚燒的男人顯得有些疲憊，對自己眼下的處境感到有些厭倦，他說話很少，陰沉著臉，眼神卻遊移不定，儘管試圖強作鎮靜來保持自己在臣下面前所應有的威嚴，但看得出他內心的慌亂，很顯然他已經嗅出了危險，而鐵面狂心則成了他救命的稻草，他想利用他，與他至高無上的皇帝進行一次生死賭搏，他知道這對他意味著什麼，所以不敢有絲毫的大意，他們來找帕里斯神父一是想爭取他的支持或使他保持中立，以增加他們這方的獲勝法碼。

帕里斯神父坦率地告訴他們自己從來就沒有想過要干預地球上的任何事務，他不會參與他們，當然也不會幫

助皇帝，他否認自己有預知未來的能力，自然也沒有告訴他們最後的結果。

帕里斯神父的解釋顯然沒有打消他們心中的疑慮，鐵面狂心眼睛裡不止一次露出了殺氣，如果不是有所忌憚，這個瘋子早就對他下手了。儘管有些故作深沉，但皇太子還是要比瘋子般的鐵面狂心顯得更有城府也更老練，而且看得出他已經完全控制住了那個瘋子，也正因為這樣，鐵面狂心才有所收斂。

帕里斯神父沿著過道往前走著，不時抬手去撫摸兩旁堆放著的物體，似乎尋找到了力量的源泉。他在那個橢圓形的物體前站住，伸手去撫摸著，神情有些激動。這就是他當年離開故鄉的那個星球時乘坐的飛行器，它隱藏在這裡已經數百年之久，神父本人有意忽視它，即便來到這裡，也總是故意繞過去，他害怕去揭開那慘痛的記憶。然而今天他卻不知不覺地來到了它的面前，儘管塵封數百年，飛行器卻完好無損，只要打開引擎，它就能飛起來，離開這個星球。可是離開了這裡，他又能到哪裡去呢？在茫茫宇宙之中，的確還能找到許多可供人類居住的星球，可是有人類的地方就難免會有戰爭，人類的欲望和智慧會輕而易舉地把人類連同他們居住的星球一起推向毀滅。當初他從自己的那個星球逃到了這個星球，如今同樣的悲劇又要上演，而他呢，難道除了逃離就沒有別的活路了？他逃離得太多了，他討厭逃離，他是想在這個星球上好好地

生活下去的，可是為什麼卻沒法實現呢，這難道也是他的宿命？

「皇上駕到！」駝背太監怪聲怪氣的聲音傳過來。

帕里斯神父苦笑著歎口氣，心想該來的總是要來的。他回到書房，駝背太監已經在那裡等著他。這個在皇帝面前像狗一樣活著的人在他人面前總是趾高氣揚，似乎要以此來尋找到一點兒做人的感覺，他總會把自己在皇帝那裡遭受到的屈辱加倍地償還在那些仰視他的人身上，這使他的眼光總是顯得那麼陰冷。

帕里斯神父雖然並不屬於這個地球，可是既然要在這個地球上生存就不能不遵循這個地球上的規則，所以他不得不做出誠惶誠恐的樣子快步跑過去迎接那在這個王國裡至高無上的皇帝。

然而帕里斯神父並沒有能夠走到皇帝的跟前，大內總管鐵手無情把他攔住了，這個平時笑容可掬的白面書生臉上神情很是陰冷，他把手一揮，後面擁上來幾個侍衛如臨大敵地用刀和槍對準了帕里斯神父。

帕里斯神父看著不遠處的皇帝，原本指望他出面制止這種粗魯無禮的行為，皇帝卻沒有任何反應，他於是明白這其實是皇帝本人的旨意。他坦然地對鐵手無情笑了笑，把手舉起來，幾個侍衛上前來把他的身體從上到下摸了好幾遍，結果卻一無所獲，於是向鐵手無情點了點頭，鐵手無情對神父擺了擺手，示意他可以過去。

帕里斯神父來到皇帝面前跪下，叩頭，這其實也是他生活在這個這地球上不得不遵守的規矩。

「吾皇萬歲萬歲萬萬歲！」帕里斯神父明明知道皇帝已經沒有幾天好活了，卻也不得不違心地呼喊著。

「愛卿平身！」皇帝的聲音沙啞而無力，卻也不失威嚴。

帕里斯神父站起來，抬眼看著皇帝。矮小的皇帝被一群大臣簇擁著，四周密密麻麻地站立著數百名武裝到牙齒的侍衛，而在週邊，數萬名御林軍早把整個修道院圍得水泄不通。帕里斯向周圍掃視了一眼，一張張或熟悉或陌生的臉在眼前閃過，那些無一例外帶著僵硬笑容的臉原本要向皇帝表露他們的忠誠，帕里斯神父卻看到他們靈魂深處的仇恨、恐懼和反叛，幾天以後，正是這些人把皇帝送進了地獄，這恐怕連他們自己也沒有想到的，這難道也是造物主說的宿命？哦，是宿命，但絕不僅僅是宿命！不是宿命又是什麼呢，無所不能的帕里斯神父似乎也有些困惑了。

「愛卿，我有事找你……」皇上看著帕里斯神父，眼光有些遊移。

「皇上請！」帕里斯神父偷偷地瞥了一眼皇帝，然後低下頭去。他從皇帝的眼光中看到了一絲恐懼。當然，皇帝總是要在恐懼中生活的，無論是誰，只要坐在那個位置上，就註定要與恐懼為伍。因為那意味著至高無上的權

力，而有了這至高無上的權力，人就可以隨心所欲，為所欲為。在很多人看來，那就是做人的最高境界了。所以誰都想做皇帝，而皇帝只有一個。所以但凡想當皇帝的人，沒人不希望當今皇帝死的，他不死，也得找人把他弄死。儘管這要冒很大的風險，或者乾脆說是一場賭博，而且是要拿命來賭的，但終究有人經不住誘惑，要鋌而走險。如今簇擁在皇帝周圍的這些人個個都是有野心的，與皇帝走得越近，危險也越大。當然這也怪不得別人，說到底皇帝也是同樣的貨色，當初他不也是弄死了自己的父親才登上皇位的？現在同樣的命運也將不可避免地落到他身上，這就是世人所說的宿命或因果報應，皇帝似乎已經預感到這報應就要降臨，他想擺脫這個宿命，這也是他來帕里斯神父的緣由。

可憐的人類！帕里斯神父暗自感歎，卻又有些無可奈何。在他看來，人類儘管擁有絕高的智慧，但仍然是膚淺和短視的。人類其實也知道，欲望是萬惡之源，人，得到越多，越有錢地位越顯赫，所面臨的危險越大，處境也更兇險，皇帝至高無上卻很難壽終正寢，長命百歲的總是些無用之人，財富也好，權力也好，其實是一把雙刃劍，給人帶來欲望滿足的同時也往往會把人推入毀滅的深淵，人類是明白這個道理的，也曾創造所謂的文化來控制自身的欲望，然而人類的幸福總歸是建立在欲望的滿足之上的，更何況地球人類的生命是有限的，他們整天生活在死亡的

恐懼之中，人生苦短，渴望及時行樂，醉生夢死，讓自己短暫的生命在燦爛中灰飛煙滅，也不枉來人世間活上一回，宗教也好，法律也好，道德也好，對他們形同虛設。

在帕里斯神父眼裡，皇帝其實也是凡人，只不過他的欲望比常人更為膨脹，滿足個人欲望的機會也更多一些。眼下他已經感覺到危機四伏，也許他已經預感自己要完了，所有的那些權力、財富、女人，所有這些用來支撐他的王國的一切都將離他而去，而他太迷戀這些東西了，這簡直是他生命的全部，他也許已經知道，他可能連命也保不住，所以才會如此恐懼，他來找自己，無非也是想抓住根救命的稻草。神父雖然不屬於這個世界，卻也有惻隱之心，這個矮小的男人雖非善類，他活著的確給許多人帶來了災難，但這不全是他的過錯。皇帝的寶座才是罪惡的溫床，再善良的人，在那坐久了，也會變得邪惡。帕里斯神父原本不屬於這個星球，又與造物主有過約定，但在這個星球上生活久了，難免也會沾染人類的惡習，他覺得自己似乎也已漸漸被這個星球的人類同化了，這其實並不奇怪，這些地球人的祖先原本也是來自自己的故鄉，只是後來才退化成為了現在的人類，這樣的結果在帕里斯神父看來是非常可怕的，他想避免，想逃脫，卻又覺得無能為力。他經常想，如果不考慮到與造物主訂下的契約，他也可以成為皇帝，然而他成了皇帝是否就會比眼下這個小矮個男人做得更好？原來他是有這個自信的，現在他卻產生了懷

疑，也正因為這樣他對可憐的皇帝產生了惻隱之心。這令他感到惶恐不安，造物主說過，他是不可以擁有人類感情的，倘若有了，就意味著他的使命就要結束，他的生命也將隨之終結。

帕里斯神父陪著皇帝往靜修室裡走著，突然覺得脊背上有些陰冷，他知道那心懷鬼胎的老丞相正惶恐地盯著自己。與矮小猥瑣的皇帝相比，丞相絕對算得上儀錶堂堂，但他很懂得為臣之道，所以總是縮著腿走路，左右搖擺的樣子很像一隻老企鵝。無論皇帝走得快慢，他總是與皇帝保持兩米五的距離，不遠也不近，既突出皇帝至高無上的地位，表現出臣子的忠誠和謙卑，又能看清皇帝的喜怒哀樂，據說他在這方面是下過大功夫的，當初他就是憑著過人的精細贏得了皇帝的歡心，他能長久地坐在丞相位置上也靠的這過人的謹慎和謙卑。但瞞得過皇帝，卻很難逃過帕里斯神父的法眼。

帕里斯神父從丞相的眼睛裡看到了一切。與丞相目光交錯的那一刻，帕里斯神父從他那幽暗的眼睛裡看到他內心燃燒著的欲望火苗。這個看上去平淡如水的男人把自個兒壓抑太久了，幾十年他把自己打扮得如此完美,在皇帝眼裡他是個死心塌地效忠自己的臣子，在百姓眼裡他是個安邦治國的賢臣，為國家為百姓嘔心瀝血，清正廉明，一塵不染；在同僚眼裡，他是體恤下級的好上司，而在妻子眼裡，他也是個好丈夫。他對所有的人都同等對待，無論何

時何地，他都能用微笑面對每一個人，甚至連他的敵人也不能不對他表示敬意，他們恨他，卻根本從他身上找不到任何瑕疵。這次他到底沉不住氣了，這當然不是因為他的草率，事實上他等這一天等得太久了，眼見他老了，機會無多，又覺得皇帝要對他下手，又是千載難逢的良機，他自然不會錯過！這樣的男人，不出手而已，出手便是最為陰狠的招數，可憐的皇帝肯定沒想到自己最後竟會死在這樣一個人手裡。

「你在門外，看著。」到了靜修室門口，皇帝站住，對丞相說。

「皇上？」丞相惶恐地看著皇帝，有些不知所措。

「嗯！」皇帝看著他，冷哼了一聲。

「臣……遵旨！」丞相在皇帝跟前跪下，誠惶誠恐的樣子。

帕里斯神父看丞相跪在地上的樣子，覺得他的確很像一條狗，別看是丞相，帕里斯神父卻知道他在皇帝眼裡其實連狗都不如。想到這個，帕里斯神父為丞相感到悲哀，過不了多久他卻要為皇帝感到悲哀了，用不了多久，皇帝就會知道他的下場比丞相要悲慘許多。這是天機，帕里斯神父知道，皇帝或許預感到了，但不知道到底會發生什麼。

侍衛出去，門關上。屋子裡只剩下神父和皇帝，兩個屬於不同世界的人相互對視著，審視著對方。帕里斯神父神情很坦然，這樣的眼光卻令皇帝感到震驚，除了神父，

天底下沒有任何人敢與他如此對峙，這更證明了他的猜測，這不是凡人，他是神，但神是什麼，皇帝並不知道，他知道的只是這個人或許能夠救他。

「昨晚，我做了個夢，一個可怕的夢……」皇帝看著神父，緩了口氣，說。

神父其實知道皇帝要說什麼，但他沒說話，只是看著皇帝，等他說下去。

「我正在寢宮裡睡得正香，聽見有人大叫，說下雪了！我感到好奇，便起了床走到窗口去往外看，這一看把我嚇壞了，眼前竟是一片血紅色，那漫天飛舞著的，是血色的雪花，整個天空都染成了血紅……」皇帝說著，神情有些驚恐。

「紅雪？」帕里斯神父心裡念叨著，想起自己故鄉的那場雪，紅色的雪，紅雪預示那個星球的噩運，如今這場雪又要降臨，雖然現在還是一場夢，但現實已經離得不遠，同樣的悲劇也將降臨到這個星球上，這就是宿命！在自己的故鄉——那個藍色的星球上，人類的文明遠高於這個星球，最終也沒能逃脫毀滅的命運。當年他親眼看見那藍色的星球化作了一團紅色的火球，然後消失在浩渺無邊的宇宙深處，同那星球化為虛無的還有他的父老鄉親，帕里斯神父至今不敢想地球毀滅的那一刻父兄們經歷了怎樣的痛苦，對他而言，這是刻骨銘心的痛，永遠無法消除的。

「我傻了似的站在那兒，貴妃過來了，見了紅色的雪，驚叫起來，暈倒過去……我正不知道什麼怎麼辦，正想叫人來，卻突然看見天空中出現一頭怪獸……」皇帝緩了口氣，接著說：「那怪獸，也是火紅色的，如同雪裡化出來的，形狀不停地變化著，有時像龍，有時像蛇，有時像獅子，有時又像鬼魅似的，什麼都不像，在空中飄浮不定……後來它化作了一個龍的形狀，只是那頭是三角形的，像眼鏡王蛇，眼睛綠幽幽的，可怕極了，我從來沒有見過那樣的眼睛，也沒聽說過。我貴為天子，是受上天庇佑的，危難時刻也不能失卻皇家的威嚴，便沖那怪獸喝叫一聲，讓它滾到一邊去。沒想那怪獸根本沒把我放在眼裡，反而怒了似的，嚎叫一聲，便張開血盆大口向我撲過來，我想要躲開，可是卻沒有一絲的力氣，像被一股力量吸住了似的，根本沒法掙脫，身體不由自主地向著一個無底的黑暗飄去……」

帕里斯神父看著臉色蒼白的皇帝，覺得他既可憐又可笑，但不管怎麼說，這個時候的皇帝反而是真實的。這至高無上為所欲為的君主看來是被嚇壞了，他怕死，更怕失去所有的一切。

「愛卿，我知道你有非凡的才能，人家都說你知道過去和未來，你能不能告訴我，為什麼會這樣，這夢到底預示著什麼？」皇帝盯住帕里斯神父，懇切地問道。

皇上說話的聲音很柔和，事實上他從來沒有用過這樣

的語氣對人說過話，但帕里斯神父知道這話裡的含義。對帕里斯神父來說，回答這個問題原本是很容易的事，但他不能洩露天機，何況這原本是個宿命，可以預測卻沒法改變，如果他說出真相，除了帶來更多的暴行和殺戮以外還能帶來什麼。

「皇上，這只是一個夢，一個現實中沒有的夢！」帕里斯神父只能這麼回答。

「不，你在騙我！」皇上看著帕里斯神父，冷冷地說。

帕里斯神父歎了口氣，沒說話。

「很多年以前，有個預言大師告訴我，如果有一天天上下了紅雪，就意味著我的末日就要來臨，當時我覺得很荒誕，天上怎麼會下紅雪呢，於是我讓人把他殺了，可是沒想到他的話還是應驗了……」皇上說。

「這不過是一場夢！你看，外面還是一片晴空。」帕里斯說著，用手往外指了指。

「那人臨死的時候還說，最後我將眾叛親離，而且殺害我的還是我最親近的人！」皇上冷笑了笑，說。

「我說過這只是一場夢，皇上不必太在意！」帕里斯神父說。

「我也希望這是一場夢，永遠也不會成為現實的夢，可是很多預兆都告訴我，這個夢正在被應驗……難道不是嗎？」皇帝盯住神父，似乎要告誡他什麼。

帕里斯神父沉默了，覺得無話可說。

「你知道會發生什麼的！」皇上陰沉著臉，說。

帕里斯神父看著皇上，依然沉默著。

「告訴我，他們是誰？」皇上厲聲地問。

「是的，我知道，但是不能告訴你！」帕里斯神父用悲憫的神態看著皇上，說。

「為什麼？」皇上皺著眉頭，看著神父。

「我不能說，說了也於事無補！因為，這是人的宿命，誰也無法改變的！」帕里斯神父歎了口氣，說。

「我是皇上，人的命運是由我來決定的！」皇上冷傲地說。

「可是，誰也沒法主宰自己的命運，你不能，我也不能！」帕里斯神父低聲說。

「可是我能殺掉所有的人，包括你！」皇上說。

帕里斯神父看著皇上，眼光裡含著憐憫。

皇上被激怒了，說：「你以為我不敢？或者，辦不到？」

「殺死了所有的人，你還能當皇上？」帕里斯神父說。

「誰反對我，我就殺誰，哪怕殺死所有的人！」皇上看著神父，惡狠狠地說。

「原上帝饒恕你的罪惡！」神父把手放在胸前，低下頭去。

「讓你的上帝見鬼去吧！天地宇宙間根本沒有什麼上帝，也沒有救世主，我才是天地萬物的主宰！我才是救世主……」皇帝舉起雙手，向著天空大聲喊叫著，瘋了似

的。

「你可以主宰別人，可是你主宰不了你自己的命運！」神父說。

皇帝怔住，愣愣地看著神父，歎了口氣，走到神父跟前，說：「沒錯，我是沒法主宰我自己，所以才來找你的，你要是敢違背我的意志，我馬上就殺了你……」

帕里斯神父俯視著越來越逼近的皇上，一動不動地站著。形容猥瑣的皇上在高大的神父面前突然覺得有些畏懼，在離他幾步遠的地方站住了，抬頭看著神父。神父依舊滿臉慈悲地看著他，像一座大山似地聳立在他的面前，身上籠罩著一層聖潔的光環。皇上突然覺得有一股力量向自己逼過來，他感到要窒息了似的，不由得後退了幾步。

帕里斯神父微笑了笑，對皇上說：「我活得太久了，早就活膩了，要是你能殺了我，倒是成全了我，當然，我也想成全我自己。」

皇上很驚訝，看著帕里斯，問：「為什麼？」

帕里斯神父笑了笑，看著滿臉困惑的皇上，歎了口氣，突然從心底裡生出某種衝動，想要把自己的真實身份，還有自己所屬的那個星球上的事告訴他，告訴這個星球上所有的人類，讓他們吸取教訓，避免同樣的悲劇發生在這個地球上。但他很快打消了這個念頭，這倒不是顧忌自己與造物主之間的契約，他不是個自私的人，生命對他來說已經變得無關緊要，如果他這樣做能夠拯救這個地球

和在這裡生活的人類，他會這樣做的，可是他知道他們不可能理解他，即便理解了，也不會按照他所希望的那樣去做。說到底人類總歸是自私而短視的，他們只想自己活好自己這輩子，至於別人，還有子孫後代，根本不會放在心上。

「你，怎麼敢這樣看著我？你竟敢……藐視……我？」皇上再次被激怒了，冷冷地看著神父，目露凶光。

帕里斯神父在皇帝面前並沒有絲毫的畏懼，這樣的話他聽過不只一次，想殺他的也並不只是眼前的這個皇上，昨天皇太子也想殺他，皇太子是害怕他會支持皇上，制止他們的篡權陰謀，他們都知道普天之下除了他以外再沒有人有這樣的力量，所以他也成為他們最大的威脅，想殺了他永絕後患，最終還是鐵面狂心出面制止了皇太子。鐵面狂心也是來自另一個星球的，他是魔王納斯特的使者，他知道這個星球的任何武器都不能殺死他的。眼前的這個自稱為天子的人，卻只是這個星球上的人類，他不知道這個星球上的文明，還有這個星球中人類的智慧，比起宇宙其它星球的文明來落後了何止千萬年。帕里斯神父的確有理由藐視眼前的皇上，不是因為他的矮小和無能，而是因為他的無知與狂妄。

在帕里斯神父看來，目露凶光的皇帝其實脆弱得可笑。神父知道，人類總是崇尚暴力的，他在這個地球上生活了數百年之久，所經歷的王朝無一不是通過暴力建立起

來，也無一不是通過暴力來維持，最終又無一不是被暴力所推翻。帕里斯神父本人對暴力是深惡痛絕的，因為他所屬的那個星球最終也是被暴力毀滅的。到了這個星球以後，他曾經試圖教會人類學會克制，學會愛，學會寬容，學會人與人之間和諧相處，他到處宣揚自己的理念，也有了不少虔誠的信徒。造物主對他的行為表示默許和支持，這給了他很大的鼓勵。他滿懷熱情任勞任怨地工作著，以為自己能夠改變世界，但結果卻令人沮喪。他甚至不只一次被自己的信徒出賣過，他雖然滿懷慈悲之心，與世無爭，暴力卻不止一次降臨到他的身上，倘若他只是個凡人，早就死過無數次了。

面對暴力，帕里斯神父經常也是無能無力。按照與造物主訂下的契約，他是絕對不能使用暴力的，他自己對暴力深惡痛絕，可是他又覺得在這個地球上很多問題需要暴力來解決。幾天前他曾經聽到傻蛋對他的呼喚，也看見了這個可憐的孩子被劊子手剖腹挖心，到現在他還能聽到他的游魂在荒野中哀號，當時他想過要救他的，但在當時情況下除非使用暴力，否則他根本無法從那些殘忍的祭司和冷血的劊子手手下把他搶救出來。既然不能使用暴力，他只能眼睜睜地看著別人用暴力去殘害他人，這本身就是殘忍的。

就在眼下，另一場更瘋狂的暴力行動正醞釀著，這原本屬於他的清靜之地也會刀光劍影血流成河。這暴力是對

皇上來的，皇上絲毫沒有察覺，而他是知道的，可是他知道了又能怎麼樣呢？原先他並不理解造物主為什麼不讓他干預人類的生活，為什麼不允許使用自己的力量來拯救人類，拯救地球，剛來到這個地球的時候，他也不只一次產生過拯救人類的衝動，那時他以為在這個地球他是可以成為救世主的，但是後來他明白了，縱然他有天大的本事，也根本沒法拯救。正如救世主所說，能夠拯救人類只能是人類自己。

帕里斯神父認為，人類其實是有機會拯救自己的，他們並不是不知道暴力對人類的危害，其實每個人都是害怕暴力的，但只是在自己受到暴力傷害的時候，而當自己欲望受到阻礙的時候，他們也喜歡用暴力來解決的。儘管人類總愛為自己的暴力尋找種種理由並貼上各種正義的標籤，但在帕里斯神父看來，暴力只不過是人類實現自己欲望的手段，人類其實就是欲望的動物，所有的行動都是受欲望的驅使，倘若人類學會控制好自己的欲望，人類的災難就能夠避免。這個看上去很簡單的問題人類卻從未真正解決過，欲望的魔咒自從人類誕生以來便一直困擾著人類自身，使人類喪失理智，相互殘殺，最終導致人類的毀滅。

帕里斯神父抬眼看著皇上，暗自悲歎。皇上看上去貌似威嚴，保持著皇帝的儀錶和不可一世惟我獨尊的架式，但在神父眼裡也就是個行將就木的乾癟小老頭，可憐的皇上似乎已經預感到了什麼，他原本也是暴力的製造者，現

在卻也被即將來臨的暴力嚇得六神無主。這是不可避免的，這也許就是通常人們所說的輪迴或者報應。

帕里斯神父的沉默把皇上徹底激怒了，他瘋了似地沖到神父跟前，氣急敗壞地大叫著：「我要你死，馬上去死。快來人，把他推出去，斬！」

皇帝把手舉起來，想要做出一個漂亮的殺人手勢，突然一道藍光閃過，隨著驚天動地的爆炸聲，一陣狂風席捲過來，大地顫動起來，房屋搖晃著，像要裂開一般。皇帝沒來得及把手放下，身體已經蜷縮著爬倒在地上。

帕里斯神父好不容易站穩了腳步，顧不上理會狼狽不堪爬在地上的皇上，逕自走到窗前，卻看見遠處的天空中升起一朵蘑菇雲。他知道那是鐵面狂心研製的新式武器，用的是他自己所屬那個星球的技術，用這樣的武器來對付這個星球上的人類，自然不費吹灰之力。

「皇上，不好了……」門被推開，鐵手無情跌跌撞撞闖進來，卻沒有看到皇上的人影。

帕里斯神父轉過臉來，看著鐵手無情。

鐵手無情驚恐地看著帕里斯神父：「皇上呢？」

帕里斯神父往地上看著，用手指了指。鐵手無情順著他的手勢看過去，卻看到桌子底拱出的半截屁股。

鐵手無情趕緊跑過去，抬手想要拍那屁股，卻又不敢冒犯，只得對著屁股小心地叫著皇上，然後看著那屁股。

屁股一動不動。

鐵手無情感到很為難，有心想抬手拍拍，又怕冒犯了龍威，看帕里斯神父過來，便求助似地看著他：「神父大人……」說著，指著皇上的屁股示意了一下。

　　帕里斯神父歎了口氣，抬手要去拍皇上的屁股，卻聞到一股臭烘烘的氣味，又看皇上身上的龍袍，見上面濕了一大片，便用命令的口吻對鐵手無情說：「幫我一把！」說著，拖住屁股下面的兩條腿使命把皇上從桌子底下拉出來。

　　皇上躺倒在地上，雙眼緊閉，一動不動，死了似的。鐵手無情看著，很是驚恐。帕里斯神父把手放在他的鼻子底下，見微弱的氣息呼吸，便對鐵手無情說：「皇上沒事，只是受了驚嚇，一會兒就好了！」

　　皇上呻吟了幾聲，終於緩緩睜開了眼睛，看見身邊的神父和鐵手無情，神情有些驚恐不安：「愛卿……」

　　「皇上，不好了，太子和鐵面狂心已經帶人佔領了皇宮，揚言要打倒暴君，替天行道，救天下百姓于水火……」鐵手無情說。

　　「什麼？」皇上看著鐵手無情，張開嘴，像被噎住了似的。

　　「皇上……」鐵手無情吃驚地看著皇上，有些不知所措。

　　帕里斯神父看皇上臉上發青，趕緊過去往他背上狠狠拍上一掌。

「你……？」鐵手無情瞪圓了眼睛看著帕里斯神父，神情有些古怪，似乎不知道對這個膽大包天敢用手拍皇上龍體的人應該怎樣處置。

帕里斯神父沒有理會，用手在皇上胸口揉了幾下。皇上長籲了口氣，喘息著，很難受的樣子。

「快，扶我起來，來人，快快起駕，我要回皇宮去……」皇上喘息著，看著鐵手無情，向他伸出手去。

鐵手無情握住皇上的手，說：「皇上，你回不去了！」

「為什麼？那是我的皇宮！」皇上說著，搖搖晃晃地站了起來。

鐵手無情上前將皇上扶住，說：「皇上，皇宮已經讓太子佔領了，現在他是皇上了……」

「他是皇上？那我是什麼？」皇上一把抓住鐵手無情的手，大聲問。

「這……天底下只有一個皇上……」鐵手無情看著皇上，不知道該說什麼。

「這麼說，我不是皇帝了，那個不忠不孝狗屁不如的小畜生，居然篡奪了我的皇位？他成了皇上，而我什麼都不是了？」皇上看看鐵手無情，又看看帕里斯神父，搖著頭問。

鐵手無情有些懼怕，吞吞吐吐地說：「皇上……」

皇上轉臉看著帕里斯神父，問：「是這樣嗎？」

「皇上，這是事實，誰也沒法改變的！」帕里斯神父

歎了口氣，說。

「不，這不可能，我是天子，我的皇位是老天賜給我的，誰也奪不走！我的丞相呢？我的大臣呢？快把他們叫來！」皇上揮著手，用命令的口吻對鐵手無情說。

鐵手無情站在那裡沒有動彈，歎了口氣，說：「皇上，就在剛才，我看見丞相早就帶了所有的大臣投靠新主子去了。」

「新主子？他們居然敢背叛我？丞相，還有那些大臣？這怎麼可能呢？我給了他們所有的一切，權力，金錢，還有美色，他們平時都對我忠心耿耿，每天都恨不得像狗一樣舔我的手，對我搖尾乞憐，從來對我不敢說不字，為了向我表示忠誠，恨不得把我拉在地上的屎都舔得乾乾淨淨，這樣的大臣，怎麼可能背叛我呢？不，是你，一定是你在撒謊？」皇帝瞪大眼睛看著鐵手無情，向他逼過來。

「皇帝，這是真的，是他們背叛了你，我對你是忠心耿耿的！」鐵手無情後退了幾步，躲在帕里斯神父的背後。

「他們是忠於皇上的！」帕里斯神父用身體擋住皇上，歎息著說：「可惜，你現在已經不是皇上了……」

「不，我是天子，我是至高無上的皇上，沒有人能夠篡奪我的皇位，我馬上召集天下所有的軍隊，把這些篡位者，還有那些背叛過我的亂臣賊子通通抓起來，砍下腦袋，打入十八層地獄，我要所有背叛我和國家的人付出代

價！」皇上高舉拳頭，惡狠狠地說。

「皇上，軍隊叛變了……他們已經把院子都圍了起來，就等著進來抓人了！」鐵手無情說。

「什麼，軍隊也叛變了？那，那我的臣民呢，我的百姓呢？只要他們擁護我，我照樣可以當皇上，你說是不是？」皇上一把抓住帕里斯神父的手，看著他，熱切地說。

「皇上萬歲！」外面傳來巨大的呼喊聲。

皇上定神聽著，突然笑了起來，得意地對鐵手無情和帕里斯神父說：「你聽，你聽，百姓都是擁護我的，我仍然是他們的皇上！快快把門打開，我這就去見他們，我要把他們都號召起來，讓他們拿起武器，保衛國家！」說著，往門口走去。

帕里斯神父伸手將他攔住，說：「皇上，你別出去，他們會把你撕成碎片的！」

「你胡說，我是皇上，他們是擁護我的！」皇上說著，把帕里斯神父推到一邊。

「他們是擁護皇上的，不過他們擁護的是新的皇上！你聽——」帕里斯神父用手往外指了指，說。

「千刀萬剮的狗兒皇帝快快滾出來！」「打倒暴君，剷除暴政，討還血債！」外面的叫喊聲滾雷般湧過來。

皇上剛剛邁出去的腿停住，縮了回來。鐵手無情趕緊把皇上拉進來，然後返身把門關上，插上門閂，然後又把大餐桌拖過來，把房門死死頂住。

光線暗淡下來，皇上傻呆呆地站在屋子中央，臉色由紅到白，又由白變成了綠色，整個身體也像泄了氣似的，縮小了許多。

帕里斯神父看著皇上，眼裡含著慈悲。原先在那顆藍色星球上生活的時候，他並沒有太多人類的情感，那個地方原先都是美好的，沒有生離死別，也沒有權力鬥爭，也沒有這樣的悲劇。但經歷了那次星球大劫難以後他也有了人類的情感。他知道，皇上走到這一步完全是咎由自取，比起他對人類犯下的罪惡來，這樣的懲罰來得太晚也太輕，但在帕里斯神父眼裡，這無論如何也是個有靈魂的生命，生命的毀滅總是讓人痛苦的，即便這個生命很渺小，很醜陋！

帕里斯神父攙扶著皇上，讓他走到椅子上坐下來。

「神父，你救救我！」皇上抓住神父的手，熱切地看著神父，說：「我知道你能救我，只有你救我！只要你救我，什麼條件我都可以答應你，權力，財富，女人，你要什麼我都會給你的！」

「不，皇上！我不能！」帕里斯神父安詳地看著皇上，想把手抽出來，卻被皇上狠命地抓住。

「神父，我知道你有天大的神通，你是無所不能的，天底下只有你能夠制止這場陰謀，只有你能夠！我知道你是個慈祥的人，你的使命就是要拯救人類，你難道能夠眼睜睜地看著他們殘害我，殘害我的人民嗎？」皇上緊緊地

握住帕里斯神父的手，像抓住一根救命的稻草。

　　帕里斯神父盡力安撫著情緒激動的皇上，不知該說什麼。皇上這話算得上冠冕堂皇，但現在聽來卻讓人覺得滑稽可笑。類似的話昨天晚上皇太子也說過，皇太子說他的所作所為完全是一場改天換地的革命，是替天行道，是正義對邪惡的審判，他正是為了百姓才做出這樣大義滅親的壯舉的，所以才會得到天下百姓的擁戴。然而他們的話多半是在說謊，即便出於真心，結果也會適得其反。帕里斯神父略微開啟慧眼，卻看見四周黑暗的幽靈在空氣中飄浮，帶著邪惡的氣味。這幽靈，這氣味，與昨天太子身上看到的並沒有區別。眼前這個皇上也終於知道，自己有能力救他，不錯，他是可以幫他挫敗這場政變，但他根本沒法拯救他。而且，如果幫他保住皇位，他會變得更殘暴，死的人會更多，除了反對他的太子、鐵面狂心和丞相，還會有成千上萬的人死於非命。神父此時並沒有過多考慮個人得失，甚至也沒在意自己與造物主之間的約定，如果真的能夠拯救人類，他寧可犧牲自己，然而他救得了皇帝，卻救不了地球上的人類。還是造物主說得對，拯救人類必須從拯救人類的靈魂開始，誰能拯救人類的靈魂呢？他不能，造物主也不能！神父想起自己與造物主訂下的契約，原來他是責怪過造物主的殘忍的，現在卻突然明白了這其中的苦衷。

　　皇上死死地盯住神父，眼睛裡冒著火，目光裡交織著

驚恐、渴求和憤怒。鐵手無情在旁邊站著，手裡握著刀，時而看看神父，時而看看皇上，只等著皇上一聲令下，就要上前把神父砍成肉醬。

「皇上，很抱歉，除了你自己，沒人救得了你！」帕里斯神父安詳地看著皇上，搖了搖頭，低聲地說。

「我？」皇上疑惑地看著神父，問。

「是的，只要你主動交出皇位，跟我走！」帕里斯神父看著皇上，試探說。

「我，跟你走？上哪兒？」皇上看著神父，咽下去一口唾液。

「人間天堂！」帕里斯神父說。

「天堂？什麼樣的天堂？」皇上疑惑地看著神父。

「那裡到處綠樹成蔭，鳥語花香，溪水從山澗嘩啦啦地流下來，清澈見底，魚兒在水自由地遊動。一年四季陽光燦爛，氣候怡人。在這裡，人與人之間是完全平等的，每個人都依靠自己的勞作獲得食物，他們很會珍惜自然，學會了清心寡欲，除了生產些生存必需的物品，絕不向自然過多地索取，人與人之間和諧相處，怡然自得，所有紛爭都以和平的方式來解決，沒有戰爭，沒有暴力……」帕里斯神父耐心地描述著。

「那麼國家呢？皇帝呢？」皇上問。

「那裡不需要有國家，也不需要有皇帝！」帕里斯神父說。

「那我的貴妃呢？她可以跟我一塊去嗎？」皇上問。

「不，她不會跟你去的！」帕里斯神父說。

「當不了皇上，又沒了女人，那我活著還有什麼意義？還不如死了算了！」皇上歎了口氣，說。

帕里斯神父看著皇上，沉默著，歎了口氣。

「沒錯，我是完蛋了！」皇上冷笑了笑，說：「不過，我完了，不過他們也好不了，大不了，我跟他們同歸於盡！」說著，從衣袋裡掏出小盒子來。

「皇上，您……」鐵手無情看著皇上，很有些緊張。

帕里斯神父看著皇上，不動聲色。

皇上把盒子舉起來，對帕里斯神父說：「你說的沒錯，神父，只有我自己能夠救我自己，你看看，這是什麼？我早就防著他們這一手了，在我登上皇位以後，我就讓人在地底下填滿了炸藥，現在只要我按下這個機關，你，我，還有所有那些奪我皇位的人，不，還有整個世界，整個地球，都會在爆炸聲中灰飛煙滅！哦，那是多麼偉大的壯舉，又是多麼悲壯的情景啊……」說著，竟狂笑起來。

「皇上，您……」鐵手無情看著皇上，有些害怕。

帕里斯神父卻很坦然，對皇上說：「皇上，你這樣做可是要犯下滔天大罪的，請你放手，給自己一條活路，也給別人一條活路。」

「我都活不了了，為什麼要給別人一條活路！你們，所有的人，還是這個可惡的星球，這個充滿了邪惡的世

界，通通都去死吧！」皇上說著，仰天狂笑起來。

外面一片急促的腳步聲，接著是撞擊門的聲音。

「太子快來，老狗就在裡面，進去抓活的！」丞相的聲音傳進來。

「好，來得好！都死去吧！」皇上看見太子和丞相領著一群士兵沖了進來，舉著盒子，悲慘地笑著，狠命地按下機關。

皇冠

皇太子穿著龍袍站在鏡子前，戴上皇冠，打量鏡子裡的自己，皺起眉頭。龍袍和皇冠都是昨天從父皇身上剝下來的，穿在身上並不合體，但好歹也是皇袍，戴在身上，他就能成為當今的皇上。與老傢伙的侏儒身材相比，皇太子更顯得高大威武，但不知為什麼皇太子覺得自己還是不大像皇上，其實皇太子自己說不清皇上該是什麼樣的。命運真有趣，昨天他還是提心弔膽的皇太子，今天他就要成為至高無上的皇上了。

皇上意味著什麼？皇太子突然想起這個問題，這問題皇太子其實以前也想過，但終究沒有想出所以然來。那時他還是皇太子，皇太子離皇上只有一步之遙，其實卻何止十萬八千里？天底下有幾個皇太子能當上皇帝的？歷朝歷代的皇太子，不是廢了就是死了瘋了，最後能夠苟且偷生活下來的就沒幾個。可皇上就不一樣了，即便你是個侏儒，是個笨蛋，但只要能夠坐到皇位上，立馬就成為了天底下最有權勢的人，所有的人都得仰視你，你就像神一樣受到天下人的頂禮膜拜，天下所有的財富和所有的女人都是屬於你的，天下所有人的命運都要由你來主宰。我是皇

上了，以後再也不用看別人臉色了，更不用在任何人面前裝孫子了，以後所有的人都得看我的臉色，我終於可以為所欲為了……難怪那麼多人想當皇上，也難怪老傢伙要死死地霸占皇位不肯放手。

　　想起昨天發生的事，皇太子還有些心驚肉跳。為了這一天，他與鐵面狂心還有丞相父子謀劃已久，一直在等待機會，自以為萬無一失，卻沒想到父親還留下最狠的一招。鐵手無情後來派人挖到了那些炸藥，鐵面狂心看過以後說，倘若爆炸，別說當場所有的人會被化為灰燼，只怕連整個地球也都會被毀掉！

　　和所有人類一樣，皇太子也是害怕死的，人死燈滅，死了，什麼都沒有了！皇太子雖然對皇位夢寐以求，但在性命和皇位之間，他還是會選擇性命，命都沒了，皇位有什麼用？皇太子暗自慶幸，畢竟他沒有死，他還活著，而且就要當上皇帝，皇太子原本是不信命的，但既然老天對他如此厚愛，相信它一次又有何妨！

　　回想昨天的情景，皇太子覺得自己贏得有些僥倖，當時的情形，老傢伙只要按下機關所有的人都可能同歸於盡，鐵手無情說他那一刀砍倒了那「老賊」從而挫敗了陰謀，力挽狂瀾，挽救了所有的人和地球上所有的人類，但鐵面狂心並不買賬，說是他用意念控制了那「老賊」，那老賊根本不可能引爆那些炸彈，還有人認為當時真正起到關鍵性作用的不是鐵手無情砍斷「老賊」手的那一刀，也

不是鐵面狂心的意念控制起了作用，而是另有高人暗中相助，因為造物主憐惜人類，不忍看人類和地球如此毀滅，早就制訂了關於地球人類拯救計劃並暗中派來了使者，造物主的使者早就識破了那「老賊」的陰謀，事先早把炸藥的引爆器都給拆除了，其實在鐵手無情砍下那一刀以前，「老賊」已經按下了機關，只是沒有爆炸而已。對於皇太子來說，最重要的是他和所有的人類都逃過了這場劫難，最後他還活著，還能穿上皇袍戴上皇冠而且很快就可以坐在高高的皇帝寶座上。

「老賊？！」從昨天以來，幾乎所有的人都用這個字眼來稱呼昨天的皇上和自己的父親，這稱呼一方面是把今天剛剛穿上皇袍戴上皇冠的新皇上與剛剛被廢掉的舊皇上區分開來，另一方面也是舊臣們對新主子表示效忠的一種方式，皇太子理解大臣們的苦心，但心裡還是有些不是滋味，似乎覺得「老賊」與「皇上」離得太近，昨天的「皇上」今天便成了「老賊」，那麼今天的「皇上」呢，什麼時候也會成為「老賊」！不過這念頭也只在皇太子腦海裡閃過一下便無影無蹤，畢竟今天是自己登基做皇帝的大喜日子，這念頭太不吉利，絕不能讓它敗壞了眼下難得的好心情。

眼下大局已定，那個原本是自己父親的「老賊」已經被押到通天塔囚禁起來，服侍他的只有一個駝背太監。對於皇上的去處，原本是有爭議的。無論大臣還是百姓，數

落起那「老賊」的罪惡來，個個義憤填膺，一把鼻涕一把淚的，那「老賊」簡直是「惡貫盈滿」、「十惡不赦」，恨不得吃他的肉挖他的心，還要把他打入十八層地獄，讓他死後還不得安生！而當他們稱頌起新主子來，也絕不吝惜溢美之辭，他們說皇太子才是天縱英才，英明果斷，在關鍵的時候當機立斷，運籌帷幄，廢除妖帝，救國家於危難，救民眾於水火，此番登上皇帝大位，更是上合天意，下順民心，乃國家之幸，民眾之幸也。那時候皇太子還沒穿上皇袍，但大臣們的話令他有些飄飄然。皇太子終於理解了「成者為王，敗者為寇」這句話的含義，人類的歷史向來就是這樣，倘若這次行動失敗，那麼成為階下囚受到萬人唾棄的就是他了，好在他成功了，他成為了皇上，受到萬人追捧，也成為了萬民的領袖，天下的主宰！

就要登基的皇太子其實心裡也很清楚，論才幹論品行，自己未必比老傢伙強多少，重要的是現在自己就要成為皇上，不管自己以前是什麼，坐在皇上的位置上就完全不一樣了。大臣也好，百姓也好，他們順服的不是他本人，而是他坐的那個皇位。皇帝的寶座才是最神聖的，父親原本是個侏儒，但往皇位上一坐，所有的人都只能對他仰視，頂禮膜拜，如今失去了皇位，成了階下囚，立馬就成了臭狗屎一堆，眼下正被關押在通天塔底下，與蚊蟲老鼠為伴，生不如死！

把老賊關在通天塔還是老丞相的主意，原先大臣們是

想要把廢帝送上絞刑架的，但丞相說對此等禍國殃民罪惡滔天的天下公敵絕不能讓他死得如此輕鬆，死對這老賊來說反而是一種解脫，最好的辦法就是把他關在通天塔底那暗無天日的地牢裡，讓他品嘗品嘗生不如死的滋味。丞相的主張得到所有大臣的擁護，皇太子覺得這一招是夠狠的，但這些話從丞相嘴裡吐出來，多少讓人感到有些意外。在此以前，說起對皇上的忠誠來，天底下絕沒有人能夠與丞相相比。人家都說，丞相是皇上忠實的奴僕，用他自己的話說，他是為皇上而活著的，因為服侍皇上，他的生命才有意義。論地位，他是一人之下萬人之上，但在皇上面前，他也就是一條搖尾乞憐的狗，每天都看皇上的臉色活著，每天都活得心驚膽戰，說話做事都極謹慎小心，給人如履薄冰如臨深淵之感。也有人說他是皇上肚裡的蛔蟲，皇上的所思所想，他總能知道得一清二楚，這也是在別人一個個倒下去的時候他仍然能夠活下來而且始終身居高位的奧妙所在。作為丞相，他是皇上的左膀右臂，皇上所有命令都是由他去執行的，戰爭是他親自發動的，所有殺人的命令也是他下達的，上面都蓋有他的印章。多少年來，他像一條狗一樣被先皇使來喚去，從來沒有過任何怨言。他喜歡的所有東西，只要皇帝需要，他會毫不吝惜地交給皇上，包括自己和所有家人的生命。有一次皇上得了大病，丞相召來了天下最好的醫生給皇上看病，也無濟於事，終於來了一位道士，說能治皇上的病，只是需要丞

相剛出生的小兒子的心做藥引，丞相聽了竟毫不猶豫地回去把小兒殺了挖了心給皇上做了藥引，此事早成了天下美談，丞相本人也因此作為一代名相載入了史冊。也正因為這樣，皇太子一直把丞相當作敵人，是實現自己雄心壯志的心腹大患，甚至想過要派人除掉他，只是知道此人老奸巨猾不易對付才沒敢下手。

曾經也有手下謀士向皇太子提議要與丞相聯手，但當時的皇太子根本沒敢去想，他沒有理由懷疑丞相對父皇的忠誠，在他看來，倘若丞相真有叛逆之心，那他一定是一個最讓人捉摸不透也是最可怕的敵人，城府之深心機之縝密實在千古未有。如今看來，他的判斷並沒有錯，只是他沒想到丞相會主動找上門來與他聯手！

丞相那天找他是為了要把自己的女兒嫁給他做太子妃，現在想起來那只是一次成功的試探。當時的皇太子心都在貴妃娘娘身上，對丞相的女兒他倒也有所聞，別人都說那女人長得倒也是天姿國色，雖然當時的太子今天的皇上對那女孩並沒有太多的興趣，但他還是很爽快地答應了這門親事，那時他已感覺到位高權重的丞相家族對自己很有用，他很清楚，在朝廷裡，婚姻歷來都是一種政治，即便他貴為太子也概不例外。事實上那意味著他與丞相家族達成了聯盟，要是不走這一步，他根本就不可能坐上皇帝的寶座。這樣的聯姻當然也是有風險的，一方面會召來大臣們忌恨，丞相家族在朝廷的勢力太大，早就引起朝廷上

下的不滿，據說經常有大臣寫奏摺要彈劾丞相，都被丞相壓了下來。而另一方面，皇帝對丞相龐大的家族勢力也有所戒備，倘若知道皇太子居然也成為他們的家族成員，肯定會懷疑他的居心。但丞相很快就打消了皇太子的顧慮，而且果然把事情做得滴水不漏。

那天丞相把鐵面狂心帶進了太子府，當時的皇太子覺得這是老天的賜予，對鐵面狂心的才能他是親眼見識過的，丞相說他的知識和智能都遠遠超出了這個時代和這個星球，他製造出來的那些稀奇古怪的武器令所有人瞠目結舌殺人效果更是駭人聽聞。鐵手無情是皇上身邊的鐵桿保鏢，武藝之高強，天下無人比擬，曾經一天之內殺死過三百多名叛賊，這樣的業績在鐵面狂心面前簡直連雕蟲小技都算不上，因為他發明的那種名為「小神童」的飛彈只要投出去一枚便可讓方圓幾十里夷為平地，所有的物體和生靈瞬間化為灰燼！正因為這樣，老賊才會把鐵面狂心當作寶貝供養起來。正是有了鐵面狂心這樣的天才，老賊才會有恃無恐，不把周圍強大的鄰國以及手下的大臣還有天下的百姓放在心上，因為他相信鐵面狂心可以搞定一切，但老賊肯定沒有想到，這個人同樣也是可以把他搞定的。

戴上皇冠的皇太子至今不明白老賊那天怎麼會想到要殺死鐵面狂心，他應該知道，就憑鐵手無情這幫人是殺不死他的，而此人一旦成為敵人，那就太可怕了。事實上最後真正葬送老賊的不是他，而是鐵面狂心。因為沒有他

的武力支持，當時作為皇太子的他絕對不敢輕舉妄動，他的皇帝夢也不可能這麼快得以實現。皇太子原本是不願意相信天命的，那時他擔心命中注定當不了皇上，既然命運不利於他，那他為什麼要相信它呢？現在好了，命運的天秤終於向自己傾斜了，命運就要把自己送上皇帝的寶座，這時他才真正發現命運原來是個好東西，他也沒有理由不相信它。

　　鐵面狂心也並非天下無敵，他的天敵是帕里斯神父。帕里斯神父是個面目慈善的老頭，看上去絕沒有過人之處，鐵面狂心說這老頭是個很有神通的人，他不僅知道過去和未來，同樣也能製造各種殺人的武器，只是他深藏不露，常人沒見識過他的本事。鐵面狂心的話令當時的皇太子很是吃驚，鐵面狂心並沒說過帕里斯神父是自己的天敵，但看得出他對帕里斯神父頗有忌憚。他很擔心神父會出手干預，所以在那個月黑風高的晚上，他們神不知鬼不覺地找到了神父，神父對他們的到來並不吃驚。想要當皇上的皇太子有些迫不及待，他早在外面埋伏好了殺手，準備神不知鬼不覺地把他做掉，目中無人的鐵面心卻制止了他，而且方式十分粗暴，讓他這個就要做皇上的人很沒有面子。不過後來證明鐵面狂心是對的，事實上他們不可能殺死這個人，就像父親沒法殺死鐵面狂心一樣。

　　昨天他們衝進帕里斯神父的靜修室的時候正好看見絕望的父皇高舉著手裡的盒子，拇指按在開關上，就在他

要用力按下的時候鐵手無情揮出手裡的大刀，只聽到「唰」的一聲一道白光閃過，那手臂連同盒子一塊落在地上。後來所有的人都認為是鐵手無情拯救了所有的人，也挽救了整個地球，因而都把他捧為英雄乃至人類的救星，他自己更是得意忘形。鐵面狂心卻不以為然，說鐵手無情根本沒那本事，是有人用意念控制了局面，不然的話鐵手無情縱然有天大的本事也不可能制止這場劫難。所有的人都明白鐵面狂心說的其實就是帕里斯神父，奇怪的是他們衝進去的時候並沒有見到這個人，而且以後也再沒有人見過。所以鐵面狂心的話並不能令人信服，皇太子也是半信半疑，後來他派人四處尋找帕里斯神父，但這個奇怪的老人就像是突然從地球上蒸發了一樣，再也沒了蹤影，後來還是鐵面狂心帶人進了他的地下密室，那裡擺放著許多稀奇古怪的物體。皇太子茫然地看著，很奇怪帕里斯神父怎麼挖了這麼一個地洞，存放著這些稀奇古怪的玩意兒到底想要幹什麼。鐵面狂心癡癡地看著，手顫抖著抬起來，伸向那些物體，輕輕地撫摸著，神情莊嚴肅穆。皇太子看著很吃驚，鐵面狂心向來眼高於頂目中無人，天底下沒有什麼人和什麼東西能入他法眼的，沒想到對這些稀奇古怪的物體竟會如此敬畏，於是忍不住問那是些什麼東西，幹什麼用的。鐵面狂心說那是神器，說了你也不懂的。當時的皇太子聽了很生氣，心想這狗日的果然目中無人，竟敢對自己如此藐視，你功勞再大本領再高也總還是我的奴才！這樣想

著，原想給鐵面狂心臉色看的，但對他的本領到底有些顧忌，又想著要登基做皇帝的事，才算忍下了這口惡氣。

皇太子其實並不關心是誰阻止了這場劫難，重要的是他沒有死而且很快就要登基做皇帝了。不過他也覺得自己還是贏得有些僥倖，原以為他們的謀劃天衣無縫，勝券在握，然而老賊的心計和歹毒還超出了他們的想像。

鐵面狂心和丞相都被帕里斯神父的神祕失蹤弄得心神不寧，鐵面狂心一直在派人尋找神父的下落，看出來他們對這神奇的老頭很有幾分忌憚，皇太子卻不以為然，他覺得帕里斯神父本事再大也未必會與自己為敵，可怕的倒是身邊的這些人，別看他們今天會把自己扶上皇位，沒準哪天他們也會像背叛老賊那樣背叛自己。

皇上！皇上聽到這聲音，心裡不由得一陣顫慄，他知道貴妃娘娘正款款向自己走來，卻故意板著臉，沒去理會。

皇上——！女人的聲音輕柔圓潤，猶如她那迷人的胴體，充滿著誘惑，皇太子根本沒法抵禦，只得抬起頭來，痴痴地看她。

皇上！女人站在他的面前，微笑地看著他，抬起白玉般纖細的手，向他伸過來。

皇太子看見她向自己靠過來，聞到了一股帶著體味的幽香。女人投進了他的懷裡，他忍不住把她抱住，女人把自己貼在他的身上，緊緊地將他摟住。

皇太子摟住這個原本屬於父親的女人，心裡別有一番

滋味。這女人真是天生尤物，那麼漂亮，那麼性感，那麼富有誘惑，任何男人見了就不會無動於衷的。這個原本屬於父親的女人，這個他應該稱為母親的女人，當初他是冒天下之大不韙與她私通的，他之所以反叛父親，之所以想要當皇上，多半也是為了這女人，如今眼見自己就要成為皇上了，他卻不知道怎樣安頓這心愛的女人。

很顯然，女人也是有野心的，她的野心是要當皇后，但她注定是當不了皇后的。皇后是國母，要母儀天下的，這女人雖然有著天下最美的容貌，卻也是天下最為淫蕩的女人，一個身份低微且生性淫蕩的女人怎麼能夠母儀天下呢？當初父親沒讓她做皇后而只是封她貴妃想必也有同樣的考慮。但女人看不清這一點，她是個有野心的女人，女人的野心是靠男人實現的，當初她是靠著父皇，現在只能指望靠他了。女人這時候來找他，主動投進他的懷裡，無非也是為的這個。她肯定不會想到，她的命運從開始就注定的，甚至連他這就要登基的皇太子也無法改變。

將要成為皇后的是丞相的女兒，論美貌，丞相的女兒絕比不上這女人的萬分之一，但她是丞相的女兒，有當皇后的命。丞相的女兒相貌很平庸，也不可愛，他不愛她，將來也不可能去愛，但他必須娶她，還要把她封為皇后，這是他與丞相早就訂好的契約，沒有這個契約，丞相就不可能幫他，他也就不可能登上皇位。所以，為了登上皇位，他只能犧牲自己心愛的女人！想起這事，他總有被人脅迫

的感覺，這感覺令他很不爽，當太子的時候他總是委曲求全，現在眼看就要當皇帝了，怎麼還是不能隨心所欲呢？就為這個，他暗自恨上了丞相，還有那些膽敢在他面前指手劃腳的傢夥。

　　皇太子抱著懷裡的女人，有些動情。女人抽泣著，整個身體顫動起來，他知道女人是在哭泣，她當然是為她自己哭的，他還沒有對她說過她的結局，但她肯定感覺到了什麼。這一切其實早就商定好了的，只是還沒來得及告訴她，他不知道怎麼對她說。他是想當皇上的，但還沒有完全絕情，平心而論，他也是舍不下這女人的，這女人太好了，他反叛父親也是為了佔有她，而現在他要登基做皇帝了，卻要把她打入冷宮。這原是丞相提出來的，他原本可以反對，當仔細想想卻也找不出反對的理由。畢竟他才是皇上了，皇上做什麼事是沒人敢阻攔的，但丞相的話也有道理。貴妃再漂亮也不過是個娼妓，又是那「老賊」用過的，怎麼也上不到檯面上去。

　　皇上！貴妃柔軟的身體在他懷裡蠕動著，仰頭看著他，眼睛裡春光蕩漾，更有說不出的嫵媚。那眼光誘惑著他，令他心搖神盪。女人的手伸到了他的下體，把住了他的命根輕輕地揉著，嘴裡呻吟著，暖暖的氣息吐在他的臉上。他低下頭，女人的嘴已經迎了上來，他還沒來得及反應，女人的舌頭已經從他嘴裡鑽了進去，在裡面翻江倒海似的攪動起來。他把女人抱著，用舌頭與她糾纏。女人得

寸進尺，一隻手早就伸進了他的褲子裡，抓住他底下的命根把弄著，撫摸著，他感到渾身氣血涌動，再也把持不住自己，抱住那女人，把她扔在床上，撲上去把她身上的衣服撕扯下來，然後迫不及待地撲了上去！

快……皇上！快……皇上……！女人呻吟著，竭力地迎合他。

皇太子第一次聽女人這麼叫他，頓時情緒激昂，他把女人的雙腿舉起來，架在自己的肩膀，然後振奮精神，躍馬舉槍一路殺將進去。女人不甘示弱，主動挺起身體迎合他，使出了渾身解數。

皇太子舉著女人的雙腿猛烈撞擊著，看著女人在底下吱呀亂叫，要死要活，他感到從來沒有過的滿足，畢竟這是他第一次以皇帝的身份占有這女人，他們的關係從此也發生了改變，以前他們不過是一種不合法的通姦關係，現在他是皇上了，可以堂而皇之的佔有她，這不是亂倫，也不用擔驚受怕，他已經是皇帝了，他是以皇帝的名義佔有了這個女人。

皇太子從女人身上翻下來，喘息著，女人爬過來，小貓似的依偎在他懷裡，用舌頭在他身體上輕輕舔著。他用手臂摟住這女人，覺得女人的身體嬌小許多。當她還是父親女人的時候，總是她哄著他，而他總是小貓似的依在她懷裡，用手捏住她的乳頭玩著，那時他覺得自己就是她的兒子，被她愛著，保護著。如今他長大了，當上皇帝了，

可以像真正的男人那樣佔用有這個女人，而女人也是以這樣的方式乞求他的憐愛，乞求他的保護。

我終於是你的女人了！女人舔到他的臉上，輕聲地說。

皇太子沒有說話，他心裡很清楚，這是他最後一次與這女人在一起了，鐵手無情已經帶人等在外面，只等他這邊完事就進來把女人帶走，女人的死活他也管不了的，也不能去管。對於他來說，女人的使命已經完成。他再也用不著她了，他也犯不上保護她，丞相說得對，畢竟她是父親的女人！他心裡是喜歡這女人的，但他必須要有所選擇，用丞相的話說，他擁有這女人也許就會失去天下，而他擁了天下過後就會擁有更多更好的女人。現在他就要登基做皇帝了，為了新的生活，為了新的權力，他必須有所犧牲，有所捨棄！

皇太子想到要登基的事，便坐起身子，把皇袍拿起來，準備要穿。女人似乎意識到了什麼，用白玉般細長的手臂將他纏住，嬌艷的臉深埋在他的懷裡。他已沒有心思與她糾纏，掰開她的手將她推倒在床上，然後站起來，把衣服披著身上穿著。女人從床上爬起來，抬頭看著他，兩行眼淚流下來，緩緩地滴落在胸前的乳房上，然後又落在底下的被子上。

皇上！女人看上去很絕望，帶著哭腔對他叫喊著。

就要登基的皇太子重新整理好身上的皇袍，又戴上了

皇冠，走到鏡子前打量著自己，覺得自己終於有了皇上的威嚴。女人的哭泣卻讓他有些心煩意亂，今天是他登基的大好日子，他可不想讓這女人和她的哭聲敗壞了自己的興致。

皇上！女人跪在床上，一雙淚眼乞憐地看著穿上皇袍的皇太子，哀聲叫著。

皇太子手放在皇冠上，心已經不在女人身上，心想他與女人的一切都已經成為過去，女人的聲音已經不能打動他。

鐵手無情領著幾個御林軍進來，看著皇太子，皇太子沖他點了點頭，鐵手無情沖後面的士兵使了個眼色，士兵衝上去，粗暴地抓住女人把她從床上拖下來。

皇上，快救救我！女人哭喊著，掙紮著向他伸出手來，抱著最後的希望。

皇太子站在鏡子前欣賞著自己的儀容，根本沒向那女人看上一眼。鐵手無情向士兵揮揮手，那幾個士兵便架著那衣不遮體的女人將她拖出宮殿。

皇太子很滿足，把女人的事放下，然後想著登基的事。雖然他現在穿上了皇袍，戴上了皇冠，別人也早稱他為皇上，但他其實還不是真正的皇上，如同男人和女人結過婚過後才算得上合法的夫妻，登基過後的皇上才是真正的皇上。嚴格的說，現在的皇帝還是他的父親，在法律意義上，他還是個太子。但是作為皇帝的父親已經成為階下

囚，被關在通天塔底下的地牢裡，還是皇太子的他已經穿上了皇袍戴上皇冠很快就要登基坐在皇位上。

　　儘管還不是合法的皇上，皇太子卻也無需為自己擔憂。以往總有人說皇位天授，皇太子根本不信這個邪，在他看來，物競天開適者生存才是自然界和人類社會天經地義顛撲不破的法則，權力就是暴力，古往今來，哪個不是靠了暴力當上皇帝的？又有哪個不是靠著暴力來維護自己統治的？暴力意味著屠殺，意味著流血，沒有人願意使用暴力，可是不使用暴力，那老賊會主動把皇位傳給他？當不上皇帝，他就只能做太子，太子離皇位只有一步之遙，卻有天壤之別。既然老賊不肯讓位，他就只能使用暴力逼他讓位，否則他沒有任何可能當上皇帝，弄不好連性命都保不住。在他看來，暴力雖然不是好東西，但有時候暴力又是解決問題最簡潔最公平也最有效的方式。現如今那老賊已經被關押到通天塔底下的地牢裡，所有的暴力機器都掌握在自己手裡，那些效忠於老賊死不改悔的傢伙都已經被清理出去，從昨天到今天已經殺了成千上萬的人，全國的百姓都嚇得像老鼠一樣躲在家裡不敢出門，整日裡提心弔膽，忠實於自己的士兵個個武裝到了牙齒，虎視眈眈，窮凶極惡，更何況還有鐵面狂心發明的炸彈在為他保駕護航。他堅信，任何膽敢反對他的人都逃脫不了滅亡的下場，到了這個分上，他還有什麼好擔心的呢？

　　丞相和鐵面狂心一起走進來，急匆匆走到戴著皇冠的

太子跟前跪下，叫著吾皇萬歲萬萬歲！然後整個身體伏在地上。

看著伏在地上的大臣，皇太子感到很得意，以前他作為臣子也是這樣在父皇面前跪過的，現在他終於是皇上了，等到登基的那天，天下所有的人都得跪倒在他的腳下，這感覺真是太爽了。

愛卿平身！皇太子瞥了他們一眼，做出威嚴的樣子，努力想使自己表現得更像皇上，卻又覺得有些彆扭。

丞相從地上爬起來，東倒西歪的，差點沒站穩，鐵面狂心趕緊伸手將他托住。丞相站穩了腳跟，喘息著，惶恐地看著皇太子。

皇太子看丞相那狼狽樣，想笑，但想到自己皇帝的身份，便冷哼一聲，板住臉孔，問：天下局勢如何？

丞相上前一步，向戴著皇冠的皇太子行過大禮，恭恭敬敬地報告說：啟稟皇上，那老……賊倒行逆施，惡貫盈滿，致使生靈塗炭，民不聊生，實乃天下之暴君也，百姓懾於淫威，忍氣吞聲，只盼望有明主橫空出世，還天下以太平，還百姓以安寧。吾皇天縱英才宅心仁厚，胸懷大志，體恤百姓疾苦，順乎天道，不惜大義滅親，興義兵，討逆賊，挽狂瀾，救天下百姓於水火，實為大快人心之壯舉。天下百姓聞知，無不歡呼雀躍，拍手稱快……

皇太子看著丞相微笑了笑，雖然知道丞相的話或言過其實或無中生有，但聽著卻也很受用，今天是他登基做皇

帝的日子，好不容易有個好心情，可不想讓那些煩心事來擾亂自己，但他畢竟有些擔憂，忍不住問丞相：四周鄰國呢，他們有何反應？

啟稟皇上，四周鄰國得知吾國國內之變動，反應強烈，紛紛表示擁護，且都派來使臣，前來參加今天的登基大典，只是……丞相抬頭看皇太子，小心翼翼地說。

只是什麼……？戴上皇冠的皇太子瞪大眼睛，看著丞相。

丞相有些慌亂，說：臣剛剛得到消息，摩耶國國王得知吾國局勢變動，以為有機可趁，在吾國邊境屯兵十萬，蠢蠢欲動……

皇太子聽著有些緊張，他知道摩耶國國力強大，新上任的國王摩耶羅也是野心勃勃，圖謀天下霸業已久，僅僅用兩年的時候便用武力征服了所有周圍鄰國，從而對本國形成包圍之勢，三番五次侵犯邊境，我方軍隊與他交鋒多次卻是勝少敗多，老賊當年便把摩耶國視為心頭大患，欲除之而後快，如今摩耶國想趁他登基國內局勢未穩之時再次進犯，實在可惡之極。

愛卿，你以為如何？皇太子看著神情怪異的鐵面狂心，雖然他並不喜歡這個人，甚至想過要除掉他，但這個時候他卻是自己唯一的希望。

皇上儘管放心，摩耶國膽敢進犯，小臣定叫他有來無回！鐵面狂心說話的語氣有些懶洋洋的，似乎根本就沒把

這事放在心上。

　　皇太子雖然不滿意鐵面狂心的無禮，但他的話卻令他欣慰。他不喜歡這個人，對他有所忌憚，但對他的實力卻從不懷疑，這次要不是他那顆炸彈，事情絕不會如此輕易地得到解決。那玩意兒真是太神奇了，就那麼點大的東西，樣子也古怪，像堅挺起來的男人生殖器，爆炸開來，驚天動地一聲巨響，方圓數十里所有的物體和生靈都化為灰燼。按照鐵面狂心的說法，除他以外，世界上沒有人能造出這樣的武器。如果真是這樣，那他還有什麼擔心的呢？

　　丞相遞上來幾份奏摺，皇太子接過，翻開看著。第一份奏摺是從吏部呈上來的，裡面都是要提拔官員的名單，皇太子隨便看了幾眼，知道那裡面十有八九都是丞相的人，不是他的親戚就是他的門生。丞相說這些人對太子忠心耿耿，在這件事變中立過大功，理應受到褒獎和重用。皇太子心裡很不是滋味，這老傢伙也太急了些，自己還沒登基哩，就搶著邀功請賞，四處安插親信黨羽，看來這老小子真是野心不小，他都已經是一人之下萬人之上，還不滿足，圖個什麼哩，莫不是也想當皇帝？还以為自己真是傻子，會由著他擺布。

　　皇太子暗自冷笑著，又去看第二份奏摺，這份摺子是由兵部呈上來的，兵部大臣是丞相的小舅子，自從他主持兵部以來，從來沒有打過一場勝仗，要不是有鐵面狂心製

造的各種稀奇古怪威力巨大的武器，這個國家不知道被人滅掉幾次了， 如今卻把自己標榜為天大的功臣，要求加官進爵不說，還提出要提高軍費開支。皇太子有些惱火，他知道國家稅收有大半都用在了軍事上，但多半都被大小官員私吞了，士兵連飯都吃不飽，而兵部大臣的家族卻是富可敵國。皇太子原來還想拿他開刀，讓他吐出些錢來，以彌補虧空的國庫，沒想到他反過來將他的軍，他敢這麼做，還不是仗著有丞相在背後撐腰！

第三份奏摺是從刑部來的，刑部大臣原先是個屠夫，後來投靠丞相當了他的門生，又經丞相提拔當上刑部大臣。他主張嚴刑峻法，把百姓當作豬狗來進行管理，除了吃飯睡覺以外，沒有任何別的權利。而他手下的那個法官，個個貪贓枉法，黑箱操作，法律成為他們賺錢的手段。百姓相信權力和金錢而不相信法律，法律形同虛設，只要有錢有門路就沒有事情擺不平，沒錢沒勢的人別幻想得到什麼公正。而就是這麼一個人也稱自己代表著社會公義，維護着社會的穩定，勞苦功高，要求獲得更高的職位。

皇太子低頭看著奏摺，覺得丞相的眼睛正看著自己，老東西在這時候呈上這樣的奏摺，無非是想試探自己，這原本也是他們之間的交易，結盟之前就商定好的，老傢夥也太沉不住氣了，自己還沒登基哩。不過眼下他還用得著這老東西，不想在這個時候跟他撕破臉，也犯不著，眼下最重要的是登基做皇上，做了皇上，什麼都好辦了，他不

想因為這點小事誤了大事，敗了自己的興頭，於是他抬頭對著丞相笑了笑，在奏摺上寫了准奏兩字，想了想覺得有些不對，畢竟自己還不是正式的皇上，抬頭看丞相正眼巴巴地盯住自己，便把奏摺遞還給他。

丞相接過奏摺，舒了口氣，眉頭舒展開了。皇太子看在眼裡，心想老子讓你得意幾天，你想這個時候要挾老子，老子會記下這筆賬的。

皇上，登基大典即將開始，一切準備就緒！諸位大臣都在門外等候多時，天下百姓更是翹首以待，老天感念皇恩浩蕩，放出萬里晴空，迎候真主登臨皇位，造福於天下！丞相低著頭，向皇太子大聲稟報說。

真主？！皇太子笑了笑，能夠坐上皇位當然就是真主了，當年別人也說父親是真主，可是他現在不是了，成了囚犯，被關在通天塔底下的地牢裡，生不如死。皇太子心想，既是老天指派的真主，下場不應該如此悲慘才是，看來老天也是勢利之人，即便是真主，也得看他的實力，倘若他真的不行，也難免要被遺棄的。現在他得了勢，要當皇上了，連老天也得看自己的臉色，事事都順著自己的意願。難怪誰都想當皇上，自己想，丞相想，鐵面狂心也想，只是他們沒那個膽，也沒那個命！

離登基還有大半個時辰，皇太子耐心等待著，覺得有些無聊。登基的日期和時辰都是找星相學家算出來的，不能隨便更改，用星相學家的話說，今天是黃道吉日，他們

選定的時辰更是合乎天意，能保證皇上登基後風調雨順，天下太平。皇太子其實對星相學家的話很不以為然，既然他是天子，是老天指派的皇上，那老天應該順應他才是。父親登基的時候也是這幫星相學家選定了黃道吉日，結果他的下場還不是很悲慘？

皇太子正胡思亂想，太監稟報說皇后娘娘駕到。「皇后」這兩字讓皇太子聽著覺得刺耳，自己還沒登基，她倒先成皇后了。正想著，春風滿面的皇后領著大群宮女進來，見了他，便上前來行禮。

皇太子起身迎接自己的皇后，皇后長得並不漂亮，但很性感，兩隻迷人的眼睛含著淫蕩的笑意，即便穿著像皇后，骨子裡卻是個蕩婦。她的浪蕩他已經見識過，那天丞相親自把她送到了太子府，兩人暗中舉辦了婚禮。當他進入洞房之前還對這女人懷有憐香惜玉之情，行為舉止都過於小心。這女人開始也是羞澀的，可是剛進入角色卻表現得異常瘋狂，令他難以招架，事實上她還是一個未曾開苞的處女。最後他被弄得人仰馬翻倒在女人底下，而女人依舊慾火焚燒，纏著他不肯罷休。他從小也是在女人堆裡混出來的，可是到現在也不明白初次上陣的女人竟會如此老道，他在她面前簡直就是個生瓜蛋子。坦率地說，他並不喜歡這個女人，他與這個女人的關係原本就是一場交易，這女人很明顯是丞相安在自己身邊的眼線，丞相就是想用這女人來控制自己。但身為皇上又豈是無能之輩，眼下尚

未登基，羽翼未豐，犯不著與他們計較。

　　皇太子把皇后迎在自己身邊坐下，皇后隨即把手放在了他的大腿上，並緩緩往上移動著，皇太子有些心搖神盪，抬眼去看那張臉時，卻再也提不起興致。那張臉的確讓人厭惡，晚上還好，反正看不見，現在這一看，簡直令人作嘔。

　　為了不讓自己嘔吐，皇太子便把眼光往底下的宮女堆裡瞅，那些女人倒是個個花姿招展，其中有幾個還算得上天姿國色。女人中有皇后帶過來的，也有父親留下的，還真有幾個令他垂涎欲滴。她們都在偷眼看他，他的眼光落在誰的身上，那臉頓時便化出嬌羞的笑意。這些都是他的女人，能夠當上皇上的女人，那是天大的榮耀！誰不想當皇上的女人呢？當皇上的好處也在這裡，丞相說得對，當了皇上就不愁沒有女人，在皇上的後宮，不僅有三宮六院七十二嬪妃，還有三千宮女，這所有的女人都是他的，由他任意處置。皇帝是至高無上的，他擁有支配別人命運的能力，所有這些女人，還有眼前這些大臣，都是受皇帝支配的，天下人其實都是為皇帝而活著的，沒有了皇帝，他們活著能有什麼意義！

　　女人哪！皇太子想起以往的辛酸，忍不住感慨起來。當年他眼睜睜地看著自己心愛的女人被父親那衰老的身體壓在底下瘋狂蹂躪的時候，真切地感到了自身的卑微，這才真正萌發了要做皇帝的念頭，如今天從人願，那些曾

經屬於父親的女人，那些雍容華貴令他愛得不行卻又不敢多看的無比高傲的女人，現已被他照單全收，想到這些，他真有揚眉吐氣的感覺，這還只是開始，他相信自己會比父親做得更好，父親只是個侏儒，而自己才是真正偉大的。

皇太子想著當皇上後的樂趣，想著自己與女人們交媾時的快樂，皇后的手卻已經伸到了他的大腿根，並得寸進尺地往雙腿間的幽祕之處摸索過去。

在皇后的撥弄下，皇太子感到渾身燥熱，底下的命根也勃然挺立起來，令他振奮，他覺得這是一種徵兆，一種象徵！哦，他就要當皇上了，是的，從此他要揚眉吐氣勃然挺立頂天立地，以後他再也不用壓抑自己了，他可以為所欲為了，誰還敢擋自己的道？誰還敢惹自己不高興？那是找死！誰想找死呢？沒有人，誰也不想死，誰不知道生命是寶貴的，作為皇帝，所有人的命都攥在他的手裡，他才是他們命運的主宰！皇后用手握住了他的命根，令他覺得很爽，但突然意識到了什麼，身為皇上，自己的命根怎麼能由他人來把握呢，於是惱怒起來，猛然伸手過去抓住皇后的手，狠命握了一下，迫使皇后哎喲一聲連忙把手鬆開。這聲音驚動了周圍的人，皇后驚惑地看著他，滿眼淚水，很委屈的樣子。他卻不動聲色，看也不看她一眼。

鐵嘴無心來了，跪在皇太子腳上說一切準備就緒請皇上皇后娘娘移駕聖殿。皇太子在太監總管的攙扶下站起身來，往外走著，後面跟著丞相的女兒和跟她一起來的嬪妃

和宮女，然後才是丞相和眾位大臣們。

　　皇上專用的三十二抬大轎早在門外等候著，旁邊密密麻麻站在三十二位轎夫，四周站立著數百位御林軍士兵。皇上走出來，往四處看了看，太監總管攙扶皇上上轎坐下，皇后也跟著上來坐好。其它宮女和大臣則在後面排好了隊，隨著太監的喊叫聲，轎夫們起身將轎子抬起來。皇上坐在轎子上，只覺得身體往上升了起來，然後平穩地往前移動著。

　　就在登基的皇太子坐在轎子上，死死地盯住遠處金碧輝煌的聖殿，心情很不平靜。這是他第一次用皇上的眼光審視這座宮殿，自然也別有滋味。這宮殿他以前也是常去的，但那時他只是個皇太子，在父皇面前總是惟惟諾諾地直不起腰來，暗地裡他恨父親，也恨這座宮殿，甚至想過要一把火將它燒掉。但現在不一樣了，所有這一切都是屬於他了，如今他是這裡的主人，一旦坐到裡面的皇位上，就成為天下的主宰，就可以號令天下，這正是他日思夜想的，這麼多年他苟延殘喘地活著，不也是為了這一天？

　　多麼完美的宮殿！皇太子由衷感嘆著，讚美著。早聽父親說過，聖殿是他爺爺的爺爺打下天下來以後開始建造的，總共花去十八億八千八百八十八萬兩銀子，先後動用了四百八十萬個奴隸，用了八十年的時間，累死過八萬八百八十八個奴隸。他爺爺的爺爺是第一個走進這座宮殿的，接著是他爺爺和爺爺的兄弟，然後是他父親，現在終

於輪到他了！多少年來，為了爭奪這座聖殿，總共發生了一百多次大大小小的戰爭，鎮壓了數百次大大小小發生在宮裡或宮外的叛亂或政變，為此而死去的士兵和百姓更是數以百萬計，最後只有勝利者才有資格走進這座聖殿，成為真正的主人。而失敗者的結局則是悲慘的，不是死於非命，就是被關在地牢裡，受凍受餓，與鼠蟲為伴，生不如死。

皇太子往聖殿裡走著，突然想起了父親，不由得往遠處的通天塔看了看。那通天塔看上去也是很雄偉的，它代表著父親的雄心。父親是個侏儒，坐在聖殿上卻也是個威風凜凜頂天立地的大皇上，他建這座通天塔就是要跟老天爺較勁，也是想向老天昭示他的豐功偉業，所以他要把這塔通到天上去，頂住老天爺的屁股，讓老天爺知道他的厲害，沒想到塔沒頂到天卻成了自己的葬身之地。

被人抬著走向聖殿的皇太子想著關在塔底地牢裡的父親，不由感嘆著，心想父親能夠葬身其中也是他的造化了。那高塔就算是他的墓碑了，死了還能有這麼高的墓碑，這皇帝也算沒白當一回了。

三十二抬大轎停下來，落在地面上，太監總管跑過來，彎著腰，等著侍候自己的新主子，皇太子從轎子上下來，往上面的聖殿看著，抬起腿，沿著台階往上走著，後面是皇后、宮女和列位大臣們。

就要登基的皇太子昂首挺胸往上走著，步履輕快，心

在往上提著，身體也在往上飄浮著，每走一步，聖殿就離他近一步，而周圍所有的一切都矮下去一截，他覺得有些暈乎，腳步越來越輕越來越浮，如同踩在雲端裡，他望著那聖殿走著，走著，突然一腳踩空，身體往前一傾，摔倒在地上。

新任的皇上居然在登基的時候摔倒在地上，這是千百年來從來沒有過的事情，太監總管嚇得臉色蒼白，跪倒在地上，大臣們目瞪口呆，看著狗一樣爬在地上的皇太子不知所措，想去扶他，又怕冒犯了龍威。皇后娘娘看皇上爬在地上那狼狽的樣子想笑又怕笑出來觸犯眾怒，只得拼命把嘴摀住，讓人看著像是在哭。丞相走過來了，趕緊跑過去，把就要登基的皇上扶起來，太監總管趕緊爬過去，跪在地上幫他拍打身上的灰塵，大臣們也紛紛圍了過去，竭力在皇上面前表現自己的忠誠。

皇太子在眾人的扶持下勉強站立了起來，當他試圖把自己的腳落在地上用來支撐自己的身體時卻感到了一陣鑽心的疼痛，他知道自己的腳壞了，匆匆趕來的太醫也證實了他的判斷，這令他感到沮喪。這樣倒霉的事情怎麼會發生在今天，又怎麼會偏偏發生在自己身上？他可是就要當皇上的人呀！他斷定是太監總管故意使壞，別有用心，於是對著那老傢伙的心窩狠狠地踹上去一腳，那可憐的老人應聲倒下，嘴裡吐出大口鮮血來，腿一蹬，便躺在地上一動不動。皇太子看他死了，覺得很晦氣，便氣急敗壞地

命人趕快將屍體抬走，然後命令丞相和大臣們扶住他，一瘸一拐地往聖殿裡走著。

上完最後一級台階，皇太子喘息著，來到聖殿前站立住，仰頭看著，陽光照耀之下，那聖殿閃耀出萬道金光，他看著陶醉其中，忘記了疼痛，剛才籠罩在心裡的陰霾也一掃而光。

聖殿的大門洞開，那幽深的大廳映入眼簾，皇太子抬腿進去，他的正對面高高的台階上立著一張金色的靠背椅，那就是龍椅，那是權力的象徵。坐在那裡的人就是皇上，就是天下的主宰！多少年的忍辱負重，多少年處心各慮的謀劃和奮鬥，為的正是這一天，如今那龍椅就在他眼前，他只需走上台階，就會成為它的主人，多少年來的夢想就要成為現實！想到這些，他覺得身體裡血液往上湧著，渾身充滿了力量，他推開了眾人，用自己的腳支撐著地面，一步一步地往前走著，恍惚中，那龍椅飛了起來，在他眼前飄動著，他伸出手去，想抓住它，它卻飄浮著離去。他不甘心，一次一次地撲上去，那龍椅卻一次次地從他手底下閃開，他惱怒了，瘋了似的，狼似的嚎叫一聲，奮不顧身撲上去，只聽得撲通一聲，他抱住那龍椅，卻覺得後腦勺被撞擊了一下，腦袋破裂開了，他不甘心，用盡最後的力氣，死死地抱住懷裡的龍椅……

老廢物

　　老廢物像狗一樣在地上爬行，手哆嗦著在地上摸索，想找到些食物。四周一片黑暗，他不知道現在是白天還是黑夜，這地下牢房，從來都是暗無天日，只有在飢餓的時候他才能感覺到時間的存在。

　　他爬倒在地上，手觸在濕冷的地面上，他看不見他的手，但知道自己的手是枯瘦的，沒有肉，如同雞爪一般。他感到心慌，飢餓的手在陰冷的濕地上無望地摸索，尖尖的鼻子也觸到了地面上，似乎想從地裡聞出些什麼來。他餓極了，餓壞了，明明知道在這裡找不到任何可以食用的東西，仍然爬在地上四處搜尋著，他已經沒有力氣站立起來，即便爬，也爬得很艱難，但他實在太餓了，餓得想死，死了一了百了，死了就沒有了飢餓的感覺，可是他沒勇氣去死。死也是可怕的，他覺得即便自己並不想死，但離死已經不遠了。這想法本身讓他感到恐懼，他想把這想法從心底裡驅除出去，但飢餓卻令他感到絕望。

　　老廢物早就知道自己會餓死的，事實上除了餓死，他想不出還會有別的死法，他是絕沒有勇氣自殺的。來這以前他總害怕會被人殺死毒死，卻從來沒想過自己有一天居

然會餓死，當他還當著皇上的時候這個國家也經歷過幾次大饑荒，餓死的百姓不計其數，即便那個時候他也沒想過飢餓會降臨到自己頭上，那時他想即便全國百姓都餓死了，他也不會挨餓，光皇宮裡的糧食就夠他個人吃上幾輩子的。然而他現在卻實實在在地餓著，餓得讓人絕望。

被關進地牢以後，他幾乎每一天都是在飢餓中度過的。他的腸胃原本是脆弱而敏感的，別說是餓了，哪怕稍微吃得差了些也會翻江倒海，當年御膳房的官員和廚子因為侍候不周而被殺頭的也不是一個兩個，而如今經過多年飢餓的磨鍊，他的腸胃早已練得堅硬如鐵，這些年來為了活命，什麼東西沒吃過？

在宮裡的時候他曾聽說過發生在大饑荒時的荒唐事，丞相告訴他竟會有人吃草根木頭，甚至吃人肉，他當時聽著都噁心，這樣的事情怎麼可能發生？人類怎麼可以這樣活著？當他第一次被飢餓折磨的時候，他終於理解了。那時他已經兩天沒有吃任何東西了，身體虛弱到了極點，眼見就要不行了。駝背太監把一塊黑乎乎的生肉遞給他，說是他剛剛逮住的一隻老鼠。他早已餓得眼冒金星，卻不想在駝背面前失了皇上的顏面，那肉腥味也令他作嘔，所以把手縮回來。駝背太監那時也不太把他當皇上了，見他不吃，便自己吃起來，而且吃得津津有味，讓他看得眼饞得不行。後來他終于堅持不下去了，便撲上去一把推倒老駝背，把那肉搶了來塞進自己的嘴裡。從那一刻

起，老駝背不再把他當皇上，他也沒法把自己當作皇上。以後的日子裡，他跟老駝背一樣成為了撲鼠的高手，老鼠吃完以後，便捕捉各類蟲子，然後是蚊子和蒼蠅，活的東西吃完了，便吃衣服，吃木頭，現在這牢裡所有能吃的東西都吃光了，他再也想不出有任何可以吃的。即便在這樣的情況下，他活著欲望反而更加強烈，無論如何他不想死，他要活著，他要好好地活下去。

　　從他第一次從駝背手裡搶奪食物開始，駝背太監已經不再稱他為皇上，而把他罵作老廢物，他第一次聽他這麼叫的時候也是怒火中燒，上前把那不知天高地厚的狗奴才踹倒在地上，他沒想到的是那狗奴才居然很快從地上跳了起來，瘋了似的向他撲過來，對他拳打腳踢。他當時傻了，怎麼可能發生這樣的事？這駝背太監只不過服侍他的一個閹奴，他在自己面前就像狗一樣，他從來沒有把他當人看過的，他對自己也是百般服從，無論遭受到怎樣的凌辱，他也總是默默忍受，從來沒敢說個不字。記得有一次他讓他把自己撒的尿喝下去，他也沒有絲毫的猶豫。可這回他居然敢打他，而且還往死裡打，眼裡居然沒了他這個皇上，難道他真的瘋了？

　　駝背當然沒有瘋，差點要瘋了的是他自己。駝背不僅打了他，還罵了他，罵得十分惡毒，他把壓抑在心裡所有的屈辱和仇恨都對著他發泄了起來，而他除了承受，連一點辯白的機會都沒有，事實上他也沒法辯白。那時他知道

原來駝背心裡埋藏了那麼多的仇恨，而這仇恨居然還是因他而起，他原先以為自己是他的主人，也是他的恩人，因為他的命運完全把握在自己的手裡，他所有的一切都是自己給的，想不到駝背竟也會恩將仇報。

瘋了似的駝背用拳頭在主子身上發洩著憤怒，每數落一件事罵上一句老廢物然後打下去一拳。那時他已無還手之力，根本沒法還手，從駝背的話語中他知道了駝背的身世和自己挨打的理由。沒想到這個平時像狗一樣溫順的奴才居然如此心胸狹隘，主子對他每一次凌辱每一點傷害他都記在了心裡，包括他某一天打了他一個耳光或另一天拍他的駝背來取笑等等，甚至他被閹割成太監也成了他的罪過，在他看來這不過是他無聊時的玩笑或是一時出於憤怒而導致的過激行為，並非有意要傷害這可憐的駝背。再說那時他是皇上，是所有人命運的主宰，駝背是服侍他的奴才，他打他一下罵他幾句難道有什麼不可以嗎？他給了他那麼多金錢和地位，他應該對自己感恩戴德才對，怎麼還成了仇恨了！不過當時他根本就沒有機會向駝背解釋，因為他根本就沒有給他機會，他只是掄了拳頭往他身上招呼，而他已經被打得半死，根本說不出話來。

挨了那頓痛打之後，皇上也就不再是皇上，而真就成了老廢物！老駝背開始這樣叫他的時候他以沉默來表示抗議，老駝背則以不給他弄食物來要挾他。第二天他就撐不下去了，心想當個廢物總比沒命了的好，況且這地方也

就只有他和駝背兩人，連駝背太監都不把他放在眼裡了，他不是老廢物又是什麼？

論地位，皇上與老廢物之間的距離何止十萬八千里，當了老廢物以後他才知道他這個皇上要想做個老廢物也很不容易。雖然是廢物，但總還要活下去，要想活下去，就得使自己不成為廢物，就要有謀生的手段，而在這方面他是根本沒法與老駝背相比的，事實上離了老駝背，他根本就沒有辦法活下去。

那頓打把他皇上的尊嚴及氣派也完全打沒了，那以後他與駝背之間的關係發生了根本性的改變，他不再是駝背的主子，而駝背也不再是他的奴才。駝背太監再也不用對他行禮了，也不用討好他，服侍他了。相反，倒是他每天要看駝背的臉色活著。道理很簡單，他必須依靠駝背才能夠活下去。

為了活命，老廢物不得不忍受著駝背各種各樣瘋狂的辱罵和折磨，駝背的靈魂猶如他的身體一樣被扭曲而且十分陰暗，這個怪異的男人折磨人和凌辱人的手段絕對殘酷而且層出無窮。開始還只是要他打自己的耳光罵自己，後來是拉了尿在食物裡讓他吃下去，再後來竟要用刀把他閹割了使他跟他一樣成為太監，再後來他把自己當作了皇上而讓老廢物作為太監服侍他，稍有閃失就讓他打自己的臉把自己罵得狗血噴頭。而他已經學會了把自己完全當作了一個廢物，除了逆來順受，再找不到別的活路。

剛來的時候，他多少還抱有幻想，後來知道，把他從皇位拉下馬來的兒子還沒等登基就莫名其妙地死了，後來登上皇位的是丞相，後來丞相也死了，現在的皇帝居然是丞相的那不成器的兒子。這時他才知道世道已經完全變了，這天下已不是他家的天下，這天下已經是人家的了！

　　十年前他剛被囚在這地牢裡時，雖是被廢黜了的，但總還是皇上，沒人敢怠慢的，看守的人多，氣氛也緊張，如臨大敵，這說明他還是個很重要的人物。新任皇上把他看作是威脅，他也把自己當回事，每天向看守他的人要這要那，他們也都滿足他。後來看守的人越來越少，也越來越不把他當回事，他便心慌起來。最後就只剩下他和老駝背倆人了，那時他知道自己已經成了沒有價值的老廢物。

　　他是沒有價值的廢物，所以才會被遺棄，而被遺棄的感覺是很可怕的，尤其對於一個當過皇上的人來說更是如此。當皇上的時候他一直以為自己是天底下最有權勢也是最重要的人，他甚至不能想像這天底下沒有了他會怎麼樣，他是世界的主宰，他用他的權力庇護著天下所有的百姓。對於天下人來說，他是天上的太陽，是人類的救世主，天上怎麼可以沒有太陽，人類又怎麼可能不需要救世主呢？沒有了他，天豈不會塌下來？地豈不會陷下去，天下百姓豈不是沒有了活頭？可是他們居然膽敢把他遺棄到這暗無天日的地牢裡。而沒有了他，地球依然還在轉，人類依然還可以快樂地活下去！這是怎麼回事呢？難道他

們都在騙他？

　　這些年來，他其實希望有一天會天塌地陷的，儘管他知道天塌下來也會把他壓死，地陷下去他也會跌入無底的深淵，但他還是想看到這樣的結果，因為這至少能夠說明他的價值，說明他對這個世界，對在這個世界生活著的人類的價值，然而他後來終於明白，別人真的是在騙他，他在這裡已經關了十年，天沒有塌下來，地也沒有陷下去，他卻注定要死在這個暗無天日的地牢裡。

　　被遺棄的人是會感到寂寞的，尤其被遺棄的皇上。這個世界再沒有人需要他了，再沒有人理會他，他是毫無用處的老廢物。

　　這些年來皇帝走馬燈似的不知道換了多少個，看守們也走了，他其實是可以離開這個地方的，他也試圖走出去過。那天他從地牢裡鑽出去，走到大街上，以為別人都會認出他來，甚至會跪倒在他的腳底下乞求他的恩賜，但根本沒有人理會他，滿大街的人都沒人多看他一眼，他憤怒了，攔住了路人，對人說自己是皇上，可是沒人相信他，最後他們把他當作瘋子捆綁了起來，還差點沒把他撕碎。那時他就知道那個世界已經不屬於自己，於是他回到地牢，他是屬於這裡的，也只能屬於這裡，這才是他的家，他的歸宿就在這裡。

　　回到地牢裡，他不再抱任何希望，這座寶塔原本是他的傑作，是為了讓後人記住他的豐功偉業的，現在卻注定

要成為他葬身之地。

　　他知道自己注定是要死的，所有的人到頭來都要死，這是常識誰都知道的，但現在他還不想那麼快死掉，他還想活下去。事實上也只有到了這裡，他才有可能活下去。到了外面，他更是個廢物，沒有任何謀生的手段，甚至連乞討都不會，而在地牢裡，他至少還有駝背跟他在一起，他還可以找來食物供養他。

　　老駝背其實也是個廢物，在外面也被人歧視，但至少還有人可憐他，他也很會討得別人的可憐，所以每次出來總還能帶些食物回來。這時的駝背已經不是奴才，他本沒有義務來供養他，不，他恨他恨得刻骨銘心，之所以願意供養他，　只是為了羞辱他，開始是為了報復，後來便成為一種樂趣。

　　老駝背每次帶了食物回來總會趾高氣揚，總是擺出皇上的架式，卻讓老廢物裝扮成奴才對他頂禮膜拜，聽他使喚，任他凌辱。當過皇上的老廢物再怎麼落魄也終究還是皇上，老駝背再什麼裝扮也只是個奴才，但為了從他手裡獲得食物卻也只得學了奴才的樣子去侍候他，當過皇上的老廢物雖然很盡力卻怎麼也扮演不好奴才的角色，老駝背便像皇帝那樣把他罵得狗血噴頭，然後讓他學狗的樣子跟在後面，舔他的臭腳，他表現好了，便餵他些食物，表現不好，便免不了一頓臭罵，弄不好還會拳腳相加。

　　老廢物即便是個廢物也是當過皇上的，被昔日的奴才

如此折磨自然會感到羞辱，開始他也只是為了活命才忍氣吞聲，後來卻有些上癮，覺得這裡面竟也很有些樂趣，有時老駝背出去幾天沒回來，或者碰到什麼煩心事懶得理他，他反而心裡很不安，甚至主動上去挑逗他，激怒他，好讓他來羞辱自己。

十年了，這樣的羞辱似乎變成一種遊戲，或者說是他們之間說話交流的唯一方式，事實上，除此以外，他們之間根本不可能產生別的交流欲望。所以，無論老駝背還是老廢物，他們都很珍惜這樣的交流。

其實對人來說，比飢餓更可怕的是孤獨和寂寞。飢餓的是肉體，孤獨的是靈魂。人這玩意從根本上來說是孤獨的，所以才喜歡群居，通過群居，通過人與人之間的各種活動來消解靈魂深處的孤獨。老廢物原本更害怕孤獨，畢竟他是當過皇上的，每天都有人圍著，大臣，奴才，還有女人，他們需要他，討好他，想方設法逗他開心，使他覺得自己是世界的中心，天下都是為他而存在的，他想幹什麼就幹什麼，想找誰玩就找誰玩，那個時候他根本不知道什麼叫孤獨。現在不一樣了，所有的人都離他而去，他真正成為了孤家寡人，呆在這個暗無天日的地牢裡，除了性情孤僻對所有人懷有深仇大恨的老駝背外再沒有任何人。

在地牢裡，沒有白天也沒有黑夜，時間總是顯得那麼漫長，雖然他知道時間意味著生命，時間的流逝是以生命的消耗為代價的，但黑暗中的等待是痛苦的，所以他總是

希望時間快點過去，似乎時間背後隱藏著某種說不清楚的希望。

　　老廢物依然四處摸索著，什麼也沒找到，這原本是意料中的事，但他還是懷有僥倖的心理。他知道，老駝背經常會私自藏些食物，是給他自己救命用的，藏得很隱祕，老廢物平時也懶得識破他，現在他實在餓得受不了，尋找了半天卻到底一無所獲，這令他很沮喪，現在他只能等老駝背回來了。可是老駝背到底什麼時候回來？會不會回來？他心裡根本沒有一點底。老駝背已經出去三天了，平常他是不會出去這麼久的，他出去是為了尋找食物，通常找到食物總是很快回來，這倒不是因為他捨不得他這老廢物，而是外面沒有他待的地方，回到地牢裡他至少可以在他老廢物面前當當皇上，尤其想想老廢物又是真正當過皇上的，現在被自己踩在地上想怎麼捏就怎麼捏，想怎麼踩就怎以踩，這感覺太爽了，這份爽是他在外面絕對找不到的。

　　老廢物坐倒在地上，喘息著，餓得兩眼直冒金花。為了消解飢餓，他便去回憶在皇宮裡度過的日子。哦，當年在宮裡，現在應該是吃早餐的時間，他和貴妃娘娘摟抱著躺在床上，那床全是金子打造的，四處雕著龍鳳呈祥的圖案，龍代表皇帝，鳳呢，當然是皇帝的配偶，皇帝的配偶太多，三宮六院七十嬪妃還有三千宮女都算上，不過在他眼裡能稱得上鳳的除了皇后以外就只有他最喜歡的貴妃

了。昨天晚上他在夢中與貴妃顛鸞倒鳳折騰了大半夜，雖精力不濟，但經不住誘惑，只得捨命相陪，直到精疲力竭才睡倒過去。他醒來了，發現自己躺在女人的臂彎裡，女人個頭比他高許多，胳膊也比他的長，所以他總是喜歡枕在她的胳膊裡睡，矮個男人好處也在這裡。女人的胳膊雪白圓潤，很性感，女人臉對著他，依然睡著，臉被幾絡散亂遮蓋住，他伸手過去，把散髮撥開，那臉露了出來，那臉是絕美的，美得耀眼，美得讓人自卑，倘若他不是皇上，那臉他是不敢去碰的。好在那時他還是皇上，他有權占有這女人。他的手在女人身上撫摸起來，女人身體赤裸著，他的手一路摸下去，從臉到脖子，摸到胸前無比柔軟的乳房，最後摸到大腿之間，那三角地帶的陰毛有些潮濕，他撥開陰毛，正想把手探到裡面去。女人醒來了，嬌喘著，將他摟進懷裡，他順勢騎在她的身上，女人的手握住他那勃然而起的玩意往自己身體裡塞著，他頓時豪情萬丈，爬在女人身上，狂暴地向著女人的身體猛烈撞擊。

看到女人在他身子底下呻吟著，扭動著身子，他很得意。女人性慾很旺盛，他雖個頭矮小，男人本錢也不大，但每次都能讓女人心滿意足，每回交媾過後，女人總會用手捏住他的那玩意撫摸著，用舌頭去舔著，然後緊緊地把他摟在懷裡，說他是世界上最偉大的男人，他的勇猛無人能敵。這種時候他總是感到很愜意，他一直是一個偉大的皇上，但這方面也不應該輸給別人才是。原來他很相信女

人說的是真話，現在想來卻有些可疑，她怎麼能判斷自己就比別的男人勇猛，別的男人怎麼樣她又怎麼會知道的？難道除了他以外，她還見識過別的男人？這些念頭曾經在老廢物面前閃現過，不過後來他也就沒去想了，現在他已不是皇上，他只是廢物，女人跟誰睡過，跟他有什麼關係？就算有關係，他也管不著呀，於是他不去想了，寧願相信這女人是純潔的，至少在他當皇上的時候是這樣。

女人嬌喘著，眼神迷離，雙腿纏住他的腰，扭動身體說她受不了，催他加快動作，這時他已是大汗淋漓，覺得自己已是強弩之末，但因受了女人的鼓勵，只得振作精神，催馬加鞭，狠命向著女人的身體挺進。

他猛烈地撞擊著，一次又一次向幽深之處挺進，一股股熱量在身體裡激盪著，漸漸凝聚在小腹上面，他感到從來沒有過的愉悅，閘門突然鬆開，只覺得那股熱流奔涌而出，他大叫一聲，癱倒在女人身上，喘息著，女人也嬌喘著，摟住他的脖子，兩人的身體交合在一起，他想抽身出來，女人卻緊緊地把他摟住。

他們在床上親熱了很久，感到餓了，於是宮女們進來了，開始服侍他們起床。她們把洗臉水及洗漱用具端進來，把毛巾揉幹了，給他洗臉，女人這時已坐在梳妝檯前，讓宮女們為她梳洗打扮，太監們則擺好了桌子，讓廚師們把早就準備好的食物擺放在桌上。當他和貴妃坐在餐桌上時，餐桌上已經擺滿了天下最好的食物。

那時的那廢物是個挑剔的食客，他愛吃，也會吃。他登上皇位那天就發誓要吃盡天下最好的美食，他曾經給御膳房下了一道死命令，每天呈上的菜餚不僅要令他覺得好吃愛吃，而且是他以前沒有吃過的，否則御膳房長官要被問罪。宮裡的御膳房長官從來沒有能夠幹過半年的，也沒有一個有好下場的。也正因為這樣，他才有機會吃盡了天下的美味。

　　想著女人，想那些在宮裡吃過的那些美味佳餚，老廢物心裡越發難受，肚子更飢餓得翻江倒海起來。皇宮其實離這並不遠，自己離開皇宮的時間也不過十年，現在想起來卻恍若隔世了！他很清楚那樣的日子永遠不會再來了，美好的回憶固然可以使他填平內心的空虛，但隨著而來的卻是無盡的痛苦和懊惱。

　　老廢物知道這天下已不是他的天下，他的天下原本是被他的兒子奪去的。老廢物對搶奪自己皇位的兒子是恨之入骨的，從皇上的角度看，任何膽敢覬覦皇位的傢伙都是他的敵人，當然也是天下人的敵人，無論這人是他的父親還是他的兒子！直到今天當他想起自己被剝奪皇位時的狼狽來，恨不得把所有的背叛者統統抓來，挖他們的心吃他們的肉，哪怕與他們同歸於盡也在所不惜！

　　事實上老廢物是想與那幫人同歸於盡的，那天按下手裡的機關的時候他那顆冰冷的心已變得堅硬如鐵，那時他心裡除了仇恨再沒有別的，他是皇上，誰想奪皇上的權位

都必須付出代價！那一刻他想反正自己皇位沒了什麼也沒了，要死大不了天底下的人都一塊死。他在按下機關的時候根本沒有任何猶豫，直到現在他從來沒感到後悔過，事實上他不可能後悔，也沒有必要後悔！

　　到現在老廢物也想不明白為什麼那炸藥居然還是沒有爆炸，事先他把一切都盤算得清清楚楚，應該是萬無一失的，怎麼會在那個時候出現問題呢？老駝背從外面打探消息回來告訴他，說外面對此事也是眾說紛紜，莫衷一是。大體說來有三種說法，第一種說法是篡位者們早就識破了他的伎倆，事先已經把炸藥的引爆器給拆除了；第二種說法是鐵面狂心早就在那些炸藥裡做了手腳，那炸藥根本就炸不起來的；第三種說法則說那個帕里斯神父乃是天外來客，關鍵時刻動了惻隱之心，不願看到人類遭此劫難，便利用自己的神通使炸藥沒炸起來。對老廢物來說，誰制止了這場劫難並不重要，重要的是由於計劃失敗，他的命運被改變了，從皇上變成了通天塔下的囚徒！

　　老廢物是很痛恨自己的兒子的，他知道兒子已經死了，而且死得很慘，但他對兒子的死並無任何同情和憐憫，他甚至覺得兒子的死是罪有應得，是報應。不錯，聽到兒子死去的消息時他的確也是落過淚的，但那淚絕不是為兒子流的，而是為那皇位流的，從那以後那皇位就不屬於他們家了。

　　老廢物對丞相一家也是恨之入骨，當初他為什麼就沒

有把這老混蛋給殺了呢？他很懷疑兒子的死也是跟他有關的，那老混蛋是城府極深的，連自己都被他矇混過了，說不定兒子也是被他害死的，要不怎麼會那麼巧呢，兒子一死，他自己就當了皇上，憑什麼呀？這天下跟他們有什麼關係？好在那老傢伙命不長，至於丞相的兒子嘛，命肯定也長不了！要知道天底下就一個皇位，可是有多少人盯著呀！就算你有本事，能夠把天下穩把在自個兒的手裡，那得花費多大的精力！他失去了皇位，至少他到現在還好好活著，雖說忍飢挨餓度日如年，但好歹留了條性命，他也是下過狠心要死的，卻也懂得好死不如賴活著的道理，況且那些人的死既不壯烈也不輝煌，像死條狗一樣！

聽到貴妃死的消息，他還是有些為這女人感到惋惜。老駝背說那女人被他兒子趕出宮去，後來當了妓女，得了性病無錢醫治，身體完全腐爛後才死，因為沒留下錢買棺材，被人用蓆子卷了扔在郊外的荒地裡，屍體被幾隻餓狼分吃了。老廢物以為兒子將女人趕出宮是因為自己的緣故，老駝背說那女人其實早就跟他兒子勾搭成奸，他老廢物在當皇上的時候就戴了綠帽子的。老駝背這麼說是想羞辱自己昔日的主子，但老廢物早就麻木了，再說這女人已經跟他沒有關係，就算有關係，他也顧不了，但他還是奇怪，既然如此，那小畜生為什麼還要如此對她？老駝背冷笑說你們這些做皇上的個個喜怒無常，你們自個兒的心思只有你們自個兒才知道！老廢物想想也對，不過他現在已

經不是皇上，當然也摸不透那小畜生的心思。小畜生早就死了，他的心思只有老天才知道。

　　老廢物早把自己看作廢物，也不再關心世事，但他對皇位旁落到丞相家族的事還是耿耿於懷。畢竟天下是自己祖先打下來的，皇位也是祖祖輩輩傳下來的，就算兒子犯下滔天大罪篡奪了本來屬於他的皇位，那也是他們家族內部的事，跟別人毫不相干，這樣的事以前也發生過，但丞相篡奪皇位則是另一回事，那是要變天了！這絕對是天理難容的。但老駝背則不以為然，說你們造孽太多，才會有此報應！老廢物不服氣，說天底下的人誰沒造過孽？何況皇上？不造孽能當得上皇上保得住皇位？論起來，最大的造孽莫過於殺人了，可你看哪個朝代的皇帝不是靠殺人起家的？古往今來那些仁慈的皇帝又有誰沒殺過人？殺人自然不是什麼好事情，誰也不願意殺人，但作為皇上，不殺人行嗎？就說當初吧，如果不是他果斷地弄死父親，他肯定會被父親殺死，如果他不動用鐵面狂心發明的炸彈，那些起義的山民就會奪了他的皇位，天下就會大亂，百姓就會遭殃。所以，對於皇上，絕不能以普通的道德來衡量，天底下所有的人都應該講道德，惟獨皇帝不能。所謂「仁政」，那是說給天下愚昧無知的百姓聽的，根本不能當真。

　　老廢物有時也覺得自己過於殘忍，但對自己的所作所為並不後悔，他對老駝背說即便他再當一次皇上也還會那樣去做，不是他情願而是他不得不那樣去做。他這話遭來

了老駝背一頓痛打，他被打得屁滾尿流也不改其口，老駝背罵他，說他死了以後肯定會下地獄。老廢物嘴裡沒敢說什麼，心裡卻不以然。他原本是個沒信仰的人，作為皇上他也無需信仰，人只有不能主宰自己命運的時候才需要信仰。而皇帝是天下的主人，是可以主宰天下的。再說百姓都信仰神了，那誰還會相信皇上呢？二十年前，曾經有個妖人號稱是造物主派下來的，說世界的末日就要來臨，到時候世界將會毀滅，人類將會消亡，只有信仰他的人才會獲得拯救，居然有很多人信他。這讓當時還是皇上的老廢物非常惱火，便派人把他抓了來，當著所有信徒的面將他釘在絞刑架上，說你不是造物主派來的嗎？你的造物主不是無所不能嗎？如果真有造物主，你真是他派來的，他就應該救你，讓你不死！說那話的時候，老廢物其實也沒有底，但幾天過後那妖人還是死了，然後他便把他的信徒都抓了來，給他們機會，讓他們反省，死不改悔的便只能送他們去見他們的造物主去了。即便這樣造物主也沒把他怎麼樣，他照樣還當了十年的皇帝。後來又有人自稱為先知，是造物主在世上的代言人，說人類的行為已經違背了造物主的意願，所以人類終將會被毀滅，還妖言惑眾說人死後靈魂是可以不死的，那些信仰造物主並按造物主的意願去生活的人會上天堂獲得永生，作惡者將被審判且必遭報應，死後下地獄倍受煎熬。還信誓旦旦地說某一天當人們看到天上下起紅雪的時候就意味著人類末日的來臨。當

時還是皇上的老廢物聽了便火冒三丈，他覺得這些妖言都是對著他來的，簡直就是對他個人及他的王朝的詛咒！妖言傳播開來，人們感到極大的恐慌，對他本人和他的王朝的信仰完全動搖了，轉而去信仰先知，他們紛紛投奔他，成為他忠實的信徒，不再把他這個皇上放在眼裡，於是他震怒了，把那位先知和所有信仰他的人都抓了來，個個剖腹挖心，還把屍首掛在城門樓子上示眾三天，才算把局面控制住。

殺死先知的那天當時還是皇上的老廢物就在現場，那先知死前表情祥和，面帶微笑，走到他面前，用很憐憫的目光看著他說死了你會下地獄的！他當時氣急敗壞，命人將他的嘴阻上，然後切斷了他的喉管，看著他在自己面前死去，那先知閉上眼睛，像睡了一樣。老廢物對自己做的事從不後悔，但還是會經常想起這位先知，想起他說過的話。坦率地說，他是不怕下地獄的，也不相信有地獄，他是個現世主義者，活著就是為了今世，後世的事他管不了，而他管不了的，別人肯定也管不了，他是皇上，是天底下權力最大的人。即便像他們說的靈魂可以不死，也有地獄，那又怎麼樣？大丈夫敢作敢為，我不下地獄誰下地獄！

老廢物也不相信什麼世界末日的說法，什麼天上要下一場紅雪，這根本就是不可能的事情，先知的預言已經過去十年了，誰見過下紅雪了？這地球已經存在了幾十億

年，人類也已經在地球上活了幾百萬年，他說毀滅就能毀滅了！再說他老廢物這輩子已經享受夠了，也沒幾年好活了，就算人類毀滅了，地球也沒了，關他什麼事！

奄奄一息的老廢物躺在暗無天日的地牢裡，重溫著往日的豪情，嘴角掛著微笑。哦，那時他的確是豪情萬丈的，沒有不敢想的事，也沒有不敢做的事，他造這座通天塔就是向世人昭示他的偉大力量，讓千秋萬代銘記他的豐功偉業。那時他想即便真的有造物主，他也要與他較量一番，只可惜壯志未酬，自己卻被關在這暗無天日的地牢裡苟延殘喘，為這個，他恨天底下所有的人，就是因為他們，他才會淪落到如此地步。

老廢物恨恨地想著，終於困了，眼皮耷拉下來，再沒力氣抬上去，恍惚之中他覺得自己的身體在虛空中飄浮起來，他心一驚，兩腿往下蹬著，想回到地面上去，卻根本無濟於事，一股無形的力量支配著他，他在虛空中左搖右擺，往遠處飄浮著。不知過了多久，他的腳終於踩到了實處，他清醒過來，緩緩睜開眼睛，往四處看著，眼前是茫茫的雲海，他小心地往前走，穿過層層的雲霧，那雲海卻漫無邊際，他正感到茫然，卻看見帕里斯神父踏著雲向他走過來，他很驚喜，趕緊走上前去像抓住救命稻草似的抓住神父的手，問他這是什麼地方？他怎麼會在這裡？帕里斯神父說這是另外一個世界！老廢物感到疑惑，問怎麼回事。帕里斯神父說宇宙的精妙非人類所能想像和理解的，

浩瀚的宇宙無邊無垠，無始無終，而且由多個層面的世界所構成，通常你們人類看到的，無論你們現在生活的地球還是我原來生活過的地球，以及宇宙中所有的星系，都屬於物的世界，它存在於現實的時空之中，另外還有靈的世界和神的世界，它們屬於非物質的世界，存在於虛擬時空之中，它與現實的時空並存，卻又是人類無法感知的。靈的世界就是你們人類所說的地獄，人死後其靈魂要在此受到審判，根據其所犯罪惡的輕重大小受到相應的懲戒，經過痛苦的煎熬以後再次進入現實世界進行生命輪迴。而神的世界則是對現實世界的超越，只有那些已經達到沒有欲求並能夠超越生死的人類才可能進入到這個世界，這三個世界相互隔絕但又相互聯繫著，代表著人類的不同生命形態和境界。老廢物聽了很興奮，原來人們所說的天堂和地獄確實存在？他看著神父，眼睛裡充滿了期待。帕里斯神父微笑，揮了揮手，四周的雲霧漸漸散開。老廢物驚訝地看著，隨著雲霧散盡，他竟發現自己置身在山中，抬眼望去，頂上雪白山峰在陽光的照耀下閃著聖潔的光亮，四周卻是鳥語花香，清翠欲滴的樹木，從山澗嘩嘩流下來的溪水，還有各種各樣的動物，看上去與他在自己那個世界見到的並沒有什麼不同，但其中卻包含著某種韻味和靈性，這也使眼前這一切別有一番意味，他感到很愜意，長長地吸了口氣，發現這裡的空氣竟也是那麼清新。這美景吸引著他，他不由自主地跟著帕里斯神父往前走著，突然從前

面那片樹林撞入兩隻吊睛白額大老虎，他嚇了一跳，趕緊要往帕里斯神父的身後躲，帕里斯神父讓他別怕，說它不會傷人的。他壯著膽子去看老虎，卻見那老虎圍著帕里斯神父活蹦亂跳，不時伸出舌頭去舔帕里斯神父的手，顯出很興奮的樣子，帕里斯神父慈祥地笑著，嘴裡說著什麼。老廢物感到很吃驚，他知道老虎是會吃人的，想不到這老虎在人面前卻這般溫順。兩隻老虎引著他們往樹林裡走著，老廢物邊走邊看，沒走多遠，便看見有許多的人，他也不知道他們是不是屬於人類，表面看上去他們與自己所屬的人類並沒有太大的區別，都是有胳膊有腿有鼻子有眼的，膚色也是有黃有白有黑，但給人的感覺卻是如此不同，他們的眼神清澈透明，沒有一點雜質，不像自己所屬的人類，眼裡全是燃燒著欲望和邪性。那些人看著他，微笑著，眼睛充滿著慈祥，看著他們，老廢物的心好像被清洗了一樣。在世間做皇帝的時候他從來沒有相信任何人，他把任何人都當作自己的敵人，事實上也是。但在這裡，他知道這些人對他充滿善意，雖然他並不了解他們，但他知道他們處在不同境界，他視之為生命的那些東西，諸如美色、金錢、權力等等，在這裡似乎都沒有意義，所以他在他們面前有些自慚形穢，這是他第一次有這樣的感覺，連他自己都感到奇怪！越往前走，看到的人越多，他們有的坐在溪水旁吟詩作畫，有的撫琴彈奏，有的則在山洞裡閉目修煉，更有人在天空中自由飛行。老廢物看著，很入

迷，他問帕里斯神父他們是從哪裡來的，是不是屬於人類。帕里斯神父說他們來自宇宙各個星球，屬於人類中的精華，只有那些在人世間修煉到一定境界的人才可能被接引到這裡。老廢物問這裡沒有田地，這些人整天閒在這裡，靠什麼來生活？帕里斯神父說他們早就與自然融為一體，可以從天地萬物中吸取能量，根本不需要任何食物，況且他們早已超越了生死，他們的生命可以與天地同壽。老廢物聽著很神往，說那他們豈不成神仙了。神父說他們中的某些人曾經帶著特殊的使命降臨到人世間去過，由於他們的智慧、能力及境界都遠遠超出人類，經常被視為神仙。老廢物心想神父大概也是帶著使命到人世間去的。帕里斯神父看透了他的心思，說他也是新近才到這裡來的，原來那屬於宇宙中的另一個星球，那個星球的文明遠遠超過其他星球，但後來那裡的人類墮落了，走向了毀滅，他自己被造物主拯救，到了老廢物所在的那個星球，他出手阻止了老廢物的瘋狂計畫，違反了他與造物主之間的契約，但造物主感念畢竟對人類懷有仁慈之心赦免了他的罪過把他接引到這裡。老廢物又問這裡有沒有皇帝以及可以享有性愛，神父說他們都已經超越了生死，而且到了無欲無求的境界，每個人都是平等的，哪裡需要什麼皇帝？誰又會去享受性愛？老廢物覺得很失望，心想人生一世，無非是為享樂而來，沒有了欲望，這還能叫人嗎？沒有金錢、權力和美色所帶來的快樂，就算長生不死，活著又有

什麼意思？這麼想著，當他抬眼去看那些怡然自得的仙人們時，覺得他們太可憐了，不過他想，仙人們個個神通廣大，倘若能夠說服他們幫助自己，說不定可以奪回失去的皇位，那樣一來豈不比在這神仙的王國活得逍遙自在？他把自己的想法對神父說了，神父聽了看著他，長長嘆了口氣，說我原本是想度你的，但看來你實在不可救藥，既然你那麼留戀塵世的權力和美色，那我送你出去好了。老廢物有些慌亂，問你要送我回去當皇帝嗎？神父憐憫地看著他，揮了揮手，周圍生起了雲霧，如同一道巨大的帷幕，從兩邊合攏過來，眼見著要把那仙境遮蓋。老廢物看著神父和那仙境就要消失，心裡不由得有些發慌，便叫著衝過去，卻被一股強大的力量彈了出去，身體在虛空中飄浮著。

　　不知過了多久，他清醒過來，睜開眼睛，眼前是一片黑暗，四周陰氣逼人，他感到害怕，不知道自己到了什麼地方，也不知道是否還活著，但求生的欲望支配著他，迫使他從地上爬起來，在黑暗中往前走著，越走，黑暗更深陰氣更重。

　　他感到渾身發冷，壯著膽子往前走，只覺得黑暗中隱藏著什麼可怕的東西，是幽靈，還是別的什麼，他知道它們就在自己周圍遊弋著，他心慌意亂，不由得加快腳步。地上崎嶇不平，突然他覺得自己撞到堅硬的物體上，腦袋一陣發昏，人也倒了下去。他強忍疼痛，剛從地上爬起來，卻聽到有人發出可怕的笑聲，那聲音在黑暗中迴蕩著，令

人毛骨悚然。他驚恐地問你是誰，卻看見前面閃出股濃煙，一個青面獠牙的怪物手裡握著狼牙棒立在他的面前，惡狠狠地說天堂有路你不走，地獄無門你偏要進來，老賊，你拿命來！說著，舉起狼牙棒向他打過來。他嚇得連跌帶跑地爬起來，沒命地跑著，心想這回怎麼跑到地獄裡來了，難道我真成了鬼了！

老廢物總算擺脫了那個怪物，剛喘了口氣，暗自慶幸著，發現前面有個巨大的洞穴，他走到洞穴前往下看著，下面深不見底，黑幽幽陰森森的，旁邊有條路，螺旋似的通到下面，他看看四周無路可走，便沿著那路往底下走著。他沿著路往下走，如同走到懸崖峭壁上，戰戰兢兢，上面的洞口變得越來越小，下面依然深不見底，一股股陰氣撲面而來，伴著怪異的叫聲，那聲音時而慘厲，時而陰森，時而哭，時而笑，他聽著頭髮直立起來，往前邁出一步，卻一腳踏空，跌倒下去，他覺得身體重重地落在地上，失去了知覺⋯⋯

恍恍惚惚中他聽到一陣鬼哭狼嚎似的聲音，睜眼看時，發現自己被大群的幽靈圍繞著，個個青面獠牙，面目猙獰，有的人面獅身，有的虎頭蛇尾，有的頭上長角，有的身上長滿魚鱗，它們怪叫著，張牙舞爪，怪相百出。他看著這些怪物，嚇得渾身哆嗦，想告訴他們自己是皇上，要求他們饒過自己，卻又開不了口。那些怪物涌了上來，把他的手腳抓住，舉了起來，他掙扎著，想從他們手中掙

脫出來，但根本無濟於事，只得由他們擺弄。

　　怪物們一路叫著，老廢物聽不懂他們的話，但看得出他們很興奮，他想這可能是因為俘獲了自己的緣故，怎麼說自己也是當過皇上的，即便到了陰曹地獄，也不應該等同於那些陰間小鬼。他覺得怪物們正上著台階，他們似乎是向著高處爬行，突然四周亮起來，如同燃起了許多火堆，接著他被重重地扔到了地面上。

　　老廢物摔倒在地上，摸摸腦袋，再摸摸身體，發現居然沒受傷，也沒感到疼痛，覺得很奇怪，這時四周傳來悽厲的叫聲，他感到很害怕，壯著膽子從地上站起來，發現褲子已經濕了大片。他往前面的火光和叫聲走過去，發現那是個熊熊燃燒著的巨大鐵爐，上面倒掛著個人樣的怪物正往火爐裡落下來，隨著撕心裂肺的慘叫，那怪物落下去，沒入那紅滾滾的岩漿之中，然後又被拉扯上來，紅色的岩漿從他身上滾落，怪物悽厲地叫著。老廢物聽著毛骨悚然，仔細看時，那怪物竟是他的兒子，那個把他從皇位上拉下來的壞蛋。他對這兒子早沒了骨肉之情，看他一次又一次被投入岩漿之中，很有些幸災樂禍，以為是他應得的報應。

　　再往前走，老廢物便看到了貴妃，到了陰間的女人已成了另外的模樣，臉還是那張臉，嘴裡卻長出兩根長長的獠牙來，舌頭長長地吐在外面，眼睛是綠色的，雖是到了陰間成了這般模樣，卻依然滿臉媚態，他也是聞到了她身

上的騷味才認出她來。她也認出了他，長長的舌頭向他伸過來，想要舔他的臉，他感到厭惡，便抬手打了過去，那怪物把舌頭縮了回去，嗔怪地看著他，狐媚地笑著還想上來與他調情，他一看勢頭不對，趕緊撒腿跑開。

　　沒跑多遠，老廢物便看到了丞相，到了陰間的丞相倒沒什麼大的變化，依舊衣冠楚楚，神情溫和，看上去還是官，老廢物對他可沒什麼好臉色。事實上他是恨他的，即便到了陰間他也不能放過他，於是他不顧一切撲上去，想抓住他將他暴打一頓，以解心頭之恨。但他顯然不是丞相的對手，丞相伸手將他一推，他便倒在地上。老廢物躺倒在地上，指著丞相的鼻子大罵著，但丞相也不說話，上前來拎了他提起來就走。老廢物用力掙扎著，很奇怪自己怎麼會這樣無能，連丞相這種人都打不過，在世間時這人只不過是他的一條狗，想怎麼罵就怎麼罵，想怎麼打就怎麼打，怎麼到這裡就不一樣了呢！

　　老廢物正想著，被丞相扔了出去，他覺得身體飄了上去，然後一頭栽倒在地上，腦袋開了花，裡面流出的不是紅色的血，而是黑色的液體，他看著沾滿黑色液體的手，感到害怕，不知為什麼會成為這個樣子。正想著，聽到許多怪異的叫聲，抬起頭，卻看見四周無數個幽靈向他圍過來，儘管形體稀奇古怪，但還是認出了許多熟悉的面孔，其中他被他害死的父親，有被他下令殺死的大臣，有被他賜死的嬪妃和宮女，後面還有無數面黃肌瘦的幽靈顯然都

是大饑荒那些年死了的餓死鬼了，他們在陰間也還是那副飢餓的面相，跟在餓死鬼後面撲過來的那些腦袋開花腦漿迸出或肚子裂開肝腸流出來的肯定是在他發動的戰爭中死去的怨靈。那些穿著囚衣的面容蒼白的幽靈則是被他關在監獄被折磨死去的，它們有的怪叫，有的大笑，一張張幽黑虛空的臉上都流露著仇恨和怨氣，化作一雙雙尖銳的手爪，向老廢物身上撲過來。老廢物害怕極了，他躲閃著，時而在地上翻滾，時而騰空跳躍。幽靈們仿佛被激怒了，叫聲越來越悽厲，它們很快聚集在一起，形成黑壓壓的一大片。老廢物剛從地上爬起來，幽靈們像黃蜂似的撲過來，他覺得自己被猛烈的撞擊了一下，身體重重地倒在地上……

　　老廢物躺倒在地上暈暈乎乎，卻還有些知覺，恍惚中聽到有人說要他到閻王府去。他以前從來沒有去過閻王府，但也知道閻王是陰間最大的官，跟他曾經當過的皇帝一樣。他很高興能到閻王府，這才是他應該來的地方，他不喜歡跟那些小鬼們打交道，他覺得閻王應該與自己是同類人，他們之間應該是有共同語言的。老廢物這麼想著，不知不覺來到了閻王府，抬頭看時，覺得閻王府並不比自家的皇宮氣派，於是便對閻王有些輕視。

　　老廢物走到閻王殿大門前，守門的兩個小鬼也是他認識的，左邊站著的滿臉絡腮鬍子凶相畢露的怪物原先是他的貼身侍衛，老廢物原先視他為心腹，待他不薄，沒想到

他居然敢色膽包天跟他的妃子私通，老廢物大怒，命人把他那的玩意兒給割了下來，然後把他連同那賤人一同給活埋在地下。右邊那位長著陰陽臉的小鬼原先是他的貼身小太監，當時還是皇帝的老廢物很喜歡這個細皮嫩肉的小孩，每次見了總要忍不住去摸摸他的臉，他那嬌羞的模樣更令憐愛不已，後來竟忍不住上前去扯他的褲子。小孩很乖巧，竟由著他去擺弄，那是他第一次同男人做那樣的事，以後竟上了癮，後來這男孩上吊死了，他知道後還難過了好些天。沒想到這兩個人居然都到了地府，還當了閻王的看門人。老廢物作為主子，從來沒有為他們的事感到愧疚過，在那個世上他曾給過他們榮華富貴，即便他們的死或多或少都與他本人有些關係，那也算不得什麼。不過此一時彼一時，眼下自己落到如此地步，他此時的命運把在人家手裡，心裡還是有些空虛。雖然他仍想在他們面前保持主子和皇上的體面，卻又覺得不大合適，便換出另一副嘴臉來，討好地看著它們，走上前去，向它們行了禮。兩個小鬼早就認出了他，貼身侍衛怪叫著衝上來，伸手死死地掐住他的脖子，而貼身太監則扯掉了他的褲子，用手把底下的那玩意捏住，使勁地扯著，那玩意兒很軟，像皮筋似的，扯得老長。他的脖子被死死地掐住，喘不過氣了，拼命掙扎著，總算從兩個小鬼手裡掙脫出來，拼命地跑著，兩個小鬼在後拼命地追。

　　老廢物衝進大殿，歇了口氣，抬起頭，他看見了坐在

大廳中央台子上的閻王。老廢物以前沒見過閻王，但他知道這就是閻王。閻王也是個人的樣子，看上去很文雅，像個白面書生，不像那些小鬼那樣面目猙獰，閻王雖然是活在冥界，卻是冥界的領袖，應該上得了神界的。閻王的臉倒是很特別，由三種顏色構成，中間是黃色的，左邊是黑色，右邊則是白色的。閻王殿裡的布置跟他當年接見眾位大臣的金鑾殿大致相同，只是不如他的金鑾殿那樣富麗堂皇。老廢物害怕剛才遇到的那小鬼，但在閻王面前卻也坦然，自己雖然淪落至此，但好歹也是當過人界帝王的，自以為可以與閻王平起平坐，於是他昂然地向閻王走過去，但畢竟有些心虛，便去看閻王的表情。

　　閻王倒是和顏悅色，但老廢物越走近他，心裡越是空虛，到了閻王面前，身體竟癱軟下去。閻王問他有何冤屈。老廢物頓時想起自己這些年來的苦難，便一把鼻涕一把淚地說起自己被兒子篡位被關在通天塔地牢十餘年的事，懇求閻王為他主持正義，幫他恢復皇位。閻王說你造孽太多，惡貫滿盈，理應受此惡報。你被趕下皇位，乃是因為你氣數已盡，即便我有心幫你，也是回天無力。老廢物爭辯說自己是個為民造福並為大眾擁戴的好皇帝！閻王笑了笑，說你往四周看看。老廢物便扭頭四處看著，只見周圍燃起了無數的冥火，陰森森的，伴著無數亡靈低沉的悲泣聲，讓人聽著毛骨悚然。閻王告訴他，在這裡每一處冥火就是代表一個亡靈，他們都是因你而死的。老廢物感到

很驚訝，說自己沒害死過這麼多人呀。閻王指著左邊的那片冥火，說這裡有七百九十八萬個亡靈是那年大災荒餓死的，占了當時你們國家人口的十分之一。老廢物說此乃天災人禍，怪不到我頭上。他話音剛落，只聽到一聲淒厲的叫聲，突然一陣陰風吹過來，他覺得臉上被人狠狠地打一巴掌，差點倒在地上。閻王又指著右邊的那片冥火說這一百五十萬個亡靈都是慘死在你發動的歷次戰爭之中，他們大都死在異鄉，在這裡也是孤魂野鬼，找不到安身之處。老廢物說男兒為國捐軀，理所應當，死得其所。這時一陣陰風吹來，伴著悽厲的叫聲，老廢物覺得臉上又挨了一巴掌。閻王又指著左邊的那大片冥火說這些都是在你的統治下無辜死去的冤魂，他們生前都是善良的百姓，或者因為出身貧賤，或者因為屬於在你們看來是低賤的種族，或者只是因為與你們觀點不同，或者說了你們不愛聽的話，最後或者被人暗殺，或者被判了極刑，或都投進監獄折磨致死，或被逼得走投無路自殺而死，因為背負著太多的痛苦和怨恨，至今不得超生。老廢物正想開口分辨，卻感覺到陣陣陰風撲面而來，伴著悽厲的悲叫聲，周圍的冥火閃動起來。老廢物提心弔膽，轉臉去看閻王，閻王卻已不見。這時，無數藍色的幽靈從冥火中分化出來，那幽靈飄忽著，逐漸化作人的模樣，牙齒很長，舌頭也長，吊在嘴巴外面，一雙綠色的眼睛冒著藍色的火苗，盯住了老廢物，手是黑的，像是長了黑毛，爪子很長很尖利，伸得老長，

向他抓過來，嘴裡叫著：「老賊，快拿命來！」老廢物驚恐萬狀，想要拔腿逃跑，卻怎麼也邁不動腳步，眼見那無數憤怒的幽靈泰山般地向他壓過來，老廢物覺得自己末日要到了，便把身子縮成一團，絕望地叫起來……

老廢物從睡夢中醒來，發現自己仍然躺在地牢裡，想起夢中的情景，心怦怦跳著，身上的衣服都已汗濕，沾在身上，帶著涼意。那情景太恐怖了，他寧願相信那只是一場夢，一場從來沒有發生的夢，可又覺得那不是夢，那是切切實實發生過的。無論如何，他有種不祥的預感，覺得自己離死已經不遠了。

老廢物原先也是怕死的，但從來沒有像現在這樣怕死過，原來他以為死離自己還很遙遠，現在卻覺得死神已經離自己很近。這個時候，他寧願相信夢中所有的一切都是真實的，倘若夢中的仙界和冥界都是存在的，人好歹還能找到個歸宿。可是他又覺得仙界也好，冥界也罷，其實都並不適合自己。自己是當過皇帝的，到了仙界，沒有了欲望，沒有了情感，那樣的生活是他沒法忍受的。而在冥界，那些被他害死了的冤魂都不會放過他，根本不會有他一席之地。這麼想著，老廢物對世間的一切便越發留戀起來，對死亡的恐懼也越發強烈。

老廢物正感到絕望，老駝背匆匆進來，告訴他外面正在下雪，是紅雪，血紅色的！老廢物想起那位先知的話，頓時覺得身上一陣發冷，渾身哆嗦起來，上前去死死抓住

老駝背的手，問：真下雪了，是紅雪？老駝背叫了一聲，把他甩到一邊，捂著手罵罵咧咧地說你他媽的幹什麼呀，想掐死我呀。說著，衝上去踹他一腿。

老廢物倒在地上，喃喃地說：紅雪，真的下紅雪了！這麼說，世界末日真的就要來臨了！說著，慘笑起來。老駝背看他那樣子，更是惱怒，說：媽的，你還敢笑！說著，上前去摁住他的腦袋，狠命地打著。

老廢物從地上站了起來，背靠在牆上，仰頭看著，大叫：世界的末日就要到了！……我們……都完了！說著，大聲狂笑起來。

老駝背看著老廢物，很驚訝的樣子，說：瘋了，你他媽的真是瘋了！然後很無奈地坐在地上，從懷裡掏出個燒餅來，塞進嘴裡吃著。

天崩地陷，世界的末日就要到了！老廢物的聲音變得悽厲而悲慘。

老廢物聲音剛落，天空響著驚天動地的炸雷。

老駝背正得意地往嘴裡塞著燒餅，那驚天動地的雷聲卻把他嚇壞了。他仿佛覺得天地都在轉動，腳下的地面爆裂開來。

轟的一聲，通天塔倒下了！

老廢物瘋了似的笑著，聲音很快被埋沒掉……

後記

　　小說就是講故事，小說藝術就是講故事的藝術。故事並不等於就是小說，詩歌、繪畫、電影和電視劇，幾乎所有的藝術都與故事有關，不同的是小說用的語言，語言特點是抽象化，不像電影或電視劇那樣受時空的限制，所以相對比較自由，尤其在表現人物心理方面。

　　人類為什麼要講故事？故事對人類意味著什麼？人類為什麼需要故事，或者說，人類為什麼需要所謂的藝術？

　　故事是人類歷史和生活的記憶。記憶是人類的歷史，人類不想迷失自己，不想遺忘，要尋找自我，需要把自己的歷史記錄下來，這樣的故事對人類來說是重要或者有意義的歷史事件。

　　故事也是人類認識世界的一種方式。人類活動的過程原本就是認識世界的過程，人類開始生活在這個陌生的世界中，必須在認識世界的過程中學會與外部的世界和諧相處，故事紀錄的是在這個過程中最有價值最有意義或者最有趣的部分。

　　故事也是人類思想交流的一種方式，我們在生活中有

許多感悟，很難用抽象的語言進行概括和總結，便可通過講故事的方式進行傳達，讓聽者從中加以感悟，這就使得故事有了寓意，中國哲學家莊子就是最會用故事來講哲理的人，古希臘神話以及《聖經》也有許多寓言故事。

故事不僅紀錄人類的歷史，同時它也是人類夢想和想像的記錄。面對浩瀚的宇宙，人類的認識是有限的，人也是要死的，死亡是人類難以克服的，人生是有缺憾的，因為人類的欲望難以滿足，所以人類註定會在孤獨、焦慮和恐懼中生存，人類的認識需要夢想來加以延伸，人類生活的缺憾，需要夢想來加以彌補，藝術為什麼會來源而高於生活？歸根結底是人類需要夢想。人類需要從幻想中逃離現實，從美的幻夢中尋求陶醉，以暫時忘記死亡的恐懼。

講故事也是為了娛樂，人類的生活原本多是枯燥乏味的，生活也總是艱難的，人類需要尋找樂趣，讓我們忘掉生活中的不快，宣洩自己的痛苦，所以我們總是從故事中尋找到樂趣。

講故事是一門藝術，但不是所有的故事都可以稱作藝術，因為藝術不是一門技能而是代表某種境界，不能因為你能唱歌就是歌唱家，也不能因為你是寫小說的就是小說家，唱歌唱到一定的境界的人才可稱為歌唱家，小說寫到一定境界的人才算得上小說家。

所有的藝術都是為人生而服務的，小說家不過是把自己在生活中所感悟到的思想或樂趣乃至痛苦用故事的方

式表達出來，讓讀者同樣體味人生的酸甜苦辣。歸根結底，所有的小說家都是通過自己的故事和人物闡述這樣兩個問題：「我們為什麼而活著？」「我們應該怎樣活著？」

人類最偉大的故事是在古希臘神話、《聖經》和佛經中，中國最偉大的故事也是在中國古典神話、《論語》和莊子的寓言故事中，這些故事非常形象生動地再現了人類的生存狀態、困境及夢想，塑造著人類的靈魂。

《聖經》可以說是人類历史上最偉大的故事書，裡面的故事雖然簡單，卻點亮了人類的靈魂。我甚至覺得，倘若沒有《聖經》，人類靈魂會仍然處在黑暗之中。

以古希臘神話為代表的古希臘文化和以《聖經》為代表基督教文化算得上是西方文化的兩大源頭，當今人類所面臨的所有問題和困境都在這裡體現過，那裡面的故事也就成為西方文學的故事原型，當今文學中的許多故事都從這樣的故事母胎中衍生出來，譬如我們在當今所有小說和電影的英雄人物中找到阿喀琉斯或俄底修斯的影子，而當代許多三角戀的電影和小說也多脫胎于古希臘神話「伊娥的故事」或「美狄亞的故事」，關於人類與不可抗拒的命運抗爭或母子亂倫的故事則來自古希臘神話中俄狄浦斯的故事，關於人類智慧給人類帶來痛苦的觀念也是《聖經》早在「伊甸園」和「巴別塔」的故事中早就向我們預示過的。

自有人類以來就有故事產生，歷史傳說和神話可以算

得上最早的故事文本，而真正意義上的小說在西方是在文藝復興以後，而中國真正成熟的小說也是出現在明清時期。

小說的主體還是故事。一般認為，故事有兩個元素，一為人物，二為事件，故事的主體是人，小說主要為塑造人物的，沒有人物，事件也無法成立。童話小說寫的是動物，動物其實也是人格化的動物，或者是動物化的人。

對於人類來說，小說終究是用來挖掘人性和探索人生的，瞭解人性，終究是瞭解人類的靈魂，小說敘事藝術的發展也是由外而內，不斷深入地觸及人類靈魂的深處。向外是指外在化的情節，向內則是指向人類的心理和靈魂，小說藝術的發展因而也呈現情節化、典型化、心理化和哲理化的趨向。

早期小說一般比較注重外在化情節，尤其中國小說原本就脫胎於民間說書藝術，這種藝術形式很像我們今天的長篇電視連續劇，說書人必須靠情節打動觀眾，以吸引他們連續地聽下去，這就需要很高的敘事技巧。一般說來，通俗小說家都只能靠情節取勝，法國小說家大仲馬就是靠情節取勝的，而中國的金庸則堪稱有史以來最會講故事的情節小說大師，他的敘事功力已經到了出神入化的境地，無論何時何地，只要有華人的地方就有人會讀金庸小說。

所謂典型化指的是西方現實主義小說強調用小說表現「典型環境中的典型人物」，其實就要通過個性化的人

物性格來揭示某種普遍的人性，從而揭露社會與人性的本身，經典的作家包括法國的巴爾扎克、雨果和俄國的托爾斯泰、陀斯妥耶夫斯基等，他們的努力也把小說藝術推向了高峰。

隨著以弗洛依德為代表的現代心理學的發展，小說家也開始把筆端深入到了人類的心靈深處，他們不再注重人物外在的性格，更進一步追尋到人類的意識、潛意識和無意識的層面，這種探索其實從托爾斯泰和陀斯妥耶夫斯基那裡就已經展開，到法國作家普魯斯特的《追憶逝水年華》和詹姆斯‧喬伊絲那裡發展到了極致，在這些小說裡，大量的心理描寫使小說中的人物似乎成為了鬆散記憶中的心理碎片，現實反而變得難以理解。

到了現代，小說與後來出現的戲劇和電影等藝術相比，在外在情節的表現方面顯得不夠自信，很多小說家便把小說抽象化，試圖把小說的敘事上升到哲學的層面，用故事來隱喻人類的生存狀態，或表現人生的哲理，小說也因此變得有些形而上學化，法國小說家加繆的《局外人》和哲學家薩特的《噁心》算得上是這方面的代表作。

與以往的小說相比，《紅雪》應該算得上是一部很奇怪的小說，它在我內心孕育了幾十年後生下的一個怪胎，它到底是什麼，其實我自己也很難說得清楚。雖然我從來不是一個作家，但它的確是我多年來一直要想寫的一部書，很多很多年以前，我就隱隱約約地覺得我肯定會寫這

樣一部書，而且肯定要在四十歲以後，寫的時候也沒想過要出版，只是想寫，覺得好玩，也就寫了，寫完後就放在抽屜裡，到現在也有十多年了。

這是一本關於人類欲望的小說，我說過小說是要研究人性和人生的，而欲望則是打開人類靈魂的鑰匙。事實上，人只不過是欲望的動物，人的行為也是受著欲望的支配，人類追求的所謂幸福其實心靈的和諧，它是建立在欲望滿足的基礎之上的。

在西方人看來，欲望是人的本性，也是社會發展的動力，所有的外部世界都是人類欲望的物化，譬如人類有了想要飛翔的欲望才会造出飛機，人類想要為自己拓展生存空間才造出了太空船，人類為了搶奪更多的資源讓自己過上更好的生活才會發明出可怕的武器，所以人類的欲望是科技發展的動力也是社會發展的動力，它像一隻看不見的手，推動著科技和人類社會向前發展。但個人欲望的惡性膨脹卻會給他人及社會帶來傷害，也會使人性發生變異，從而傷害到自身。好在人類還是有理性的動物，能分辯是非，有著善惡準則，所以還能通過理智來對欲望進行調整，人類文化其實就是尋求欲望和理智平衡的過程中產生出來的。

一般認為，西方文化有兩個源頭，一為古希臘文化，二為基督教文化。古希臘文化本質上是一種世俗文化，也是一種縱欲主義的文化，所以古希臘神話中的神個個都是

放蕩的，奧林匹斯神系中的眾神之王宙斯聯合眾位兄弟姐妹推翻父親的暴政，當上了眾神之王，他即便有個善妒的天后赫拉也不滿足，經常偷偷地溜到人間與其他女子交媾生下了眾多的神祇和半人半神的英雄。而中世紀以後在歐洲占主導地位的基督教文化則是提倡禁慾主義的，它否定世俗生活，要求人們克制自己的慾望，服從上帝的意志。但人類壓制慾望卻會使社會失去動力，於是十四至十六世紀出現了文藝復興運動，它是對古希臘文化的回歸也是對基督教文化的反動，認為慾望是人類的天性，人類應該有追求個人幸福的權力，強調人的個性和個人的價值，因而不僅給歐洲帶來了文化的大繁榮，也促進了歐洲社會的大發展，但慾望的釋放也給社會帶來了危機，出現了諸如莎士比亞戲劇中馬克白、夏洛克這樣的個人主義者，於是便出現了十七世紀的古典主義文化，它把理性作為衡量一切事物的標準，其實是通過壓抑慾望來尋找社會的和諧，是慾望在理性面前的又一次妥協，因而也減緩了社會發展的動力，於是十八世紀便出現了啟蒙主義，它可以看作是對理性和慾望關係的又一次調整和提升，啟蒙主義者提出了自由、平等、博愛的「理性王國」，認為每個人都有追求幸福的權力但不能妨害他人，這其實是要建立新的人類道德標準，猶如孔子所說的「己所不欲，勿施於人」！也可算是理性與慾望之間新的平衡點，在這基礎上發表人權宣言，在政治上則提出「三權分立」，政體上建立共和制或

君主立憲制，後來西方資本主義的民主制度也是由此發展起來的。

以儒釋道為主體的中國文化其實也是在不斷調整人類欲望與理智之間的平衡點，與西方文化不同的是，中國文化更強調理性，更多的則是用理性來壓制欲望。儒家雖然強調「入世」，但更講究的是所謂的「禮」，要求人們克己復禮，也就要求人們壓制個人欲望，努力使自己的行為服從社會道德規範。佛家認為，人類的痛苦來自個人的欲望，解脫痛苦就要消除個人的欲望，所謂看破紅塵，就是要使自己成為沒有欲望的人。而道家原本就是講究「出世」的，要求人們「無為」，無欲才會無為，所以「無為」其實也是「無欲」。孔子講的「己所不欲，勿施於人」也算是欲望與理智之間的一個平衡點。

社會經濟也是按照同樣的邏輯發展著。就中國而言，毛澤東時代搞的計劃經濟，其實就是壓制個人欲望，欲望的壓制使個人和社會失去了動力，人人平等，人人貧窮，而鄧小平時代開始的改革所做其實就是釋放人們的欲望，生產力也得到了解放，這是中國改革開放得以迅猛發展的根本原因，但個人欲望的惡性膨脹給社會帶來財富的同時，也使人喪失了的理智，從而帶來諸如社會腐敗和各種犯罪等社會問題，所以現在又到了讓人們學會運用理智來管理個人欲望的時候了。

佛教認為人類的痛苦來源於人類的貪欲，《聖經》在

「伊甸園故事」中預示了人類生存的尷尬處境，在《聖經》中，人類原本是上帝創造的，那時的人類沒有智慧，沒有貪欲，被上帝創造的人類也是有自由意志的，所以人類的祖先亞當和夏娃吃了智慧樹上的果實，有了欲望，也能分辨善惡好壞，上帝因此把人類趕出了伊甸園，然則，倘若人類沒有了智慧，不能分辨善惡，那還有什麼幸福感可言？那還是人類嗎？事實上，上帝是害怕人類擁有智慧的，所以當人類憑藉自己的智慧建造起通天塔的時候，上帝便弄亂了人類的語言，使人類無法交流，以致通天塔最後也建不起來。

今天，人類的欲望極大地催動人類的智慧的延展，我們不僅可以建造令上帝感到驚恐不安的通天塔，還能建造宇宙飞船，科技給我們的欲望插上了飛翔的翅膀，在破解了人類遺傳密碼 DNA 後，也許在不久的將來，人類完全可以像上帝那樣隨心所欲地改造或製造出新的人類來。

於是，人類似乎成了上帝！是的，人類從來沒有這樣聰明過，人類也從來沒有這樣強大過，人類變得更加狂妄，以為自己成為了世界的主宰，可是就在我們盡情地享受著科學和社會發展給我們帶來的無盡財富和便利的時候，我們不僅沒有享受到所預想的幸福和快樂，反而變得更加焦慮不安。

一方面，人類依靠智慧創造了越來越多的可供人類享受的社會財富，互聯網把整個人類聯繫在一起，似乎無所

不能的科學使人類變得更加強大，人類的壽命也越來越長，另一方面，我們也製造出了足以毀滅地球和人類的原子彈、氫彈等殺人的武器。

一直以來，人們都在不厭其煩地談論所謂世界的末日，諾查丹瑪斯的預言，瑪雅人對世界末日的預測，還有科學家們各種危言聳聽的關於世界末日的警告和預言。而在我看來，如果有一天人類真的會迎來自己的末日，那麼真正毀滅人類的不是什麼行星或彗星的撞擊，也不是火山地震這樣大的自然災害，而是人類自身，或者說是人類膨脹的欲望！

仔細想來，人類能夠到今天還沒有毀滅已是萬幸。想想看，要是當年希特勒製造出了原子彈會怎麼樣？卡紮菲或薩達姆真的擁有原子彈會怎麼樣？當年古巴危機，若不是甘迺迪保持理智和克制又會怎麼樣？即使到了今天，倘若那些個掌握著核武器發射密碼的國家領導人突然喪失理智或者偶爾失誤引發核戰爭又會怎麼樣？

自以為無所不能的人類其實是無法掌握自己的命運，在這種時候，我們只能把自己的命運交給上帝，既然人類自身原本是靠不住的，我們寧願相信有個外星人或者有平行宇宙！如果說人類是上帝或者某些比我們更高級的生活在四維五維或平行宇宙的動物所創造的，至少他們還能在更高的層次上庇護著我們人類，不然，我們人類真的是太孤獨，太無所依靠了。

正是這樣的焦慮感促使我想要寫這樣的小說，而這樣的小說是傳統的敘事無法完成的。這部小說完全是按照自己的心意寫的，坦率地說，到現在我都不知道它算不算得上小說，它原本就是我靈魂中生出的怪胎。

　　這本小說寫的時間似乎有些長，斷斷續續的，前後有十余年的時間，對於我來說，寫這樣的小說經常也會顯出功力的不足，寫完了仍然有些意猶未盡，但不管怎麼說，總算完成了一件心事，至於結果如何，是我不能掌控的，但我還是希望有讀者懂我，懂這本書！

麥嘉

2019 年 12 月於紐約寓所

國家圖書館出版品預行編目資料

紅雪／麥嘉著. ─初版.─臺中市：白象文化，
2020.05
　　面；　公分
　ISBN 978-986-358-959-4（平裝）

857.7　　　　　　　　　　109000098

紅雪

作　　者　麥嘉
校　　對　麥嘉
專案主編　林榮威
出版編印　吳適意、林榮威、林孟侃、陳逸儒、黃麗穎
設計創意　張禮南、何佳諠
經銷推廣　李莉吟、莊博亞、劉育姍、李如玉
經紀企劃　張輝潭、洪怡欣、徐錦淳、黃姿虹
營運管理　林金郎、曾千熏
發 行 人　張輝潭
出版發行　白象文化事業有限公司
　　　　　412台中市大里區科技路1號8樓之2（台中軟體園區）
　　　　　出版專線：（04）2496-5995　　傳真：（04）2496-9901
　　　　　401台中市東區和平街228巷44號（經銷部）
　　　　　購書專線：（04）2220-8589　　傳真：（04）2220-8505
印　　刷　基盛印刷工場
初版一刷　2020 年 5 月
定　　價　399 元

白象文化　印書小舖　出版 · 經銷 · 宣傳 · 設計
www·ElephantWhite·com·tw　自費出版的領導者　購書 白象文化生活館